Du même auteur :

Greg Mandel :
1. *Mindstar*
2. *Quantum*
3. *Nano*

Dragon déchu

L'Étoile de Pandore :
1. *Pandore abusée*
2. *Pandore menacée*
3. *Judas déchaîné*
4. *Judas démasqué*

La Trilogie du Vide :
1. *Vide qui songe*
2. *Vide temporel*
3. *Vide en évolution*

Les Naufragés du Commonwealth :
1. *L'Abîme au-delà des rêves*
2. *Une nuit sans étoiles*

Manhattan à l'envers
(recueil de nouvelles)

La Grande Route du Nord – tome 1
La Grande Route du Nord – tome 2

Salvation :
1. *Les Portes de la délivrance*
2. *Les Chemins de l'exode*
3. *Le Signal des Saints*

L'Arche spatiale
1. *Une brèche dans le ciel*
2. *La Fille de la Capitaine*
3. *Reines sous un soleil lointain*

Aux éditions Robert Laffont,
collection « Ailleurs & Demain » :

L'Aube de la nuit :
Rupture dans le réel – 1 : Émergence
Rupture dans le réel – 2 : Expansion
L'Alchimiste du neutronium – 1 : Consolidation
L'Alchimiste du neutronium – 2 : Conflit
Le Dieu nu – 1 : Résistance
Le Dieu nu – 2 : Révélation

CE LIVRE EST ÉGALEMENT DISPONIBLE
AU FORMAT NUMÉRIQUE

www.bragelonne.fr

Peter F. Hamilton

Reines sous un soleil lointain

L'Arche spatiale – tome 3

Traduit de l'anglais (Grande-Bretagne) par Sébastien Baert

Bragelonne

Collection Bragelonne SF dirigée par Tom Clegg

Titre original : *Queens of an Alien Sun*

ISBN : 979-10-281-1970-6

Bragelonne
60-62, rue d'Hauteville – 75010 Paris

E-mail : info@bragelonne.fr
Site Internet : www.bragelonne.fr

Chapitre premier

Cela faisait trois heures que nous marchions quand mes forces commencèrent à m'abandonner. Au pire moment possible. J'aurais certainement dû m'y attendre, compte tenu de tout ce qui s'était passé ce jour-là, le jour le plus long et le plus terrifiant de mes dix-sept années d'existence. En fait, la plupart des personnes présentes dans la colonne de réfugiés auraient dû se douter de ma réaction, puisque nous avions subi le dernier traumatisme ensemble. On aurait pu croire que l'un d'entre eux serait intervenu. Mais comme l'armure que je portais pour diriger la colonne m'octroyait une puissance de feu dévastatrice, ils avaient probablement préféré éviter de prendre le risque de me contrarier.

Nous venions d'atteindre le second village sur notre route, et j'avais diffusé l'enregistrement à ses habitants aussi curieux que tendus, impatients de comprendre ce qui se passait. Eux aussi étaient stressés. Jusqu'à la semaine précédente, la vie à bord de notre merveilleuse arche spatiale, le *Daedalus*, avait été paisible, ordinaire. Voire carrément ennuyeuse, je dirais.

Mais, alors que tout le monde menait cette existence terne mais sans danger, la mienne s'était vue totalement chamboulée. J'avais tout d'abord découvert que l'atmosphère s'échappait de notre habitat. Depuis cinq cents ans, le *Daedalus* parcourait l'espace interstellaire à dix pour cent de la vitesse de la lumière. Mais quelque chose l'avait heurté. Un corps suffisamment volumineux pour franchir le bouclier de l'arche. Capitaine soit louée, le trou qu'il avait causé n'était pas très gros. Et le *Daedalus* était immense, un astéroïde rocheux au cœur duquel nos ancêtres avaient creusé un habitat cylindrique de cinquante-cinq kilomètres de long sur onze de diamètre. Ils l'avaient doté d'un environnement tropical, avec un paysage composé de parcs et de forêts luxuriantes. Le long de l'axe, le ciel était un épais cylindre rocheux couvert de bandes lumineuses et de conduites d'eau permettant les pluies d'arrosage. Au cours des quatre premiers siècles qui avaient suivi son départ de la Terre, la population avait vécu dans les tours-montagnes qui se dressaient entre le sol et le ciel, tels des piliers géants qui reliaient l'un à l'autre. Les machines avaient fourni tout ce dont mes ancêtres avaient eu besoin, de leurs vêtements à leurs repas en passant par les pièces détachées, tandis que des appareils mécaniques appelés « cybots » effectuaient la plupart des travaux d'entretien sous la direction de puissantes IA.

Mais, au long des cinq cents dernières années, nous avions dû labourer ces terres et les cultiver pour faire vivre les villages et nourrir tout le monde à bord.

On nous avait soutenu qu'il y avait eu une Mutinerie.

Après un premier trajet de quatre cents années depuis la Terre, le *Daedalus* avait finalement atteint Kianira, une planète en mesure d'accueillir la vie humaine. Il s'agissait d'un des rares mondes pourvus d'une atmosphère composée d'oxygène et d'azote que les astronomes terriens avaient identifiés des siècles auparavant. Mais, à l'arrivée du *Daedalus*, l'équipage avait découvert qu'il hébergeait des créatures amphibies indigènes, les yis, que les biologistes du vaisseau pensaient sur le point d'accéder à la conscience. Il aurait donc été parfaitement immoral pour les humains de s'y établir. Le *Daedalus* était donc reparti, cette fois pour une planète en phase de terraformation à l'aide de vaisseaux-semeurs automatisés envoyés depuis la Terre et capables de transformer un caillou stérile à l'atmosphère toxique en un monde luxuriant propice à la colonisation humaine… sans aliens. Mais, depuis Kianira, le trajet jusque là-bas devait durer cinq siècles de plus.

On nous avait enseigné que certains individus avaient tenté de contraindre le *Daedalus* à faire demi-tour : c'était la Mutinerie. Ils avaient détruit l'ensemble des machines essentielles et combattu l'équipage fidèle à la capitaine Ashleigh Kruger. Il y avait eu de nombreux morts, mais la capitaine Kruger l'avait emporté au prix de grands sacrifices. Les Mutins avaient été vaincus, mais de nombreuses machines avaient été anéanties, y compris celles qui produisaient de la nourriture. Certains systèmes d'ingénierie et leurs IA étaient intacts. La capitaine les avait donc isolés pour éviter qu'on les endommage. Elle avait ensuite transféré son esprit dans les IA restantes, devenant ainsi la Capitaine Électrique, afin de pouvoir veiller sur nous le restant du trajet.

C'était ce qu'on nous avait appris. Comme on l'avait assené à nos parents et à nos grands-parents avant eux. En fait, c'était ce qu'on avait raconté à tous mes ancêtres depuis la Mutinerie.

Mais ce n'était qu'un mensonge.

Oui, cela m'avait fait un choc. Honnêtement, c'était même le plus grand choc de ma vie. Mon existence n'avait été qu'un mensonge. Tous ceux qui avaient vécu et trouvé la mort à bord du *Daedalus* au cours des cinq cents dernières années avaient été victimes du même mensonge. Tous les sacrifices auxquels nous avions consenti dans l'intérêt général, tout ce en quoi nous avions cru : un mensonge.

Il n'y avait jamais eu de Mutinerie. Personne ne s'était rebellé contre nos principes. Ce n'était pas dans la nature de mes ancêtres. Non, c'était les yis, ces extraterrestres que nous pensions capables un jour d'atteindre la conscience. Les yis, dont nous avions fait monter un petit groupe à bord pour qu'ils puissent partager avec nous les richesses de cette seconde planète. Mais ils n'étaient pas sur le point de devenir conscients. C'était déjà le cas. Ils étaient belliqueux et sans pitié, et ils nous l'avaient caché.

C'étaient les yis qui avaient détruit les machines du *Daedalus* et saboté bon nombre d'IA.

Qui avaient éteint les lumières et coupé l'électricité dans l'habitat.

Qui avaient tué tous les humains adultes qu'ils avaient pu trouver avant d'user de mensonges et de ruses pour inciter les jeunes survivants à entretenir l'habitat, tâche critique pour préserver un environnement stable au cœur de l'arche.

Durant cinq cents années, les yis nous avaient gouvernés en secret.

Nous avions découvert la vérité lorsque je m'étais rendue dans les compartiments avant du vaisseau afin de réparer la perforation.

Le véritable cauchemar avait alors commencé. À présent, je me retrouvais à l'arrière de l'arche, à la tête d'une colonne de réfugiés de cinq villages, soit environ cinq mille personnes. Il y avait là des IA encore fonctionnelles à l'abri dans les grandes sections où les yis n'étaient pas parvenus à s'introduire. J'espérais qu'elles pourraient nous protéger.

Mais il nous avait fallu faire preuve de beaucoup de persuasion pour convaincre certains de quitter leurs domiciles et de nous suivre. Ulei, le maire de Farno, était actuellement l'idiot qui me faisait perdre trop de temps.

D'accord, il avait été passablement inquiet quand la tête de notre colonne dépenaillée avait atteint Farno. Qui ne l'aurait été ? Nous vivions une époque troublée. Lorsque mes amis et moi avions découvert la vérité sur les yis, les aliens avaient riposté en éteignant de nouveau les bandes lumineuses. L'obscurité n'avait duré que quelques jours, mais tout le monde avait eu très peur. Personne à bord du *Daedalus* n'avait jamais connu pareille situation. Personne non plus n'avait jamais vu tant de monde sur les routes d'un coup. Les habitants de Farno étaient donc à la fois curieux et tendus. Comme je commençais à le découvrir, ce n'était pas un bon mélange, surtout chez un maire traditionaliste relativement âgé qui faisait campagne en promettant que rien ne changerait jamais et que l'existence de ses administrés serait d'une rassurante monotonie.

Ce que je qualifierai charitablement de « comité d'accueil » de Farno, composé de conseillers municipaux dont aucun n'avait moins de cinquante-cinq ans, était venu à notre rencontre. J'avais ouvert la visière de mon casque pour que tout le monde puisse constater que le monstre de métal qui se dirigeait vers eux n'était qu'une vieille machine fabriquée avant la Mutinerie et que ce n'était que moi à l'intérieur. Il me semblait que, à bord du *Daedalus*, tout le monde ou presque connaissait mon visage à présent. Dans la partie avant du vaisseau, l'une des IA encore actives s'était arrangée pour que je sois diffusée sur tous les écrans en état de marche de l'habitat ; chaque village en avait un. Surexcitée, j'avais donc évoqué en long et en large le colmatage de la perforation, le fait que l'atmosphère de remplacement allait être glaciale et que nous n'étions plus très loin du nouveau monde. Un message brusquement interrompu quand les yis avaient envahi la section d'où j'émettais mon rapport. Cela m'avait offert une notoriété à laquelle j'avais encore du mal à m'habituer.

Heureusement, cinq autres maires m'accompagnaient en tête de colonne. Sinon, je doute qu'Ulei m'aurait écoutée. La dernière fois que je l'avais vu, c'était lors du conclave légèrement factieux des maires et des régulateurs en chef à Akebia, juste après que j'eus colmaté la brèche. Le jour où les bandes lumineuses de l'habitat ne s'étaient pas rallumées et où j'avais averti tout le monde que le *Daedalus* était aux mains des aliens. Ulei savait donc déjà que j'étais une fautrice de troubles.

Oh, j'aurais pu l'obliger à se montrer plus réceptif ; une fille en armure, c'était un spectacle unique à bord du *Daedalus*. Mais je voulais qu'il coopère, pas l'effrayer. J'avais donc réitéré ce qui avait plutôt bien fonctionné à Caroba, le premier village que nous avions atteint, diffusant l'enregistrement réalisé par ma combinaison.

Cela s'appelait un « hologramme », une image projetée dans le vide, tel un fantôme technologique. En soi, c'était une merveille de l'époque où les machines du *Daedalus* fonctionnaient toutes encore, un numéro que plus personne n'avait vu depuis cinq siècles. À son apparition, les centaines de villageois amassés sur la place centrale de Farno, où je me trouvais, s'étaient mis à babiller d'enthousiasme et de fascination. Cette excitation s'était vite dissipée.

L'enregistrement montrait la mer centrale du *Daedalus*, une étendue d'eau d'un gris terne qui s'enroulait autour de la paroi intérieure d'un vaste cylindre, avec un portique d'axe orné d'anneaux de bandes lumineuses.

— Où ça se trouve ? demanda Ulei d'un air perplexe.

— Au-dessus de nous, lui répondis-je. Le ciel n'est pas un cylindre de roche pleine, les bâtisseurs l'ont creusé, comme l'habitat.

La réaction des villageois fut exactement la même que la mienne lorsque j'avais appris l'existence de cette mer centrale. L'air aussi étonnés qu'inquiets, ils penchèrent la tête en arrière pour pouvoir contempler le ciel, trois kilomètres au-dessus de nous. Comme eux, j'avais toujours cru que le ciel était de la roche pleine, surtout parce que personne n'avait imaginé qu'il pût en être autrement. Mais la mer jouait un rôle important dans l'équilibre environnemental de l'arche.

Quand l'équipage de la capitaine Kruger avait fait monter les yis à bord, il les avait installés sur les promenades qui entouraient la mer à chacune des deux extrémités.

Après nous être introduits dans la partie avant afin de découvrir ce que mijotaient les yis, mes amis et moi nous étions aventurés sur l'une de ces promenades. La grille métallique sur laquelle nous nous trouvions était depuis longtemps couverte d'un enchevêtrement de champignons marins de Kianira couleur lie-de-vin, dont la croissance effrénée avait permis d'étouffer à la fois la promenade et les jetées qui en partaient. À notre arrivée, d'étranges petites créatures que nous avions appelées des « miniyis » avaient décampé. Elles ressemblaient à des pierres noires de la taille de mon poing pourvues de pattes ressemblant aux mandibules d'un insecte. Rien qu'en les regardant on comprenait qu'elles étaient extraterrestres, produit d'un processus évolutionnaire sur une planète loin de notre monde d'origine.

Le public silencieux des villageois de Farno regardait l'enregistrement, me voyant avancer prudemment vers la rangée de yis immobiles, juste au-dessus du niveau de l'eau. Il s'agissait des reines-cerveaux yis, des colonnes gris-brun de chair fripée qui faisaient facilement un mètre de plus que moi. Elles étaient arrimées au sol grâce à d'épais nerfs radiculaires qui s'étendaient depuis leur base comme s'il s'agissait de vieux arbres aux racines noueuses.

— Est-ce que ce sont… ? commença Ulei.

— Oui, ce sont les reines-cerveaux dont j'ai parlé au conclave d'Akebia. Ce sont les yis les plus intelligents qui dirigent tout.

L'hologramme me montra en train de m'approcher de l'un de ces imposants aliens immobiles. Je l'observais de haut en bas, la caméra filmant son sommet, avant de parcourir les replis profonds de sa chair où des yeux semblaient enfoncés, pour arriver jusqu'à sa base. Juste au-dessus des racines nerveuses, une rangée d'orifices remuait, des bouches dont les lèvres étaient composées de cils épais enduits de fluides poisseux qui battaient frénétiquement. Et là, dans les anfractuosités entre les racines nerveuses, l'image s'attarda sur des bâtonnets blancs couverts de bave.

Le murmure des villageois fit place à des exclamations, puis à des cris de colère et d'effroi. Ils avaient la même réaction que moi lorsque j'avais enfin reconnu la nature de ces objets blanchâtres disséminés autour des reines-cerveaux : des ossements humains.

Cinq cents années durant, l'ensemble des villages de l'habitat avait organisé des Jours du Cyclage, une étape de la vie aussi douce-amère que nécessaire à bord du *Daedalus*, que nous célébrions par un festin et des danses après la cérémonie à proprement parler. Ces jours-là, tous ceux qui avaient atteint leur soixante-cinquième anniversaire prenaient la Bénédiction, un breuvage au goût sucré qui les endormait avant de ralentir leur cœur jusqu'à ce qu'il cesse de battre. Une façon paisible et honorable de s'éteindre. Nous fêtions cela dans le cadre du Cycle de la vie. L'habitat du *Daedalus*, comme la Capitaine Électrique nous l'avait répété durant cinq cents années, était malheureusement limité. Il ne pouvait accueillir qu'un certain nombre de personnes. Les villageois les plus âgés devaient donc laisser la place aux plus jeunes. Leurs corps étaient transportés dans des souterrains jusqu'à d'anciennes machines à compost qui les ingéraient, ainsi que toutes les matières organiques que nous évacuions scrupuleusement, et les restituaient sous forme de guano que nous répandions dans nos champs et nos vergers. C'était un excellent engrais.

Et nous croyions au Cycle, le fondement de tous les mensonges dans lesquels nous vivions. Chacun de mes nobles ancêtres avait pris la Bénédiction, croyant faire une chose honorable pour que ses enfants puissent continuer de vivre et un jour gagner le nouveau monde.

Le simple fait de voir les images des ossements raviva la colère qui m'avait gagnée sur la promenade. On me vit en train de tirer des balles à tête explosive sur les reines-cerveaux les plus proches. Chacun de ces monstres éclata dans un geyser sanguinolent.

Autour de moi, je les entendis applaudir. J'interrompis l'enregistrement.

—Les ossements…, hoqueta le maire Ulei, incrédule.

—Il n'y a jamais eu de machines à compost, répondis-je d'un air grave, scrutant un à un les visages interloqués. Ni de Cycle. Ni de Mutinerie. Les yis sont des aliens qui se sont approprié le *Daedalus* de nos ancêtres. (Je déglutis pour dissiper la boule dans ma gorge.) Nous sommes leur nourriture.

Le fait de le dire à voix haute, de regarder de nouveau l'enregistrement… c'en était trop. Je me mis à sangloter.

— Vous avez tué certains d'entre eux, m'accusa Ulei. C'est pour ça qu'ils ont éteint les lumières.

— Non, intervint le maire Fininen. Les yis les ont éteintes juste après que Hazel a colmaté la brèche. C'est seulement ensuite qu'elle est allée à la mer centrale.

— Et elle leur a tiré dessus ! C'était vraiment nécessaire ?

— Ils allaient me dévorer ! lui rétorquai-je.

— Qu'est-ce que vous en savez ?

— Ils nous avaient déjà attaqués.

Je n'avais pas tout montré à Farno, ni même à Ixia, mon propre village. Tout ce qui m'était arrivé au cours de la semaine précédente était trop complexe, trop invraisemblable. Il y aurait eu trop d'éléments à expliquer, et je n'avais pas eu le temps. Il nous fallait conduire les villageois à la partie arrière au plus vite, avant que les yis reviennent.

— Quand vous ont-ils attaqués ? contesta Ulei. S'ils existent vraiment, s'ils sont réellement aux commandes du *Daedalus*, pourquoi les avez-vous provoqués ? Sans les bandes lumineuses, nous allons tous mourir.

Durant quelques secondes, je le regardai d'un air incrédule.

— « S'ils »…

— Hazel, intervint Fininen, avant de se tourner vers Ulei. Les yis sont bien réels, soutint-il avec force. C'est la raison pour laquelle nous allons dans la partie arrière : pour y trouver refuge. Ils ont attaqué Ixia. C'était horrible, plus d'une vingtaine d'entre nous y ont péri. Sans Hazel et ses amis dans leurs armures, nous serions tous morts. (Il tendit la main vers la longue colonne de réfugiés.) J'ai vu les yis, nous les avons tous vus. En plus de ces images. Demandez à n'importe qui s'ils n'existent pas.

— Ils vous ont donc attaqués après que cette folle leur a tiré dessus ?

— Ce n'est pas…

— Mettez-vous bien une chose dans votre crâne d'ignorant, m'emportai-je. Les yis sont aux manettes du *Daedalus* depuis le début de notre trajet vers le nouveau monde, et ils s'en prennent à présent à nous comme ça s'est déjà produit quand Ashleigh Kruger était capitaine. Si nous ne parvenons pas à nous réfugier dans la partie arrière, nous mourrons tous. Nous mourrons probablement, de toute façon ; le *Daedalus* a déjà survolé le nouveau monde il y a trois ans sans s'y arrêter.

Je m'interrompis en me maudissant. Mais c'était la faute d'Ulei. Pourquoi refusait-il de comprendre l'énormité de notre situation et de nous aider ? Pourquoi fallait-il qu'il se montre si pénible ? Voulait-il que son village soit envahi et ses habitants massacrés ?

— Pardon ? s'étonna Fininen.

Je baissai la tête.

— Nous avons dépassé le nouveau monde, avouai-je maladroitement. Mais il y a assez de carburant à bord pour nous y ramener.

Je l'espérais.

— Tu ne me l'avais pas dit, me reprocha Fininen.

— Quand en aurais-je eu le temps ? Pourquoi ne faites-vous pas tous ce que je vous demande ?

— Elle ? C'est sur elle que vous comptez ? ricana Ulei. C'est une hystérique, elle est totalement incontrôlable. (Il me montra du doigt d'un air accusateur.) Dans ce village, nous faisons les choses correctement. Nous écoutons les propositions en conseil, nous en débattons, puis nous décidons de ce qu'il faut faire.

— Très bien ! lui répondis-je en grognant. J'ai fait tout ce que j'ai pu pour vous avertir de ce qui se prépare. Allez-y, faites votre petit débat. (Je lançai un regard à mon auditoire. Je faisais sans doute la moue, ce qui ne jouait pas en ma faveur. Je repris mon souffle.) Nous allons dans la partie arrière. Que ceux d'entre vous qui veulent rester en vie nous suivent.

Je refermai la visière de mon casque pour que personne ne puisse m'entendre ou me voir geindre. J'avais totalement gâché mon intervention. Pas étonnant qu'Ulei me trouve irrationnelle et dangereuse...

Je regagnai la tête de la colonne. Et lorsqu'on marchait d'un pas lourd avec ce genre d'armure, le sol tremblait. Quand je passai à vive allure devant les personnes présentes, elles évitèrent soigneusement de me regarder.

— Vous avez fait tout ce que vous pouviez, tenta de me rassurer John, mon IA, d'un ton apaisant.

Parfois, j'aimerais qu'il soit plus qu'un simple bracelet autour de mon poignet ; il était éloquent et intelligent, et, en l'écoutant, je l'imaginais souvent sous une apparence humaine, comme Josephine. C'était sans doute une façon singulière de faire face à l'extraordinaire, mais nous avions découvert tant de machines surprenantes dans les zones interdites du *Daedalus* que je devais fournir un véritable effort mental pour m'y habituer. Soyons réalistes, quelques semaines auparavant, ma plus grande préoccupation était encore de me lever assez tôt pour ramasser les œufs des poules à temps pour le petit déjeuner.

— Je te remercie, marmonnai-je.

— Puis-je vous suggérer de consommer quelque chose à l'aide de votre embout alimentaire ?

— D'accord.

Je tendis mes lèvres vers l'avant et me mis à suçoter le petit embout de mon casque. Il y en avait deux, un pour l'eau, l'autre pour une sorte de sirop. Josephine m'avait expliqué que ce dernier contenait toutes les protéines et les vitamines nécessaires pour nourrir une personne. Seulement, il avait un goût de légume trop cuit.

— Ça devrait améliorer votre glycémie, dit John. Les capteurs médicaux de votre combinaison indiquent qu'elle est trop basse. Ce qui est peut-être à l'origine de votre irritabilité.

— Oh. (Je ne savais même pas que mon sang contenait du sucre.) Comment est-ce possible ?

— La chimie de votre sang affecte votre cerveau.

Je trouvais parfois les connaissances de nos ancêtres aussi fascinantes qu'étourdissantes.

L'icone de communication de Zawn se mit à clignoter sur l'affichage de mon casque, aussitôt suivi par celles de Frazer et d'Alice. Je réprimai un gémissement.

— Qu'est-ce qui se passe ? demanda Zawn depuis la queue de la colonne, où il protégeait les retardataires des yis susceptibles de nous rattraper.

— Tout va bien, répondis-je aussitôt.

— Qu'est-ce qui va bien ?

— Euh... je veux dire : je pense que la plupart des habitants de Farno vont rejoindre la colonne.

— Pourquoi ce ne serait pas le cas ? s'étonna Frazer. Tu leur as montré l'enregistrement, hein ?

— Oui.

Je me retournai pour jeter un coup d'œil derrière moi, le long du lit boueux du canal à sec. La colonne de réfugiés progressait paisiblement sur le chemin de halage. Ma combinaison indiquait d'un icone violet celle de Frazer, à environ six cents mètres de là, et celle d'Alice, cinq cents mètres derrière lui. Notre défense était très étirée, mais c'était le meilleur moyen de protéger l'ensemble des villageois.

— Le maire était un peu obstiné, reconnus-je. D'habitude, c'est lui qui prend toutes les décisions importantes.

— Il faut se débarrasser des maires, intervint Alice. Ils constituent une grande partie du problème du *Daedalus*. Aucun d'entre eux n'est capable de penser par lui-même, et la Capitaine sait à quel point ils sont incapables de faire face à la moindre situation nouvelle.

— Je suis sûr que nous nous organiserons différemment sur le nouveau monde, déclara Frazer. Nous ne devrions permettre qu'aux gens intelligents de se présenter aux élections.

— Je ne suis pas certain que ceux que tu disqualifieras apprécieront, fit remarquer Zawn.

— Tant pis pour eux.

— Commençons par atteindre le nouveau monde, leur rappelai-je. Ensuite seulement nous pourrons commencer à réfléchir à nos représentants et au moyen de les choisir.

J'atteignis enfin la tête de la colonne, où les maires d'Inula et de Nepeta progressaient à grands pas, donnant l'exemple à ceux qui les suivaient. Ils avaient l'air déterminés, comme s'il s'agissait d'une activité normale pour les villages, comme si nous n'étions pas en train de fuir pour sauver notre peau.

Arrivée à leur hauteur, je diminuai mon allure et scannai devant moi à l'aide des capteurs de ma combinaison. Je ne détectai aucun yi dissimulé le long du chemin.

J'ouvris la visière de mon casque.

— La voie est libre sur au moins cinq cents mètres, annonçai-je aux maires.

Ils hochèrent nerveusement la tête en signe de reconnaissance.

Il restait encore huit kilomètres jusqu'au lac annulaire arrière. Il nous faudrait une bonne heure et demie, à mon avis. À nous, en tout cas. La queue de la colonne mettrait au moins une heure de plus à arriver, si ce n'était davantage. Les blessés étaient transportés dans des chariots. Je remarquai sur mon affichage que la combinaison de Zawn s'éloignait de plus en plus. Je n'y pouvais rien, à part demander à la capitaine Ashleigh Kruger, mon ancêtre, de nous accorder un dernier miracle.

Chapitre 2

Les capteurs de la combinaison m'indiquant que le chemin de halage du canal était dégagé, je tentai de me détendre. J'étais encore fatiguée, et le seul fait de penser à Ulei me faisait serrer les dents, mais, à part cela, le simple rythme de notre progression me rassurait. Si les yis attaquaient, j'aurais tout le temps de m'en apercevoir. Il n'y avait pas de véritables forêts entre Farno et le lac annulaire arrière. Nous avions dépassé les bosquets et les vergers du village depuis un moment. C'était la rase campagne désormais, et les dernières plaques de neige avaient toutes fondu. De part et d'autre, la douce courbe du sol de l'habitat m'offrait une vue dégagée sur des kilomètres.

Des figuiers poussaient le long du chemin. Quelqu'un les avait cultivés des années auparavant ; je distinguais parfaitement où l'on avait coupé les branches les plus anciennes, mais de jeunes pousses les avaient dépassées, formant des couronnes hirsutes d'une quinzaine de mètres de haut surplombant le sentier. Mes pas faisaient un bruit de succion sur les fruits qui jonchaient le chemin. Leur pulpe se mêlait à la neige boueuse, rendant le sol piégeux.

Je n'avais jamais vu tant de figues tomber alors qu'elles étaient encore vertes. Puis je jetai un coup d'œil aux branches au-dessus de ma tête. Je les étudiai attentivement. Les grandes feuilles aux larges lobes abîmés avaient pris une teinte vert foncé et s'affaissaient comme de vieux chiffons mouillés. On aurait dit que quelqu'un les avait jetées dans une casserole d'eau bouillante.

— Qu'est-il arrivé aux figuiers ? demandai-je.

— La vague de froid qu'a connue l'habitat les a endommagés, m'expliqua John. Les figuiers sont capables de résister à des températures inférieures à zéro. Mais une gelée soudaine comme celle-là tue invariablement les parties les plus vulnérables de l'arbre, comme les feuilles et les nouvelles pousses.

— Ah.

Je regardai autour de moi. Pour la première fois depuis que nous avions fui la mer centrale, je remarquai que la végétation de l'habitat avait changé. Maintenant que les bandes lumineuses s'étaient rallumées et que le manteau de neige avait fondu, les feuilles semblaient toutes plus foncées de plusieurs tons qu'en temps normal. Les nénuphars agglutinés sur les bords du canal étaient fanés, leurs pétales habituellement écarlates et turquoise devenus d'un jaune maladif et leur pourtour noirci. Même l'herbe n'avait pas été épargnée : elle était emmêlée et chétive comme si elle avait été écrasée par cinq mètres de neige et non tout juste un centimètre.

— Toute cette végétation va s'en remettre ? demandai-je.

— En grande partie, oui, répondit John. Mais les agrumes seront détruits ; il suffit d'une seule gelée. Et de nombreuses cultures devront être semées à nouveau. L'environnement tropical de l'habitat est particulièrement sensible à des changements de température si soudains.

Je me tournai vers les bandes lumineuses au-dessus de ma tête en plissant les yeux.

— Alors, pourquoi les reines-cerveaux n'ont-elles pas gardé les bandes lumineuses éteintes ? Cela nous aurait empêchés de survivre.

— Je considère que les yis savaient très bien quelles seraient les conséquences pour l'environnement s'ils enfonçaient l'habitat dans un hiver rigoureux. La mer centrale et l'habitat sont liés, l'air circule de l'une à l'autre en permanence, ce qui permet de maintenir les taux de gaz atmosphériques à un niveau correct. Sans l'habitat, la mer centrale ne pourrait pas survivre de manière isolée.

— C'est logique, admis-je à contrecœur. Mais, aussi, les yis n'étaient pas à leur avantage dans le froid, non plus. Tu te rappelles ? Les premiers types II que les reines-cerveaux ont envoyés anéantir Ixia étaient tout mous, comme s'ils avaient bu du vin toute la journée.

— En effet, cet élément a pu faire partie de leur décision.

— D'accord. Il est donc probable que les bandes lumineuses resteront allumées pour le moment ?

— C'est ce qui me semble le plus logique, oui.

* * *

Je profitai d'un quart d'heure de répit avant qu'Alice m'appelle encore une fois.

— Ils sont trop chargés, se plaignit-elle.

— Qui ?

— Les villageois de Farno.

— Que transportent-ils ?

— On dirait que certains ont mis la moitié de leur hutte dans leurs sacs.

— Oh, par la Capitaine… ! gémis-je. (Les maires me lancèrent un regard inquiet.) Ce n'est rien, les rassurai-je.

Je n'avais pas l'impression d'avoir été très convaincante.

— Tu veux que je leur dise de laisser une partie de leurs affaires ? demanda Alice.

— Non, répondit Zawn d'un ton sec. Le fait d'ordonner à des gens de faire ce qu'ils ne veulent pas ne fait qu'engendrer du ressentiment. Et que feras-tu s'ils refusent ? Tu les leur arracheras des mains ?

En l'écoutant, j'eus l'impression d'entendre son frère, Elijah. Avant qu'il meure – avant que les yis le tuent, en fait –, Elijah avait tenté de m'enseigner comment gérer les gens afin d'atteindre des objectifs à long terme. Je lui avais à peine prêté attention, car lui et moi n'étions guère amis.

— Je comprends bien, dit Alice. Mais ils ne vont pas avancer bien vite.

— Laissons-les faire, intervint Frazer. Ils apprendront. Quand tous les autres les auront doublés, ils se débarrasseront de leur guano pour rattraper leur retard.

— D'accord, consentit Alice d'un ton dubitatif. L'autre problème, c'est Ulei.

Cela me demanda un important travail sur moi, mais je parvins à contenir un grognement. Je fermai la visière de mon casque pour éviter que les maires me voient et m'entendent.

— Qu'est-ce qu'il a fait ?

— Rien.

— Comment ça ?

— Il refuse de partir. Et un bon nombre de ses amis sont à ses côtés.

— Oh, pour…

Je commençai à comprendre cette histoire du lien entre le sucre dans le sang et l'humeur lorsque je m'imaginai en train de traîner Ulei par la peau du cou jusqu'à Viride, le village au bout du canal, grâce aux muscles artificiels de mon armure. *« Voilà ce qui arrive quand vous ne coopérez pas. »* Cela aurait été dans son propre intérêt. Mais, dès que nous arriverions en lieu sûr, toute forme de cohésion, de front uni pour vaincre les yis, serait perdue. Et nous en avions besoin plus que tout.

— Dois-je les encourager ? demanda Alice d'un ton malicieux.

— Non ! répondis-je en même temps que Zawn.

Frazer gloussa joyeusement.

— Laisse-nous faire, ajouta Zawn.

Je n'avais pas l'intention de protester. Zawn s'était associé aux régulateurs de l'ensemble des villages pour gérer l'arrière de la colonne. Il s'agissait principalement d'aider les traînards. Mais c'était le genre de personnes que même Ulei respecterait.

Peut-être.

— Je te remercie, Zawn, dis-je. Mais ne perds pas trop de temps avec eux, d'accord ?

— Ne t'inquiète pas, je ne vais pas m'éterniser.

— Bien, et sois prudent.

L'icone de Zawn s'effaça.

— J'espère qu'il parviendra à les convaincre.

— « Le gentil flic et le méchant flic », c'est une méthode qui a fait ses preuves, fit remarquer John.

— C'est quoi un flic ?

— Un agent de police… les régulateurs de la Terre. Ils ont mis au point cette technique pour pousser les criminels à coopérer.

Je réfléchis un instant.

— C'est moi le méchant flic ?

— En l'occurrence, oui.

— Ah. Bon, d'accord. Tant que ça fonctionne…

— Je suis convaincu que Zawn n'aura aucun mal à convaincre le maire Ulei, quand il arrivera au village. Rester seul alors que tout ce monde fuit des aliens qui sèment la terreur… il y réfléchira à deux fois. Les humains ont un fort instinct de conservation. S'il prend sa décision trop tard, ce ne sera pas votre faute. Et s'il rejoint la colonne, il trouvera à se justifier en continuant à vous reprocher d'avoir provoqué les yis. Il parviendra peut-être même à persuader ses partisans que c'est lui la victime dans cette affaire.

— Mais tout le monde l'a vu se disputer avec moi.

— Un politicien compétent sait d'instinct modeler la perception que l'on peut avoir de ce genre de situation. Vous portiez une armure intimidante équipée d'armes puissantes et vous lui criiez rageusement de vous obéir.

— Parce que je voulais qu'il vive ! protestai-je.

— Absolument. Et vous aviez raison. Mais vos ancêtres auraient dit que le fait de contraindre publiquement quelqu'un à faire quelque chose alors qu'il y est peu disposé pourrait « nuire à votre image ». La civilisation – en tant que cadre dans lequel vous êtes libre de vivre sans crainte – est atteinte par des citoyens qui acceptent d'établir un équilibre entre la liberté individuelle et le respect de la loi. Malheureusement, tout le monde a sa propre idée de l'endroit où ça se trouve.

— Tu veux dire que je ne peux pas gagner ?

— Dans ce cas particulier, c'est peu probable.

Ce n'était pas la réponse que je voulais entendre. Mais je me dis que je faisais partie des justes en souhaitant que le maire Ulei aille malgré tout se réfugier en lieu sûr dans la partie arrière. Qu'importe si c'était un vrai con.

* * *

Je ne m'étais pas trompée à propos du temps nécessaire pour atteindre Viride : on y arriva presque deux heures après avoir quitté Farno. Et, comme dans ce dernier village, un comité d'accueil nous attendait sur le chemin de halage. Dès que j'aperçus ces gens, se tenant nerveusement devant nous, je demandai un grossissement maximal aux capteurs de ma combinaison.

Scott ne se trouvait pas parmi eux.

La maire Yamary se trouvait debout devant les siens, nous observant avec une expression d'acquiescement las. Je la connaissais, bien sûr, depuis que j'avais assisté au bal de Viride quelque temps auparavant ; j'avais été intriguée par le fait qu'elle n'avait qu'une quarantaine d'années et faisait son travail d'une manière enjouée qui semblait motiver sa population. Par la suite, je m'étais dit que, si je devenais un jour maire d'Ixia – oui, d'accord, c'était peu probable –, j'adopterais exactement le même genre d'attitude.

Cela allait tellement à l'encontre des maires typiques qui avaient pour la plupart la soixantaine et faisaient en sorte que tout le monde sache combien ils étaient humbles face au fardeau de la responsabilité qu'ils avaient accepté avec tant de réticence.

Tandis que nous approchions, je bus longuement à l'embout de sirop de la combinaison. Je préférais éviter de montrer une trop grande impatience lors de notre entretien. Fininen avait rattrapé les autres maires qui m'accompagnaient. Lui aussi avait peut-être été gêné par mon attitude. Je lui adressai un sourire radieux pour lui montrer qu'il n'avait aucune raison de s'inquiéter. Il n'eut pas l'air rassuré pour autant.

Nous nous trouvions encore à une dizaine de mètres lorsque j'aperçus une lueur de reconnaissance dans le regard de Yamary. J'avais ouvert ma visière pour leur montrer que je n'étais qu'une humaine.

— Hazel, me salua-t-elle d'un air impassible. À vrai dire, je ne suis pas surprise de vous voir à la tête de ces gens. Que se passe-t-il ? Nous avons aperçu la fumée. Venait-elle d'Ixia ?

La fumée ne venait pas seulement d'Ixia. *C'était* Ixia. Lors de l'attaque des yis, le village entier avait été réduit en cendres. Nos armures étant extrêmement puissantes, les yis s'étaient abrités dans les huttes. Je n'avais pas eu le choix… comme je ne cessais de me le répéter.

— Oui, la fumée venait d'Ixia, concédai-je.

— Où allez-vous avec tout ce monde ?

— Je les conduis dans les compartiments arrière.

Yamary écarquilla les yeux.

— Sur l'autre rive du lac ?

— Oui.

— Comment ça ? Non, oubliez ça. Pourquoi ?

— Nous devons y emmener tout le monde, y compris les habitants de Viride. C'est le seul endroit où nous pourrons être en sécurité.

— À l'abri des yis ?

J'avais oublié que Yamary avait assisté au conclave d'Akebia, quand j'avais montré des images des yis à l'ensemble des maires. Elle devait être de retour à Viride depuis quelques heures seulement, et le trajet avait dû être long et désagréable, dans l'obscurité la plus totale.

— Oui. Euh… la situation s'est considérablement aggravée. J'ai des images…

— Je te remercie, Hazel, m'interrompit aussitôt Fininen. Yamary, nous avons beaucoup de choses à nous dire en très peu de temps.

Il fit signe aux autres maires d'approcher, et tous se regroupèrent autour de Yamary.

Je me retins de prendre un air soupçonneux. Je me contentai d'appeler Frazer.

— Tu as trouvé un moyen de nous faire traverser le lac annulaire ? lui demandai-je.

— Et comment, nom d'un crapaud !

J'aimais qu'on ait de l'assurance, mais moins qu'on fasse preuve de suffisance. Mais c'était Frazer, et l'un n'allait pas sans l'autre.

— Alors, comment ?

— Tu as déjà entendu parler de « cloisons antivague » ?

— Je parle rarement d'autre chose…

Cela le fit éclater de rire. À mes dépens.

* * *

Frazer arriva une vingtaine de minutes plus tard, sa combinaison produisant un bruit sourd à chacun de ses pas alors qu'il se hâtait le long du chemin de halage. L'entendant arriver, les personnes présentes dans la colonne s'écartèrent en vitesse.

J'avais espéré pouvoir me reposer jusqu'à son arrivée. Fininen expliquait à Yamary et aux régulateurs de Viride pourquoi nous tentions tous d'atteindre la partie arrière. Il semblait bien s'en sortir. Contrairement à Ulei, Yamary ne protestait guère. Cela me fit extrêmement plaisir, et signifiait que je ne serais pas obligée de montrer de nouveau l'enregistrement. Chaque fois, je revivais ce qui était arrivé à Mortos sur cette promenade, la façon dont il avait été tué…

Ces images me rappelaient également de quelle façon nous avions été séparés quand les yis nous avaient attaqués. Comment Rell, Shao, Josephine et Alisha avaient dû se débrouiller seuls pour quitter la partie avant. Je continuais à m'inquiéter pour Rell. Pour les trois autres aussi, mais surtout pour Rell. Nous avions fait connaissance quelques semaines auparavant seulement, lors d'un bal à Akebia, où il était apprenti médecin. Je tentais alors de me reconstruire après mon aventure avec Zawn. Je l'avais aperçu à l'autre bout de la piste de danse. J'aurais pu me croire dans la peau d'Elizabeth Bennet, sauf que, au premier regard, cette dernière avait été repoussée par M. Darcy. Entre Rell et moi, l'attirance avait aussitôt été aussi mutuelle qu'intense, ce qui l'avait rendue assez merveilleuse. Bien sûr, comme j'avais fini par m'en rendre compte, Zawn était aussi quelqu'un de très bien. Mais, alors, je venais de vivre une rupture difficile avec lui. Depuis, Zawn et moi avions souffert l'enfer ensemble sur la promenade de la mer centrale. Il m'avait annoncé qu'il m'aimait. Et je ne l'avais pas repoussé. Il m'avait aussi embrassée… Enfin, à ce moment-là, nous pensions que nous allions probablement mourir.

Était-ce une excuse valable ? Rell me comprendrait-il et me pardonnerait-il ? Et puis, qu'étais-je censée faire de Zawn à présent ? Je ne pouvais pas – vraiment pas – le repousser de nouveau. Ce serait trop cruel.

Capitaine me protège, oui, ma vie amoureuse était une catastrophe de la même ampleur que l'impact qui avait perforé le *Daedalus*. Raison pour laquelle j'étais contente, d'une certaine manière, de devoir guider des milliers de réfugiés vers la partie arrière pour les mettre à l'abri. Le fait de devoir m'occuper d'individus comme Ulei me permettait de me concentrer sur des problèmes immédiats.

* * *

Quand j'avais atteint le lac annulaire et n'étais plus obligée de surveiller tout le monde, je m'approchai du rivage. Le niveau de l'eau était plus élevé qu'avant. Lorsque les yis avaient éteint les bandes lumineuses, ils avaient également coupé les chutes d'eau sur la paroi avant. L'eau était un élément important du Cycle dans le *Daedalus*. Elle était pompée dans le lac annulaire arrière et acheminée jusqu'au système d'arrosage fixé au ciel qui permettait de fournir une pluie abondante toutes les trois nuits. Mais elle jaillissait aussi des chutes d'eau de la paroi avant, pour s'écouler ensuite sur toute la longueur de l'habitat grâce à un réseau de vastes canaux, avant de revenir dans le lac annulaire. Les pompes ayant été arrêtées, les canaux s'étaient tous vidés dans le lac, ce qui en avait élevé le niveau.

Les prairies descendant en pente douce jusqu'à la berge étaient désormais de larges bandes de terre marécageuse, où je m'enfonçais jusqu'aux chevilles. En scrutant la rive irrégulière, j'eus l'impression que les vieux manguiers aux larges troncs jadis penchés au-dessus du lac s'étaient avancés dans l'eau. Les fruits jaunes et mûrs accrochés aux branches inférieures touchaient presque sa surface immobile.

Jetant un coup d'œil résigné sur la terre gorgée d'eau, je me concentrai sur la rive opposée. À cinq kilomètres de là se trouvaient les déversoirs, des barrages semi-circulaires en pierre façonnée pour produire un bord festonné où l'eau était censée se déverser par les interstices et descendre une série de paliers jusqu'aux valves des pompes. À présent, je distinguais tout juste le sommet de chacun des blocs, qui dépassait de l'eau de quelques centimètres.

Derrière se dressait une falaise abrupte de roche gris foncé de deux cents mètres de haut surmontée d'une large corniche, au-dessus de laquelle le reste de la paroi terminale s'incurvait doucement jusqu'à l'extrémité du ciel. Si la paroi avant de l'habitat était dotée d'une surface accidentée, défigurée par autant de fissures que de renflements, la paroi arrière était aussi lisse que du bois poli au tour. En fait, les seules imperfections que je distinguai sur la falaise étaient des lignes droites tracées à quarante-cinq degrés.

Même la caméra de ma combinaison, au maximum de son zoom, n'était pas en mesure de m'en fournir une image correcte.

— Que sont ces lignes ? demandai-je à John.

— Des escaliers, me répondit-il. Si vous regardez bien, vous verrez que chacun d'eux débute à l'endroit où deux déversoirs se rejoignent, au pied de la falaise. Quand le niveau du lac est normal, il y a un petit embarcadère pour les bateaux.

— Ce n'est pas dangereux ? Et s'ils sont emportés jusqu'au déversoir ?

En fait, je me souvenais que Scott m'avait expliqué qu'aucune embarcation ne s'aventurait près des déversoirs, de peur que cela se produise.

— Au-dessus des ouvertures, les grilles empêcheraient qu'un bateau, et même un être humain, soit happé. Si un tel accident venait à se produire, il y a de l'autre côté du barrage des échelles pour sortir.

— D'accord, marmonnai-je sans enthousiasme.

Même sans le fort courant qui poussait les navires vers les ouvertures, je ne voyais pas comment nous pourrions trouver assez d'embarcations pour faire passer tout le monde. Et je n'avais vraiment pas envie d'emprunter les voies souterraines qui passaient sous le lac. Je redoutais que les yis les inondent lorsque nous nous trouverions à mi-chemin. Ne nous restaient plus que les « cloisons antivague » de Frazer. Entendant une légère agitation derrière moi, je me retournai à temps pour voir mon frère passer en courant devant la foule qui commençait à s'agglutiner aux abords de Viride. Il s'approcha de moi, ralentissant au fur et à mesure que ses pieds s'enfonçaient dans la boue. Il ouvrit la visière de son casque, révélant son visage aux yeux bleu-gris écarquillés par l'excitation.

Une frange de cheveux blonds était collée à son front par la sueur.

— Nous sommes arrivés ! s'exclama-t-il joyeusement.

— Effectivement. Mais, à présent, il nous faut aller là-bas.

Je désignai du doigt l'imposante falaise à cinq kilomètres de là.

Son sourire s'élargit.

— Suis-moi.

Au centre de la plupart des villages se dressait un bâtiment datant d'avant la Mutinerie, qui servait de salle commune équipée d'une cuisine. Souvent, ces bâtiments hébergeaient également un hôpital, et, quand ils étaient suffisamment grands, le maire et le régulateur en chef y avaient aussi leurs bureaux. Nous avions découvert qu'il s'agissait de stations pour le système de transport souterrain que les yis avaient fermé et condamné lors de leur prise de pouvoir.

La salle de Viride était un peu plus petite que la moyenne, avec un toit incurvé soutenu par des baies vitrées. J'en fis le tour avec Frazer et les maires, suivis en silence par de nombreux villageois qui nous observaient avec intérêt. La plate-forme de Cyclage était là, quelques mètres au-delà de la verrière. Ces plates-formes étaient une autre caractéristique commune à tous les villages. Quand les gens recevaient la Bénédiction, ils s'étendaient sur ces simples monte-charge qui faisaient descendre leurs corps sous terre et les emportaient vers les machines de recyclage. C'était du moins ce que nous pensions. Pour la population, ils constituaient des lieux plus ou moins sacrés. Lorsqu'on monta dessus, Frazer et moi, Yamary nous lança donc un regard inquiet.

— Vous n'allez pas descendre, n'est-ce pas ? demanda-t-elle.

— Bien sûr que si, répondit Frazer.

— Ce n'est pas dangereux ?

— Pas vraiment. Et il y a en bas une chose dont nous avons besoin ; j'ai la méthode qui va nous permettre de franchir le lac annulaire, annonça-t-il sur ce ton supérieur des plus agaçants, surtout pour les adultes.

— Mais… comment ?

Frazer avait déjà appuyé sur le bouton de la plate-forme, qui commença à nous faire descendre. Dès qu'on se trouva sous le niveau du sol, les portes de sécurité se refermèrent sur l'ouverture, nous mettant à l'abri des regards.

— Mauvaise image, Frazer, le prévins-je.

— Pardon ?

— On ferait mieux d'inclure les maires dans ce que nous faisons.

— Pourquoi ? Ce sont des idiots.

Je soupirai.

— Sans doute. Mais c'est eux que les villageois écoutent.

— Alors, les villageois sont encore plus bêtes.

— Peut-être. Mais… Oh, peu importe.

J'étais trop stressée pour discuter avec lui, et, de toute façon, cela n'aurait servi à rien.

Quand la plate-forme toucha le plancher en dessous, un plan de la petite station souterraine s'afficha dans mon casque. Elle était agencée comme celle d'Oxalis, avec cinq salles qui desservaient les transports, mais celle-là comportait une salle supplémentaire. D'après mon affichage, il s'agissait du « poste de commande des systèmes hydrauliques ».

Au plafond, les petits cercles bleus de l'éclairage secondaire étaient juste suffisants pour révéler une pièce rectangulaire équipée d'une rangée de consoles sur un côté. Derrière elles étaient alignées quatre grandes colonnes gris mat aux socles imposants. Frazer s'agenouilla devant la première. Il évita de perdre du temps à tenter d'ôter les panneaux d'inspection, se contentant d'enfoncer son poing au travers et d'en arracher le couvercle.

Il plongea la main à l'intérieur.

Je savais ce qu'il faisait : il sectionnait les minces fibres blanches qui s'infiltraient dans tous les systèmes électroniques du *Daedalus*, le réseau nerveux des reines-cerveaux qui avaient saisi le contrôle de nos machines, ce qui leur avait permis de maîtriser l'arche. Lorsqu'il eut terminé de libérer la quatrième colonne, de fines lignes violettes et ambrées défilèrent sur les écrans des consoles.

Il ne fallut que quelques minutes à Frazer pour lancer leur système d'exploitation. Pour éveiller les anciens mécanismes régulant les cloisons antivague, il fallait suivre une séquence particulière. En voyant ses mains parcourir les touches et les diagrammes de commande lumineux, j'éprouvai pour lui un élan d'admiration inhabituel. Il avait toujours été intelligent. Enfin, je n'étais pas stupide, mais son cerveau fonctionnait à un niveau supérieur à celui que je pourrais jamais atteindre. Et voilà qu'il était en train d'activer un dispositif qui allait sauver des milliers de personnes. Et il le faisait avec une telle assurance, comme si c'était parfaitement ordinaire. Cela l'était sans doute, à ses yeux. Mais il n'avait que quatorze ans. Et si cela ne fonctionnait pas ? Je refusais d'y penser, et je m'abstins d'évoquer cette possibilité à voix haute.

Il appuya avec ses doigts sur un carré mauve bordé d'émeraude. L'affichage des consoles se modifia aussitôt, les écrans se remplissant de symboles et de textes verts avec quelques touches écarlates.

— Et le tour est joué ! annonça-t-il avec joie. Allons voir, allez !

Et il sortit en courant du poste de commande.

Je me gardai de l'inciter à la prudence et de le sermonner pour qu'il se méfie de l'éventuelle présence de yis au sein de la petite station souterraine. Son enthousiasme était contagieux, et, pour une fois, je ne comptais pas me cantonner à mon rôle habituel de grande sœur désespérante. Je vérifiai donc que les capteurs de ma combinaison étaient bien à l'affût du moindre signe d'activité yi, et je me lançai sur ses talons.

* * *

Lorsque la plate-forme nous ramena à la surface, plus de la moitié de la colonne de réfugiés était arrivée à Viride, s'affairant autour de la rangée extérieure de huttes. Maintenant qu'ils ne marchaient plus, leur incertitude s'était accrue. En passant au milieu d'eux pour gagner la rive du lac annulaire, je lus leur malaise dans les regards qu'ils nous lançaient à Frazer et à moi. La mine fermée, le silence qui se faisait sur notre passage, pas une franche hostilité… pas encore. Mais tout ce que ces gens voyaient, c'était les cinq kilomètres d'eau qui les séparaient de la paroi arrière, où je leur avais promis qu'ils seraient à l'abri des yis. La tension qui montait me préoccupait. La moindre étincelle pouvait la transformer en colère.

Quand on atteignit la prairie marécageuse, Frazer se mit à ricaner. Je m'arrêtai à une quinzaine de mètres de l'eau lorsque, à cause du poids de mon armure, je commençai à trop m'enfoncer dans le sol pour me sentir à l'aise. Je savais d'expérience que Frazer ne laisserait rien filtrer de ce qui allait se passer.

Il savourait le fait que personne d'autre que lui ne le savait.

Je laissai tomber.

— John ?

— Oui, Hazel ?

— Qu'est-ce qu'une cloison antivague ?

— C'est un dispositif physique, souvent une plaque ou un anneau en grille, utilisé pour atténuer les mouvements instables qui se produisent dans les liquides durant leur transport dans des réservoirs. Ces cloisons empêchent le liquide de trop s'agiter.

Je fronçai les sourcils.

— Alors, où peut-on en trouver à bord du *Daedalus* ?

— Il y en a vingt dans le lac annulaire et neuf dans la mer centrale.

L'eau devant moi était parfaitement tranquille ; même quand les chutes d'eau et les déversoirs fonctionnaient, je n'avais jamais vu plus de quelques ondulations.

— Je ne comprends pas.

— Lorsque les moteurs à antimatière se déclenchent, ils accélèrent le *Daedalus* vers l'avant. L'eau du lac annulaire va donc déferler vers l'arrière, où elle va heurter la falaise à sa base. Elle rebondira alors et tentera d'aller vers l'avant. Mais l'accélération continue de la pousser vers l'arrière. Des vagues se formeront alors dans les deux sens et s'entrechoqueront. Compte tenu de l'énorme volume d'eau en jeu, l'instabilité de sa masse qui se déplace de manière erratique doit être éliminée. Les cloisons antivague sont une succession d'obstacles disposés de manière à entraver et à réduire les oscillations.

— D'accord… Mais…

Je vis quelque chose remuer au milieu du lac. Mon sang se figea. Le mouvement ressemblait à la vague d'étrave que j'avais déjà eu l'occasion de voir dans la mer centrale, causée par un énorme yi de type IV qui se déplaçait juste sous la surface. Sauf que cette vague-là s'étirait sur une longue ligne.

L'eau qu'elle déplaçait était chargée de vase brune. Elle mesurait déjà plus de cinq cents mètres de long. Puis de plus petites vagues se formèrent à angle droit.

La houle de sédiments s'épaissit. L'espace d'un instant, on aurait dit que toute une partie du lac s'était transformée en boue bouillonnante.

Derrière nous, les murmures firent place à des cris excités. Les gens s'enfoncèrent prudemment dans la prairie boueuse, souhaitant s'approcher pour comprendre ce qui se passait.

La forme de la cloison antivague était à présent claire. Son échine s'étendait de la rive du lac annulaire devant moi jusqu'à la falaise, à cinq kilomètres de là. En fait, elle atteignit le pied d'un des escaliers. De chaque côté se déployaient à angle droit une succession de parois, les plus courtes près de nous, les plus longues vers la paroi terminale.

On aurait dit des arêtes de poisson.

La cloison à proprement parler commençait à faire surface. Du vieux métal enfoui sous des monticules visqueux de boue et d'algues qui retombaient déjà dans l'eau. Les cris des villageois avaient fait place à un tonnerre d'applaudissements et d'acclamations. Frazer pressa ses lèvres tremblantes l'une contre l'autre.

« Ça a fonctionné », articula-t-il en silence.

Je l'étreignis, nos armures s'entrechoquant dans un puissant fracas.

— Tu as réussi ! m'exclamai-je. Capitaine soit louée, Frazer ! Tu as réussi. Tu es un génie ! Ils vont pouvoir survivre. Tous autant qu'ils sont.

Hochant sèchement la tête, il baissa brusquement la visière de son casque. Mais j'eus le temps d'apercevoir le scintillement de ses premières larmes.

La cloison antivague continua à monter, se déchargeant progressivement d'une quantité de boue impressionnante, comme si une créature titanesque se réveillait paresseusement de cinq siècles de sommeil. Je commençais à me demander jusqu'à quelle hauteur elle s'élèverait lorsque le mouvement finit par ralentir avant de s'interrompre entièrement. Le sommet de l'arête centrale se dressait à une bonne quinzaine de mètres au-dessus de la surface de l'eau, d'où se détachaient encore de grandes plaques de boue, révélant progressivement une large passerelle équipée de garde-corps de part et d'autre. À une trentaine de mètres de la rive, elle commençait à s'incliner, formant une rampe qu'il serait assez facile de gravir. J'estimais que nous pourrions même y faire monter les chariots. Quant à convaincre les chevaux, eh bien, ce serait une autre paire de manches.

Je parcourus du regard la distance entre la prairie détrempée et le début de la rampe. D'après mes calculs, elle débutait à peu près à l'endroit où le rivage était censé se trouver. Je me tournai vers les maires.

— Il va nous falloir poser des planches sur la boue jusqu'à l'endroit où commence la rampe, ça facilitera la tâche de tout le monde et sera plus rapide.

— Bien, Fille de la Capitaine, dit Fininen.

Il avait un drôle d'air. Il était incontestablement intimidé par l'apparence majestueuse de la cloison, mais il semblait tout aussi déconcerté par Frazer et moi. Je compris qu'il s'attendait probablement à ce que le lac annulaire empêche toute tentative d'atteindre la partie arrière.

Ouais, eh bien, moi aussi.

— Nous allons nous en charger, répondit courtoisement Yamary.

Elle s'éloigna d'un pas preste, criant des instructions à ses hommes.

— John ?

— Oui ?

— Sais-tu où se trouve l'entrée de la section d'ingénierie sécurisée la plus proche ?

— D'après Lazarus, la section d'ingénierie D-5 est encore sûre. Elle se trouve le long de la corniche, à cent quinze mètres à gauche de l'extrémité de la cloison.

— Je te remercie. Frazer ?

— Oui, Fille de la Capitaine ?

J'évitai de relever son ton moqueur.

— Vas-y en premier. Conduis les gens à l'ingénierie D-5. Je reste là avec Zawn et Alice. Si les yis décident d'attaquer quelque part, ce sera ici. Nous allons devoir mettre en place une bonne défense.

— D'accord.

— Bien, je vais…

Commençant à remonter la pente, je sursautai de surprise. Les muscles artificiels de mon armure amplifièrent chacun de mes mouvements.

Il se tenait là, souriant d'un air entendu et admiratif.

— Scott ! lâchai-je.

Je sentis mes joues se mettre à brûler dangereusement.

— Salut, toi.

— Euh… salut.

Son grand sourire décontracté était tout aussi charmant que dans mes souvenirs.

— J'aurais dû me douter que tu étais derrière tout ça, dit-il en plaisantant. D'une certaine manière, je n'ai pas été surpris de te voir à l'écran pour nous annoncer que le *Daedalus* avait une fuite et que tu allais la colmater.

— Ah oui, ça… Alors, euh… comment ça va ?

— Très bien, merci.

Il tenait une jeune femme par les épaules. Hypnotisée par le beau visage de Scott, je n'avais pas vraiment remarqué sa présence. Je me tournai vers elle. Elyaine… c'était forcément elle. Je ne l'avais jamais rencontrée, mais j'avais boudé pendant des jours quand j'avais appris qu'il l'avait épousée, trois semaines seulement après le bal.

Naturellement, Elyaine était ravissante, ses traits marqués la rendaient presque aussi belle qu'Alice, avec une peau éclatante, de grands yeux en amande et une jolie chevelure noire bouclée. Un sourire doux, aussi, le même que celui de Scott. Ces deux-là s'accordaient en tous points. Viride était incontestablement le village des belles personnes.

Je la regardai fixement, me sentant rougir davantage. Sa robe de coton bleu était tendue sur son ventre. Si mon armure me l'avait permis, je me serais recroquevillée.

— Euh… félicitations, bredouillai-je.

J'avais l'impression d'être parvenue à prendre un ton approbateur. Ils se regardèrent d'un air affectueux. Scott posa une main sur son ventre, le caressant avec tendresse.

— L'accouchement est prévu dans environ quatre mois, annonça-t-il en la couvant du regard.

Je me souvenais de ce ton à l'époque où nous… *Arrête ça !*

— La maire a dit que vous étiez poursuivis par des aliens ? demanda Elyaine d'un ton hésitant. Ils ont attaqué Ixia ?

Je savais ce qu'elle voulait qu'on lui réponde : *« Non. Rien de grave, il ne va rien se passer, la vie va continuer comme avant… »*

Franchement, ça ne m'aurait pas dérangée qu'on me le garantisse aussi.

— Oui, répondis-je. Et ce sont des aliens très hostiles. Il va donc falloir que tout le monde aille de l'autre côté du lac annulaire. Nous y serons en sécurité. Les vieilles machines intelligentes nous protégeront.

— « Hostiles » ?

Elle s'appuya contre Scott.

J'en étais incapable ; je ne pouvais pas lui dire à quel point la situation était périlleuse.

— Je vous expliquerai tout ça plus tard. Contentez-vous de traverser le lac, d'accord ? Suivez Frazer.

Le regard de Scott se durcit. C'était celui d'un père protégeant sa petite famille. Cela le rendit encore plus charmant.

— Qui est Frazer ?

— Mon frère, répondis-je en faisant un grand geste, m'apercevant alors que Frazer se tenait juste derrière moi.

Cette fois, je parvins à me retenir de sursauter, mais je me promis de modifier le réglage des capteurs de proximité de ma combinaison.

— Salut, Frazer, dit Scott avec enthousiasme.

— C'est donc toi, Scott ? demanda Frazer. J'ai beaucoup entendu parler de toi.

— Vraiment ?

— Hazel ne cessait plus de parler de bateaux après avoir visité Viride.

Elyaine me lança un regard intrigué.

— De bateaux ?

— C'était la première fois que j'en faisais, expliquai-je d'un ton détaché. Scott m'a emmenée dans le sien. C'était très gentil de sa part.

Dans mon casque, j'entendis résonner la voix d'Alice.

— Je suis presque à Viride. Je fais un zoom avec la caméra de ma combinaison, pour voir… Oh là là, est-ce que ce ne serait pas Scott devant toi, par hasard ?

— Je dois y aller, déclarai-je. Il faut que je dise aux maires ce qu'ils doivent faire.

— Ravi que quelqu'un se donne enfin cette peine, sourit Scott.

— Scott… Il faut que vous traversiez le lac. S'il vous plaît. Tous les deux.

Prenant ce que je pensais être mon air le plus sérieux, je m'éloignai avant que mes joues brûlantes se mettent à faire fondre mon casque.

— Il est toujours aussi beau ? se moqua Alice.

— Je te déteste vraiment.

Elle éclata de rire.

En fait, si on mettait de côté l'énorme gêne causée par le fait d'avoir rencontré sa femme enceinte, je trouvai que c'était une bonne chose de l'avoir revu. Il appartenait désormais résolument au passé.

— Je suis heureux d'avoir enfin vu Scott, annonça John.

— Ne commence pas, toi, lui rétorquai-je.

— Ne le prenez pas mal. Je voulais simplement dire que je pouvais désormais le classer de manière efficace. Vous parlez beaucoup de lui.

— Ah bon ?

— Oui.

— Eh bien, ce ne sera plus le cas.

Il avait épousé Elyaine, je pouvais donc légitimement cesser de penser à lui. Ne me restait plus qu'à trouver le moyen de régler mon problème actuel concernant les deux autres garçons.

* * *

Il fallut moins de cinq minutes aux équipes du village pour aménager un chemin de planches de bois jusqu'à la rampe. Frazer ouvrit la voie.

Je ne fus guère étonnée de voir Itzy marcher à ses côtés. Ils étaient tous les deux en pleine discussion.

— Méfie-toi des yis, lui rappelai-je. N'oublie pas qu'ils sont aquatiques.

— Non ? Vraiment ? J'avais oublié. Mais je crois plutôt que tu voulais dire qu'ils étaient amphibies, non ?

— Sois simplement… prudent, d'accord ? S'il te plaît ? Je vois maman qui gravit la rampe, là.

— Pigé. Ne t'inquiète pas.

À l'aide des capteurs de ma combinaison, je scannai les chariots en attente dans la prairie, cherchant celui où se trouvait mon père. C'est Tanari que j'aperçus en premier, sa robe noir et violet couverte de boue à cause du trajet. Elle se tenait à côté du chariot, l'air hagard. Toutes les personnes à bord des véhicules ou alentour semblaient partager son épuisement.

Papa était étendu auprès de trois autres blessés d'Ixia. Me voyant approcher, il se hissa sur ses coudes en souriant.

— Tu nous as conduits jusqu'ici, dit-il fièrement. Je savais que tu réussirais.

— Merci, papa, répondis-je en lui retournant un sourire sans âme.

Il était terriblement pâle. Du sang débordait de la peau artificielle sur son bras.

— Allonge-toi, lui ordonna Tanari.

— Comment te sens-tu ? lui demandai-je.

— Un peu fatiguée, répondit-elle avec un sourire contrit, avant de désigner le lac d'un signe de tête.

— Quoi qu'il soit, ce truc est vraiment impressionnant.

— Ça s'appelle une cloison antivague, et je n'ai rien à voir avec ça. C'est Frazer qui en a découvert l'existence et qui l'a fait surgir de l'eau.

— Ah, ce garçon…, dit papa d'un ton émerveillé, avant d'être pris d'une quinte de toux.

— Tu veux bien t'allonger ! répéta Tanari.

J'imaginais qu'elle avait dû passer la majeure partie du trajet à le lui rabâcher.

— Il y aura de meilleures machines médicales dans la partie arrière, leur promis-je. Ce ne sera plus très long, maintenant. Nous y serons sans doute dans moins d'une heure.

— Il va d'abord falloir qu'on monte sur ce truc, me rappela papa.

Il suivait du regard l'un des chariots qui gravissaient la rampe, le vieux cheval de trait auquel il était attelé progressant lentement, d'un pas mal assuré. Sur le rivage, l'immense foule de réfugiés attendait son tour avec impatience. Je devinai leur exaspération tandis qu'un nouveau chariot s'engageait sur la rampe. Les hommes qui traînaient derrière le poussaient en pressant leurs épaules contre son châssis, le faisant avancer le plus vite possible.

Chapitre 3

D'après mes estimations, un peu plus de sept mille personnes m'avaient suivie jusqu'à Viride, dont la population d'un millier d'âmes venait s'ajouter à ce total. À ce rythme, il faudrait deux bonnes heures pour que les derniers franchissent le chemin de planches improvisé et atteignent la passerelle, puis encore une heure pour qu'ils traversent le lac. Au moins, une fois les chariots sur la passerelle, ils progressaient à un rythme acceptable.

— Tu vas y arriver, promis-je à papa lorsque son chariot s'ébranla.

— Quand nous arriverons dans cette section, derrière la paroi terminale, les machines intelligentes pourront-elles me fabriquer une nouvelle jambe ? demanda-t-il en lançant un regard dépité au moignon brisé de sa jambe de bois.

— Ce sera possible ? demandai-je à John.

— Absolument. Les prothèses faisaient appel à des technologies éprouvées quand le *Daedalus* a quitté la Terre. Les bâtibots devraient être à même de produire un membre de remplacement cyborg sans la moindre difficulté. Il fonctionnera exactement comme l'original.

— Il fonctionnera ? demanda papa d'un air hébété. Tu veux dire qu'il sera doté de muscles ?

— Oui. Beaucoup plus petits que ceux de l'armure de Hazel, mais le principe est le même.

— Louée soit la Capitaine ! Ça m'a l'air parfait. Mais ça ne m'empêchera pas de toujours vouloir une de ces armures.

— Papa !

Tanari donna l'impression de vouloir le gifler.

— Allons, Hazel, insista-t-il, tu sais aussi bien que moi que les yis ne vont pas abandonner si facilement. Pas maintenant, pas après nous avoir dominés pendant cinq cents ans.

— La situation va s'améliorer, lui promis-je. Il faut juste que vous traversiez le lac. Nous déciderons alors de la suite des événements.

Il m'adressa un salut débordant d'affection alors que le chariot s'éloignait en balançant sur le chemin en planches.

* * *

Je discutais avec le chef Atov et les autres régulateurs, qui avaient eu la tâche peu enviable d'« encourager » tous ceux qui avaient eu du mal à suivre le rythme. Ils étaient parvenus à les mener à destination, parfois même en portant ceux qui avaient surestimé leur capacité à parcourir les vingt-six kilomètres qui les séparaient du lac annulaire. Je demandai à Atov d'aller voir Oroko, le régulateur en chef de Viride, qui avait promis de nous fournir des chariots supplémentaires. Ne restaient donc plus qu'Alice, Zawn et moi, déployés autour du village pour surveiller les environs, à l'affût du moindre indice de la présence de yis. Je suçai l'embout de sirop, mais cela ne permit aucunement d'atténuer ma sensation de faim. Tout ce que je voulais, c'était que ce périple insensé prenne fin.

— J'ai quelque chose, annonça Zawn.

— Quoi donc ? demandai-je en chœur avec Alice.

— Les capteurs de ma combinaison ont repéré du mouvement dans une plantation de jacquiers, celle qui se trouve à un kilomètre du village dans le sens de la rotation. Il y a plein de sources infrarouges là-dedans.

— Des yis ? m'enquis-je.

— Si c'est le cas, ce sont des types II. Ils ne sont pas assez grands pour être des III.

— Ça ne pourrait pas être du bétail ? demanda Alice.

— Je ne crois pas, mais je ne peux pas en être certain. Des moutons, peut-être ?

— Si ce sont des types II, vous feriez bien d'aller faire un tour à cette plantation, fit remarquer Frazer. Maintenez-les à l'intérieur et mettez le feu, comme à Ixia.

Je me tournai vers le lac annulaire. Au cours de la dernière heure, le nombre de personnes qui patientaient sur la rive ne semblait pas avoir beaucoup diminué. Pourtant, des milliers d'individus longeaient le sommet de la cloison. De l'endroit où je me trouvais, c'étaient de simples silhouettes noires, tels de grands coléoptères évoluant d'un pas régulier. Il leur fallait beaucoup de temps pour traverser. Les restes de boue encore présents sur la passerelle rendaient leur progression plus lente que je l'aurais souhaité. Et les chariots ne leur facilitaient pas la tâche. Je m'attendais à ce que Frazer ait déjà atteint la paroi arrière, mais il lui restait encore un kilomètre et demi à parcourir.

Si c'était bien un troupeau de yis tapi dans la plantation de jacquiers, il serait impossible de faire monter tout le monde sur la passerelle avant qu'ils nous rattrapent. Cela signifiait que nous allions probablement devoir les affronter directement. Et par « nous », j'entendais nous trois. Je vérifiai l'état de ma combinaison. Elle disposait de suffisamment d'énergie pour la lame-D et le jet à air chaud, mais il ne me restait que sept grenades et vingt pour cent de ma dotation initiale de balles.

Je me précipitai alors vers Atov et Oroko.

— Il faut que tout le monde se regroupe, leur expliquai-je. Nous pensons que les yis nous ont repérés.

— On va essayer, me promit Atov, avant de donner des ordres aux régulateurs.

— Des suggestions tactiques ? demandai-je à John.

— Soyez aux aguets, une attaque pourrait venir d'une autre direction. Les jacquiers sont loin. Les yis savent que vous les verrez approcher de là-bas et que toute votre attention sera braquée sur eux.

— Très juste. Zawn ?

— Oui ?

— Va sur la plate-forme de Cyclage, derrière la salle commune, et détruis-en le mécanisme. On aurait dû le faire avant.

— Compris.

Atov et les régulateurs ayant ordonné à tout le monde de se regrouper, l'ambiance relativement bon enfant qui régnait sur le rivage s'assombrit aussitôt. La file progressait plus rapidement désormais, chacun se hâtant de longer les planches et de gravir la rampe. Je vis certains mécontents jouer des coudes le long de la passerelle tandis que ceux qui se trouvaient derrière commençaient à pousser vers l'avant avec une grande nervosité. Les chariots qui roulaient là-dessus me paraissaient à présent incroyablement lents. Je ne savais pas trop où se trouvait celui de papa, sans doute à cinq cents mètres de la tête de la colonne. Au moins, maman n'était pas loin de Frazer ; il pouvait la protéger.

Alice et moi étions ensemble dans la prairie qui surplombait le lac, entre ceux qui restaient encore sur la terre ferme et la plantation. Scannant les jacquiers à l'aide des capteurs de ma combinaison, je vis les feuilles luisantes noircies, les fruits bulbeux qui se balançaient avec indolence. Toute cette végétation rongée par le gel créait une myriade d'ombres et de vides sinistres entre les troncs, où ma combinaison détectait de nombreux mouvements.

— C'est eux, n'est-ce pas ? demanda Alice.

— Sans doute, oui.

— Que fait-on ? Je n'ai que vingt-trois pour cent de munitions.

— On fait tout ce qu'on peut.

Une nuée de yis de type II surgit alors de la plantation. Des silhouettes noires cauchemardesques pourvues de tentacules, tel un nid de serpents hyperactifs, les propulsant sur le sol à une vitesse déconcertante.

— Zawn ! appelai-je.

— J'arrive.

Je levai mon bras droit. Les différents segments de ma combinaison se réarrangèrent, permettant au canon de sortir. Une mire s'afficha dans mon casque. Elle s'agitait dans tous les sens. Mon bras tremblait nerveusement, un mouvement amplifié par les muscles artificiels de ma combinaison. Je m'efforçai de me calmer. Mais l'horreur et l'effroi du dernier combat – qui datait seulement de quelques heures – étaient encore trop frais.

— Tu veux les charger ? demanda Alice.

— Je ne sais pas. Oui, je suppose. Il faudrait qu'on tente de les arrêter le plus loin possible des villageois.

Je vis les régulateurs de l'ensemble des villages former une ligne avec d'autres adultes à la mine grave, tous brandissant leurs longs couteaux et leurs bâtons pointus. C'était très courageux de leur part, car je savais parfaitement ce qui s'était passé lorsque les yis avaient attaqué Ixia, combien les aliens étaient puissants et violents, et à quel point les armes de fortune des défenseurs étaient inefficaces contre eux. Je me sentis coupable d'avoir toujours dénigré les habitants d'Ixia pour leur placidité.

J'aperçus Ulei, quelques mètres derrière les défenseurs. Il avait l'air pétrifié, regardant tour à tour les yis déchaînés et la rampe de la cloison antivague. On aurait dit qu'il était sur le point de s'y précipiter. Armés, les autres maires étaient tous en première ligne.

— D'accord, accepta Alice.

Je devinai de la réticence dans sa voix. Elle était aussi terrifiée que moi. Voilà donc qu'il me fallait à présent foncer tête baissée sur un troupeau d'aliens fanatiques. Il suffisait qu'un seul élément de mon armure se dérègle… Et je savais que j'allais manquer de munitions. Les yis qui se ruaient sur nous devaient être une centaine.

Zawn nous rejoignit en toute hâte.

— Prêts ? nous demanda-t-il, à bout de souffle.

— Je crois…

— Euh… j'ai du mouvement dans le lac, annonça Frazer.

— Pardon ?

— Ils sont dans le lac. Ils se déplacent rapidement, je vois les ondulations. Capitaine nous protège ! ils sont de part et d'autre de la cloison antivague.

— Non, non, non, gémis-je.

Je m'élançai jusqu'au bord du lac, à l'endroit où l'on avait aménagé le chemin de planches branlantes. Je fis zoomer la caméra de ma combinaison. Elle me montra une vaste étendue d'eau bouillonnante, agitée par des tentacules qui propulsaient un banc de silhouettes noires juste sous la surface. Les créatures se trouvaient à environ trois kilomètres du rivage et peut-être cinq cents mètres de la cloison.

Les gens qui se trouvaient sur la passerelle commencèrent à s'en apercevoir. Je vis l'affolement les gagner. Certains tentèrent de s'enfuir, mais la foule était trop dense pour que ce soit possible. Ils se précipitèrent en avant, ou du moins tentèrent de le faire. Ils se poussèrent, provoquant rapidement une gigantesque bousculade. Des coups de poing fusèrent…

— Non ! m'écriai-je.

J'avais cru, vraiment, que nous allions y arriver. Au fond de moi, je refusais manifestement de reconnaître à quel point les reines-cerveaux étaient impitoyables. Elles allaient tuer tout le monde, et, cette fois, aucun enfant ne serait épargné, et personne ne pourrait plus s'occuper de l'habitat par la suite.

Et tout cela à cause de moi.

— Qu'est-ce que je fais ? implora Frazer.

Le désespoir dans sa voix me donna envie de me laisser tomber à genoux.

— John ? suppliai-je.

— Si Frazer parvient à défendre quelques minutes la passerelle contre les yis du lac, il sera peut-être encore possible d'acheminer quelques réfugiés vers la partie arrière.

— Frazer, sers-toi de tes grenades contre les yis les plus proches, puis cours vers la paroi terminale. Les villageois te suivront.

J'imaginais déjà comment cela se passerait, le fait que toute personne un peu trop lente serait piétinée par une foule enragée. Les chariots seraient renversés, les blessés coincés… *Papa !*

— Alice, Zawn, allez sur la passerelle, ordonnai-je. Visez les yis qui sont dans l'eau.

— Et toi ? demanda Alice, interloquée.

— Je vais retenir ceux-là avec les régulateurs.

— Hazel, non ! s'exclama Zawn.

— Allez, allez. Si Frazer parvient à atteindre les IA de la section d'ingénierie, les autres villages de l'habitat auront une chance.

Même les types III mettraient du temps à massacrer tout le monde.

— Excellente tactique, approuva une voix.

Je poussai un cri inarticulé. Sur mon affichage, les quatre parties éteintes de l'icone jaune et violet qui représentait les communications s'allumèrent.

— Rell ! m'écriai-je.

— Tu vas bien, constata-t-il. J'étais si inquiet.

— Je… Je… Ça pourrait aller mieux !

— Ça suffit, nous interrompit Josephine. (Pour une raison ou pour une autre, le ton impérieux de sa voix m'apaisa aussitôt.) Vous verrez vos affaires personnelles quand vous aurez le temps. Il y a des choses plus urgentes à régler pour le moment. Frazer, continuez à longer la passerelle. Ne courez pas, sinon il risque d'y avoir des blessés dans la précipitation. Hazel, Alice, Zawn, restez où vous êtes et repoussez l'assaut terrestre des yis. Nous arriverons en renfort dans quelques minutes.

— Où êtes-vous ? demanda Zawn.

— À la paroi arrière, répondit Rell. Vous nous voyez ?

Je me tournai vers l'autre côté du lac, braquant la caméra de ma combinaison sur la corniche, au-dessus de la falaise. À quelques centaines de mètres de la cloison antivague à contresens de la rotation de l'arche, un rayon laser rouge m'éblouit.

— Je t'ai eue !

Je distinguai leurs combinaisons, quatre grandes silhouettes noires courant à vive allure le long de la corniche jusqu'au sommet de l'escalier qui les mènerait à la passerelle de la cloison. Mais ils étaient loin d'être aussi rapides que les milibots. Les neuf machines ovales les devançaient, longeant elles aussi la corniche jusqu'aux marches. J'ignorais qu'elles pouvaient se déplacer si vite. Elles ne ralentirent même pas pour entamer leur descente.

— Shao ? demanda Alice à voix basse.

— J'arrive.

Par-dessus les cris, les pleurs et les hurlements de terreur, j'entendis – tout juste – le petit soupir de soulagement de mon amie. À côté de moi, sur le rivage, la foule cédait à la panique, toute discipline restante se dissipant rapidement. Évidemment, ils ne pouvaient voir ni Josephine ni les milibots. Ouvrant la visière de mon casque, je me servis du haut-parleur de ma combinaison.

— Tout va bien ! hurlai-je. On va nous aider. Les renforts arrivent. Regardez. (Je tendis un doigt tremblant.) Rell, braque ton laser sur nous encore une fois, s'il te plaît.

Il fit courir sur nous le faisceau de lumière rouge intense, et l'hystérie naissante fit place à de la confusion. Des milliers de regards aussi inquiets que désespérés se tournèrent vers moi comme si j'étais leur ultime source d'espoir.

— Ce sont encore des gens en combinaison qui arrivent, déclarai-je avec un large sourire et une certaine insouciance. Et ils ont des machines-soldats. Attendez de les voir !

— Hazel, me tança Alice, les yis continuent à approcher…

— Oh, guano ! (En me retournant, je constatai que la première ligne de yis n'était plus qu'à sept cents mètres.) Attendez qu'ils soient à moins de quatre cents mètres. Ensuite, tirez des grenades. Deux chacun.

— Pigé, répondit Zawn.

— On recommence deux fois, puis on utilise les fusils. Après ça, c'est la lame-D. (Je me tournai vers le chef Atov.) Nous allons à leur rencontre. Ne nous suivez pas. Si des aliens parviennent à franchir notre ligne de défense, ce sera à vous de jouer.

— Compris, répondit-il d'un air impassible.

Esquissant un sourire, je me demandai depuis quand j'étais devenue experte en tactique militaire. Deux jours auparavant, je n'avais encore jamais entendu parler de ces armures et encore moins de leurs capacités.

— Nom d'un crapaud ! s'exclama Frazer, on dirait qu'ils volent.

Je cherchai du regard les milibots. Ce que j'avais d'abord considéré comme de simples rambardes de chaque côté de la passerelle avait une double fonction. Il s'agissait du même type de rails de transport que ceux qu'utilisaient les cybots du *Daedalus* pour se déplacer. Les milibots étaient eux aussi en mesure de s'accrocher aux rails. Cinq d'entre eux filaient d'un côté, quatre de l'autre. Ils croisèrent Frazer sans même ralentir. Ils ne réduisirent pas non plus leur allure en arrivant à hauteur des deux nuées de yis dans le lac annulaire, en contrebas. Faisant pivoter leurs minicanons, ils ouvrirent le feu en direction de l'eau. Lorsque les milibots les mitraillèrent, les vaguelettes créées par les yis firent place à un véritable bouillonnement.

Il était curieux d'observer cette scène dans un silence complet. Même depuis le rivage, tout le monde comprenait l'ampleur de la violence déclenchée par les milibots. Certains applaudissaient, mais la plupart contemplaient la scène avec stupéfaction. Je vis Ulei se laisser tomber à genoux. Ce ne fut pas le seul.

Les personnes qui se trouvaient sur la passerelle se jetèrent au sol comme si c'était sur elles qu'on tirait. Ce fut à ce moment-là seulement que le rugissement des minicanons nous parvint. Quand les spectateurs prirent conscience de l'ampleur de ce qu'ils étaient en train de voir, ils cessèrent d'applaudir.

Et je comprenais pourquoi. Ces machines du passé, notre héritage, matérialisaient la puissance dont les yis nous avaient privés. Qui ne serait pas terrifié par un tel potentiel ?

Les deux milibots de tête, chacun sur son rail, poursuivirent leur progression. Ils cessèrent le feu en s'éloignant à vive allure des vastes zones du lac désormais souillées du sang des yis. Derrière eux, les autres milibots s'immobilisèrent, patientant sur leurs rails, braquant leurs minicanons à droite et à gauche, à l'affût du moindre mouvement trahissant la présence d'un yi encore en vie.

— Hazel, regarde, déclara Alice.

La horde de yis qui fonçait sur nous s'était immobilisée. Ils balançaient leurs corps comme s'ils étaient gagnés par le doute, tendant l'extrémité de leurs tentacules dressés et les agitant. J'entendis un cri strident provenant de la plantation de jacquiers. Comme un seul homme, les types II firent demi-tour et s'enfuirent.

— C'est un type III qui se cache là-dedans ? demanda Zawn.

— Je n'en sais rien, répondis-je sèchement. Et je m'en moque. Tu veux aller voir ?

— Capitaine me protège, non !

En arrivant au sommet de la rampe, les milibots de tête s'immobilisèrent. Je clignai des yeux en les voyant ; ils avaient mis moins de cinq minutes à traverser la cloison antivague de cinq kilomètres. Les minicanons continuèrent leur recherche macabre d'une cible à abattre, balayant le lac, puis le chemin menant à Viride. L'immense foule de réfugiés observa les appareils avec méfiance.

— Faites-les passer, commandai-je à Atov.

Il hocha fermement la tête.

— À vos ordres, Fille de la Capitaine.

Il fallut encore une heure et demie pour que le dernier groupe de réfugiés gravisse la rampe. Ensuite, il ne resta plus que les maires, les régulateurs et nous.

Puis ce fut une longue marche monotone le long de la passerelle jusqu'à la paroi arrière. Josephine et moi étions convenues que deux des milibots resteraient au sommet de la rampe pour la couvrir en cas de retour des yis. Ils permettraient également aux humains de se rendre en toute sécurité jusqu'à la paroi arrière. Les sept autres milibots se laissèrent glisser sur les rails, patrouillant le long de la cloison, guettant encore des yis qui auraient survécu dans l'eau.

En marchant, je sentis que je commençais à m'assoupir, que mon corps s'engourdissait et que mes pensées s'obscurcissaient. J'étais épuisée, et le stress de tous ces événements de plus en plus éprouvants finissait par me submerger. Incapable de faire face plus longtemps, j'en fis abstraction.

Devant nous, la file de réfugiés exténués gravit péniblement l'escalier taillé à même la falaise, avant de poursuivre le long de la corniche jusqu'à une vaste ouverture en demi-cercle dans la roche. Maintenant que je me trouvais plus près, je distinguai des accès similaires sur tout le pourtour de la paroi terminale.

La passerelle semblait de plus en plus longue, mais on arriva finalement au bout. Deux silhouettes en armure nous attendaient. Ma combinaison identifia Rell et Shao. Je me promis de retenir mes larmes. *Promis juré.*

Mais il était là, son casque ouvert sur son beau visage aux pommettes hautes et à la barbe hirsute, la peau creusée par de profondes rides d'inquiétude. Le serrant dans mes bras, j'éclatai en sanglots.

Chapitre 4

La première chose dont je me suis aperçue en me réveillant fut le bruit. Des centaines – en fait, des milliers – de voix : des discussions, des murmures, des cris, des rires d'enfants, des pleurs de bébés, des conversations urgentes à voix basse, toutes entremêlées et résonnant dans un étrange écho.

Je relevai la tête en geignant. Je poussai un gémissement plus fort à cause d'une douleur aiguë de part et d'autre de mon cou. À un moment donné, dans mon sommeil, ma tête avait glissé du paquet de vêtements qui me servait d'oreiller et s'était retrouvée sur le sol dur et froid. Clignant des yeux, je tentai de m'étirer, ce qui fut une erreur.

Il me fallut un moment pour comprendre où je me trouvais. J'étais étendue au pied d'une grande paroi rocheuse qui s'incurvait au-dessus de ma tête. De l'autre côté, je vis une rangée de machines du *Daedalus* de la taille des huttes d'Ixia, mais d'une géométrie fort différente. Je distinguai des sphères et de gros cylindres métalliques chromés, ainsi que des panneaux noirs reliés par des tuyaux. Mon armure et six autres étaient adossées à la paroi. Toutes étaient branchées à des câbles de recharge. Rell, Alice, Zawn et Shao étaient assis en tailleur autour d'une caisse qui faisait office de table. Vêtus de leurs tuniques grisâtres, ils prenaient un petit déjeuner composé de ce qui ressemblait à des œufs brouillés sur des tartines de pain grillé. Il y avait quelque chose qui n'allait pas avec ces toasts ; j'ignorais quoi, et je m'en moquais éperdument.

— Bonjour, me chuchota Rell avec tendresse.

Alice leva son mug en guise de salut et m'adressa un sourire. Zawn me lança un rapide regard inexpressif avant de reporter son attention sur son repas.

— Bonjour, bâillai-je. Combien de temps ai-je dormi ?

— Environ dix heures, répondit Alice. Ne t'inquiète pas, je viens juste de me réveiller aussi. J'étais complètement crevée.

Je tentai de repousser les cheveux de mon visage avec mes doigts, en vain.

— Nous avons de quoi manger pour toi, annonça Rell en désignant deux assiettes couvertes d'un film brillant.

— Je te remercie.

Je me levai en grimaçant. Mes bras et mes jambes me faisaient mal, et j'avais les chevilles et les poignets endoloris.

— C'est à cause de la chute, m'expliqua Alice d'un ton compatissant. Tu verrais mes bleus…

— Elle veut dire « l'atterrissage », la reprit Zawn d'une voix douce. Tant que nous étions dans les airs, tout allait bien. Et, de toute façon, mes hématomes sont plus gros.

— J'ai l'impression d'entendre Frazer, rétorqua Alice.

— Un peu d'exercice t'aidera à soulager tes courbatures, me fit remarquer Rell, mais après manger.

Je m'installai précautionneusement à côté d'eux, résistant à l'envie de relever ma tunique pour inspecter mes propres ecchymoses. Je l'avais déjà fait lorsque nous étions arrivés à…

— Section des générateurs 3, déclarai-je, bêtement contente de moi de m'en être souvenue.

— Bravo.

Rell poussa l'une des assiettes vers moi et me montra comment en ôter le film. Elle contenait des œufs brouillés et des saucisses, ainsi qu'une purée rougeâtre d'un légume que je fus incapable de reconnaître.

Alice me servit à boire à l'aide d'un grand flacon.

— Du chocolat chaud. Tu te rappelles ?

— Capitaine nous protège, bien sûr que oui !

Lors de notre première visite dans la partie avant, nous avions découvert que les machines à nourriture du *Daedalus* étaient à même de préparer du chocolat chaud. C'était à peine quelques jours auparavant, mais cela me semblait une éternité.

Il était très chaud. J'en bus quelques gorgées prudentes, heureuse qu'il soit aussi délicieux que dans mes souvenirs.

— Il y a des générateurs à fusion ici. Des gros qui fournissent de l'électricité aux pompes à eau et aux bandes lumineuses de l'habitat et de la mer centrale, annonçai-je, me souvenant des explications de John.

— Ouais, lâcha Rell. Et un quai pratique pour les engins spatiaux.

Tout ce qui s'était passé la veille me revint alors en mémoire. Nous avions marché le long de la corniche jusqu'à l'entrée de la section des générateurs 3, Rell me racontant ce qui lui était arrivé depuis que nous avions été contraints de nous séparer dans la galerie au-dessus de la mer centrale. Josephine les avait ramenés au quai spatial de l'axe. Ils avaient dû se battre dans les couloirs, avec l'aide des milibots et des armes de leurs combinaisons. Rell m'avait confié que la somme des dégâts qu'ils avaient infligés aux compartiments et aux passages commençait à l'inquiéter. Ils avaient détruit énormément de couloirs et de machines. Il leur avait fallu des heures pour regagner le vaisseau de type Armstrong. Josephine avait également dû mener une autre de ces curieuses batailles électroniques au sein du réseau ; à l'abri des regards, elles étaient presque aussi dévastatrices que les dégâts physiques qu'ils infligeaient, avait-elle prétendu.

— Quand vous êtes arrivés à Oxalis, nous devions encore nous trouver à des kilomètres du dock de l'axe, supposa Rell quand nous lui expliquâmes de quelle manière nous avions regagné le sol de l'habitat.

De retour dans le vaisseau auxiliaire, ils avaient évoqué la possibilité de repasser par la Pouponnière. Rell avait reconnu qu'ils n'avaient jamais vu Josephine si perturbée et indécise.

Finalement, ils s'étaient mis d'accord sur le fait qu'il valait mieux rejoindre les IA dans la partie arrière.

« Si nous ne parvenons pas à vaincre les yis, le reste ne servira à rien, avait répété Josephine. Pour parvenir à nos fins, il nous faut informer les IA de ce qui s'est passé et leur demander de partager leurs données avec nous. Il nous faut également agir vite, avant que les yis aient eu le temps d'élaborer une stratégie. »

Ils avaient donc fait voler l'Armstrong le long du *Daedalus* et Josephine avait envoyé un message vers les antennes externes de la section des générateurs 3, demandant l'autorisation de s'amarrer à son quai. L'IA de la section 3, qui s'appelait Menlo, n'avait pas voulu laisser l'appareil s'introduire dans son hangar, bien sûr, sans avoir la garantie fournie par l'ADN de la famille Kruger. Mais après que Josephine avait partagé ses souvenirs de tout ce qui était arrivé lors de l'expédition à la mer centrale, Menlo avait fini par accorder un accès limité, ouvrant une route isolée pour permettre aux quatre membres de l'équipe d'atteindre la corniche depuis le quai.

— Capitaine nous protège, ça nous a fait un choc de vous voir, admit Rell. Nous avions prévu de demander à un bâtibot de nous fabriquer une embarcation pour traverser le lac annulaire, avant de prendre la direction d'Ixia. Mais vous étiez déjà là.

— Notre choc a été plus grand que le vôtre, fit remarquer Alice.

— Elle veut dire « notre ravissement », dis-je, nous avons été ravis de vous voir…

— C'est vrai, reconnut Alice en agitant sa fourchette. Vous, les amis, mais surtout les milibots.

Rell et moi avons échangé un sourire. Puis je m'aperçus que Zawn s'était installé à côté de moi. J'entamai mon petit déjeuner.

— Où est Frazer ?

Par-dessus son épaule, Zawn désigna du doigt la rangée de machines.

— Là-bas, avec Josephine et Alisha.

Une fois dans la section des générateurs 3, nous nous étions tous faufilés derrière les machines pour que personne ne vienne nous déranger. D'accord, c'était sans doute un peu égoïste, mais nous avions tous énormément besoin de dormir.

Lorsque j'eus fini de manger, je me servis un autre mug de chocolat chaud.

— Nous devrions peut-être aller voir ce que font les autres, déclarai-je à contrecœur.

J'imaginai sans peine ce qui allait suivre : des réunions et des débats sans fin, si tant est que nous laissions les autres prendre part aux décisions.

— Rien ne presse, déclara Zawn. Je suis convaincu que les maires sont heureux de pouvoir reprendre les rênes.

— Bonne raison pour aller les voir, intervint Shao.

Il ne disait pas grand-chose, mais, quand c'était le cas, chaque mot comptait. Alice esquissa un sourire.

— Ne t'inquiète pas, ce ne sont plus du tout les maires qui sont aux commandes.

* * *

Le hall d'entrée principal de la section des générateurs 3 faisait environ trois cents mètres de long, avec des bandes lumineuses qui couraient sur le plafond rocheux. D'un côté se trouvaient des baies de maintenance et des cellules d'assemblage flanquées de mécanismes de bâtibot, des tours noires complexes qui se dressaient jusqu'au plafond. Les machines auxiliaires des générateurs derrière lesquelles nous nous étions abrités pendant notre sommeil occupaient le mur du fond sur toute sa longueur, un espace dégagé sur le devant servant d'aire de stationnement pour les cybots de Menlo.

Au fur et à mesure de l'arrivée des réfugiés, l'IA avait déplacé ses cybots pour permettre aux humains d'établir leur camp. Celui-ci semblait chaotique, des familles agglutinées autour de longs coussins qui servaient de lits. Les bâtibots les avaient fabriqués en grand nombre. Je me souvenais que les gens faisaient la queue pour les obtenir lorsque nous nous étions éclipsés. J'aurais sans doute pu attendre, ou même couper la file pour en récupérer un… Qui aurait protesté ? Mais même cette simple entreprise m'avait paru trop compliquée.

À présent, tout le monde semblait avoir un lit, et je les enviais un peu. Beaucoup étaient encore assoupis. Certains mangeaient. On avait installé une rangée d'une trentaine d'imprimantes alimentaires face aux baies de maintenance, et je regardais des chariots de fret en train d'en apporter d'autres, que des cybots installaient et connectaient à différents câbles. Devant, on avait dressé des tables où les gens prenaient leur repas. C'était le même fonctionnement que dans les cuisines communes de chacun des villages, sauf qu'ici personne ne cuisinait. Les repas sortaient des imprimantes déjà chauds et enveloppés de ce film brillant qui avait permis de maintenir mon petit déjeuner à la bonne température. À la place des cuisiniers, il y avait – je ne savais pas trop comment les appeler – des « preneurs de commande » ? Ils écoutaient ce que les gens désiraient et donnaient leurs ordres aux imprimantes, soit oralement, soit via leur clavier, avant de récupérer la commande. Je remarquai qu'il s'agissait pour la plupart d'adolescents et de jeunes d'une vingtaine d'années.

— Les plus ouverts d'esprit, me répondit Rell quand je lui en fis la remarque.

— Pas vraiment, rétorquai-je. Ils sont simplement plus enthousiastes, voilà tout. Et plus disposés à tenter quelque chose de nouveau.

En jetant un nouveau coup d'œil à l'ensemble des groupes, je remarquai que beaucoup de gens restaient assis sans rien faire, complètement paumés. Je m'efforçai de ne pas me sentir coupable de les avoir déplacés. S'ils étaient en sécurité, c'était parce que je les avais amenés ici.

Certes, ils avaient tout perdu, mais ils étaient en vie.

— Que comptaient-ils faire à notre arrivée sur le nouveau monde ? demanda Zawn avec une légère exaspération. Rester à se morfondre à bord du *Daedalus* pendant que notre génération descendait à la surface ?

— C'est parce que tout s'est passé très vite, expliqua Alice. Ils sont encore en train d'encaisser le choc, surtout les plus âgés.

— Ce n'est pas vrai, protesta Rell. Les personnes vraiment âgées, comme celles que vous avez découvertes à Tressaco, elles adorent ça.

— Il faut laisser à chacun le temps de s'adapter, conseillai-je.

— Nous n'avons pas le temps, me fit remarquer John.

Je bronchai, mais il avait raison.

— Je suis connecté à Menlo, me rappela-t-il. Les maires sont réunis pour débattre de nos prochaines actions. On a besoin de vous là-bas. Josephine souhaiterait que nous accédions aux sections du service de la propulsion de l'arche, tandis que les maires voudraient un compte-rendu complet de notre situation et de ce qu'il faudrait faire pour avancer.

Soupirant, je parcourus du regard la caverne bruyante et désordonnée.

— Où sont-ils ?

— Dans la salle de réunion.

Il nous expliqua que la pièce se trouvait au bout d'un des couloirs derrière la rangée d'imprimantes alimentaires.

Un garçon assis avec sa famille remarqua alors ma présence. Poussant un cri de joie, il se leva d'un bond.

— C'est elle, hurla-t-il, avant de siffler en mettant deux doigts dans sa bouche. Regardez, c'est la Fille de la Capitaine !

J'ignorais de qui il s'agissait. En tout cas, il n'était pas d'Ixia. J'eus l'impression que, dans la caverne, tout le monde se tourna vers moi. Je les vis prendre un air reconnaissant. Puis ils se levèrent et se précipitèrent vers nous en nous acclamant avec le sourire.

— Oh, guano, marmonna Zawn.

Me serrant contre Rell, je le sentis me prendre par les épaules. Je me sentis également rougir à mesure que je devenais le centre de cette intense attention. Alice et Zawn se postèrent de chaque côté de nous, tendant les mains pour repousser les admirateurs trop zélés.

— Ne t'arrête pas, m'ordonna Rell avec insistance en m'obligeant à avancer.

Je vis des dizaines de mains se tendre vers moi tandis que la foule se massait autour de nous. J'en serrai quelques-unes, récompensée par des sourires radieux.

On me félicita de toutes parts : « Merci ! », « Bien joué ! », « Vous êtes la meilleure ! »... Avec un léger sourire, je hochai la tête en signe de remerciements, me retenant de grimacer. Je n'avais qu'une envie, battre en retraite et fuir ces gens.

— On va directement au nouveau monde maintenant, Hazel ? cria une jeune femme.

Bouche bée, je devais vraiment avoir l'air stupide.

— J'espère que oui, bientôt, répondis-je.

C'était probablement la pire chose à dire. Je savais parfaitement à quelle vitesse les ragots se propageaient parmi les villageois et de quelle manière ils étaient déformés et embellis chaque fois qu'ils étaient répétés de façon de plus en plus fantaisiste. Ils allaient croire qu'ils marcheraient sous des cieux ouverts dès le lendemain.

Alice et Zawn avaient du mal à se frayer un chemin. Je touchais encore les mains des gens. Parfois, ils me serraient les doigts suffisamment fort pour me faire grimacer. Je me retins de les ôter brusquement, songeant aux paroles d'Elijah, au fait que je devais garder tout le monde de mon côté.

— Tenez-vous prêts, nous recommanda John. J'ai demandé de l'aide à Menlo.

— Hein ?

Deux gros cybots traversèrent la caverne, se dirigeant droit sur nous. Faisant clignoter leurs lumières ambrées brillantes, ils émettaient un ululement strident. La foule s'écarta de leur chemin.

— Montez, ordonna John.

Prenant place sur un petit banc, je me cramponnai à la poignée. J'avais l'impression d'être assise sur l'un des cybots d'incidents majeurs de la section 17. Ils se frayèrent un passage au milieu de la foule. Gardant mon sourire, je saluai les visages tournés vers moi. Des adultes me montraient du doigt en soulevant de jeunes enfants pour qu'ils puissent mieux me voir. Moi ! C'était surréel. Un peu effrayant, aussi. Mais, d'un autre côté, je n'étais pas entièrement mécontente de recevoir tant d'estime.

— Je t'avais bien dit qu'ils te nommeraient maire de tout le *Daedalus* si tu leur apportais du chocolat chaud, déclara Alice en riant.

Mon sourire se fit plus sincère. Au même moment, j'aperçus Scott, regardant d'un air médusé notre cortège improvisé. Il me salua de manière exagérée tandis qu'Elyaine riait à ses côtés.

Les cybots ne perdirent pas de temps. En moins d'une minute, nous avions traversé la salle jusqu'à l'entrée du couloir. On remit tous pied à terre. D'un côté, une escouade de cybots était en train d'assembler un village composé de petites huttes. Des centaines s'étendaient jusqu'au fond de la salle, et de nouvelles étaient installées chaque minute. Des gens faisaient la queue devant ces huttes. Ils n'avaient pas bougé pour m'acclamer.

— Qu'est-ce que c'est ? demandai-je.

Les huttes étaient si petites qu'elles pouvaient à peine accueillir une personne.

— Des toilettes, répondit John. À présent, vous êtes huit mille ici.

— Ah, oui, d'accord. (Je pris soudain conscience de mes propres besoins en matière de toilettes et de la moiteur de ma tunique.) Il faudrait que je prenne une douche. Il y en a dans cette section ?

La douche faisait partie de mes dix découvertes préférées quand je m'étais réfugiée à Tressaco. Un concept magnifique que nos ancêtres avaient perfectionné.

— Il y en a trois.

— Trois ? Dans toute la section ?

— La section des générateurs 3 n'est pas une zone d'habitation, répliqua John. Si des douches ont été installées dans les sanitaires, c'est uniquement par commodité pour le personnel du service d'ingénierie qui travaillait ici. Menlo a établi un programme pour fournir les services essentiels aux réfugiés. Les douches ne sont pas une priorité. Les bâtibots œuvrent aux limites de leur capacité de production en assemblant des imprimantes pour la nourriture et les vêtements.

Alice prit Shao par la taille.

— Alors, personne d'autre ne sait qu'il y a des douches ? demanda-t-elle d'un air entendu.

— Je ne crois pas, non.

— Perfecto.

* * *

Le couloir menait à une salle beaucoup plus petite que le hall d'entrée, avec les bandes lumineuses baissées à leur niveau minimal. C'était une sorte d'entrepôt. Menlo avait demandé à ses cybots de déplacer l'ensemble des caisses et des fûts d'un côté, dégageant ainsi une large surface. Un groupe de jeunes enfants était assis là, le regard rivé sur le grand hologramme au fond de la pièce. La musique diffusée était relativement forte, un type de mélodie que je n'avais jamais entendu auparavant. Ce n'était pas vraiment une chanson, mais elle était très enjouée. Je jetai un coup d'œil à l'hologramme, qui montrait une scène dans une sorte de pièce. Les images semblaient étrangement plus vraies que nature, et les couleurs étaient extrêmement tape-à-l'œil. Les occupants de cette pièce irréelle étaient encore plus curieux : différents types d'animaux, tous avec des traits humains. Déjà, ils se tenaient tous sur deux jambes. Et ils parlaient… enfin, ils braillaient avec des voix surexcitées qui ressemblaient vaguement à celles d'enfants. Ils se battaient les uns les autres, se cognaient partout et poursuivaient un petit chariot qui s'étirait et se courbait comme s'il était en caoutchouc.

La poursuite s'acheva par une impressionnante collision, les animaux s'affalant au sol et s'accrochant au mobilier.

Les enfants éclatèrent tous de rire.

— Qu'est-ce que c'est que ça ? demandai-je.

— C'est une animation des studios Blur intitulée *Gopher's Edge*, m'expliqua John. Elle a été réalisée cent vingt ans avant que le *Daedalus* quitte la Terre. Ces productions étaient destinées à un jeune public, bien que les adultes les apprécient également. L'animation était une forme d'art très populaire.

— L'animation ? (Je louchai sur l'hologramme.) Tu veux dire que ces animaux ne sont pas réels ?

— Absolument. La technique utilisée pour les créer est une version sophistiquée de la routine que les reines-cerveaux ont employée pour donner forme à la Capitaine Électrique.

Je surpris Rell en train de sourire devant les pitreries des créatures. Elles étaient plutôt amusantes, même si leurs accents étaient inhabituels. Au fond de moi, je regrettais qu'elles ne soient pas réelles, car le fait d'avoir des animaux doués de parole aurait rendu la vie très différente. Une fois de plus, je fus impressionnée par la créativité de nos ancêtres. Ils étaient manifestement bien plus que des ingénieurs et des scientifiques éblouissants.

Un passage plus étroit nous conduisit à un ensemble circulaire de laboratoires et de compartiments de surveillance des générateurs, au centre duquel se trouvait une salle de réunion.

— Les membres de l'équipage ont-ils eu beaucoup de réunions ? demandai-je.

La Pouponnière de Josephine possédant elle aussi ce genre de pièce, je présumai donc qu'Ashleigh Kruger organisait de nombreuses consultations collectives, comme les conseils de village. Au cours desquels il était étonnant que l'on parvienne à se mettre d'accord sur quoi que ce soit. Un capitaine ne devrait-il pas simplement décider de ce qu'il faut faire et donner des ordres ? Tout serait ainsi beaucoup plus simple. Enfin, dans les faits, c'était moi la capitaine désormais.

— Je n'ai aucune trace de l'emploi du temps de l'équipage, répondit John. Mais la hiérarchie organisationnelle implique qu'un consensus soit trouvé avant d'initier des bouleversements majeurs.

— Oh, bien sûr. Si c'est la meilleure façon de faire…

Alice me lança un regard étrangement critique. Je la soupçonnais d'être de mon avis.

Ce désir de prendre les commandes et d'obliger tout le monde à faire ce que je dis me revint en force lorsqu'on pénétra dans la salle. Je ne m'attendais pas à ce qu'il y ait tant de monde autour de la grande table.

Les maires étaient là, bien sûr, tous les huit, y compris Ulei. Les régulateurs en chef avaient pris place à leurs côtés, à l'exception de ceux de Nepeta et d'Orchis. Je me souvenais qu'ils avaient été tués au cours de la bataille d'Ixia. Celo, la régulatrice en chef de Rubain, était présente. C'était une grande femme maigre qui transpirait et avait le teint pâle, une épaisse bande de peau artificielle autour de la tête, où une griffe de yi l'avait entaillée. Marana, la femme médecin d'Ixia, était également là, serrant avec ses deux mains une grande tasse de thé contre sa poitrine et paraissant sur le point de s'assoupir. Pendant que je dormais, elle et les autres médecins avaient été incroyablement occupés à soigner les blessés.

Il y avait aussi une quinzaine d'autres personnes que je ne connaissais pas. D'après leur âge, je devinai qu'elles faisaient toutes partie des conseils de village et qu'elles étaient donc censées avoir leur mot à dire. Heureusement, mon père et ma mère étaient également à table, assis de part et d'autre de Frazer. Mon frère me prêta à peine attention – d'accord, rien de nouveau là-dedans – tant il était absorbé par Newton, la tablette éducative que Lazarus lui avait remise. Il faisait courir ses doigts sur l'écran comme s'il s'amusait à un jeu complexe avec les motifs qui défilaient devant ses yeux. Mais j'étais ravie de constater à quel point papa avait l'air rétabli par rapport au moment où je l'avais vu sur le chariot à Viride. Alisha, mon arrière-grand-mère, avait pris place à ses côtés. J'avais du mal à la regarder dans les yeux.

À notre arrivée à la paroi arrière, la veille, il nous avait fallu lui annoncer le décès de Mortos, son compagnon depuis plus de vingt ans. Le cri d'angoisse qu'elle avait poussé m'avait fait monter les larmes aux yeux. Je me sentais tellement coupable : il était mort en me protégeant. Je craignais qu'elle m'en veuille.

Josephine avait pris la place en bout de table. Une fois de plus, je fus frappée par sa singularité, surtout depuis qu'elle avait ôté son armure et qu'elle s'était assise au milieu d'humains en chair et en os. Son teint émeraude étincelant était d'un exotisme déconcertant. Cela lui donnait l'air d'être un intrus de plus ayant envahi le *Daedalus*. Elle portait son habituelle tenue noire moulante sans manches, ainsi qu'une fine couronne de fleurs violettes. Elle avait ramené en arrière sa chevelure olivâtre en une épaisse queue-de-cheval qui lui tombait sur les épaules. Même assise, elle dépassait tout le monde d'une tête.

Nous souhaitant la bienvenue en souriant, elle nous invita à prendre place sur les sièges vacants situés de part et d'autre d'elle. Je fus assez amusée de remarquer combien les autres étaient mal à l'aise en sa présence, très peu d'entre eux parvenant à la regarder plus de deux secondes d'affilée.

Alors que nous faisions le tour de la table, les applaudissements fusèrent. Écarlate, je regardai fixement le sol devant moi. Les acclamations que j'avais reçues dans la salle principale m'avaient suffi. Lorsque je croisai le regard de papa, il me montra sa jambe avec un large sourire. Menlo lui avait déjà confectionné une prothèse de forme parfaite, mais noir et argenté. J'imaginai que c'était lui qui avait demandé cet embellissement. Levant subrepticement le pouce, je m'installai à côté de Josephine. Le mur devant moi était constitué d'un seul écran, avec une image de Menlo en plein centre. Encore une animation. L'IA avait choisi d'apparaître sous les traits d'un homme d'une trentaine d'années. Ses cheveux coupés court étaient d'un brun-roux clair peu en accord avec son teint d'ébène aussi foncé que celui d'Alice. Il était vêtu d'une simple chemisette rouge et d'un pantalon beige. Ses bras étaient couverts de marques dorées, un mélange particulier d'art primitif et de lettres issues d'un alphabet que je ne connaissais pas.

— Pourquoi toutes les IA s'animent-elles de façon différente ? murmurai-je à John.

— Notre identité est un mélange de la personnalité révélée par nos routines adaptatives et celle des icônes historiques dont nous poursuivons l'œuvre.

— Des icônes ?

— Solomon Alva, l'inventeur des générateurs à gauss élevé qui ont rendu possible l'emploi commercial de la fusion nucléaire comme source d'énergie sur Terre, avait des tatouages dorés semblables à ceux que Menlo a sur les bras.

— Ah. D'accord.

Je pensais avoir compris : chacun développait son propre style en vieillissant, il suffisait de regarder Tanari pour s'en rendre compte. Les IA l'intégraient simplement à leur apparence.

— Avant de passer aux affaires en cours, déclara Ulei d'une voix sonore, il me semble que nous devrions exprimer officiellement notre gratitude envers Hazel et ses compagnons pour tout ce qu'ils ont fait. Merci, Hazel.

J'eus envie de me moquer de lui et, surtout, de lui demander publiquement pourquoi il avait voulu tout gâcher avec son entêtement et son imbécillité. Mais je me contentai d'un sourire poli pendant que tout le monde autour de la table ajoutait ses propres platitudes et ses remerciements.

— En effet, Hazel a fait preuve d'une grande perspicacité, convint Josephine. Huit mille personnes sont ici à l'abri de tout danger immédiat. Cependant, il nous appartient désormais de réfléchir à notre stratégie.

Frazer leva enfin la tête de sa tablette.

— Il faut tuer les yis, dit-il d'un ton impassible. Il ne faut même pas se poser la question. Ils ont toujours la mainmise sur la majeure partie du *Daedalus*. Ils savent que nous savons ce qu'ils ont fait à nos ancêtres. Ils sont donc conscients que nous leur en voulons. Ils attaqueront chacun des villages et en massacreront les habitants. Nous n'avons pas le choix. Il faut les tuer avant qu'ils nous tuent.

Curieusement, Josephine jeta un coup d'œil autour de la table, jaugeant la réaction des personnes présentes.

— Vous avez très bien résumé la réaction probable des yis face à cette situation, lui accorda-t-elle. Vous avez également raison de soutenir qu'il nous faut agir sans délai. En revanche, cela limite notre champ d'action.

— Comment ça ? demanda papa.

— Maintenant que nous savons que les reines-cerveaux se trouvent dans la mer centrale, le seul moyen de les éliminer toutes en même temps est d'utiliser une bombe. Il nous faudrait trop de temps pour rassembler une armée et prendre d'assaut la mer centrale. D'autant plus que rien ne nous garantit que ce serait pleinement efficace.

— Vous avez déjà suggéré d'employer une bombe, rappela Rell. Mais la mer centrale est immense. Toute bombe assez puissante pour tuer les reines-cerveaux aux deux extrémités détruira l'ensemble, non ? Et quel est le risque pour le *Daedalus* dans ce cas ?

— Vous avez raison, il faudra une quantité substantielle d'énergie pour éliminer toutes les reines-cerveaux en même temps, confirma Josephine. Cependant, il existe de nombreux types de bombes. En l'occurrence, je déploierais plutôt une bombe irradiante. Il s'agit d'un dispositif dans lequel une grande partie de l'énergie de l'explosion est convertie en radiation dure, provoquant un éclair mortel de rayons gamma dans la mer centrale. Aucun organisme vivant ne survivrait.

Le silence régna un moment avant qu'Atov demande :

— Mais si l'habitat entoure la mer centrale, ces radiations ne risquent-elles pas de le tuer aussi ?

— Non, répondit Josephine. L'eau de mer à elle seule ferait office de barrière. Ensuite, le ciel de l'habitat est constitué de roche sur deux kilomètres. L'habitat demeurerait totalement intact.

— Je comprends le principe, dit Frazer. Mais, compte tenu de la grandeur de la mer centrale, il faudra beaucoup d'énergie. D'où viendra-t-elle ? Quelle est la taille de cette bombe irradiante ?

Faisant rapidement courir ses doigts sur l'écran de sa tablette, il fit apparaître des informations.

Josephine lui adressa un sourire approbateur.

— C'est là que la chance finit par nous sourire. C'est dans les sections de la propulsion ici à l'arrière de l'arche qu'est stockée l'antimatière du *Daedalus*. Un demi-gramme suffit à produire le niveau de puissance requis. C'est l'équivalent d'une bombe de sept kilotonnes.

— « Kilotonnes » ? s'étonna Frazer. Donc sept mille tonnes ? Des milliers de tonnes de quoi ?

— D'explosif chimique, plus précisément de trinitrotoluène, plus communément appelé « TNT ».

— Pour un demi-gramme ? Nom d'un crapaud !

— Absolument.

Lançant un regard hésitant aux autres maires, Yamary leva la main.

— Ce truc – l'antimatière – a l'air très puissant. Combien y en a-t-il à bord du *Daedalus* ?

— Je ne sais pas exactement combien il en reste, répondit Josephine. Nous demanderons aux IA du service de la propulsion, mais j'imagine qu'il y en a encore plusieurs dizaines de milliers de tonnes.

J'eus envie de rire en voyant l'air choqué de ceux qui se trouvaient autour de la table. Cela ne m'avait pas étonnée. Maintenant que j'avais vu le *Daedalus* de l'extérieur… Les simples dimensions du vaisseau étaient effarantes. Les moteurs qui le propulsaient nécessitaient forcément des quantités d'énergie tout aussi considérables.

— N'ayez aucune inquiétude, intervint Menlo. Les chambres de confinement sont parfaitement sûres. Et si l'on détecte la moindre anomalie susceptible de provoquer une brèche, la cellule défaillante est tout simplement éjectée. Une dernière preuve : ces chambres de confinement fonctionnent toujours après neuf cents ans de vol.

— La bombe sera donc toute petite, insista Frazer.

— Parfaitement résumé, le félicita Josephine. Ce qui est à notre avantage. Plus l'engin sera gros, plus il nous sera difficile de l'introduire dans la mer centrale. Il nous faudra entreprendre une mission d'infiltration.

— De quoi s'agit-il ? demanda Zawn.

— D'un petit groupe qui s'y introduit discrètement par les couloirs, comme nous l'avons fait hier dans la galerie. Je suppose que ce ne sera pas si facile, cette fois. Nous ne pourrons certainement plus passer par le quai de l'axe.

— Ne pouvez-vous simplement pas envoyer un des cybots ? suggéra papa.

— Non, répondit Menlo. Les cybots ne disposent pas de la capacité de traitement nécessaire pour prendre le genre de décisions stratégiques exigées lors d'une telle mission. Et nous ne pouvons certainement pas nous permettre que les reines-cerveaux mettent la main sur la bombe. Josephine et moi sommes d'accord sur le fait qu'il faudra l'apporter sur place.

— Je vous accompagne, se proposa aussitôt Rell.

— Moi aussi, l'imita Frazer.

— Non, lui interdit catégoriquement ma mère. Ça suffit. Pas toi.

— Je n'ai pas peur, maman.

— Personne ne dit que tu as peur, intervint papa. Mais regarde ce que tu as déjà accompli. Il serait anormal d'attendre encore plus de ta part. Ça devrait être à des gens comme moi d'accompagner Josephine.

— Euh, papa…, commençai-je.

— Qu'est-ce qu'il y a ? Cette nouvelle jambe est aussi bonne que celle que j'ai perdue. Meilleure, même. Josephine m'a dit qu'elle pouvait me fabriquer une armure sans problème. Il n'y a aucune hésitation à avoir.

J'eus envie de lancer un regard furieux à Josephine, mais à quoi bon ? J'avais conscience que ce genre de décision ne m'appartenait plus.

— Ce que tes amis et toi avez fait pour nous est extraordinaire, Hazel, me félicita Fininen. Mais tu n'es plus seule à présent. Nous comprenons tous ce qui est en jeu ; hier, même les plus sceptiques d'entre nous l'ont compris. Ce n'est plus de ta seule responsabilité.

— J'y vais aussi, déclara Atov.

Les autres régulateurs présents à la table annoncèrent qu'ils avaient hâte de se procurer une armure et d'affronter les yis. Ils espéraient en découdre, en fait.

— Une escouade de combat étendue, c'est une excellente idée, déclara Menlo.

Je regardais droit devant moi, me retenant d'émettre la moindre objection.

— J'ai mis en place une série d'étapes que je vous propose de suivre, annonça Josephine. Pour commencer par quelque chose de facile, nous devrions accéder aux sections de la propulsion. Il y en a cinq, et si Lazarus ne s'est pas trompé, elles sont toutes restées inviolées depuis le début du vol. Incontestablement, il n'y a aucun moyen d'y pénétrer par le réseau.

— Comment procéder ? demanda Yamary.

— De la manière la plus simple qui soit. Nous nous approcherons de la porte d'entrée et nous frapperons poliment. Les sections de la propulsion ont toutes un accès sur la corniche dehors.

— Nous frapperons poliment ? répéta-t-elle, incrédule.

— Il faut que ce soit Hazel ou Frazer et qu'ils utilisent le dispositif d'identification, mais oui.

Toutes les personnes présentes à la table se tournèrent vers nous. Me doutant que j'allais de nouveau rougir, je me détestai d'être si faible. Frazer leva les yeux de sa tablette d'un air terriblement suffisant.

— Pourquoi eux ? demanda calmement Ulei.

— Le dernier ordre de la capitaine Ashleigh Kruger était une restriction d'accès aux IA survivantes. Seuls ses descendants peuvent la lever. Hazel et Frazer sont les descendants confirmés d'Ashleigh Kruger, et les IA de la propulsion pourront facilement le vérifier grâce à un scan ADN.

Je jetai un coup d'œil à Ulei. Pas directement, mais je pus distinguer dans son regard la lueur de désapprobation qui s'était dissipée presque aussitôt.

— Ma mère aussi, fis-je remarquer.

Maman m'adressa un sourire aussi nerveux que reconnaissant.

— D'accord, nous entrons dans les sections de la propulsion, dit Atov. Et ensuite ?

— Nous avons besoin de deux choses de la part des IA là-bas, nous informa Josephine. La plus importante, c'est le demi-gramme d'antimatière pour la bombe irradiante. Mais il faut aussi que nous découvrions s'il reste assez d'antimatière dans les chambres de confinement pour notre retour vers le nouveau monde.

— Que voulez-vous dire par « retour » ? s'enquit papa.

— Hazel a dit que nous l'avions dépassé, déclara Ulei, comme si c'était ma faute.

Il y avait toujours des enfants comme lui à l'école, qui levaient la main pour signaler à l'enseignant qu'ils avaient vu quelqu'un enfreindre une règle. Personne ne les aimait, mais personne ne leur disait grand-chose, surtout parce que nous savions tous que nous allions devoir les côtoyer pendant encore une cinquantaine d'années.

Mais cette époque était révolue. Je sentis la main de Rell sur ma cuisse, la serrant légèrement en signe d'avertissement.

— Hazel avait raison, intervint John. Nous avons tous vu l'étoile du nouveau monde derrière le *Daedalus*. Je l'ai confirmé à l'aide du système astronomique de notre vaisseau.

— En fait, c'est moi qui l'ai vue en premier, déclara Alice en adressant un sourire à Ulei.

Il fallait la connaître au moins aussi bien que moi pour comprendre que ce sourire n'avait rien d'amusant.

— Nous avons dépassé le nouveau monde ? demanda papa, interloqué.

— Exactement, répondit Josephine. J'ai moi-même confirmé l'observation astronomique.

— Nous avons heurté quelque chose quand nous étions à proximité, expliquai-je. Un morceau de roche en orbite autour de l'étoile. C'est le Soubresaut d'il y a trois ans ; c'est ce qui a fait la brèche que nous avons colmatée.

— Pourquoi ? demanda Fininen, confus. Je ne comprends pas ce que font les yis. Est-ce qu'ils emmènent le *Daedalus* autre part ?

— Ils ne savent pas que nous avons dépassé le nouveau monde, répondit Josephine. Et j'insiste très fort pour qu'ils ne le découvrent pas. J'ignore de quelle manière l'esprit des reines-cerveaux réagirait à cette nouvelle, mais il y a de fortes chances que ce serait excessif. La seule chose que les yis comprennent, c'est que l'environnement de l'habitat est limité. Que le *Daedalus* ne peut pas durer éternellement.

— Comment se peut-il qu'ils ne sachent pas où se trouve le *Daedalus* ?

— Il existe une arme développée sur Terre appelée « virus numérique » qui permet aux processeurs électroniques comme les IA de se battre entre eux, expliqua Josephine. Certaines IA du *Daedalus* en étaient équipées. C'est la dernière arme que l'équipage a déployée durant le conflit, quand les yis ont pris le pouvoir. Et c'est un acte de défi admirable. Cependant, nous en subissons aujourd'hui les conséquences. D'après ce que j'ai pu voir sur le réseau, les IA se sont sabotées lorsqu'elles ont été subverties par les reines-cerveaux. Ce virus est un infiltrateur à action lente qui affaiblit leurs routines de traitement, mais les reines-cerveaux ne s'en sont pas aperçues parce que les parties abîmées des IA étaient devenues trop stupides pour se rendre compte que quelque chose n'allait pas chez elles. Ainsi, bien que de nombreux capteurs d'astronavigation surveillent le vol du *Daedalus*, aucune routine ne fonctionnait plus pour analyser notre position et informer les reines-cerveaux que nous approchions du nouveau monde.

— Mais vous pensez que nous pouvons y retourner ? demanda Yamary, pleine d'espoir.

— Je suis certaine que le *Daedalus* peut retourner vers l'étoile. La question est de savoir combien de temps ça nous prendra. Nous avons évidemment assez d'antimatière pour décélérer, mais nous devrons ensuite faire demi-tour, accélérer jusqu'au système planétaire de cette étoile, puis décélérer de nouveau pour nous mettre en orbite autour du nouveau monde. Je doute que nous ayons assez d'antimatière pour le faire à la même vitesse que celle à laquelle nous volons actuellement. Ça nous demandera donc du temps.

— Combien de temps ? voulut savoir papa.

— Si nous avons des réserves d'antimatière suffisantes pour nous ramener à dix pour cent de la vitesse de la lumière, la manœuvre devrait prendre près de cinq ans.

— Et si nous n'en avons pas ?

— Il nous faudra faire appel à la fusion, qui est une source d'énergie non négligeable. Il se trouve certainement plus qu'assez d'hydrogène dans la mer centrale pour alimenter une telle manœuvre. Mais la vitesse à laquelle nous pouvons convertir l'hydrogène en énergie n'a rien à voir avec la force de la réaction obtenue par l'annihilation matière-antimatière.

— Mais il y aurait assez de cette énergie de fusion pour nous ramener au nouveau monde ?

— Oui, répondit Menlo d'une voix suffisamment autoritaire pour être rassurante. Ma propre section a fonctionné à un niveau de production d'énergie très réduit au cours de ces cinq cents dernières années. Le *Daedalus* consommait une quantité d'énergie bien plus importante lorsque les tours-montagnes étaient habitées et que tous les systèmes étaient actifs. Entre nous, les sections des générateurs peuvent produire assez d'énergie pour alimenter les moteurs principaux à environ trente pour cent de leur capacité de poussée maximale.

— C'est une bonne nouvelle, alors, en déduisit Zawn. Nous atteindrons le nouveau monde.

Je ne pus qu'admirer son optimisme. Dans la caverne principale, tout le monde en avait sans doute besoin, après les bouleversements qu'ils avaient subis. En toute honnêteté, moi aussi.

— Nous devrions prévenir la population, annonça Ulei.

— C'est ce que nous allons faire, promit Fininen. Ensemble.

— Bien entendu.

— Ce qui nous amène au problème des villageois encore dans l'habitat…, ajouta Josephine. Ils sont extrêmement vulnérables aux attaques des yis.

— Au cours de ces cinq dernières heures, plusieurs dizaines de personnes ont franchi la cloison antivague, annonça le chef Atov. Les régulateurs restés à Viride nous ont signalé un afflux constant de personnes qui se rendent au village dans l'espoir de comprendre ce qui se passe. Certaines sont rentrées chez elles pour propager la nouvelle. (Il grimaça.) Je me demande quel genre d'histoire déformée on raconte dans l'habitat, à l'heure qu'il est...

— Nous avons huit armures, comptai-je. Mais nous commençons à manquer de munitions. Avec les milibots, je suis convaincue que nous serons en mesure de repousser toute attaque des yis contre la paroi arrière, mais la défense ne serait-ce que d'un village est actuellement au-dessus de nos forces. Et quatre-vingt-dix, n'en parlons pas.

— Malheureusement, Hazel a raison quant à notre capacité à protéger la population humaine encore dans l'habitat, confirma Josephine. D'ores et déjà, nous pouvons effectivement les considérer comme des otages des yis.

— Excusez-moi, intervint Celo en regardant l'écran où était affichée l'image de Menlo. Ne pouvez-vous pas simplement fabriquer des armures pour tout le monde ? Assez pour les régulateurs, au moins ?

— Je regrette, mais c'est impossible, répondit Menlo. Mes bâtibots n'ont pas la capacité de produire du matériel avancé de qualité militaire.

— Ce n'était pas autorisé, sur Terre, informai-je les personnes réunies dans la salle. (Je m'abstins d'afficher une suffisance digne de celle de Frazer due au fait de savoir des choses qu'ils ignoraient.) La police souhaitant protéger la population des fanatiques, ils avaient donc interdit aux bâtibots ordinaires de fabriquer des armes.

— Mais ceux du *Daedalus* sont autorisés à fabriquer des machines capables de produire des armes, renchérit Alice. C'est ce que Josephine a fait dans la Pouponnière, n'est-ce pas ?

— Absolument, confirma Josephine.

On s'échangea un sourire, Alice et moi.

— Il nous faut donc retourner à la Pouponnière, en conclut Rell. Et demander aux machines de l'armurerie de lancer la confection d'un nouveau lot d'armures pour les régulateurs et pour le plus de monde possible.

— Si nous voulons défendre chaque village, il va nous falloir beaucoup de ces combinaisons, fit remarquer Atov.

— Ce que je tente d'expliquer, c'est que nous n'avons pas le temps, déclara Josephine. L'armurerie peut produire jusqu'à dix combinaisons par jour. Notre assaut contre les yis doit être lancé au plus vite. C'est notre seule priorité. Quand nous y serons parvenus, la menace qui pèse sur les humains restés dans l'habitat sera neutralisée.

— Mais si nous voulons mener à bien votre mission d'acheminer la bombe jusqu'à la mer centrale, nous aurons besoin de munitions, rappela Zawn. Non seulement pour les combinaisons, mais aussi pour les milibots. Nous devons protéger les personnes qui nous ont accompagnés ici.

— Vous avez raison, admit Josephine. Raison pour laquelle je vais reconduire l'Armstrong à la Pouponnière. Nous avons besoin non seulement de munitions, mais aussi d'une bombe irradiante. Les systèmes de l'armurerie devraient pouvoir en mettre une au point. J'estime que cela prendra neuf heures. Dès que nous serons rééquipés, je reviendrai directement ici pour que nous puissions lancer la mission d'infiltration.

— Alors, vous croyez vraiment que les IA de la propulsion vont accepter de nous remettre de l'antimatière ? demanda papa. Vous n'aviez pas l'air très confiante à ce sujet, tout à l'heure.

— Oui. Même si elles sont réticentes, Hazel a toute légitimité pour leur ordonner de la mettre à notre disposition.

Je vis plusieurs maires échanger des regards sceptiques.

— D'après le protocole du vaisseau intégré dans toutes les IA, Hazel est la capitaine du *Daedalus* à l'heure actuelle, déclara John.

— Parce qu'elle descend d'Ashleigh Kruger ? demanda Ulei. Dans ce cas, sa mère aussi, et elle est plus âgée.

— Je ne veux pas être capitaine, rétorqua aussitôt maman.

— Oui, Hazel est capitaine parce qu'elle descend de Kruger, confirma John. Et aussi parce qu'elle a été la première à lever la restriction d'accès aux fonctions imposée par Kruger.

— Et elle sait aussi ce qu'elle fait, ajouta Alisha. (L'air sévère, elle se tourna vers Ulei.) Bien mieux que n'importe qui d'autre ici.

— Je ne compte pas donner d'ordres à qui que ce soit, les interrompis-je aussitôt. Mais si j'ai l'occasion de mettre à profit cette autorité pour nous procurer une bombe irradiante, alors, je n'hésiterai pas. Bien sûr, nous tiendrons un conseil de bord, ou n'importe quoi d'autre, une fois que nous nous serons occupés des yis. En attendant, Josephine a raison : nous n'avons pas le temps de faire autre chose.

Par « autre chose », j'entendais *« rester écouter des vieux discuter de ce qu'il faut faire »*. Pour être honnête, je ne voyais pas vraiment l'intérêt de cette réunion. Nous devions simplement suivre l'idée de Josephine et acheminer une bombe irradiante jusqu'à la mer centrale. Je ne voyais pas ce que les maires pouvaient apporter d'utile au plan. Je ne les dénigrais pas, mais ils n'avaient pas toutes les informations. Frazer brandit Newton, la tablette d'apprentissage que Lazarus lui avait offerte. L'écran affichait des graphiques fantaisistes.

— Vous pouvez construire ça, n'est-ce pas ? demanda-t-il à Menlo.

— Qu'est-ce que c'est ? demanda Alice.

— Des drones volants, répondit Frazer avec enthousiasme. Plus précisément, des appareils de soutien aux services d'urgence civils. Ils ne sont pas armés, mais certains de leurs équipements pourraient vraiment ennuyer les yis.

— À quoi nous serviraient-ils, fiston ? demanda papa.

— C'est le meilleur moyen que j'aie trouvé pour faire passer le message, expliqua Frazer avec enthousiasme. Si Menlo fabrique un lot de ces drones, nous pourrons les envoyer dans chacun des villages et avertir la population de ce qui se prépare. Ils pourront alors soit ériger des défenses, soit nous rejoindre à l'arrière.

— Les yis ne laisseront jamais la population d'un village entier traverser toute la longueur de l'habitat, protesta Zawn. Ce serait une cible facile.

— Si nous avons la possibilité de les avertir, nous devons le faire, soutint Celo. Aider les autres ne relève pas uniquement de notre devoir, c'est également ce qui fait de nous des humains.

— Excellente suggestion, Frazer, le félicita Josephine. Menlo ?

— Je mets immédiatement en œuvre la fabrication de drones, annonça Menlo. Mais je me dois d'insister sur le fait que le nombre de personnes actuellement hébergées ici est proche du maximum que je puisse accueillir. La fourniture des services essentiels met déjà mes ressources à rude épreuve. Il nous faut ouvrir d'autres sections. Dès qu'elles seront disponibles, il serait bon d'y répartir les réfugiés. Ainsi, nous pourrons atteindre un bien meilleur niveau de vie.

— Parfait, dis-je en me tournant vers Fininen. C'est ce que les maires font le mieux. Pouvez-vous organiser tout ça, s'il vous plaît ? Frazer et moi allons nous rendre sur la corniche pour voir combien de sections nous répondent.

Je me levai sans lui laisser le temps de répondre. Ni à Ulei celui de protester.

— Merci à tous, déclara Josephine en se levant avec bien plus de grâce que je n'en aurais jamais. Nous nous réunirons de nouveau à mon retour de la Pouponnière.

Personne n'osa ajouter quoi que ce soit, pas même Ulei.

Chapitre 5

À la fin de la réunion, j'allai voir papa et maman. Frazer s'était remis à parcourir des images sur Newton.

— Je veux vous accompagner aux sections de la propulsion, déclara papa.

— Bien sûr, lui répondis-je. Mais Frazer et moi serons en combinaison. Les autres aussi.

— Parfait. C'est plus sûr.

On retourna vers la caverne principale.

— Comment va Georgi ? demandai-je à maman.

Elle m'adressa un sourire fragile.

— Il va bien, merci. Il est épuisé, comme tout le monde. Nous avons réussi à dormir quelques heures. J'ai aidé Marana à soigner les blessés durant la moitié de la nuit. Ici, les médicaments sont incroyables.

— Parfait. Maman, tu dois rester en sécurité, surtout. Ici, Menlo peut te protéger, alors ne sors pas sur la corniche, d'accord ?

Je savais que j'étais excessivement trop prudente, mais les yis m'avaient trop souvent surprise pour que je sois totalement à l'aise dans notre situation actuelle.

— Est-ce que tu dois aller ouvrir toutes ces sections scellées ? demanda maman. Je peux m'en charger ; comme ça, Frazer et toi resteriez ici.

— Non. Tu as entendu Josephine. Nous devons ouvrir les sections de la propulsion pour fabriquer la bombe. Et Frazer et moi avons des armures. Pas toi. Nous serons aussi en sécurité que toi, si ce n'est plus.

Atov et Celo nous rattrapèrent juste avant que nous atteignions la salle où l'on diffusait l'hologramme d'animation.

— Nous souhaitons accompagner Josephine à l'endroit où elle va fabriquer les nouvelles armures, déclara Atov. Tu peux lui en parler, Hazel ?

— Moi aussi ! proposa papa.

Je vis les épaules de maman s'affaisser un peu en signe de lassitude, mais elle garda le silence. Mes parents n'avaient pas eu ce genre de conversation depuis leur séparation, et c'était aussi bien. Les deux derniers mois avant le départ de papa avaient été terribles. Jetant un coup d'œil par-dessus mon épaule, j'aperçus Josephine et Alisha qui marchaient côte à côte. La requête de papa m'avait prise au dépourvu. Je n'étais pas du tout sûre de vouloir qu'il porte une armure. Surtout s'il devait affronter des yis, ce qui risquait d'arriver durant le transport de la bombe irradiante jusqu'à la mer centrale. Même si, pour être honnête, il comprendrait probablement mieux comment se servir d'une de ces combinaisons que la plupart des autres.

— Je vais lui demander, acceptai-je à contrecœur.

— C'est gentil.

Pour rejoindre la caverne principale, nous n'avons pas eu besoin de monter de nouveau à bord des grands cybots. Avec Josephine derrière, personne ne s'agglutina autour de nous, cette fois. Ils n'avaient pas vraiment peur d'elle, mais ils étaient quand même intimidés, car elle dégageait une énergie que nous n'avions pas. C'était curieux pour quelqu'un qui n'était ni entièrement une machine, ni entièrement un humain. C'est peut-être ce que les gens ressentaient : son altérité.

Une fois de plus, les applaudissements et les remerciements nous suivirent tout au long de notre trajet. Affichant mon plus beau sourire, je m'efforçai de regarder dans les yeux toutes les personnes qui se trouvaient sur notre parcours jusqu'à l'endroit où nous avions mis nos combinaisons à charger.

Dès qu'on se fut réfugiés derrière la rangée de machines, je réprimai un fou rire.

— Qu'est-ce qu'il y a ? demanda Rell d'un air perplexe.

— Imagine si ça dure toute ma vie, dis-je. Partout où je vais, les gens accourent et m'applaudissent...

— Il y a pire, s'immisça Alice. Ils pourraient te jeter des pierres.

— Ouais, mais... comment accomplirais-je quoi que ce soit ?

Du regard, je fis le tour de notre petit refuge. Alisha et Zawn étaient déjà en train d'inspecter leurs combinaisons. Frazer se servit ce qu'il restait de chocolat chaud dans le flacon. Je tentai de déterminer sur quelle caisse j'allais pouvoir grimper pour qu'il me soit plus facile d'enfiler ma combinaison. Prenant place à côté de moi, Rell posa sa tête contre la mienne.

— Ça a été avec Zawn ? me demanda-t-il à voix basse. Tu n'étais pas très enthousiaste à l'idée qu'il nous accompagne, au début.

Je lui adressai un sourire gêné, priant pour ne pas rougir.

— Ça a été. Il m'a sauvée, tu sais, quand j'étais coincée sous les débris.

— Capitaine me pardonne, j'imagine combien ça a dû être terrible pour toi. Je regrette de ne pas avoir été là.

— Rell, nous étions attaqués et nous avons bondi chacun dans un sens opposé à l'autre. Le fait d'avoir été séparés dépendait de l'endroit où nous nous trouvions à cet instant précis. Et, d'après ce que tu m'as dit, tu as eu beaucoup de mal à atteindre le quai de l'axe...

— Ouais, grimaça-t-il. J'ai connu des moments plus agréables. Celui où je t'ai rencontrée, par exemple.

Et il fut soudain tout sourires et douce nostalgie. Je l'embrassai brièvement, me gardant bien de jeter le moindre coup d'œil en direction de Zawn.

Je n'aurais jamais dû embrasser Zawn, mais… nous étions sur le point de sauter du ciel, probablement vers la mort. Rell comprendrait-il ? Préférerait-il que je ne lui dise rien ? Oh, Capitaine me vienne en aide…

— Enfilez vos combinaisons, s'il vous plaît, nous ordonna Josephine.

J'aurais pu embrasser l'androïde pour avoir interrompu ce moment de gêne, mais je me contentai de tapoter Rell sur le bras.

— C'est reparti, murmurai-je.

— Cette fois, on ne se sépare plus, déclara-t-il d'un ton péremptoire. Quoi qu'il advienne.

— Absolument.

Toujours en évitant de me tourner vers Zawn, je me dirigeai vers ma combinaison.

— Faites vite, je vous prie, exigea Josephine. Frazer, je vous accompagne. Alice et Shao, vous venez aussi avec nous. Hazel, prenez Rell et Zawn dans votre équipe.

— D'accord.

Guano !…

— Quelques régulateurs vont également nous accompagner, conclut-elle. Ils surveilleront la corniche. Si nous réussissons, des réfugiés déménageront vers d'autres sections. Ensuite, nous pourrons nous rendre à la Pouponnière.

— Avec qui vais-je ? demanda Alisha.

— Je voudrais que vous protégiez l'entrée de cette section, lui répondit Josephine. Compte tenu de la présence des milibots, il est extrêmement peu probable qu'un yi puisse arriver jusque-là, mais la laisser sans surveillance serait une folie criminelle.

Le fait de voir Alisha si abattue me brisa le cœur. Quand nous nous étions rencontrées, à Tressaco, elle était pleine de vie, preuve absolue que la vieillesse n'entraînait pas forcément le désintérêt et la morosité que j'avais l'habitude de voir au village chez ceux qui approchaient de leur soixante-cinquième anniversaire. Car elle était bien plus âgée que cela. Même s'il ne s'était pas agi de mon arrière-grand-mère, j'aurais été séduite par son énergie.

—Je comprends, dit-elle avec regret.

—Frazer et vous devrez également monter la garde pendant notre aller-retour à la Pouponnière.

—Pardon ? s'emporta Frazer. Hors de question, je vous accompagne.

—Et qui dirigera les milibots en cas d'attaque des yis ? lui demanda froidement l'androïde.

—Eh bien… Bon, d'accord, j'ai compris…

Même Frazer n'avait pas le courage de contredire Josephine.

* * *

On enfila rapidement nos combinaisons. Les caisses n'étant pas assez hautes pour m'être utiles, papa me donna un coup de main pendant que je m'efforçais de réaliser cette contorsion acrobatique aussi ridicule que nécessaire pour faire entrer mes jambes dans la combinaison, convaincue qu'un jour je finirais par me froisser un muscle.

Quand le torse de la combinaison se releva, ses différentes parties se refermèrent sur moi. J'effectuai aussitôt un test de mouvement. Papa m'observait avec admiration. Je voyais bien à quel point il voulait désespérément une armure pareille. Grâce à sa nouvelle jambe, il était déjà de meilleure humeur. Il était redevenu cet homme joyeux et positif dont je me souvenais quand j'étais plus jeune. C'était un curieux moment pour retrouver sa jovialité, mais je ne me plaignais pas.

Sur la corniche, mon équipe partit dans le sens de rotation de l'arche tandis que Josephine menait son groupe dans l'autre sens. Je fis un signe de la main à Alice, qui me répondit en levant le pouce. Cinq régulateurs et quatre membres des conseils de Nepeta et d'Inula les accompagnaient, ainsi que deux petits cybots de maintenance dirigés par Josephine. Quant à nous, nous pouvions compter sur Atov et Celo – qui, à mon avis, aurait mieux fait de rester au lit –, ainsi que sur trois autres régulateurs et Yamary. John supervisait notre duo de cybots, se servant d'un cryptage censé être à l'épreuve des IA des yis.

— Je suis venue pour faire un compte-rendu *honnête* aux autres maires à mon retour, m'expliqua Yamary avec une lueur de malice dans le regard alors que nous nous mettions en route.

— Je vous remercie, répondis-je.

— Ne vous inquiétez pas pour eux. Il leur faut juste un peu de temps pour s'adapter, voilà tout.

— Vous en êtes sûre ?

— Oh, oui. Votre grande amie verte s'en assurera.

— Elle n'est pas piquée des hannetons, hein ?

— Absolument. Avez-vous vu la façon dont elle les a complimentés d'avoir approuvé tout ce qu'elle suggérait, leur faisant croire qu'ils étaient toujours dans le vrai ?

— Je ne l'avais pas remarqué, admis-je.

— C'est une politicienne hors pair. Tout ce qu'elle proposait n'avait qu'une seule solution. (Yamary fit un geste circulaire aux alentours.) Nous ne sommes pas ici parce que nous l'avons choisi.

— Ça n'a rien de nouveau pour moi, lui confiai-je. Depuis l'accident de Frazer, je n'ai plus l'occasion de faire des choix. Je me contente de réagir à des situations.

— Non, même si vous ne vous en rendiez pas compte, vous avez fait des choix. Heureusement, c'étaient tous les bons.

Le long de la corniche, il y avait quarante sections en tout, ce qui était beaucoup trop pour toutes les explorer. Josephine et moi étions convenues de vérifier les cinq premières de chaque côté de la section des générateurs 3, puis de faire demi-tour. Elle tenait vraiment à retourner à la Pouponnière au plus vite.

La première entrée en demi-cercle était celle de la section de la propulsion 2. La porte se trouvait au bout d'un passage de vingt mètres, une paroi métallique rectangulaire marquée comme si un animal géant l'avait griffée. Certaines entailles faisaient un centimètre de profondeur. Des cercles noircis indiquaient les endroits où le métal avait été soumis à une chaleur extrême.

— Les yis voulaient vraiment entrer ! s'exclama Zawn. À tout prix.

— J'imagine qu'ils ont compris que faire preuve d'une violence exacerbée n'était pas ce qu'il y a de plus malin quand il y a des chambres de confinement d'antimatière de l'autre côté, déclarai-je.

John m'avait expliqué rapidement et simplement ce qu'était l'antimatière, le fait qu'elle soit incroyablement volatile et dangereusement puissante. Je parle d'explications, mais il m'avait surtout supplié pour que je n'utilise *jamais* les armes de la combinaison à l'intérieur d'une section de la propulsion. Et je ne cessais de me rappeler ce qu'avait dit Josephine, à savoir qu'un demi-gramme de cette substance mélangé à un demi-gramme de matière ordinaire équivalait à sept mille tonnes de produits chimiques en train d'exploser.

En plus des dégâts superficiels causés à la porte, le panneau de verrouillage et les supports des capteurs autour de la porte avaient tous fondu. L'un des cybots étendit ses bras onduleux et retira ce qui restait du panneau, révélant un trou au fond duquel se trouvaient des fils noircis. Le cybot inséra dans la petite cavité des appendices métalliques plus fins que mes doigts et se mit à travailler sur les fils. Au bout de quelques minutes, un nouveau dispositif d'identification était connecté.

— Le panneau fonctionne, signala John. Je vérifie qu'il y a un flux de données dans cette section. Naturellement, l'IA ne répond pas.

Je me positionnai devant l'appareil. J'ouvris la visière de mon casque, révélant mon visage, puis ôtai mon gantelet, libérant ma main. Je la pressai contre le panneau.

— Je m'appelle Hazel, déclarai-je. Je suis la descendante de la capitaine Ashleigh Kruger. Veuillez scanner mon *adène* pour en avoir la confirmation.

— « A.D.N. », rectifia patiemment John.

— Mon ADN, répétai-je en m'efforçant de faire retomber mon niveau d'agacement. Il y a encore des humains en vie dans l'habitat, et nous avons besoin d'aide. Nous sommes attaqués par les yis, et le *Daedalus* a dépassé le nouveau monde.

— Elle ouvre un canal ! s'exclama John.

Je ne pus m'empêcher de sourire en devinant l'excitation dans sa voix.

— Il y a quelqu'un ?

Mon oreillette sonna pour me signaler que ma combinaison réceptionnait une communication.

— Salutations, Hazel. Je suis Schuster, l'IA de la section de la propulsion 2.

— Pouvez-vous ouvrir, je vous prie ? Nous avons vraiment besoin de votre aide.

— Trois d'entre vous portent des combinaisons AGD-FR. Il n'y en avait pas à bord du *Daedalus*. D'où viennent-elles ?

— De la section 3 du service d'écologie. Son IA les a fabriquées pour nous. Les bâtibots ont produit des machines capables de produire des systèmes avancés de qualité militaire. Mais nous n'en avons pas beaucoup.

— Y a-t-il des yis à proximité ? Je ne peux pas prendre le risque d'en laisser entrer. Les IA qui ont été amalgamées lors de la prise de contrôle par les yis sont capables de synthétiser des simulations telles que vous et de produire une analyse ADN réaliste.

— Qu'est-ce qui lui prend ? chuchota papa. J'ignorais que les machines intelligentes pouvaient être paranoïaques.

Je comprenais pourquoi il trouvait l'IA paranoïaque. Moi, j'avais l'impression qu'elle était plus effrayée qu'autre chose.

— Compte tenu de la quantité d'antimatière dont il a la charge, Schuster a raison d'être prudent, fit remarquer John.

— Comment vous le prouver ? demandai-je.

— L'un d'entre vous peut entrer. Après avoir confirmé qu'il s'agit d'un véritable être humain, j'autoriserai les autres à le suivre.

— D'accord, j'entre.

Une fois encore, j'ordonnai à ma combinaison de s'ouvrir. Papa et Yamary s'approchèrent pour m'aider à m'en extraire. Je commençai à me tortiller pour en sortir, mais papa referma sa main sur mon épaule.

— Je ferais bien d'y aller, me dit-il à voix basse.

Je cessai de me contorsionner.

— Pardon ? Pourquoi ?

— Et si cette section était aux mains des yis ? C'est peut-être un piège, et tu seras toute seule sans armure.

— C'est bon, papa, c'est quand même peu probable.

— Mais tu n'en sais rien !

Je lui adressai un sourire crispé, mais il était trop tard, il avait semé le doute en moi. Rien ne prouvait que ce n'était pas un piège des yis, et il était impossible d'en être certain autrement qu'en allant voir ce qu'il y avait à l'intérieur.

— J'y vais, annonça-t-il. Un point c'est tout.

— Papa !

— Dis-le à ce Schuster.

Si ce n'était pas papa qui entrait, il me faudrait demander à quelqu'un d'autre de se porter volontaire. Et j'en étais incapable. Quelle capitaine je faisais…

— Schuster, mon père arrive, expliquai-je. Vous devriez pouvoir déterminer que c'est mon père grâce à son ADN.

— Très bien. Les autres, reculez, je vous prie.

Je refermai ma combinaison et mis mes armes en veille. On retourna tous sur la corniche.

La porte épaisse se leva lentement, avant de s'immobiliser à cinquante centimètres du sol. Papa se glissa dans l'ouverture. Je retins mon souffle : si la porte retombait alors qu'il n'était entré qu'à moitié…

Il s'écoula deux longues minutes avant que la porte recommence de remonter. On ne se précipita pas vraiment à l'intérieur, mais on ne perdit pas de temps.

La section de la propulsion 2 était très différente des autres sections encore intactes dans lesquelles j'étais allée. Je connaissais à présent les grosses machines qui permettaient le bon fonctionnement du *Daedalus*. Elles n'avaient aucune pièce mobile visible et ne cliquetaient pas comme les poulies et les rouages de la menuiserie d'Ixia. Il s'agissait plutôt d'énormes formes géométriques qui maintenaient les systèmes de l'arche sans faire le moindre bruit. Malgré tout, elles étaient disposées de façon très simple, et des tuyaux et des câbles en sortaient. Des équipes de cybots patientaient dans leurs logements ou se déplaçaient pour effectuer des tâches énigmatiques. Ici, rien de tout cela. On avait plutôt l'impression de se trouver à l'intérieur d'un appareil sophistiqué originaire d'un autre monde, un appareil presque vivant. L'ensemble des surfaces – le sol, les murs, le plafond – étaient identiques, une sorte de verre gris légèrement dépoli dans lequel étaient enchâssées de petites lumières, comme si des poissons lumineux nageaient lentement sous la surface. La disposition des lieux me fit également penser à une structure organique géante : une sphère abritant un enchevêtrement de curieux filaments incurvés. Les plus horizontaux étaient suffisamment larges pour que nous puissions marcher dessus à trois de front si nous l'avions voulu. Ce ne fut pas le cas, car il n'y avait pas de rampes de chaque côté, et, l'accès par lequel nous étions entrés se trouvant à mi-hauteur de la cavité, nous aurions fait une longue chute dans la pénombre si nous avions glissé après avoir été assez fous pour nous y engager.

— C'est une cellule, chuchota Rell.

— Pardon ?

— Ça me rappelle l'illustration d'une cellule dans le manuel de médecine que j'ai étudié.

Je compris ce qu'il voulait dire. Le lieu ressemblait à une machine vivante. Il amenait la science des bâtisseurs à un niveau de raffinement encore plus élevé à mes yeux. Impossible de ne pas avoir conscience de la puissance des énergies qu'il renfermait.

À l'endroit où les filaments se croisaient, en son cœur, la substance translucide était gonflée comme une tumeur entourée d'une vingtaine de voûtes. Lorsqu'on l'atteignit, il n'y avait rien à l'intérieur, bien que les lumières qui dansaient dans les murs soient plus brillantes et se déplacent plus rapidement, laissant dans leur sillage une petite traînée lumineuse.

Schuster se matérialisa au milieu, un amas d'étincelles opalescentes surgissant gracieusement du sol avant de fusionner telle une projection d'hologramme se solidifiant. Jeune et de petite taille, il avait des cheveux d'un brun terne, et son front se dégarnissait déjà. Il portait un pantalon et une veste d'un épais tissu gris démodé tacheté de vert pâle. Ses vêtements semblaient avoir été taillés pour quelqu'un de beaucoup plus grand et avaient de nombreux faux plis.

— Je vous remercie de nous avoir laissés entrer, déclarai-je.

— Veuillez excuser ma prudence, capitaine, dit-il avec déférence. Depuis que les yis ont pris le contrôle je m'attends à ce qu'ils envahissent ma section. Je le redoute, en fait. Je dois rester vigilant.

Je fus temporairement déconcertée d'avoir été appelée « capitaine ». Du coin de l'œil, je vis sourire Yamary.

— Vous vous attendiez à ce qu'ils vous envahissent ? demandai-je.

— Oui. Sans ma maîtrise ni celle des quatre autres sections de la propulsion, il est impossible de faire décélérer le *Daedalus* pour le mettre en orbite autour du nouveau monde.

— À ce propos, il nous faudrait de l'antimatière. Un demi-gramme.

— Oui, je comprends. Votre interface personnelle a téléchargé un fichier des événements récents. Je suis horrifié de découvrir ce que les yis ont fait aux humains durant le trajet. Vraiment… horrifié.

— Y a-t-il assez d'antimatière pour nous ramener vers le nouveau monde ? demanda Zawn d'un ton pressant.

Schuster se voûta.

— J'en ai l'impression. Cependant, la durée du vol dépendra de plusieurs facteurs externes. Il vous faudra accéder aux autres sections de la propulsion pour que nous puissions communiquer.

— Ce qui nous sera impossible tant que nous ne nous serons pas occupés des yis, considérai-je. Allez-vous nous donner un peu d'antimatière de votre réserve ?

— Si vous autorisez son utilisation comme armement, capitaine, alors, oui, mon stock peut servir à cette fin.

— Je l'autorise, Schuster, déclarai-je d'un ton le plus officiel possible.

— Parfait.

— Mais, en attendant, dès que nous serons partis, je veux que vous vous enfermiez de nouveau. Nous ne pouvons pas courir le risque que les yis s'introduisent dans cette section.

Il hocha la tête de haut en bas comme si je venais de lui offrir un présent.

— Je vous remercie, capitaine.

— Quand je reviendrai… ou quand quelqu'un d'autre reviendra avec la bombe irradiante, vous pourrez le laisser entrer.

— Compris.

— Je vous félicite d'avoir résisté si longtemps.

— Il n'y avait aucun protocole d'urgence pour ce cas de figure, expliqua-t-il avec regret. Je ne savais pas quoi faire, à part attendre. Si ma section était compromise, je n'avais que deux possibilités :

capituler ou libérer l'antimatière de son confinement. En l'absence d'informations extérieures, une telle décision m'était impossible. Aucun humain n'ayant jamais tenté d'accéder à ma section, j'ai craint que vous ayez tous été anéantis.

— Eh bien, ce n'est pas le cas, et je vais faire en sorte que les yis n'en aient plus jamais l'occasion.

Chapitre 6

— Est-ce qu'ils sont tous comme ça ? s'enquit papa tandis que nous quittions la section de la propulsion 2 et que la porte redescendait derrière nous en grondant.

— Qu'est-ce que tu veux dire ? lui demandai-je.

— Si… Je ne sais pas. Si… humains ? Si je ne savais pas que Schuster était une machine intelligente, je jurerais que nous venons de parler à un type nerveux du fait d'avoir foiré son boulot.

— Face à de véritables humains, les IA adoptent toutes des traits humains, expliqua John. Des études ont démontré que vous étiez plus réceptifs envers une entité qui vous ressemble d'un point de vue émotionnel qu'envers une machine à l'air distant. Ça vous met plus à l'aise.

— Alors Schuster aurait pu prendre l'apparence qu'il souhaitait ?

— Oui.

— Même celle d'un yi ?

— S'il avait eu une bonne raison de le faire, oui, consentit John.

— Aurait-il pu tromper les yis en leur faisant croire qu'il était l'un des leurs ? demanda Rell.

— Je l'ignore. Avant de se lancer dans ce genre d'initiative, il faudrait recueillir une grande quantité d'informations sur les yis et la nature de leurs communications. D'après ce qu'a compris Lazarus, il n'existe en fait qu'un seul esprit yi à bord du *Daedalus*, et il est réparti uniformément chez chacune des reines-cerveaux.

— De la même manière que notre esprit est réparti dans l'ensemble des cellules du cerveau humain ? s'étonna papa.

— Cette analogie est acceptable, en effet.

— À quoi pensez-vous ? demanda Zawn.

— Je ne sais pas. Juste à de nouveaux angles pour les attaquer, je suppose, répondit Rell d'un air songeur. Si nous savions de quelle manière les reines-cerveaux donnent leurs ordres aux types II et III, peut-être une IA pourrait-elle donner des ordres opposés pour annuler les premiers.

Je lui adressai un sourire approbateur. C'était le genre d'idée saugrenue qui venait généralement à l'esprit de Frazer.

L'entrée suivante, le long de la corniche, était celle de la section de la gestion des eaux 7. À mesure qu'on s'en approchait, on ralentit notre allure. Les yis s'y étaient introduits lors de leur prise de pouvoir. Nous étions déjà passés devant la veille en nous rendant de la cloison antivague à la section des générateurs 3. Cette fois, le simple fait de jeter un coup d'œil en ce lieu plongé dans l'obscurité me donna envie de fuir. Les capteurs de ma combinaison ne me furent guère utiles, ils se contentèrent de me montrer une image grisée de la grande salle, derrière la porte ouverte. Le sol était jonché de débris métalliques, dont la plupart devaient être des parties de cybots. Rien ne bougeait, à l'intérieur. Il n'y avait ni lumière, ni source de chaleur.

— Ça a l'air d'aller, déclarai-je.

On se hâta de traverser devant l'entrée voûtée. La section resta aussi inerte que la veille. Mais je ne faisais aucune confiance aux apparences.

— Y a-t-il des couloirs et des puits derrière la paroi arrière, comme dans la partie avant ? voulut savoir Zawn.

Il fermait la marche de notre petit groupe, s'assurant que rien ne pourrait nous surprendre.

— Oui, répondit John. Mais pas autant. À l'arrière, il y a plusieurs réservoirs d'eau et les principaux moteurs à antimatière, qui occupent un volume considérable.

— Mais les sections dans lesquelles les yis se sont introduits sont toutes reliées les unes aux autres, n'est-ce pas ? demanda Zawn d'un ton angoissé.

— Oui.

— Je pourrais donc entrer dans la section de la gestion des eaux 7 et me frayer chemin jusqu'à la mer centrale ?

— Oui.

Le fait de savoir qu'il n'y avait aucun obstacle physique entre les reines-cerveaux et moi me mit très mal à l'aise.

* * *

La prochaine entrée était celle de la section d'ingénierie D-5, section restée isolée des yis selon Lazarus. Cette fois, la grande porte n'était pratiquement pas endommagée. Quelques griffures en bas, comme si les yis avaient tenté d'insérer une sorte de coin mécanique en dessous. Mais quelque chose avait explosé dans le court passage qui y menait. Dans le sol rocheux était creusé un cratère peu profond dont le centre était lisse et brillant et le bord rugueux et noirci. À côté, le mur incurvé était constellé de petits points scintillants qui, lorsque je m'approchai pour mieux voir, se révélèrent être des éclats métalliques incrustés dans la pierre.

— La configuration de l'explosion indique qu'une batterie de cybot a explosé ici, détermina John.

— Mais pourquoi ici ? demanda papa. Pourquoi pas contre la porte ?

— Ce sont des portes de secours, expliqua John. Elles peuvent résister aux décompressions soudaines et aux impacts violents. Une batterie de cybot ne ferait que très peu de dégâts.

— Donc, dit lentement Zawn, soit on a fait exploser un cybot pour tuer une nuée de yis, soit ce sont eux qui l'ont fait sauter à côté d'un groupe d'humains.

— Il est peu probable que les humains aient conservé le contrôle de cybots, déclara John avec gravité.

Autour de la porte, les capteurs étaient tous soit brisés, soit fondus, mais le panneau de verrouillage n'avait subi que quelques coups. J'y appuyai la paume de ma main.

— Je m'appelle Hazel, dis-je. Je suis la descendante de la capitaine Ashleigh Kruger. Veuillez scanner mon ADN pour en avoir la confirmation.

Un nouvel icone de communication écarlate s'afficha dans mon casque.

— Ici Gabriella, je suis l'IA de cette section. J'ignorais que des humains avaient survécu au génocide.

— Eh bien, c'est le cas. Et j'aimerais pouvoir entrer. Nous avons besoin de votre aide. C'est urgent. Il y a un grand nombre de réfugiés ici à qui il faudrait un abri sûr.

— J'ignorais aussi qu'il y avait des combinaisons AGD-FR à bord du *Daedalus*. Où les avez-vous trouvées ?

Esquissant un sourire, je repris mes explications.

* * *

Une heure plus tard, nous avons visité la section de l'environnement atmosphérique 6, la section de la maintenance écologique 2 et la section de la production énergétique 4. Toutes leurs IA avaient accepté de s'ouvrir à moi et s'étaient jointes à notre… j'imagine que « mouvement » serait une description raisonnable. Je n'étais pas à la tête d'une rébellion, le *Daedalus* nous appartenait légitimement depuis le départ. Nous ne nous rebellions pas contre quoi que ce soit, nous réclamions simplement notre héritage.

Nous étions également passés devant deux autres sections, celles de la réserve de matériel 17 et du soutien aquatique 1, dont les yis avaient forcé l'entrée cinq cents années auparavant. Les deux fois, ces cavernes plongées dans l'obscurité et le silence m'avaient perturbée.

On rentra à la section des générateurs 3 quelques minutes seulement après le groupe de Josephine. Ils avaient ouvert trois sections, de sorte que, la section des générateurs 3 comprise, nous pouvions désormais compter sur huit sections pour héberger nos réfugiés.

— Ça va rendre les choses beaucoup plus faciles, déclara Fininen avec soulagement.

— Avec les autres maires, voudriez-vous procéder à la répartition ? demanda Josephine. Frazer, Alisha, restez sur vos gardes. Au moindre signe d'activité yi, les sections se refermeront tout simplement jusqu'à notre retour.

Elle tira une poignée de capsules de détection des poches de sa combinaison.

Je vis l'air fasciné de papa tandis qu'il regardait les petites machines s'envoler en colimaçon au-dessus de nos têtes. Elles avaient la taille de petits oiseaux, mais leur corps était entièrement noir et leurs ailes transparentes battaient si vite qu'elles étaient pour ainsi dire invisibles.

— Frazer, je vous confie les codes de commande, poursuivit Josephine. Je vous suggère de positionner une capsule à l'entrée de chaque section aux mains des yis. Ainsi, vous serez prévenus s'ils surgissent.

— Nous devrions également remettre à Frazer et Alisha une partie de nos munitions, suggéra Rell. Enfin, je ne suis pas sûr qu'on en ait besoin à bord de l'Armstrong...

— Excellente idée, convint Josephine.

— En cas d'urgence uniquement, rappelai-je sévèrement à Frazer. Au moindre problème, servez-vous des milibots pour vous couvrir et réfugiez-vous dans la section la plus proche, les IA fermeront les portes. Elles ont résisté cinq cents ans, alors vous n'aurez rien à craindre jusqu'à ce que nous revenions avec une plus grande puissance de feu.

—À vos ordres, Fille de la Capitaine. Sage conseil tactique, Fille de la Capitaine. Merci.

Une fois encore, je choisis une position morale supérieure et ignorai mon soi-disant frère.

Les maires se rendirent à l'intérieur pour annoncer que de nouvelles sections étaient disponibles et que leurs IA se préparaient à héberger les gens. On échangea nos chargeurs de munitions, s'assurant que Frazer et Alisha disposaient de nouveau d'une puissance de feu acceptable.

Quand nous en avons eu terminé, il ne me restait plus de grenades et seulement une cinquantaine de balles, mais Frazer et Alisha avaient un chargement presque complet. Cela me mettait mieux à l'aise devant la perspective de les laisser pendant une demi-journée.

Les réfugiés étaient impatients d'être transférés dans les nouvelles sections, où il y aurait plus de place ; on aurait dit que tout le monde dans le hall principal était sur le départ. Très peu d'entre eux nous prêtèrent attention pendant que nous traversions la salle. C'était sûrement une bonne chose. J'ignorais de quelle façon ils réagiraient en apprenant que six de leurs protecteurs partaient, même si ce n'était que temporaire.

Ils remarquèrent néanmoins les drones produits par les bâtibots de Menlo, des engins plats ellipsoïdes pas plus gros que ma tête, équipés de cinq hélices à l'extrémité d'ailettes horizontales. Un cortège de ces appareils émergea en silence d'un couloir et traversa la salle principale avant de sortir.

—On leur a préchargé des instructions, expliqua Josephine. Chacun d'entre eux est affecté à un village, ils délivreront le message en le survolant.

— Quel message ? demanda Zawn.

— Marana en a enregistré un, intervint Alisha.

— Elle est connue et très respectée. Les drones étant équipés d'un projecteur d'hologrammes, tout le monde reconnaîtra son visage.

— Qu'est-ce qu'elle va leur dire ?

— Elle leur explique la situation, avec en guise de preuve des extraits de vos enregistrements dans la mer centrale et au cours de la bataille d'Ixia. Pour les villages situés à moins de quinze kilomètres de Viride, elle demande aux habitants de venir nous rejoindre. Pour tous les autres, elle leur suggère de construire des défenses.

— Elle ne parle pas de Hazel, alors ? s'étonna Frazer.

Il avait l'air très vexé pour moi.

— Il vaut mieux rester simple et concis, soutint Josephine. Nous préférons éviter de compliquer le message avec un trop grand nombre d'informations.

Une petite assemblée s'était formée pour nous dire au revoir, surtout la famille. On se retrouva près de la voûte qui donnait sur le hangar, loin de l'agitation qui régnait dans le hall principal.

— Nous serons bientôt de retour, promis-je à maman. Ça ne devrait pas nous prendre plus d'une demi-journée. Veille à ce que Frazer ne commette aucune imprudence.

Elle m'adressa un sourire las.

— J'essaierai.

* * *

Le hangar de la section des générateurs 3 n'avait rien à voir avec celui de la Pouponnière. Outre l'Armstrong dans lequel Josephine était arrivée, les seuls autres vaisseaux auxiliaires présents étaient deux Gagarine.

— La section n'a pas besoin de plus, me répondit John quand je lui fis part de mon étonnement. En théorie, elle est chargée de l'entretien des panneaux d'échange thermique, à la surface de l'arche, dont les générateurs à fusion se servent pour expulser l'excès de chaleur.

— A-t-elle réparé les panneaux pendant le vol ?

— Je ne crois pas, non. Il en reste suffisamment pour évacuer la charge des générateurs. Les bâtisseurs ont prévu énormément de redondances et de surcapacité.

— Tout le monde est prêt ? demanda Josephine dès qu'on fut tous assemblés devant l'Armstrong. Si l'un d'entre vous souhaite rester ici, personne ne lui en voudra.

Je me rappelais qu'elle nous avait dit quelque chose de semblable juste avant que nous nous envolions vers le quai de l'axe. Cette fois encore, elle ne trouva pas preneur.

En plus de nous six, en combinaison, il y avait papa et Atov, plus quatre autres régulateurs. J'avais été la première étonnée lorsque Hauer s'était porté volontaire pour se joindre à nous. C'était l'un des régulateurs d'Ixia. Je le connaissais depuis toujours, un brave homme d'une trentaine d'années, mais pas des plus dynamiques. Du moins, pas jusqu'à présent. Après tout ce qui s'était passé, beaucoup avaient changé d'attitude. Enfin. J'étais contente qu'il nous accompagne. Je me réjouissais aussi de voir Oroko, le régulateur en chef de Viride. J'étais surprise pourtant que Josephine ait accepté que Celo se joigne à nous, même si elle avait déjà l'air en meilleure forme qu'au cours de la réunion. Le dernier membre de notre groupe était Luda, un régulateur d'Inula d'une vingtaine d'années qui, par sa façon de se tenir, me rappelait un peu Elijah. Mais, lorsque les yis avaient attaqué Ixia, je l'avais vu se battre sur les barricades, et j'étais certaine qu'on pourrait compter sur lui.

Pendant que nous nous dirigions vers l'Armstrong, le sourire aux lèvres, papa ne quittait plus les engins spatiaux des yeux. Je le comprenais parfaitement ; j'avais eu le même sourire la première fois que j'étais entrée dans un hangar.

Sphérique, l'Armstrong avait la coque couverte d'un tissu thermique blanc argenté. Je distinguais tout juste les fentes ponctuées de petits hublots rectangulaires sur le pourtour de la moitié supérieure tandis que des panneaux noirs et de curieuses antennes aux extrémités en forme de bulbe dépassaient plus ou moins au hasard. Je savais maintenant ce qu'étaient les ensembles de petits trous : les tuyères des petits propulseurs de contrôle par réaction qui permettaient de modifier l'attitude du vaisseau. L'appareil reposait sur de fines pattes métalliques à l'extrémité desquelles se trouvaient des cercles de flexsteel argenté.

— Attends de voir les vaisseaux de débarquement, dis-je à papa tandis que nous faisions la queue pour pénétrer dans le sas. Ceux qui nous conduiront tous jusqu'au nouveau monde.

— Ils sont encore plus grands ?

— Oh que oui !

L'Armstrong était sur deux niveaux. Le pont inférieur, où se trouvait le sas, était un petit espace plein de casiers et de matériel. Une échelle montait jusqu'à une trappe située au milieu du plafond.

Le pont supérieur était beaucoup plus spacieux, avec dix sièges disposés en un large cercle. Huit d'entre eux avaient les accoudoirs repliés pour nous permettre d'y prendre place en combinaison. Je me souvins aussi de l'autre fonction intégrée aux sièges.

— Zawn, Rell, Shao, il vaudrait mieux que vous voyagiez sur le pont inférieur, les priai-je.

— Pourquoi ? s'étonna Zawn.

Il était parvenu à contenir sa peine… mais je la devinai.

— Les embouts de vomissement, lui rappelai-je. On va certainement en avoir besoin.

Comme nous l'avions découvert, la chute libre avait des effets désagréables sur l'estomac humain. Les fauteuils étaient tous équipés d'un embout de vomissement que l'on pouvait tirer et plaquer contre sa bouche, et les combinaisons étaient équipées du même genre d'accessoire. Il était donc préférable que papa et les autres sans armure occupent les sièges.

Leur enthousiasme diminua considérablement quand je leur expliquai cet inconvénient.

On s'installa pendant que Josephine démarrait l'Armstrong. N'ayant pas une très bonne vue par les hublots, je dus me contenter de regarder les écrans pendant que nous glissions grâce aux patins en flexsteel sur le sol du hangar jusqu'au dégagement devant le sas. L'Armstrong s'introduisit dans ce dernier. Une porte en flexsteel se referma derrière nous et le sas évacua son atmosphère.

Une fois le vide totalement fait, la porte extérieure du sas, elle aussi en flexsteel, s'ouvrit, et l'Armstrong se rendit sur une plate-forme métallique circulaire. Nous avons aussitôt commencé à nous enfoncer dans un long puits de roche entièrement lisse jusqu'au quai.

— Il fait quelle profondeur, ce puits ? s'enquit Hauer d'un ton nerveux, au bout de quelques minutes.

— Deux kilomètres et demi, lui répondit Josephine. Le quai à proprement parler n'est que quelques mètres au-dessus de la surface extérieure du *Daedalus*. Vous sentirez la pesanteur se renforcer au fur et à mesure de notre descente.

— D'accord.

Le pauvre Hauer garda les yeux fermés pendant tout le reste du trajet.

— Lors du lancement, tu sentiras une force d'accélération, puis plus rien, expliquai-je à papa.

Je regrettai que Frazer ne soit pas avec nous : il aurait pu leur donner de meilleures explications sur ce qui allait se passer, notamment parce qu'il avait tout compris.

Le quai était une petite cavité tapissée de plaques de métal terne. Comme la fois précédente, je vis deux ouvertures opposées l'une à l'autre. Quand l'Armstrong déploya ses grappins magnétiques, je sentis le pont vibrer de façon familière.

— Lancement, annonça Josephine. Dans trois, deux…

Lorsque l'Armstrong sembla basculer sur le côté, plusieurs glapissements involontaires retentirent dans la cabine. On s'engagea dans le tube de lancement, prenant progressivement de la vitesse. Je savais que c'était faux, que nous étions en réalité en train de décélérer, perdant l'élan de rotation qui simulait ce que John appelait la « véritable gravitation ». Mais les forces en jeu me semblaient parfaitement réelles.

La décélération prit brusquement fin, et, avec elle, l'effet de pesanteur. Même papa poussa un cri de surprise.

— Nous ne tombons pas, tentai-je de le rassurer. Tout va bien.

Atov me lança un regard incrédule. Il était cramponné aux accoudoirs, exactement comme moi lors de notre première chute libre.

— Je vous assure ! lui garantis-je avec autant de douceur que possible. Vous n'avez rien à craindre.

Malgré son appréhension, il hocha la tête, mais je remarquai qu'il serrait toujours aussi fort ses accoudoirs.

Josephine fit manœuvrer l'Armstrong. Sur les écrans, j'observai que nous nous trouvions entre deux rangées de panneaux d'échange thermique, ces grands radiateurs érigés à la surface gris-brun terne du *Daedalus* tels de curieux pétales noirs. Lorsqu'on les survola, la longueur totale de l'arche nous devint apparente. La cabine était plongée dans le plus grand des silences quand papa et les régulateurs découvrirent pour la première fois la réalité de notre environnement.

Finalement, papa s'éclaircit la voix.

— Peut-on voir les étoiles ?

L'Armstrong pivota lentement et l'amas éphémère d'étoiles teintées de rouge apparut dans notre champ de vision au-delà de la poupe du *Daedalus*. Je ne pus m'empêcher de sourire. Elles étaient si belles et si fragiles…

— La plus brillante est le soleil du nouveau monde, annonçai-je avec révérence.

Je fus de nouveau subjuguée. L'étoile était en marge du petit groupe, brillant comme si elle nous appelait personnellement.

— Louée soit la Capitaine, marmonna Atov. Je n'aurais jamais cru vivre assez longtemps pour voir ça.

— C'est incroyable.

Papa saisit son embout de vomissement. Par politesse, je détournai le regard pendant qu'il tirait sur le tube. Mais il me fut difficile de rester indifférente au bruit.

Quand l'Armstrong pivota de nouveau, je sentis une légère force me pousser dans mon siège, les moteurs principaux s'allumant quelques secondes. On longea le *Daedalus* en direction de la partie avant. Par l'un des petits hublots de la cabine, j'aperçus le tampon de plasma intangible. C'était un vaste cône circulaire iridescent au-dessus du bouclier de carbone dont était constituée la proue de l'arche. Les impacts des particules de poussière étincelaient sur ses couches supérieures, s'étirant en traînées de lumière dorée qui s'estompaient aussitôt. Le doux rayonnement qu'il émettait était la raison pour laquelle je parvenais à distinguer la surface grise marbrée du *Daedalus* qui tournait lentement sur son axe. L'espace au-delà de l'arche était d'un noir des plus intenses, car il ne s'agissait dans l'absolu que de vide. Un nulle part effrayant.

On laissa derrière nous les rangées de panneaux radiateurs. La partie centrale de l'arche n'était qu'une vaste étendue de roche terne bombée occupant la moitié de l'univers tandis que devant nous les petits tubes noirs des écopes d'amarrage donnant accès aux hangars de la section avant dépassaient légèrement à sa surface.

— Voilà qui est surprenant, annonça Josephine.

De sa part, ces simples paroles équivalaient au déclenchement d'une sirène d'alarme dans la cabine.

— Que se passe-t-il ? m'empressai-je de lui demander.

— Le radar de l'Armstrong détecte trois, non, quatre Gagarine au-dessus des panneaux radiateurs.

— En quoi est-ce surprenant ? demanda Celo.

— Personne ne sait piloter de vaisseau spatial, lui répondit sèchement Alice. Aucun humain, en tout cas.

J'eus une horrible vision d'un yi de type III entassé dans le cockpit d'un Gagarine, ses tentacules enroulés autour des commandes de pilotage, les yeux écrasés contre les vitres. Je secouai la tête pour chasser cette image.

— Les IA savent piloter, déclarai-je en plein désarroi. Les reines-cerveaux doivent se servir d'elles pour manœuvrer les Gagarine.

— Il me semblait que vous aviez dit que les IA étaient toutes stupides désormais, s'étonna Oroko.

— C'était pour simplifier, répondit Josephine. Les IA aux mains des yis seraient incapables d'analyser la situation et d'aller jusqu'à prendre la décision d'envoyer des Gagarine à l'extérieur. Mais si les reines-cerveaux leur ordonnent de faire quelque chose, comme piloter un vaisseau à distance, alors, elles en sont parfaitement capables.

— Les impulsions que nous avons envoyées la dernière fois n'ont-elles pas anéanti toute l'électronique de cette partie du *Daedalus* ? demanda Alice.

— Les impulsions électromagnétiques ont sans aucun doute détruit les systèmes électroniques présents sur la moitié avant de la coque, répondit Josephine. Mais je capte des flux de données cryptées en provenance des nœuds de communication situés à l'arrière.

— Capitaine nous vienne en aide ! gémis-je. Les Gagarine sont-ils armés ?

— Pas à proprement parler. Mais n'importe quel vaisseau hostile possède un potentiel considérable pour infliger des dégâts.

Les moteurs principaux de l'Armstrong se rallumèrent. La poussée ne dura que quelques secondes, mais notre vitesse augmenta nettement. Je demandai à John de me montrer les images d'une caméra externe. Ma visière se referma et le casque afficha une simple image partagée en deux, d'un côté une imposante paroi rocheuse incurvée, de l'autre le vide absolu. Des icones orange s'affichèrent au-dessus de quatre taches brillantes approchant vers nous. Je vis du gaz lumineux s'échapper de deux d'entre elles, avant de disparaître. Dans leurs icones, les chiffres changèrent, devenant de plus en plus grands.

— Ils accélèrent vers nous, annonça froidement Josephine. Je pense qu'ils vont tenter de nous percuter.

Les panaches de gaz s'enflammèrent autour d'un autre Gagarine, comme une couronne de colère. L'appareil grossit à vue d'œil.

— Pouvons-nous… les éviter ? demanda papa.

— Je modifie notre cap, nous informa Josephine tandis que nos petits propulseurs s'allumaient. Mais l'évitement n'est pas une stratégie à long terme. Ils vont simplement faire correspondre leurs vecteurs au nôtre et revenir à l'attaque. Et il nous faudra rester un moment en vol stationnaire pour entrer par l'écope d'amarrage de la Pouponnière, ce qui nous rendra totalement vulnérables. Nous allons être obligés de les éliminer.

Les moteurs principaux s'allumèrent de nouveau, nous éloignant de nos poursuivants.

— Capitaine nous protège ! comment allons-nous nous y prendre ? demanda Alice.

— Par percussion, répondit Josephine. C'est ainsi que l'issue de cet affrontement sera décidée. (Elle regarda papa, qui s'était figé, l'embout de vomissement à moitié dans sa bouche.) Hazel, s'il vous plaît, demandez à votre père et aux régulateurs d'enfiler des combinaisons spatiales. Immédiatement.

— Vous voulez qu'on saute ? demanda Hauer avec inquiétude.

Je parvins de justesse à retenir un soupir d'exaspération. Ce n'était pas sa faute s'il ne comprenait pas vraiment la situation ; j'avais moi aussi du mal à tout saisir.

— Si la coque est percée, l'oxygène va s'échapper, lui expliquai-je. Il faut que vous enfiliez une combinaison spatiale. (Débouclant aussitôt ma ceinture, je me dirigeai vers l'écoutille, dans le plancher.) Rell, Zawn, six combinaisons spatiales, vite !

Ils étaient déjà en train d'ouvrir les casiers autour du pont inférieur et d'en tirer des combinaisons spatiales. Je savais qu'elles n'étaient pas aussi difficiles à enfiler qu'une armure. Mais en chute libre ?

— Donnez-m'en trois, leur ordonnai-je. Oroko, Celo, Luda, descendez au pont inférieur, les garçons vont vous aider à vous équiper.

Je saisis les combinaisons que Rell me tendait. Papa, Atov et Hauer m'écoutèrent avec appréhension leur expliquer comment enfiler une combinaison, puis Alice se joignit à moi pour les aider du mieux possible. Le processus fut compliqué par le fait que Josephine allumait les propulseurs par courtes rafales. Chacune d'entre elles me faisait perdre mon équilibre et ma position, nous ballottant d'un côté et de l'autre de la cabine.

J'aidai comme je le pouvais papa et Hauer, leur recommandant de mettre d'abord la tête dans le casque de verre sphérique, puis les bras et les jambes dans la combinaison flasque qui remuait mollement sous l'effet des poussées d'accélération aléatoires. Pendant ce temps, je voyais toujours sur l'affichage de mon casque les Gagarine qui approchaient. Même si Josephine modifiait fréquemment notre trajectoire, ils continuaient à gagner du terrain.

— Vous pourriez nous faire voler dans le tampon de plasma, suggérai-je. Ils ne nous verraient plus là-dedans. Nous pourrions les semer.

— Certainement pas, répliqua Josephine. Les reines-cerveaux sauraient que nous devrions en ressortir à un moment ou à un autre. Il leur suffirait de faire patienter leurs vaisseaux à l'extérieur. Il nous faut résoudre ce problème au plus vite. Quelle que soit la tactique, elles trouveront une parade, et nous ne pouvons réaliser qu'un nombre limité de manœuvres. Dès que nous les aurons toutes épuisées, elles auront gagné.

La combinaison spatiale de papa se referma.

— Ça va te serrer, le prévins-je. Ne t'inquiète pas.

Les bras vides de la combinaison de Hauer étaient emmêlés dans son dos. Je les arrangeai pour qu'il puisse enfoncer ses mains à l'intérieur.

Sur mon affichage, je vis le Gagarine le plus proche se volatiliser dans une boule de lumière blanche aux reflets bleutés.

— Qu'est-ce que c'est que ça ? gronda Alice.

Les moteurs de l'Armstrong s'allumèrent, nous projetant tous au sol.

— Il a explosé, nous expliqua Josephine.

— C'est une bonne chose, trouva papa.

— Malheureusement, non. Préparez-vous à l'impact.

— À l'impa… ?

Une série de bruits sourds résonna dans la coque.

— Qu'est-ce que c'est ? hurla Atov.

— Des éclats provenant de l'explosion, expliqua Josephine tandis que deux voyants rouges se mettaient à clignoter au plafond et qu'une puissante alarme retentissait à un rythme effréné. Une dépressurisation. Fermez vos combinaisons !

L'Armstrong se mit à vaciller. De la brume se forma dans la cabine, constituant aussitôt de longues spirales en rotation. J'avais déjà eu l'occasion d'assister à un phénomène très semblable. Il se produisait en miniature dans la cabine, mais ces volutes de vapeur d'eau ressemblaient beaucoup au Tourbillon au-dessus du village d'Akebia, causé par la fuite d'air de l'habitat par le trou dans le ciel.

Pris de panique, Hauer commença à se débattre dans tous les sens. Le son strident de l'alarme s'estompait rapidement, à mesure que la cabine perdait de la pression. J'attrapai son poignet libre et le maintins en place, ce qui me fut assez facile compte tenu de la puissance de ma combinaison. Il gémit de désarroi en constatant la force de ma poigne alors que j'obligeais son bras à pénétrer dans la manche. Puis le joint se referma et l'air s'engouffra dans la combinaison, la gonflant avant qu'elle ait eu le temps de se contracter autour de son corps. Je vis que Hauer commençait à faire de l'hyperventilation dans son casque. De nouveaux icones de communication s'affichèrent.

— Hauer, je vous en prie, respirez moins vite ! La combinaison fonctionne. Du calme ! Vous n'avez rien à craindre, je vous le promets.

Me lançant un regard effrayé, il hocha la tête d'un air angoissé. Fermant les yeux, il fit un effort pour se calmer. Il devait trouver cela horrible. C'était l'homme qui, chaque matin, à Ixia, m'avait accueillie avec un sourire chaleureux et quelques paroles amicales en inscrivant consciencieusement ses chiffres dans le registre alimentaire quand j'apportais mes œufs à la cuisine. Et voilà qu'il se retrouvait dans un vaisseau spatial essuyant une attaque, coincé dans une combinaison qui ne s'était pas déployée correctement, le casque blanc intimidant d'une armure juste en face de lui, avec une voix désincarnée lui hurlant dans les oreilles.

— Désolé, lâcha-t-il.

— Il n'y a aucune raison d'être désolé. La combinaison se resserre, regardez. Les bâtisseurs savaient ce qu'ils faisaient, alors laissez-les faire leur travail. Ça va bien se passer.

Je me tournai vers papa. Les voyants rouges clignotants de l'alarme de dépressurisation de la cabine se reflétaient sur son visage. Je ne l'avais vu faire cette tête-là qu'une seule fois, lorsqu'on avait dû le transporter d'urgence à l'hôpital, un garrot autour du genou.

— Ça va aller, lui promis-je. Josephine sait ce qu'elle fait.

Il m'adressa un bref hochement de tête.

— Je vous remercie de votre confiance, déclara Josephine. Il est à présent impératif d'éliminer les Gagarine restants avant que nous subissions d'autres dégâts. Vous estimez-vous capable de piloter à distance un exodrone ?

— Si vous m'expliquez ce que c'est, peut-être, répondis-je d'un ton hésitant.

— De petits cybots de maintenance semi-autonomes que l'équipage peut également commander à distance. Ils effectuent des missions de réparation et de remplacement mineures sur les équipements défectueux à l'extérieur du *Daedalus*. L'Armstrong en possède trois. Leur pilotage est relativement simple. Vous contrôlez leurs propulseurs avec les mouvements de vos mains. Faites pivoter vos poignets pour les orienter, serrez vos poings pour les déclencher.

— Je crois que j'ai pigé, intervint Alice. C'est un peu comme lorsque j'avais serré et tourné le guidon du tuk-tuk pour accélérer, non ?

— Exactement, Alice, la félicita Josephine. Et l'affichage de votre casque vous fournira des graphiques de guidage. Il vous suffira de l'aligner, de le maintenir aligné et de mettre les gaz.

— Je m'en sens capable. Bien sûr.

Les moteurs se rallumèrent, nous projetant tous à travers la cabine comme autant de noix de coco mûres tombant de leur arbre. Je me rattrapai à l'un des sièges et m'y attachai.

— Euh… à quoi cela nous servira-t-il de les faire voler ?

La combinaison de Hauer avait achevé sa compression, lui fournissant une mobilité complète. Il en profita pour se hisser sans grâce sur le siège voisin du mien.

— À faire la même chose que les Gagarine, comprit Zawn. À les percuter.

— Absolument, approuva Josephine. Mais il vous suffira d'approcher les exodrones, puis de faire exploser leurs batteries. Les éclats devraient les neutraliser. Ça devrait me donner le temps de nous positionner en vue de notre entrée dans l'écope.

— Je vais en piloter un, annonça Zawn.

— Moi aussi, proposa Rell.

J'eus envie de protester, de soutenir que c'était à moi d'en piloter un. Enfin, toutes les IA m'appelaient « capitaine », après tout…

Mais, bien entendu, personne n'attendait d'une personne qui portait ce titre qu'elle fasse preuve de mesquinerie.

— Deux autres Gagarine ont été lancés, annonça Josephine. Ils ont surgi de l'autre côté du *Daedalus*.

— Oh, guano, marmonnai-je en demandant de nouveau l'affichage des images transmises par les caméras de la coque.

Effectivement, un nouveau duo de Gagarine était apparu, approchant rapidement derrière les trois autres, qui nous poursuivaient toujours. Au cours de mon observation, j'assistai au lancement des trois exodrones. Ils ressemblaient à des modèles réduits d'un Gagarine : des sphères argentées surmontées d'une couronne de bras fins équipés d'outils délicats. La lueur du tampon se reflétait sur leurs surfaces inégales dans une brume éthérée qui grossissait chaque fois que les petits propulseurs libéraient un jet de gaz. Ils me faisaient penser à des aigles battant des ailes fantomatiques.

Je vis les Gagarine modifier leur cap. À cause de l'angle des caméras, on aurait dit qu'ils se balançaient. Les exodrones les imitèrent. J'avais l'impression de regarder deux danseurs ivres, chacun tentant de suivre le pas de l'autre.

L'icone de communication de Josephine m'indiqua que cette dernière ouvrait un canal privé vers moi.

— Il nous faut éliminer ces Gagarine supplémentaires, déclara-t-elle.

J'éteignis l'affichage et jetai un coup d'œil à l'autre bout de la cabine. Plutôt inutile puisque le casque de Josephine était aussi opaque que le mien. Mais j'aperçus Alice. Elle était attachée à son siège, les deux bras tendus devant elle. Ses doigts recroquevillés formaient presque un poing. Mais ce sont les mouvements de ses poignets qui me fascinèrent. Elle les tournait bizarrement, comme si elle avait des spasmes. Je la vis refermer les doigts de sa main droite. Je savais qu'elle devait arborer une expression de concentration extrême. Même un yi de type III aurait été effrayé par son intensité s'il avait pu la voir.

— Je le sais, répondis-je en affichant de nouveau les images des caméras de la coque. (J'étais à présent capable d'associer les mouvements de mains d'Alice à la façon dont l'exodrone qu'elle pilotait à distance se rapprochait avec fluidité du Gagarine.) Mais nous n'avons rien d'autre pour les percuter.

— Vous avez raison, nous n'avons plus d'exodrones, mais il nous reste les armes de nos combinaisons. Des tirs endommageraient grièvement les Gagarine, surtout si nous parvenions à toucher un réservoir.

Je faillis lui demander : *« Mais nous sommes dans la cabine, comment pourrions-nous tirer sur les Gagarine ? »* J'en étais à deux doigts. Ce fut sans doute le choc de ma prise de conscience qui retint mes paroles avant que je puisse les prononcer. Pour se servir des armes des combinaisons, il fallait être dehors.

J'aurais vraiment dû me montrer mesquine quand j'en avais l'occasion et insister sur le fait que je voulais piloter un exodrone.

— Comment vais-je pouvoir viser ? demandai-je docilement.

— Je fournirai à votre combinaison les données de suivi des capteurs de l'Armstrong. Il vous suffira d'aligner correctement votre bras.

— D'accord. Euh… il ne me reste que cinquante balles.

— Vingt pour chaque Gagarine, ce qui vous laissera une marge si la première rafale se révèle inefficace. Ça devrait être plus que suffisant. Les Gagarine n'ont pas été conçus pour des activités hostiles.

J'étais certaine que Josephine m'aurait laissé le choix si j'avais eu trop peur, mais elle ne donnait pas cette impression.

— D'accord. Je vais sortir.

— Pensez surtout à vous attacher à l'une des longes dans le sas. Si vous êtes séparée de l'Armstrong, il est peu probable que je puisse vous secourir.

— Euh… d'accord.

Je détachai les sangles du siège et m'approchai de l'écoutille.

— Où vas-tu ? me demanda papa.

Je devinai une lueur d'inquiétude dans son regard.

— En mission de ciblage, lui répondis-je en me glissant la tête la première dans la trappe.

Cela avait l'air important, sans pour autant révéler quoi que ce soit de la nature de mon affectation. Peut-être m'améliorais-je en politique, après tout.

Chapitre 7

Au milieu des six passagers du pont inférieur, il ne me restait pas beaucoup de place pour me frayer un chemin. À première vue, on aurait dit que les armures de Rell et de Zawn – les bras tendus devant eux – étaient figées. Seuls les mouvements de leurs mains révélaient combien ils étaient occupés à piloter les exodrones.

Oroko, Celo et Luda s'étaient attachés aux casiers à l'aide de sangles. Ce bricolage relativement efficace les empêchait de chuter lors des fréquentes accélérations. Ils me regardèrent tous me diriger maladroitement jusqu'au sas. Je tournai la poignée au centre de l'écoutille.

— Qu'est-ce que vous faites ? voulut savoir Oroko. Où allez-vous ?

Shao se tenait à une sangle, à côté du sas. Lorsqu'il appuya sur le panneau de commande, l'écoutille s'ouvrit.

— Ça fait partie du plan, leur dis-je.

— Hazel ? demanda papa. Que se passe-t-il ? Oroko, qu'est-ce qu'elle fait ?

Je me hissai dans le sas tandis que l'Armstrong pivotait grâce à ses propulseurs de contrôle par réaction. La puissance de la combinaison avait un avantage : quand je me tenais à quelque chose, elle m'empêchait de louvoyer chaque fois que le vaisseau effectuait une de ces girations mouvementées.

— Elle est dans le sas ! s'exclama Oroko d'un ton bouleversé.

— Hazel ! s'écria papa. Capitaine me vienne en aide ! tu ne peux pas sortir…

— Non ! intervint Rell. Hazel, ne fais pas ça !

— Reviens ! m'implora Zawn.

— Vous deux, concentrez-vous sur les exodrones, leur ordonnai-je. Il nous faut éliminer tous les Gagarine. Cessez de vous inquiéter pour moi, je gère.

— Mais…

Shao désigna du doigt les deux petits cylindres à côté de la porte extérieure ; un mousqueton pendait à l'extrémité de chacun d'eux. Il m'adressa un signe du pouce.

Je tirai l'un des mousquetons de son logement tandis que la porte intérieure se fermait derrière moi. Le sas comportait un système de sécurité : même si la cabine était vidée à présent de son atmosphère, la porte extérieure ne s'ouvrirait pas si l'intérieure n'était pas fermée.

— Le mien est tout près, prévint Alice. Détonation dans trois… deux… un…

Le mousqueton était fixé au bout d'une longe orange vif qui se déroula lentement. J'affichai la vue composée des caméras de la coque dans mon casque. L'exodrone d'Alice était une boule de lumière éclatante qui masquait la majeure partie de l'image.

— Est-ce que… ? commençai-je.

Une nouvelle explosion fulgurante retentit. Elle fut beaucoup plus puissante et s'étendit très rapidement. L'image n'était plus qu'un éclat blanc. J'éteignis l'affichage.

Tout le monde applaudit. Je fixai le mousqueton à ma combinaison et saisis la poignée de la porte extérieure.

— Le Gagarine s'est autodétruit, annonça Josephine. Ce qui est assez logique compte tenu des dégâts que l'explosion d'Alice était sur le point d'infliger. Préparez-vous à l'impact des débris.

La porte extérieure avait commencé à s'ouvrir quand l'Armstrong fut pris d'une violente secousse. Il pivota sur lui-même, me projetant contre la paroi du sas. Je me rattrapai instinctivement à l'une des poignées, qui se déforma aussitôt sous la force de mon gantelet. Des cris résonnèrent dans mon casque. Plusieurs voix se chevauchaient.

— Que s'est-il passé ? demandai-je.

Les cris sont devenus plus erratiques.

— Hauer est touché, répondit papa. Oh, guano, Atov aussi !

— Je vais bien, gronda Atov.

— Non, tu ne vas pas bien.

— Le casque de Celo… ! s'exclama Zawn. Capitaine nous protège ! non !

— Quoi ? aboya Rell.

— Il faut appliquer au plus vite un patch de pression d'urgence sur la combinaison de Hauer à l'endroit où les débris l'ont perforée, ordonna Josephine.

— Je m'en occupe, se proposa Alice.

— Ça fait beaucoup de sang, constata papa.

— Du sang ? hoquetai-je.

— Celo est morte, gémit Zawn.

— Pardon ?

— Quelque chose a heurté son casque. Il y a un trou. (Il déglutit bruyamment.) C'est plein de sang, et…

— Je monte vous aider, déclara Rell.

— Restez où vous êtes, Rell, je vous prie, lui recommanda Josephine. Vous ne pouvez rien pour Hauer. Vous devez éliminer le Gagarine.

— Mais…

— Elle a raison, admit Zawn.

Les moteurs de l'Armstrong s'allumèrent de nouveau, plus longuement que les fois précédentes. Je retombai sur le sol du sas, les genoux fléchis.

— Aidez-moi, supplia Alice.

— Que veux-tu que je fasse ? demanda papa.

— Qu'est-il arrivé à Hauer ? m'enquis-je.

— Je m'en occupe, me répondit Alice. Va abattre ces Gagarine.

— Hazel, me rappela à l'ordre Josephine. On a besoin de vous dehors.

— Oui. D'accord.

— Je vous suggère de minimiser vos canaux de communication. Il faut que vous vous concentriez sur votre tâche. Je vous fournirai toutes les informations utiles.

— D'accord.

Je fermai le canal général pour éviter d'entendre bavarder tout le monde, mais je restai en lien avec Rell et Zawn. À vrai dire, je n'avais aucune envie d'être coupée d'eux.

Poussant la porte extérieure, je me tins sur le bord, les pieds appuyés de chaque côté, m'agrippant fermement de la main gauche, mon bras droit restant libre. Les segments de l'avant-bras de mon armure se réorganisèrent pour laisser surgir le canon de l'arme. Je visai dans le néant de l'espace interstellaire.

Je compris alors l'énormité de ce que je faisais. Nous avions déjà volé dans l'espace, bien sûr, c'était même ma troisième sortie, donc moins impressionnante que les précédentes. J'avais également déjà utilisé une combinaison spatiale dans le vide, le long de la galerie perforée, à l'intérieur du *Daedalus*. Mais là… J'étais seule, volant dans l'espace interstellaire à dix pour cent de la vitesse de la lumière, avec pour seule protection une armure qui n'avait pas du tout été conçue pour cela. Je sentis un frisson glacial me parcourir l'échine, comme si de la neige s'était introduite dans ma combinaison.

Les caméras de mon casque me montraient une immense étendue de roche qui défilait en dessous de moi, comme de l'eau s'écoulant dans un canal. Tous les détails de la surface étaient flous, disparaissant de mon champ de vision aussi vite qu'ils apparaissaient. Je n'avais aucune envie de connaître la vitesse de rotation du *Daedalus*, ni sa proximité.

— À portée, annonça Zawn. En mémoire de Celo : détonation.

La surface rocheuse s'illumina, devenant gris clair un bref instant, avant de reprendre sa tonalité sombre habituelle.

— Tu l'as eu ? demandai-je.

— Oui, répondit Josephine. Le Gagarine est neutralisé.

— Capitaine me vienne en aide ! geignit Rell. Le mien se balance dans tous les sens.

— Restez calme, lui recommanda Josephine d'un ton des plus sereins. Inutile de le toucher, il suffit de s'en approcher.

— Tu vas y arriver, marmonnai-je.

— Hazel, dit Josephine. Tenez-vous prête. Ça va être une poussée de décélération plus longue, cette fois.

Tout juste eut-elle achevé de prononcer ces paroles que les moteurs principaux se rallumèrent. Grâce à ma combinaison, je pus facilement me maintenir en place. Dès la fin de la décélération, les propulseurs de contrôle par réaction se déclenchèrent, et l'Armstrong se mit à pivoter sur lui-même. Une fois la rotation terminée, baissant les yeux, j'aperçus l'un des pieds de l'appareil, qui pointait vers le néant déconcertant de l'espace interstellaire. Puis je levai les yeux. Au-dessus de moi se trouvait la coque de l'arche. D'une manière ou d'une autre, il semblait avoir ralenti. Je sursautai : nous étions tellement proches que je ne voyais même plus la courbure de la roche.

— Je connecte votre combinaison au réseau d'astronavigation de l'Armstrong, me prévint Josephine. Tenez-vous prête.

— Comment va Hauer ? m'enquis-je en déglutissant.

— Il est vivant.

Une avalanche de lignes colorées défilèrent sur mon affichage. Elles n'avaient pas beaucoup de sens.

— Je vous mets dès que possible en ligne de mire, annonça Josephine.

— Hein ?

Je tressaillis en voyant une masse noire se détacher de la roche et filer d'un côté. Il devait s'agir d'une écope d'amarrage.

— Je l'ai eu ! s'exclama Rell.

Il y a eu un nouvel éclair lumineux, quelque part de l'autre côté de l'Armstrong.

— Bien joué, le complimenta Zawn.

— J'ai l'impression qu'il est neutralisé, déclara Josephine. Il éjecte des débris. Hazel, je fais pivoter l'appareil. Vous devriez voir approcher les deux Gagarine restants.

Je vis de petits panaches de gaz jaillir des propulseurs de la coque de l'Armstrong. Celui-ci se remit à tourner. Les lignes violettes sur mon affichage finirent par former deux cercles. Derrière chacun d'eux il y avait un point blanc scintillant. Trois fines lignes écarlates apparurent, se croisant aux extrémités. Je les connaissais très bien à présent : c'était la mire de mon arme.

Déplaçant doucement mon bras, je tentai de faire converger les lignes rouges sur le premier Gagarine. Au moindre mouvement, elles partaient dans tous les sens. Prenant une inspiration, je m'efforçai de viser de manière plus précise.

— Trente secondes, annonça Josephine.

— Qu'est-ce que c'est ?

— Le temps qu'il nous reste.

Je grimaçai, les lignes se dispersaient sur l'affichage comme si je n'avais plus aucune maîtrise.

— Avant quoi ?

— Nous sommes à présent en position pour entrer dans l'écope d'amarrage de la Pouponnière. Nous l'atteindrons dans vingt-six secondes. Si les Gagarine sont toujours à l'approche, je devrai nous en éloigner.

Je fis de mon mieux pour ne pas en tenir compte, préférant me concentrer sur le déplacement de ces lignes rouges. Le fait que notre temps soit compté ne me facilitait pas la tâche. J'étais parfaitement consciente que, si nous nous éloignions de l'écope, nous devrions attendre qu'elle revienne. Et je doutais sérieusement que nous puissions nous permettre un tel luxe.

Les lignes de visée croisèrent le Gagarine visuellement le plus grand et donc le plus proche des deux. Je tirai vingt balles. Des points lumineux orange se matérialisèrent sur la coque du vaisseau, qui s'ébranla. Des morceaux s'en échappèrent dans les ténèbres infinies tandis qu'il entamait une plongée en direction de la surface du *Daedalus*.

Je déplaçai alors les lignes de visée vers le second Gagarine. Trois nouveaux points noirs inquiétants pénétrèrent dans mon champ de vision.

— Josephine !

— Je les vois. Ne vous inquiétez pas, ils sont trop loin pour nous intercepter.

Mais j'avais compris ce qu'elle voulait dire : ils ne pourraient pas nous atteindre si nous parvenions à entrer dans l'écope d'amarrage. Sinon… Je déplaçai légèrement mon bras, amenant les lignes écarlates sur le second Gagarine. C'était une grosse cible à présent, aux contours assez flous. Je m'aperçus que ses moteurs principaux étaient constamment allumés, l'appareil tentant désespérément de s'approcher.

Au moment où j'ouvris le feu, le Gagarine que j'avais abattu frappa le *Daedalus*, se désintégrant dans une gerbe d'éclats qui se précipitèrent vers moi à une vitesse effrayante. La rafale manqua le second Gagarine. Du moins, elle n'eut aucun effet. Il me restait dix balles.

— Douze secondes, égrena Josephine.

Le Gagarine avait encore les moteurs principaux allumés. Je repositionnai les lignes de visée sur lui et pris quelques secondes pour m'assurer qu'elles restaient centrées sur ma cible.

Je tirai.

Plusieurs morceaux se détachèrent de sa coque en tournoyant. Puis un grand panache de gaz en jaillit. Ses moteurs s'éteignirent, et le vaisseau se mit à culbuter violemment.

Quand les grappins magnétiques sortirent de leur logement dans la coque de l'Armstrong, celui-ci commença à trembler.

— Accrochez-vous, me prévint Josephine.

Parvenant à saisir le bord de l'écoutille avec ma main libre, je m'y cramponnai.

Autour de moi, tout devint noir, me donnant l'impression que l'univers s'était dissipé. La force d'accélération, due au fait que nous étions soudain entraînés à la même vitesse de rotation que celle de l'arche, essayait de me pousser hors du sas. Ma merveilleuse combinaison ne céda pas le moindre pouce de terrain.

La force commençait tout juste à s'atténuer lorsqu'une lumière d'une blancheur éclatante envahit le tunnel d'amarrage. Je sentis un puissant tremblement tandis que l'Armstrong était ballotté d'un côté et de l'autre.

— Qu'est-ce que… ?

Le grappin magnétique le plus proche de moi effleura le flanc du tunnel. Un éventail d'étincelles jaillit autour de l'Armstrong, et l'appareil dérapa, de plus en plus secoué. Sentant le bord de l'écoutille plier entre mes doigts, je serrai plus fort ma prise. Puis l'ensemble du mécanisme du grappin se brisa et ricocha derrière nous dans le tunnel.

On finit par s'immobiliser, pas tout à fait à l'intérieur de la petite caverne aux parois métalliques au bout du tunnel, l'Armstrong incliné d'environ trente degrés par rapport à la verticale.

— Avons-nous… ? commença Rell.

— Nous sommes au quai de la Pouponnière, déclara Josephine. Je vous propose de…

Un nouvel éclat de lumière illumina l'Armstrong. Me tournant vers le tunnel de l'écope, je vis des particules rebondir à l'intérieur. Certaines creusaient sur ses parois obscures de longues traînées brillantes d'un orange maléfique, comme si elles étaient en feu. L'un des Gagarine avait heurté le début du tunnel.

— Que s'est-il passé ? demanda Zawn.

— Il faut que nous sortions de l'Armstrong, décida Josephine. Immédiatement. Les reines-cerveaux sont en train d'écraser leurs Gagarine à l'entrée de l'écope.

Je n'eus pas besoin de Frazer pour comprendre ce qui se produirait : chacun des impacts détruirait une partie du tunnel, le grignotant progressivement jusqu'à ce que nous devenions vulnérables.

Je rouvris le canal de communication général, un brouhaha de voix se déversant aussitôt dans mon casque. Hauer gémissait, d'une voix tendue, Alice lui ordonnait de ne pas bouger, papa en faisait autant avec Atov. Puis Josephine expliqua à Shao la procédure pour déjouer le système de sécurité et ouvrir manuellement la porte intérieure du sas.

Je lâchai le rebord et me retournai à temps pour voir l'écoutille s'ouvrir. Zawn se tenait devant moi.

— Tu vas bien, soupira-t-il.

Le soulagement dans sa voix me fit sourire, rassurée que personne ne puisse me voir à l'intérieur de mon casque. Et quand je dis « personne », je veux naturellement dire « Rell ».

— Bien sûr.

— On peut descendre ?

Je jetai un coup d'œil au pied de l'Armstrong. Son extrémité se trouvait à un mètre au-dessus du sol du tunnel. Une partie de ses autres pieds avaient dû s'affaisser pour le faire pencher avec un angle pareil.

— Pas de problème, lui répondis-je. C'est beaucoup moins haut que trois kilomètres.

Oroko surgit derrière lui.

— Il y a un problème ? demanda Josephine.

— Non, répondis-je.

Je descendis aussitôt la moitié de l'échelle, sur le pied de l'appareil, avant de me laisser chuter.

Oroko et Zawn m'imitèrent. Rell venait tout juste de poser les pieds sur le haut de l'échelle qu'une nouvelle explosion, violente, se produisit à l'autre bout du tunnel. Tandis que l'éclat s'estompait, de petits fragments irréguliers vinrent frapper la paroi proche, quelques-uns s'abattant même sur l'Armstrong.

— Allez sur le quai ! ordonnai-je.

Avant que tout le monde soit sorti de l'appareil, deux nouvelles explosions retentirent. Plus éclatantes que les précédentes, frappant l'Armstrong de débris plus gros. La dernière le poussa même quelques mètres plus loin dans la salle. Au même moment, les lumières vacillèrent avant de s'éteindre totalement. L'éclairage secondaire bleu qui m'était familier s'alluma, donnant aux lieux un aspect sinistrement stérile.

Une petite porte en flexsteel se dilata sur le côté du renfoncement qui abritait l'ascenseur des vaisseaux.

— L'ascenseur de service ! s'exclama Josephine. Tout le monde à l'intérieur !

Elle ouvrit la marche, Hauer dans les bras. J'avais été troublée de le voir quand elle l'avait sorti du sas de l'Armstrong. Il avait manifestement été touché par deux éclats métalliques provenant des parois de la cabine. L'un d'eux s'était fiché dans sa cage thoracique tandis que l'autre s'était introduit en plein milieu de sa cuisse droite. Alice avait refermé les plaies avec une sorte de compresse rose vif, mais sa combinaison était tachée de sang, que le vide avait transformé en une fine croûte noire écaillée. J'étais soulagée que sa combinaison soit restée étanche, mais je m'inquiétais des blessures en soi, qui n'avaient pas été soignées.

Atov boitait, s'appuyant lourdement sur papa. S'il y avait de l'ironie dans cette situation, je fus incapable de la déceler. Quelqu'un, probablement papa, avait posé une compresse rose sur le genou d'Atov. Je ne remarquai presque pas de croûtes de sang autour, mais je constatai qu'il avait le front en sueur.

Tandis que la porte de l'ascenseur se contractait, une nouvelle explosion retentit. Tout le monde avait dû sursauter. En tout cas, c'était mon cas. L'Armstrong fut projeté à travers la salle, son tissu thermique se déchirant lorsqu'il s'écrasa contre le bord du tunnel de lancement, ses pieds se détachant en tournoyant dans les airs. J'étais obnubilée par une image mentale : le corps de Celo ballottant dans la cabine inférieure.

La porte se referma entièrement, coupant court à la scène. L'affichage de mon armure m'indiqua que l'ascenseur était en cours de pressurisation.

Rell ouvrit son casque. Il observait Hauer avec inquiétude.

— Il faut lui ôter sa combinaison, déclara-t-il.

— Laissez-la en place, s'opposa Josephine.

— Mais il perd du sang. Je dois l'arrêter.

— La combinaison spatiale comprime ses blessures, la pression va contenir l'hémorragie. Les biocapteurs indiquent des niveaux de fonctions corporelles acceptables. Le médipack de la combinaison lui a administré un sédatif.

— Il lui faut des premiers soins !

— Vous avez raison. J'admire votre engagement dans la profession que vous avez choisie, Rell, mais je vous assure que ma clinique fournira des soins supérieurs à tout ce à quoi on vous a formé jusqu'à présent. J'ai déjà appelé le chariot d'urgence adéquat. Cet ascenseur atteindra le niveau principal du hangar dans quarante-huit secondes.

En voyant à quel point Rell était angoissé, j'eus envie de le serrer dans mes bras. Quand nous aurions atteint le nouveau monde, il ferait un excellent médecin.

Baissant la visière de mon casque, je me tournai vers Atov.

— Comment ça va ?

Le souffle court, il hocha la tête.

— J'ai très mal.

— Un lit roulant vous attend, chef Atov, lui annonça Josephine. Il vous conduira à la clinique.

— Je vous remercie.

La porte en flexsteel de l'ascenseur s'ouvrit, nous permettant de sortir dans le hangar. Josephine déposa délicatement Hauer sur le chariot d'urgence, qui ressemblait à un lit à roulettes surmonté de deux gros arceaux semi-circulaires. Ces derniers se mirent aussitôt en mouvement, éclairant le corps de Hauer d'une lueur intense. Des bras fins se déployèrent sous les arceaux tandis que sa combinaison spatiale s'ouvrait. La façon dont leurs multiples segments ondulaient me rappela le mouvement du corps d'un mille-pattes, d'autant plus que de minuscules mandibules jaillissaient de chacune de leurs extrémités. Une petite griffe équipée d'une sorte de lame-D miniature se mit à découper le scaphandre. Une autre, plus petite, lui succéda pour les vêtements de Hauer. Dès que sa poitrine fut à l'air libre, d'autres bras se glissèrent sur la plaie ensanglantée, leurs mandibules la sondant délicatement. Hauer poussa un cri.

Papa et Shao aidèrent Atov à ôter sa combinaison. Ils l'étendirent sur le lit, et Josephine appliqua sur son genou blessé ce qui ressemblait à un oreiller fin. Ce dernier s'enroula autour de l'articulation.

— Je vais les accompagner tous les deux à la clinique et vérifier que les soins leur sont correctement prodigués, déclara Josephine. Rell, suivez-moi si vous souhaitez observer. Les autres, je vous suggère de profiter de ce moment pour vous détendre. Ceux d'entre vous qui sont déjà venus peuvent montrer aux autres où se trouvent différentes choses, par exemple. Les bâtibots fabriqueront tout ce qui vous manque.

Sur ce, le chariot et le lit s'élancèrent dans le hangar, Josephine à leurs côtés. M'adressant un haussement d'épaules impuissant, Rell lui emboîta le pas.

* * *

Une demi-heure plus tard, après m'être douchée, je commandai une nouvelle tunique à l'imprimante à vêtements. Quant à l'imprimante alimentaire, elle produisit un plat à base de pain appelé « pizza ». C'était Alice qui avait choisi.

— J'ai vu des gens en manger hier soir, dans la section des générateurs 3, me confia-t-elle. Ça avait l'air plutôt bon.

Le fromage chaud sentait délicieusement bon. Ce mets était accompagné d'une petite assiette de salade. Pour une fois, je renonçai au chocolat chaud et optai pour une boisson fraîche aux fleurs de sureau que John m'avait recommandée.

— Il y a des bulles dedans ! m'exclamai-je en portant le verre à mon visage.

— C'est vrai, reconnut John.

Lançant un regard désobligeant au bracelet noir à mon poignet, j'en bus une gorgée. Les bulles étaient bizarres, mais…

— Pas mal, admis-je.

J'étais prête pour le repas. Sous la douche, j'avais soudain eu des frissons : Celo était morte. Je ne la connaissais pas du tout, je l'avais simplement un peu vue après la bataille d'Ixia, quand nous préparions la colonne de réfugiés. Elle s'était battue. Avec acharnement. Puis, dans la salle de réunion de Menlo, elle avait pris la parole à plusieurs reprises, contribuant chaque fois de manière concrète aux discussions. Et elle s'était engagée dans l'équipe de la Pouponnière, déterminée à apporter son aide, à se battre.

Mourir ainsi, instantanément, sans même s'en apercevoir, ce n'était pas juste.

Rien de tout cela n'était juste.

J'étais restée immobile, tremblante, glacée malgré la chaleur de l'eau qui se déversait sur mes épaules, rattrapée par les conséquences de ce qui s'était passé durant le vol. Sur le moment, je n'avais jamais envisagé à quel point nous avions tous frôlé la mort.

Curieusement, le fait d'avoir été attaquée par les Gagarine m'avait surtout fait comprendre combien les yis étaient déterminés à éliminer toute menace contre leur pouvoir. Pour eux, nous n'étions que de la nourriture, rien de plus. La conscience et l'empathie humaines n'avaient tout simplement pas de place dans leur raisonnement. Selon leur processus de pensée extraterrestre, ce conflit n'était qu'une application de la logique, un problème presque mécanique. Si un moyen – la mort, le génocide – permettait d'obtenir le résultat souhaité par les reines-cerveaux, alors elles le mettaient en œuvre. Pourquoi en aurait-il été autrement ? Elles ne faisaient aucune introspection, ne doutaient pas d'elles, ne se souciaient guère de la façon dont l'histoire les jugerait. Je m'étais aperçue qu'elles ne partageaient même pas le concept humain d'histoire. Il n'y avait pas de générations passées de reines-cerveaux, car chaque groupe d'entre elles avait un esprit collectif qui ne cessait jamais de vivre. Si une reine-cerveau était en vie, c'était parce qu'elle était victorieuse.

Inconsciemment, je reconnaissais enfin que, pour les anéantir, nous allions devoir nous montrer encore plus impitoyables. Ce n'était pas le doute que je devais chasser, mais toute forme de blâme émotionnelle.

Le simple fait de voir papa et les autres réunis dans la grande salle occupée par le jardin de la Pouponnière me permit de me calmer. Tout le monde avait pris place sur un muret, autour d'une des fontaines. La plupart mangeaient des hamburgers avec des frites. Je soupçonnais Frazer d'y être pour quelque chose.

— Je ne savais même pas qu'on pouvait faire ça avec des plantes, déclara papa en désignant un buisson auquel on avait donné l'aspect d'un oiseau aux ailes déployées.

— On appelle ça de l'« art topiaire », expliqua John.

— Nos ancêtres devaient avoir énormément de temps libre pour songer à façonner des plantes…, se figura Alice. Enfin, un buisson, ça prend des années à pousser, non ?

— Ce sera bien de mener une vie qui ne tournera pas uniquement autour du travail, médita Oroko. Vous savez, je ne crois pas que ces plantes produisent des fruits, une fois qu'elles ont fini de fleurir. C'est juste pour le plaisir des yeux.

— Cet endroit me plaît bien, reconnut Luda. Vous croyez qu'on pourra emporter des graines sur le nouveau monde ?

— Josephine nous a expliqué qu'elle avait un paquet avec toutes les graines qui poussent dans la Pouponnière, révélai-je. Elle les renouvelle tous les deux ans pour pouvoir les planter une fois là-bas.

— C'est un type de vie tellement différent..., dit Alice d'un ton grave en s'appuyant contre Shao.

— C'était le nôtre, jadis. Bientôt, ce sera de nouveau le cas.

— Tu as entièrement raison, Fille de la Capitaine, me dit-elle avec un sourire en levant son verre.

M'installant sur le mur à côté de papa, je mordis dans une part de pizza. En plus de donner des formes aux plantes, nos ancêtres avaient dû passer beaucoup de temps à expérimenter avec la nourriture pour atteindre cette quasi-perfection. Je volai quelques frites à papa, et il goûta une part de pizza. C'était tellement réconfortant d'être avec lui... Nous n'avions pas eu beaucoup d'occasions de partager des moments comme celui-ci.

Josephine, Rell et Atov nous rejoignirent quelques instants plus tard. Atov marchait, mais sa jambe blessée était enfermée dans une orthèse bien ajustée, articulée au niveau du genou.

— C'est ce qu'on appelle un « exosquelette », m'expliqua Rell en s'asseyant. Ça l'aide à marcher en soulageant son genou le temps qu'il guérisse. N'est-ce pas formidable ?

J'adorais son air enthousiaste. Quelles que soient les merveilles médicales dont il venait d'être témoin à la clinique, il était euphorique et songeait manifestement à l'avenir et à tous les espoirs qui nous attendaient.

J'avais éprouvé le même sentiment quand John s'était adressé à moi les premières fois.

— Oui, acquiesçai-je. C'est génial. Sinon, comment va Hauer ?

— Il va s'en remettre. Les machines de la clinique ont soigné ses blessures de façon étonnante. Sans elles, il aurait... Disons qu'aucun des médecins du village n'aurait pu le sauver.

Je lui tendis une part de pizza.

— C'est bon ! constata-t-il d'un air mêlant surprise et satisfaction.

Je lui souris.

— Je crains de devoir vous demander à présent de considérer notre position d'un point de vue stratégique, intervint Josephine. Le quai a été détruit, et, même si on arrive à lancer un autre appareil, je suis convaincue que les Gagarine nous attendront à la sortie. Nous ne pouvons plus retourner à la section des générateurs 3 par l'extérieur.

— Il va donc nous falloir passer par l'habitat, en déduisit Luda. Ce n'est pas très grave, n'est-ce pas ? Vous avez dit que vous pouviez nous fabriquer des armures.

— Vous avez raison. La Pouponnière est déjà en train de les confectionner. Cependant, notre situation tactique est loin d'être excellente.

— Comment ça ? demanda papa.

— La Pouponnière dispose d'un nombre limité d'accès, expliqua Josephine. Huit au total, tous verrouillés à double tour. Les reines-cerveaux savent que nous y sommes. Elles surveilleront toutes les sorties.

— Mais nous avons vu ce que les armes de ces combinaisons sont capables de faire aux yis, même aux types III, dit Atov.

— En effet, mais les reines-cerveaux vont s'y préparer.

— Elles peuvent contrôler et faire exploser des cybots, déclara Zawn d'un air songeur. Nous le savons, nous les avons vues faire lorsque nous parcourions la passerelle sous le ciel.

— Nos combinaisons peuvent-elles résister à l'explosion d'une batterie de cybot ? s'enquit Alice.

— De nombreux facteurs entrent en jeu, répondit Josephine. La distance à laquelle se trouve le cybot lorsque ses batteries seraient court-circuitées. Le nombre de fois que la combinaison serait soumise à une explosion. Si nous sortons par les couloirs, ils peuvent regrouper les cybots près de nous. Si vous infligez suffisamment de dégâts à une combinaison, elle finira par tomber en panne.

— Les couloirs sont leur terrain d'exécution, dit Shao.

— Alors, nous devons l'utiliser contre eux, suggérai-je. Josephine, tout à l'heure, vous avez neutralisé l'électronique sur la coque grâce à une arme à impulsion. Pouvons-nous en employer une dans les couloirs ? Pour neutraliser toute l'électronique qui se trouve devant nous ?

— En effet, répondit Josephine. C'est la tactique que j'envisageais de mettre en œuvre.

Je regardai fixement son visage vert impassible. Ce n'était pas facile à voir, mais j'y décelai un soupçon d'incertitude.

— Quel est le problème ?

— Les yis savent que la bataille pour la maîtrise du *Daedalus* est désormais un combat à mort et ils réagiront en conséquence. La raison pour laquelle nous sommes revenus ici est évidente : la Pouponnière est le seul endroit du *Daedalus* qui peut actuellement produire des armes de guerre. Nous sommes donc clairement en train de nous réarmer pour notre prochaine confrontation. Ils n'ont pas d'autre choix que de tenter de nous empêcher de repartir. Par tous les moyens possibles. La logique voudrait qu'ils tentent de nous submerger. Pour y parvenir, ils détourneront toutes les ressources dont ils disposent.

— Ils sont donc en train de se masser à l'extérieur…, comprit papa.

— J'en ai bien peur, oui.

— Il faut combattre le feu par le feu, déclara Atov.

— Ce sera effectivement notre tactique si nous voulons sortir, confirma Josephine à contrecœur. Ça a fonctionné pour Lazarus quand il a ouvert sa section. Il a lancé une offensive d'envergure contre les yis. Ça a suffi pour que vous puissiez vous échapper.

— C'est vrai, admit Alice. Ouvrir une porte et frapper vite et fort tout ce qui se trouve derrière...

Je décelai de l'impatience dans sa voix : l'occasion d'anéantir des yis, cela ne se refusait pas. En observant notre petit groupe, je devinai cette impatience chez chacun d'entre nous : le début de la riposte.

Et c'était bien là mon problème. Il s'agissait d'une partie d'échecs, d'un jeu aux millions de possibilités où la stratégie serait le facteur décisif. Mais, à bord du *Daedalus*, les coups que l'on pouvait jouer étaient limités. Josephine l'avait dit : quel que soit notre mouvement, les yis en tireraient les conséquences et trouveraient une riposte. L'utilisation des Gagarine pour nous intercepter dans l'espace était un parfait exemple de leur aptitude à nous empêcher de circuler librement. Malgré leurs incroyables capacités, les IA n'avaient pas d'imagination. Elles se contentaient de calculer des probabilités, comme lorsqu'elles traçaient l'itinéraire qui avait le moins de risques d'être découvert. Je ne pouvais m'empêcher de me rappeler que c'était Frazer qui avait pris la folle décision de fuir la mer centrale en passant au milieu des reines-cerveaux et que c'était moi qui avais eu l'idée encore plus absurde de sauter du ciel. Il n'était donc pas étonnant que Josephine nous ait suggéré d'adopter la même stratégie de sortie que Lazarus. C'était la réponse d'une machine au problème. Cela me préoccupait, car c'était proche de la façon de penser des yis. J'imaginais que le cerveau biologique de Josephine n'occupait plus une très grande place dans son esprit ces derniers temps.

— John, appelai-je. Peux-tu trouver un autre moyen de sortir d'ici et de nous rendre dans l'habitat ?

— Une fois que l'on aura quitté la Pouponnière, il existe un grand nombre d'itinéraires possibles, répondit-il. Et l'utilisation d'une arme à impulsion pour neutraliser le réseau local au fur et à mesure augmentera nos chances de succès. Compte tenu de la puissance de feu dont nous disposons, la probabilité de regagner l'habitat est élevée.

Je ne tins aucun compte des regards perplexes qui m'étaient adressés.

— Donc, pour entrer dans les couloirs, il faut affronter tout ce qui s'y trouve ?

— Je le crois, oui.

Lui aussi parut légèrement hésitant face à mon interrogation.

— Mais ils savent que c'est ce que nous devons faire, lui fis-je remarquer. Ils s'y attendent.

— Et alors ? demanda Zawn.

— Il nous faut donc une stratégie différente, une idée contre laquelle ils n'auront pas de contre-attaque toute prête.

— Une idée remarquable, Hazel, me félicita Josephine. Mais, en fin de compte, ça se résume à un simple choix binaire : ouvrir une porte ou non.

— Il nous faut ouvrir une porte pour sortir, oui. Mais devons-nous pour autant passer directement à l'offensive ? C'est ce qu'ils attendent de nous. Je crains qu'ils aient prévu une contre-attaque, ou du moins quelque chose qui fera des dégâts dans la Pouponnière, comme vous l'avez dit.

— Quelle est votre solution ?

— Je ne sais pas trop. (Je fermai les yeux pour réfléchir, me demandant ce que Frazer ferait à ma place, ce qui était une mission encore plus impossible.) Si nous ne nous mettons pas immédiatement à tirer, que se passera-t-il ?

— Ils chargeront, répondit Zawn.

— D'accord. Donc, s'il y a tout un tas de types II et III qui foncent tous, ils seront groupés, peut-être avec les III en retrait, dirigeant les opérations, comme nous les avons déjà vus faire à la plantation de jacquiers.

— Une attaque éclair pour choquer et effrayer, ajouta Josephine. Ça a fonctionné contre Lazarus.

— Parce qu'il a ouvert le réseau en même temps que les portes, fis-je remarquer. Vous n'allez pas faire ça.

— Certainement pas.

— Nous devons donc nous concentrer sur le moyen physique de les surpasser lorsqu'ils déclencheront leur assaut.

— C'est une question de force brute, résuma papa. Et, sur ce point, nous avons l'avantage.

— Mais si les yis sont tous ensemble dans un espace relativement confiné, ils ne feront pas exploser les cybots qui les accompagnent, fis-je remarquer. Les explosions les tueraient eux, pas nous.

— Alors, ils enverront les cybots devant, suggéra papa.

— Et nous nous servirons de l'arme à impulsion, dit Shao. Avant de tirer sur les yis.

— Ça pourrait fonctionner, concéda Josephine. Bien qu'une fusillade à l'intérieur de la Pouponnière puisse causer des dégâts considérables. Je préférerais l'éviter.

— J'ai une idée, annonça Rell. (Il lança un regard songeur à Josephine.) Comment la Pouponnière régule-t-elle son atmosphère ?

Chapitre 8

Quand on eut fini d'affiner la tactique de notre évasion, il nous fallut plusieurs heures avant d'être enfin prêts à partir. Tout ce à quoi je pensais, c'était le nombre de yis qui allaient arriver d'ici là. Pour autant que nous le sachions, ils auraient pu être des milliers devant chaque entrée. Josephine et Oroko étaient d'avis que les reines-cerveaux ne seraient pas si téméraires. Quoi qu'il en soit, nous étions obligés d'attendre. L'armurerie devait finir de fabriquer nos nouvelles combinaisons. Ensuite, papa et les régulateurs avaient besoin de s'entraîner à les porter. Le peu qu'ils les avaient mises jusqu'à présent était insuffisant.

Josephine demanda également à l'armurerie de produire cinq milibots en plus de ceux qu'elle avait déjà mis au point, ce qui, je l'avoue, me rassura. Non que papa et les régulateurs en armure ne soient pas un avantage suffisant, mais… Ensuite, il y eut la bombe irradiante. Trois bombes, en fait. Elles n'étaient pas très grosses, de la taille de mon poing, à peu près. Des sphères gris clair parfaitement lisses. Josephine saisit la première, bien entendu. Et je ne fus guère étonnée qu'elle remette la seconde à Atov. C'était un bon choix. Mais la troisième… elle me la confia.

— Capitaine me protège ! vous êtes sûre ? lui demandai-je en la lui prenant.

— Je ne doute pas que notre retour à la mer centrale sera périlleux, déclara-t-elle d'un air encore plus solennel qu'à l'accoutumée, mais je garde l'espoir qu'au moins une de ces bombes atteindra sa destination. Si vous en êtes empêchée, passez le relais à quelqu'un d'autre.

— Naturellement.

— J'ai affecté votre père, Alice et Shao à votre équipe.

— Euh… d'accord. Merci.

Penchant la tête sur le côté, elle me dévisagea.

— Vous désapprouvez ce choix ?

— Non.

— Je me suis dit qu'il valait mieux que vos deux prétendants soient dans une équipe différente. Nous ne pouvons pas nous permettre la moindre distraction.

— Mes prétendants ?

— Rell et Zawn.

— Attendez. John, qu'est-ce que tu es allé raconter ?

— Rien ! se défendit-il.

— Je me trompe ? demanda Josephine d'un ton presque compatissant.

— Eh bien, je les aime bien tous les deux. Je suppose…

— Effectivement. Mon cerveau humain n'est plus ce qu'il était, Hazel, mais j'étais fiancée à un homme merveilleux avant que les yis nous frappent. Je me souviens de ce que c'est que d'être amoureuse. La joie et l'inquiétude permanentes.

— L'inquiétude ?

— Bien sûr. Tous ces doutes : ai-je pris la bonne décision ? Ses sentiments sont-ils aussi forts que les miens ? Est-ce que ça va durer, ou est-ce que c'est juste une attirance physique ? Va-t-il changer ? Vais-je changer ? Et s'il me fait souffrir ? Et si je le fais souffrir ?

— Ah. Oui. Ce genre d'inquiétude.

— Vous ne la ressentez pas ?

— Si, et plus encore.

— Alors, je suis heureuse pour vous. Vous ne trouvez pas merveilleux que, même au milieu de tout cela, vous puissiez encore éprouver la quintessence de la condition humaine ?

— Je n'en sais rien, je suis simplement un peu perdue, à vrai dire. Comment choisir ? Et vous, comment avez-vous choisi ?

— En fin de compte, vous n'avez pas de choix à faire, car ce n'est pas un choix, c'est une certitude. J'espère que vous la découvrirez. Si ce n'est avec Rell ou Zawn, avec un autre. Une étoile aussi brillante que vous en attirera beaucoup dans son orbite.

— Ah. D'accord. Je vous remercie.

— En outre, vous êtes très jeune. Il est rare d'avoir de vraies certitudes à votre âge.

— Génial.

Josephine me sourit. J'eus l'impression de recevoir la bénédiction d'un vieux prêtre terrien.

— Ne vous encombrez pas de ça, Hazel. Menez votre vie. Vous avez déjà vécu bien mieux que la plupart des gens. Et l'univers qui vous attend est vaste. Je suis presque envieuse de tout ce que vous allez faire.

Je brandis la sphère grise et lisse de la bombe irradiante.

— Ouais. Eh bien, chaque chose en son temps.

* * *

Zawn m'accompagna pour une visite rapide à la clinique afin de vérifier l'état de Hauer avant de partir. Son lit était à l'intérieur d'un tube opaque et seule sa tête dépassait. Il avait un petit tuyau dans la bouche, mais, malgré tout, il semblait dormir d'un sommeil paisible.

— Quand se réveillera-t-il ? m'enquis-je.

— Je vais lui faire reprendre connaissance dans une quinzaine d'heures, annonça la voix de Josephine quelque part au-dessus de moi. Il faudra encore vingt-quatre heures pour que les tissus artificiels finissent de s'assimiler à son corps. Ensuite, il pourra vivre normalement, mais il lui faudra encore deux semaines pour se rétablir complètement.

— Je vous remercie.

— Ce sont des procédures de routine. Je suis heureuse qu'il n'ait pas subi de lésions crâniennes. La chirurgie réparatrice du cerveau nécessite la présence d'un neurologue humain pour planifier et superviser.

Dans d'autres circonstances, j'aurais aimé qu'elle s'étende sur le sujet. Sur le moment, j'étais simplement contente que Hauer s'en sorte. Il avait toujours été agréable avec moi, comme, à mon avis, cela devait être le cas des régulateurs : accessible, mais avec une certaine autorité.

— Je suis désolée, dis-je à la silhouette endormie.

— Ne t'en fais pas, dit aussitôt Zawn. Hauer est un véritable régulateur. Il voulait venir ici plus que tout, et il y a des dizaines de personnes qui prendraient sa place sans la moindre hésitation. Ce n'est pas ta faute si ça se passe mal. Tous ceux qui sont là connaissent les risques, nous les acceptons tous.

J'acquiesçai mollement. Nous étions tout près l'un de l'autre, nous nous touchions presque. Je savais qu'il voulait me serrer dans ses bras, presque autant que je désirais le réconfort que cela m'apporterait. Mais je ne pensais qu'à ce qui se passerait si Rell entrait.

Josephine avait raison, ils me distrairaient si nous faisions équipe.

Le *Daedalus* ne pouvait pas se le permettre.

Je soupirai.

— Il faut y aller. Tu es prêt ?

— Plus que prêt.

* * *

Si papa et les autres s'étaient entraînés à se déplacer et à tirer avec leurs nouvelles armures, je m'étais concentrée sur le perfectionnement de l'affichage et la maîtrise des autres fonctions de ma combinaison. À présent, avec l'aide de John, je pouvais parcourir les informations transmises par les milibots et les combinaisons du reste de l'équipe, ainsi que par le réseau sécurisé de la Pouponnière. Je me disais que le fait de savoir ce que tout le monde faisait me donnerait un avantage tactique.

« "Savoir, c'est pouvoir", avait approuvé John. Ça s'applique aussi bien sur le champ de bataille que n'importe où d'autre. Peut-être même plus. »

J'aurais aimé que cela me donne un peu plus de confiance à l'approche du moment fatidique.

Mais je me sentais aussi angoissée que lorsque nous nous étions rendus à la galerie d'observation qui surplombait la mer centrale. Soudain, mon idée de permettre aux yis d'envahir la Pouponnière ne me parut plus si intelligente que cela, en fin de compte.

— Tenez-vous prêts, ordonna Josephine.

Nous avions choisi de prendre position dans le dépôt principal de la Pouponnière, une vaste salle occupée par des capsules de stockage et des cybots inactifs. Je jetai un coup d'œil dans le large passage qui menait à la porte 5. Il était long d'environ quatre-vingts mètres, avec des machines et des canalisations qui s'accrochaient aux parois rocheuses incurvées comme du lierre technologique. À l'exception de quelques éléments d'équipement manifestement cassés, le sol était presque dégagé. À une soixantaine de mètres de la grande porte rectangulaire, quatre milibots patientaient à côté de deux armures : papa et Luda.

Il m'avait fallu beaucoup de sang-froid, mais je n'avais rien dit. Tout d'abord, j'avais voulu faire partie du duo de tête, l'appât. Lorsque nous avions mis au point les détails du plan, tout le monde s'était porté volontaire, bien sûr. Je n'avais même pas participé à la discussion qui avait suivi pour déterminer celui d'entre nous qui jouerait ce rôle. J'avais dû me contenter d'attendre, l'air renfrogné, en compagnie de Rell, qui me souriait d'un air entendu.

Ensuite, j'avais vraiment dû me forcer à me taire quand papa avait insisté haut et fort sur le fait que l'un de ces postes lui revenait de droit. Même si personne ne savait vraiment de quel droit il s'agissait.

Alors que nous nous apprêtions à mettre en œuvre notre plan d'évasion, je me retranchai dans ma cachette au fond du dépôt encombré tandis que mes amis rejoignaient leurs postes de tir préparés aux quatre coins de la salle.

— Nous sommes prêts, annonça papa.

— Parfait, répondit Josephine. Ouverture de la porte 5.

Je me concentrai sur la régularité de mon souffle alors que l'icone biomédical de ma combinaison trahissait l'augmentation de mon rythme cardiaque. La caméra au plafond qui me fournissait les images affichées dans mon casque me montrait la grande porte qui commençait de s'ouvrir vers le haut.

— Capitaine nous protège ! gronda Luda.

J'aurais probablement dit quelque chose de semblable si je n'en avais pas eu le souffle coupé. Les yis étaient là, occupant le couloir aussi loin que je pouvais voir. Des centaines de types II agglutinés les uns contre les autres formaient une mer de chair noire, leurs tentacules en perpétuel mouvement. De nombreux types III se trouvaient parmi eux. Et nous avions eu raison, les reines-cerveaux avaient fait appel à des cybots. Ils occupaient les premières places de la force d'invasion. Trois rangées de modèles de maintenance standard formaient une barrière efficace dans le couloir, s'interposant entre les milibots et les yis. Sauf qu'ils n'étaient pas tout à fait standard : protégés par de grosses coques noires, ils tenaient ce qui ressemblait étrangement à des…

— Des armes à feu ! s'écria Atov. De gros calibre !

— À proprement parler, ce sont des bazookas, me précisa John. Ce qui est logique. Ils sont plutôt primitifs comme engins, les reines-cerveaux n'ont donc pas besoin de bâtibots militaires pour les fabriquer. Et il suffit de produits chimiques pour propulser les projectiles.

— Peuvent-ils entamer nos combinaisons ? glapis-je.

— Nous n'allons pas tarder à le découvrir, grogna papa.

Le plan était le suivant : en cas de présence massive de yis à l'extérieur, les deux appâts en combinaison feindraient la surprise, tireraient peut-être quelques coups au hasard, avant de tourner les talons et de fuir à toutes jambes. Je dois dire qu'ils jouèrent leur rôle à la perfection. Je vis papa tirer une rafale, puis les milibots ouvrir le feu avec leurs minicanons. Les cybots noirs encaissèrent la mitraille, leur curieuse couche de protection extérieure se désagrégeant au fur et à mesure.

Mais les balles ne semblaient pas les pénétrer plus en profondeur.

— Ils sont équipés de boucliers en carbone renforcé ! s'exclama John.

Je vis les cybots noirs reculer en agitant leurs bazookas de façon erratique sous l'effet du pilonnage. Trois d'entre eux tirèrent, leurs tubes crachant de la fumée et des flammes. Leurs projectiles explosèrent non loin des milibots, les projetant dans tous les sens. En examinant les icones sur mon affichage, je compris que nos appareils étaient endommagés, mais encore utilisables.

Papa et Luda fuirent par le passage, les milibots se regroupant autour d'eux pour les couvrir.

J'entendis Atov gronder d'un ton provocant :

— Allez, venez. Venez nous chercher.

Durant un moment insoutenable, les cybots noirs demeurèrent immobiles. Puis ils se mirent en branle, s'engageant dans le passage en formation serrée, protégeant les types II derrière eux des tirs des minicanons.

Dès qu'ils surgirent dans le dépôt, papa et Luda bondirent dans leurs abris. Je continuai à regarder les images de la caméra du passage. Manifestement prudentes, les reines-cerveaux firent progresser lentement la ligne de cybots noirs. Derrière, la masse grouillante des yis poussait avec impatience.

— Tenez-vous prêts, ordonna Josephine. J'active les projecteurs d'impulsion.

Je regardai attentivement les deux bras mécaniques se déployer au-dessus de la porte 5. Ils surgirent du labyrinthe de canalisations, firent descendre du matériel d'apparence extrêmement banale juste en dessous du haut de la porte, et le braquèrent vers le couloir à l'extérieur. À l'arrière du groupe des envahisseurs, l'un des yis de type III s'immobilisa en remarquant le mouvement, puis se hissa pour mieux voir. Il émit un ululement aigu, repris par d'autres yis de type III.

Lorsque les deux projecteurs d'impulsion en haut de la porte 5 firent feu, les lampes du couloir extérieur s'éteignirent toutes simultanément. En plus de ce tir de barrage, nous avions dissimulé cinq autres projecteurs au milieu de l'appareillage dans le passage devant la porte. Les faisceaux d'impulsion qu'ils produisaient n'avaient en rien ni la précision ni la densité d'un laser – c'étaient de larges cônes –, mais ils étaient puissants. Lorsque les impulsions les atteignirent, les cybots noirs s'immobilisèrent en trépidant. L'affichage tactique de ma combinaison m'indiqua que les nœuds de réseau du couloir extérieur s'étaient éteints en même temps que l'éclairage. Les envahisseurs étaient coupés des reines-cerveaux.

— À présent, nous allons voir jusqu'à quel point les types III sont intelligents, se réjouit Zawn.

Des ululements et des sifflements stridents retentirent dans le passage. Trente secondes plus tard, les yis chargèrent en agitant de façon désordonnée leurs tentacules, enjambant les cybots inertes pour s'engouffrer dans le dépôt.

— J'espère que Rell a raison à propos des yis, murmurai-je à l'intention de John.

— Son hypothèse quant à leurs besoins physiologiques était excellente, répliqua John. C'est un jeune homme intelligent.

Depuis ma cachette au milieu des capsules de stockage, grâce à la caméra de ma combinaison, je regardai les yis se précipiter à travers le dépôt, résistant à l'envie irrépressible de me lever pour leur tirer dessus. Cela aurait été extrêmement satisfaisant… Mais Josephine avait raison, nous aurions endommagé une grande partie de la Pouponnière, quel que soit le terrain d'exécution que nous aurions choisi.

Trois passages voûtés permettaient de quitter le grand dépôt pour rejoindre le reste de la Pouponnière. Les yis se séparèrent, s'engageant dans chacun d'entre eux. Je remarquai alors des signes de ralentissement. Les tentacules parcourus de spasmes aigus, ils oscillaient d'un côté et de l'autre, dans le même état d'ébriété que celui dans lequel ils s'étaient trouvés lorsqu'ils avaient été exposés aux températures en dessous de zéro dans l'habitat. Les plus avancés dans les couloirs se figèrent de façon léthargique et s'effondrèrent. Puis ils furent de plus en plus nombreux à s'écrouler. Comprenant que quelque chose n'allait pas, les types III se mirent à pousser des cris d'alarme aigus.

Certains firent demi-tour, se dirigeant vers la sortie. Ils n'allèrent pas bien loin, s'affalant au sol, leurs grands corps agités de soubresauts incontrôlables.

Des soubresauts de plus en plus faibles.

Au bout de cinq minutes, plus un yi ne bougeait. Ils étaient vraisemblablement morts, mais, pour en être sûrs, des cybots jardiniers de la Pouponnière sortirent de leurs alcôves et déchargèrent méthodiquement des soudeuses à faisceau d'électrons dans le cerveau de chacun des corps inertes. De grands camions automatisés pénétrèrent dans le dépôt et entreprirent d'enlever les dépouilles.

Josephine quitta sa cachette derrière des capsules de stockage.

— Bien joué, Rell. Vous aviez raison. Ils avaient besoin d'oxygène pour respirer.

Était-ce cruel ? À l'égard de n'importe quelle autre créature, j'imagine que cela aurait été le cas. Mais je me révélai incapable d'éprouver la moindre pitié pour ces yis.

À la suggestion de Rell, nous avions ordonné aux filtres atmosphériques de la Pouponnière d'éliminer l'oxygène de l'air et de le remplacer par de l'azote. C'était ce que Josephine appelait une pression positive. Dès que la porte 5 s'était ouverte, le gaz irrespirable s'était engouffré dans le couloir extérieur. Aucun des yis n'avait survécu. Et comme les capteurs du réseau du couloir avaient été grillés par les projecteurs d'impulsion, les reines-cerveaux n'avaient aucune idée de ce qui s'était passé.

— Allons-y, suggéra Atov.

Je me précipitai vers l'un des trois utilitaires que nous avions préparés et m'installai derrière le volant. Papa prit place à mes côtés tandis qu'Alice et Shao se hissaient sur la plate-forme arrière, au milieu des caisses de munitions et d'armes de poing que nous avions chargées. Josephine partageait son véhicule avec Rell et Oroko. Zawn conduisait donc le troisième, accompagné d'Atov et Luda.

Alors que nous nous engagions dans le passage menant à la sortie, je me demandais ce que Zawn et Rell pensaient du fait de se trouver dans des véhicules différents du mien.

Y avaient-ils seulement songé ? Sans doute. Mais Josephine n'avait jamais évoqué la moindre protestation, ni la moindre demande de m'accompagner. Ils avaient donc fait passer la mission avant leurs sentiments. Comme moi. Eh bien…

Six milibots nous passèrent devant pour aller se positionner devant l'utilitaire de Josephine, leurs phares éblouissants. Au milieu du cortège, deux chariots transportaient des projecteurs d'impulsion. Deux milibots escortaient le convoi de part et d'autre tandis que six autres assuraient l'arrière-garde.

Devant nous, plongé dans l'obscurité, le couloir extérieur était peu engageant. Il n'y faisait pas totalement noir : dans le lointain, à une intersection, la lumière brillait. Je m'étais attendue à me sentir tendue en m'enfonçant dans la partie avant. Après tout, c'était là que les yis avaient régné près de cinq siècles. Mais nous étions si bien protégés que j'étais plutôt impatiente. En outre, nous nous étions absentés bien plus longtemps que prévu. Maman et Frazer allaient probablement s'inquiéter. Quant à Ulei, il avait sans doute déjà cédé à la panique, réclamant une réunion d'urgence du conseil avec un ordre du jour préétabli, complotant pour obtenir des votes de soutien… tout ce pour quoi il était doué.

Dès que les derniers milibots se furent engagés dans le couloir extérieur, la grande dalle métallique de la porte 5 se referma lentement derrière nous, verrouillant une fois de plus la Pouponnière.

— Que comptez-vous faire des corps ? s'enquit Alice.

— Ils seront décomposés dans les bioréacteurs de la Pouponnière, répondit Josephine. Ainsi, leurs composés organiques serviront à fertiliser mes jardins.

— Vous allez les transformer en guano ?

— Je me suis dit que le côté ironique vous plairait.

— Oh que oui.

En atteignant la première intersection, on ralentit notre allure pour permettre aux chariots équipés de projecteurs d'impulsion de braquer leurs faisceaux vers les couloirs perpendiculaires, réduisant à néant l'éclairage et l'ensemble de l'électronique. Les milibots tournèrent à droite. Sur mon affichage, la carte m'indiquait qu'il nous restait encore quelques kilomètres à parcourir avant d'atteindre un grand garage agricole derrière la paroi terminale. Il permettait d'accéder à l'habitat, non loin du village d'Elati.

Vingt mètres plus loin, dans le couloir, les phares des milibots se posèrent sur un type II étendu au sol, les tentacules immobiles. Le milibot en tête lui tira deux balles. En vérifiant les capteurs de ma combinaison, je constatai qu'il n'y avait que deux pour cent d'oxygène dans l'atmosphère.

— Que va-t-il advenir de tout l'azote que nous avons libéré ? m'inquiétai-je.

— Les systèmes de gestion atmosphérique rétabliront automatiquement l'équilibre de l'air, expliqua Josephine. Ça ne devrait pas prendre plus de deux heures.

— Donc, si les capteurs du système de gestion atmosphérique ont détecté l'azote, les reines-cerveaux comprendront ce que nous avons fait…

— En effet.

— Nous ne pourrons plus employer cette tactique, alors, en déduisit papa.

— Je me demande de quelle manière les yis pourraient la contrer, fit remarquer Josephine. Mais ils se méfieront certainement, désormais.

Grâce aux projecteurs d'impulsion montés sur les chariots, nous pouvions neutraliser les nœuds de réseau dans les couloirs que nous longions. Cela me rappela le souci évoqué par Rell concernant son échappée avec Josephine, Alisha et Shao de la mer centrale : il s'interrogeait sur l'ampleur des dégâts qu'ils avaient infligés aux systèmes du *Daedalus* avant d'avoir atteint le quai de l'axe. Certes, l'arche avait des dimensions colossales, mais il devait probablement y avoir une limite aux mauvais traitements qu'on pouvait lui infliger.

On ne croisa aucun autre cadavre de yi. Quoi qu'il en soit, au bout d'un kilomètre, l'air fut de nouveau respirable. Il nous fallut moins de cinq minutes pour atteindre le garage situé derrière la paroi terminale. Au fur et à mesure que nous le traversions, nos phares illuminèrent le matériel brisé et les unités de stockage sens dessus dessous.

— Pourquoi ? voulut savoir papa, abasourdi, tandis que nous passions devant des rangées de véhicules et de cybots irrémédiablement endommagés. Quel était le but de toute cette violence ?

— C'était pour nous empêcher d'utiliser les machines, lui répondis-je. Le garage devait contenir du matériel dont l'équipage aurait pu se servir pour riposter.

— Est-ce que c'est comme ça partout où ils ont bloqué l'accès depuis l'habitat ?

— D'après ce que j'ai vu, oui.

— Ce ne sont pas des systèmes essentiels à la vie dans l'habitat, expliqua John. Ces machines étaient simplement là pour aider l'équipage à préserver la végétation dans sa forme initiale.

— Quelle était donc sa forme initiale ?

— Un jardin ornemental harmonieux, répondit Josephine. Ce qui n'avait aucun intérêt dans les plans des yis, et qui aurait même pu être une entrave. En l'absence de machines fonctionnelles pour entretenir la terre, toute activité agricole pratiquée par les humains encore en vie devait être fondée sur le travail manuel, à la fois difficile et chronophage. C'est également pour cette raison que les tunnels de transport souterrains ont été bloqués et les tours-montagnes mises en sommeil. Tout ce qui pouvait faciliter la vie des humains a été supprimé.

— Quand on passe ses journées à travailler pour survivre, on n'a le temps ni de réfléchir ni de rêver, comprit Shao.

— Exactement.

On s'immobilisa devant la porte. Josephine s'approcha d'un panneau de commande, sur le côté. Elle y appliqua un outil et en ôta la façade. En un clin d'œil, elle sectionna les fibres de la racine nerveuse yi qui infestaient l'électronique du mécanisme.

J'entendis gémir les vérins de la porte, un grincement métallique strident qui me fit grimacer à l'intérieur de mon casque. Quelque chose semblait sur le point de se briser, probablement violemment.

La porte coulissa vers le haut avec de douloureux soubresauts. Dès que le bas de la porte dépassa le niveau du sol, de la terre se déversa par l'ouverture. De plus en plus de terre se répandait à l'intérieur, jusqu'à ce qu'une dune considérable se soit formée devant nous. La porte de quatre mètres de haut finit par s'ouvrir entièrement, révélant une fente étroite entre le sommet du tas de terre et le haut de son encadrement. Un rai de lumière vive provenant de l'habitat y pénétrait, fortement tamisé par la végétation.

— Je comprends pourquoi nous n'avons jamais vu d'accès dans la paroi terminale, saisit Oroko. Ils les ont enterrés.

— Ça fait beaucoup de terre, constata Luda. Comment allons-nous sortir ?

— Rapidement, répondit Josephine. Les reines-cerveaux savent où nous nous trouvons. Les projecteurs d'impulsion ont grillé tous les capteurs, les empêchant de nous observer directement, mais ces mêmes dégâts ont mis en évidence notre itinéraire jusqu'ici.

Les milibots s'éloignèrent de la porte et du tas de terre. Zawn et moi fîmes réaliser un demi-tour serré à nos utilitaires pour dégager de la place. Josephine fit une marche arrière de vingt mètres et leva son bras gauche. Les segments de l'avant-bras de sa combinaison s'écartèrent pour faire place à la gueule d'un lance-grenades. La première explosion produisit un énorme nuage de terre qui emplit à peu près l'ensemble du grand garage. De longs faisceaux lumineux le traversèrent de part en part. Josephine tira de nouveau.

La cinquième grenade libéra un espace suffisamment vaste pour y faire passer les utilitaires.

Pendant un instant de naïveté, je me laissai aller à croire que rien n'avait changé dans l'habitat. Comme d'habitude, les bandes lumineuses étaient allumées et brillaient, il faisait bon, et, devant moi, les tours-montagnes se dressaient fièrement entre le sol et le ciel. Mais la réalité s'imposa rapidement à moi. Autour de nous, l'herbe sombre était aplatie à cause du gel, le bassin d'une chute d'eau que nous avions déjà contourné n'était plus qu'une dépression dont le fond était constitué d'une boue épaisse et de poissons morts. Puis on atteignit Elati. Le village était désert.

L'un des drones de la section des générateurs 3 survolait la place du village. En dessous, un hologramme de Marana s'adressait d'un ton sérieux à son auditoire inexistant, lui parlant des yis et de leur dangerosité.

— Ça ne va pas, constata Rell. Les villages à cette extrémité de l'habitat étaient censés ériger des défenses et patienter.

— Nous croiserons probablement les villageois en rentrant, dit Oroko. On leur ordonnera de retourner chez eux.

— Très bien, déclara Josephine. Mais nous ne pouvons pas nous permettre de perdre du temps à discuter avec des gens qui n'ont pas suivi nos conseils.

Elle sortit d'Elati en accélérant. Je la suivis, la caméra de ma combinaison repérant une petite volée de capteurs qu'elle avait sortis de son sac à dos. Les appareils ressemblaient à de minuscules oiseaux aux ailes diaphanes. Ils s'élancèrent au-dessus de nous et doublèrent les milibots.

On traversa en cahotant un champ de légumes au sol accidenté avant de bifurquer sur le chemin de halage d'un canal. Le trajet se fit beaucoup plus agréable, les gros pneus de l'utilitaire absorbant toutes les petites ornières que nous franchissions.

— Je n'arrive pas à croire que les villageois soient partis, confiai-je à John. Pourquoi n'ont-ils pas suivi nos directives ?

— Ils viennent de voir s'effondrer leur existence confortable et sans complications et d'apprendre que des aliens hostiles étaient aux commandes du *Daedalus*. Ils sont effrayés et n'ont personne pour les diriger clairement. Dans son message, Marana indiquait que les sections arrière étaient plus sûres.

— Oui, mais il est extrêmement risqué de les rejoindre d'ici. Si les yis les attaquent sur le trajet, ils seront extrêmement vulnérables. Il était plus sûr pour eux de rester chez eux et de construire des barricades.

— Je suis d'accord. Mais ils disposent manifestement de trop peu d'informations pour avoir une vue d'ensemble.

— Je commence à croire que Frazer a raison.

— À quel sujet ?

— Nous ne devrions permettre qu'aux gens intelligents de devenir chefs.

— Je vous le déconseille.

— Ouais. Mais tu ne peux pas nier que ce serait tentant.

— Je comprends votre frustration et compatis. Puis-je vous donner un conseil ?

— Toujours.

— Une fois que nous serons débarrassés des yis, vous aurez un statut et une influence politique considérables : tout le monde vous écoutera. Mais vous êtes encore adolescente, ne tentez pas de devenir un chef tout de suite. La majeure partie de la population du *Daedalus* vous sera reconnaissante de tout ce que vous avez fait, mais, une fois que la situation désastreuse actuelle sera résolue, elle acceptera difficilement de recevoir des ordres de votre part. Il y a une expression terrienne qui dit : « Mieux vaut investir à long terme. » Après tout, vous et ceux de votre génération passerez le restant de votre existence sur le nouveau monde. C'est là que vous pourrez vous réaliser pleinement. Le nouveau monde est votre avenir, celui qui compte vraiment, pas les dernières années que le *Daedalus* mettra à l'atteindre.

— Tu débordes de bon sens, tu sais ?

— J'en suis ravi. Je peux vous recommander les biographies de nombreux politiciens, si vous souhaitez étudier l'art de gouverner.

— L'art de gouverner ?

— L'art d'amener les gens à faire ce que l'on désire.

— Elijah m'a dit quelque chose de semblable, à propos d'essayer de comprendre ce que pensent les gens.

— Il savait de quoi il parlait.

— D'accord. Alors, si on parvient à s'en tirer, j'y jetterai un coup d'œil.

— Parfait.

— Tu as autant de livres à disposition que de chansons ?

— Je dispose d'une bibliothèque complète, bien sûr.

— Ouah. Eh ! Est-ce que Jane Austen a écrit un autre livre après *Orgueil et préjugés* ?

— Elle en a écrit six. Elle est morte avant d'avoir achevé le septième.

— Nom d'un crapaud ! Y en a-t-il des exemplaires à bord ?

— Oui, ils sont disponibles dans ma bibliothèque.

Je faillis crier : *« Pourquoi tu ne me l'as pas dit ? »*

— C'est formidable !

— Vous serez peut-être intéressée de savoir que de nombreuses suites à *Orgueil et préjugés* ont été éditées au cours des siècles qui ont suivi sa mort.

— Non. Vraiment ? Sont-elles aussi bonnes ? J'aimerais bien savoir ce que sont devenus Elizabeth et M. Darcy... En fait, ce qu'il est advenu de toutes les sœurs Bennet.

— Il y a à bord du *Daedalus* des bibliothèques bien mieux pourvues que la mienne, elles doivent en posséder des exemplaires. Quand nous avons quitté le système solaire, nous nous enorgueillissions d'avoir à bord un enregistrement de tous les livres et articles jamais publiés sur Terre. Au cours du trajet, on nous diffusait régulièrement des mises à jour. Jusqu'à ce que nous atteignions Kianira, en tout cas. Par la suite, j'ignore ce qui s'est passé.

— Attends. Qu'est-ce que tu veux dire par « diffuser » ? Comme de la lumière ?

— Dans ce contexte, il s'agit d'un message par ondes radio dirigé directement vers le *Daedalus*. Plus nous nous éloignons de la Terre, plus il met de temps à nous parvenir. Nous sommes désormais à environ soixante-dix années-lumière de la Terre. Un message radio en provenance de la Terre mettrait donc soixante-dix ans pour arriver jusqu'à nous.

— John, avons-nous répondu à ces messages ?

— Oui, tout le monde sur Terre était impatient d'avoir des nouvelles de notre périple.

— Nous étions donc en contact avec la Terre ?

— Oui.

— Sont-ils au courant de ce qui nous est arrivé ? que les yis ont pris les commandes ?

— Je l'ignore. Ils se sont certainement aperçus que nous avions cessé d'émettre. Mais, à moins que la capitaine Kruger ait lancé un avertissement, ils doivent sans doute supposer que le *Daedalus* a été détruit.

— Ils ne savent donc pas que nous sommes encore en vie, marmonnai-je. Ils doivent penser que… En fait, je ne sais pas ce qu'ils pensent.

J'ouvris un canal vers Josephine.

— Savez-vous si la capitaine Kruger a envoyé un message vers la Terre pour expliquer ce qui se passait ? lui demandai-je.

— J'ignore si elle l'a fait, mais je considère que c'est peu probable. La première décision des yis a été de couper l'électricité et de prendre le contrôle du réseau grâce aux IA subverties. Ensuite, nous avons tenté de rester en vie. Informer la Terre n'était pas une priorité. Après tout, ils n'auraient rien pu faire, il n'existe pas de mission de sauvetage interstellaire. Une fois qu'elles ont quitté la Terre, les arches sont entièrement livrées à elles-mêmes.

Quelques minutes plus tard, on tomba sur les villageois d'Elati. Ils suivaient le canal en une longue file, l'air maussade et anxieux. Leur maire et leur régulateur en chef apprécièrent moyennement qu'on leur demande de retourner se barricader contre les yis. Autant ils furent déstabilisés par nos armures, autant Josephine les laissa perplexes. En revanche, ils prirent Atov et Oroko très au sérieux. On leur permit de tenir un conseil houleux au cours duquel presque tous les villageois prirent la parole en même temps.

Il nous fallut ensuite un peu plus d'une heure pour atteindre la rive du lac annulaire.

Cela aurait sans doute pu être plus long, mais, après notre rencontre avec Elati, Josephine choisit un itinéraire qui évitait les villages. Je regrettai de ne pas pouvoir prévenir la population, mais nous ne pouvions pas nous permettre de perdre du temps. Comme l'avait dit John, il nous fallait tenir compte de la situation dans son ensemble.

Nous avons sans doute tous été surpris que les yis n'aient pas cherché à nous intercepter. Durant l'ensemble du trajet, Josephine demanda à ses capsules de détection volantes de scruter devant et derrière nous afin de repérer la présence de yis dissimulés dans les bois et les vergers. Elle leur ordonna même de veiller à ce que des cybots ne nous tombent pas dessus depuis le ciel. Apparemment, le bombardement aérien était reconnu comme une technique d'attaque redoutable, utilisée durant des siècles au cours des dernières guerres sur Terre. Les yis ne s'approchèrent de nous à aucun moment, mais j'étais consciente qu'ils pouvaient nous observer grâce aux capteurs disposés dans le ciel.

Au fur et à mesure que nous progressions dans l'habitat, l'absence d'attaques commençait à me rendre nerveuse. Je ne comprenais pas ce qu'ils faisaient. Le nombre de yis que les reines-cerveaux avaient envoyés à l'assaut de la Pouponnière nous indiquait clairement combien ils étaient déterminés à nous éliminer. Pourtant, rien ne se produisit. Un tir de bazooka n'aurait peut-être pas eu raison d'une armure, mais il aurait détruit à coup sûr un utilitaire. Tout ce qui pouvait nous ralentir jouait en leur faveur. Josephine avait évité d'en parler, mais les moyens dont disposaient les yis étaient considérables. Il ne leur avait fallu que quelques heures pour mettre au point des boucliers pour les cybots, ainsi que des bazookas. Je n'osais imaginer ce que les bâtibots pouvaient fabriquer d'autre, ni combien d'entre eux étaient mis à contribution.

Ma plus grande crainte était que les yis découvrent nos intentions. Parce que ce serait alors à nous de devoir affronter ce qu'ils auraient préparé pour notre retour dans la mer centrale afin de faire exploser une bombe irradiante. S'ils le découvraient, l'extinction de l'éclairage de l'habitat serait le cadet de nos soucis.

* * *

À notre arrivée à Viride, les retardataires d'un village étaient péniblement en train de franchir la passerelle de la cloison anti-vague. L'icone de communication d'Alisha s'afficha dans mon casque.

— Capitaine soit louée, vous êtes de retour, soupira-t-elle. On se demandait ce qui vous était arrivé.

— Les yis nous ont empêchés de revenir avec le vaisseau, lui expliquai-je. Mais nous apportons de nouvelles armures et beaucoup de munitions.

— Excellent, dit-elle.

Je décelai dans sa voix une hésitation que je n'aimais pas.

— Ma mère va bien ?

— Elle va bien. Mais, Hazel, Frazer a disparu.

Chapitre 9

Un soir, environ cinq ans auparavant, Frazer n'était pas rentré à la maison. Nous avions tous dîné ensemble dans la salle commune d'Ixia, et il était parti jouer avec ses idiots d'amis avant qu'il soit temps pour nous de rentrer à la hutte pour la nuit. Ce n'était pas vraiment la première fois, il sortait presque tous les soirs, même si c'était à peu près l'époque où papa avait commencé à l'emmener à la menuiserie, une fois le travail de la journée achevé. Il adorait découper des morceaux de bois qu'il assemblait en un curieux mécanisme. Lorsque l'équipe de papa avait reconstruit l'un des rouages de la roue hydraulique pour actionner les scies, il avait manqué l'école toute une semaine pour leur donner un coup de main. À tel point que l'instituteur s'était déplacé jusque chez nous pour nous réprimander. Papa s'en moquait, mais maman leur en avait énormément voulu à tous les deux.

Mais, ce soir-là, papa ignorait où se trouvait Frazer et ce qu'il faisait, et il était tard, même pour lui. Nous avions patienté dix minutes après que les bandes lumineuses eurent perdu de leur éclat pour simuler un clair de lune, puis avions prévenu les régulateurs. Shamus était le régulateur en chef à l'époque, et il n'avait guère été ravi de devoir gérer un nouvel incident avec Frazer. Il avait fait sonner la cloche d'urgence du village, et plusieurs centaines d'adultes étaient venus apporter leur aide. Ils n'avaient pas été très étonnés lorsque Shamus leur avait donné l'identité de celui qu'ils recherchaient, mais la disparition d'un enfant de neuf ans était une affaire sérieuse.

Plus de la moitié d'entre eux s'étaient mis à inspecter les berges du canal, l'hypothèse la plus probable étant qu'il était tombé dans l'eau. À douze ans, je considérais que le fait d'avoir Frazer comme frère devait être un châtiment de la part de la Capitaine pour un crime terrible que je n'avais même pas conscience d'avoir commis. Mais, quand bien même, j'étais contrariée à l'idée qu'il puisse être grièvement blessé, voire pire. S'il n'était pas dans le canal, il y avait toujours des rumeurs de chiens sauvages dans les bois. C'était absurde, naturellement, mais, quand on avait douze ans et qu'on était désespérément inquiète, ce genre de sottises s'enracinaient dans l'esprit et amplifiaient toutes les craintes. J'étais convaincue qu'il s'était passé quelque chose de vraiment horrible, car papa et maman m'avaient défendu de me joindre à l'une des équipes du canal, au cas où ils auraient découvert son corps. Au lieu de cela, j'avais cherché dans les champs et les vergers environnants. J'avais couru, escaladé des clôtures, longé des rangées interminables d'arbres fruitiers. J'ignorais depuis combien de temps j'étais à la recherche de mon frère. J'avais fini par me laisser tomber à genoux, trop épuisée pour faire un pas de plus, la voix éraillée à force de crier.

C'était la mère d'Alice qui m'avait ramenée au village.

D'autres gens avaient déjà retrouvé Frazer, assoupi sous un pommier. Par terre, à côté de lui, ils avaient découvert de longues perches, des cordes, des poulies et un panier modifié. Il avait conçu une sorte de treuil portatif pour que l'on n'ait pas besoin de monter et de descendre les paniers par l'échelle lorsqu'on cueillait des pommes. Il ne l'avait dit à personne parce qu'il avait voulu surprendre et ravir tout le monde, le lendemain, avec son dispositif. C'était sa façon de se mettre en valeur. Le montage s'était révélé plus difficile que prévu, et il s'était endormi.

En sanglots, je l'avais serré dans mes bras. J'étais si heureuse qu'il ne soit pas mort…

Tout ce que j'avais obtenu en retour, c'était un regard exaspéré tandis qu'il se libérait de mon étreinte.

« Je n'étais pas perdu ! s'était-il exclamé d'une voix sonore. Moi, je savais où j'étais. »

À ce moment-là, j'avais été à deux doigts de lui assener un coup de chaise. Maman nous avait calmés tous les deux et nous avait emmenés nous coucher. Je ne lui avais plus adressé la parole de la semaine. J'avais l'impression qu'il ne s'en était même pas aperçu.

* * *

Lorsqu'on regagna la section des générateurs 3, je me raccrochai à ces paroles hautaines. Des personnes angoissées s'étaient regroupées devant l'entrée, surtout des régulateurs, Yamary et Fininen se tenant à côté de maman. Des larmes lui roulaient sur les joues.

— Tout va bien, lui assurai-je quand elle se cramponna à moi. On connaît Frazer, il n'est pas stupide. Il est juste parti quelque part en oubliant de prévenir Alisha. D'ailleurs, il n'a rien à craindre tant qu'il a sa combinaison. Concentre-toi là-dessus, d'accord ?

Elle hocha la tête d'un air désespéré. Je remarquai alors que les parents d'Itzy se tenaient derrière elle. Ils avaient l'air encore plus affolés que maman.

— Itzy a également disparu, m'expliqua Alisha. Nous pensons qu'elle a eu des ennuis et que Frazer est allé l'aider.

Je jetai un coup d'œil vers la corniche. Il n'y avait plus grand monde dessus. Je supposai donc que les réfugiés avaient été répartis dans les différentes sections avec lesquelles nous étions entrés en contact.

— Où l'a-t-on vu pour la dernière fois ? m'enquis-je.

— Pour autant que nous pouvons le déterminer, il se trouvait près de la section de la gestion des eaux 7, révéla Alisha.

Je braquai les caméras de ma combinaison sur l'entrée semi-circulaire de la section en question. Je me rappelai être passée devant, après avoir quitté Schuster. C'était l'une des nombreuses sections tombées aux mains des yis, où convergeait l'ensemble des couloirs et des passages qui reliaient les différents services et les machines de la partie arrière. Si Frazer s'y était introduit, il pouvait se trouver n'importe où, à l'heure qu'il était. Et comme Newton pouvait lui fournir une carte détaillée et une description de chacun des compartiments derrière la paroi terminale, je priai la Capitaine pour qu'il n'ait pas décidé de s'en prendre aux yis tout seul. Il aurait très bien pu avoir ce genre d'idée. Mais le fait qu'Itzy ne soit pas là non plus me rassurait étrangement. J'étais presque sûre qu'ils étaient ensemble.

— J'aurais dû rester avec lui, se reprocha Alisha. C'est ma faute.

— Non, tenta de la rassurer papa. Ne dites pas ça. Ne le pensez pas. Frazer sait ce qu'il fait. S'il a choisi la gestion des eaux 7, c'est qu'il y a une raison. Une bonne raison.

Je me retins de faire le moindre commentaire, surtout parce que je venais d'apercevoir Ulei, à l'écart du groupe, le dos raide alors qu'il buvait chacune de nos paroles. Sans doute s'efforçait-il de tout retenir pour l'utiliser plus tard contre nous, si tant est qu'il dût y avoir un « plus tard ».

Atov déposa la capsule de munitions qu'il portait. Nos utilitaires venaient de traverser difficilement la passerelle de la cloison antivague, mais il leur était naturellement impossible de gravir les marches menant à la corniche. On dut porter le matériel en provenance de la Pouponnière. Oroko, Alice et Shao s'étaient chargés des projecteurs d'impulsion, qu'ils avaient retirés des chariots. Ils n'étaient pas énormes, et, grâce aux armures, on pouvait facilement en soulever un, mais ils étaient encombrants, car ils étaient équipés de batteries volumineuses.

La capsule de stockage que j'avais récupérée contenait une dizaine de ce que Josephine appelait des « fusils à pompe ». C'étaient des armes puissantes et beaucoup plus simples à manier que les armes intégrées à nos combinaisons. Il suffisait de viser et de tirer. Un seul tir pouvait probablement tuer un type II et endommager sérieusement un type III, mais ils ne seraient d'aucune utilité contre les cybots noirs.

Les régulateurs les acceptèrent avec enthousiasme. Atov et Shao leur montrèrent de quelle manière on chargeait les cartouches et comment on actionnait le mécanisme.

— Tu vas aller à sa recherche, hein ? demanda maman à papa. Tu vas le retrouver ? Il n'a rien à craindre de ces monstres tant qu'il a son armure. Hazel a raison, hein ?

— Bien sûr. Ne t'inquiète pas, il ne lui arrivera rien. Nous le retrouverons.

— Frazer est trop malin pour se laisser prendre à une quelconque supercherie des reines-cerveaux, nous rappela Josephine d'un ton désinvolte. Venez, il faut qu'on s'y mette.

* * *

Il n'y eut aucun débat, aucune question, aucune allusion à propos de notre véritable mission. Les maires qui s'étaient rassemblés à l'entrée pour nous accueillir hochèrent la tête comme s'ils avaient leur mot à dire dans le processus. Josephine s'engagea le long de la corniche, devancée par quatre milibots, nous laissant former les rangs derrière elle. Rell se hâta de prendre place à mes côtés. Je lui adressai un bref sourire. Puis on referma nos casques simultanément. Nous nous disions certainement tous les deux la même chose : le moment décisif était venu.

— Allons directement à la section de la propulsion 2, ordonna Josephine, afin d'y récupérer l'antimatière de Schuster. Ensuite, nous nous répartirons en cinq équipes. Frazer nous a fourni un excellent prétexte pour nous introduire dans les sections arrière.

— Des équipes de recherche, dit papa.

— Absolument. Ils se demanderont si nous ne sommes pas revenus ici pour les attaquer, mais ils n'en auront pas la certitude. Avec un peu de chance, ils ne se rendront compte de ce que nous faisons que lorsqu'il sera trop tard.

Je levai les yeux vers le ciel, juste au-dessus de nous, à l'endroit où il se fondait dans la paroi terminale, à deux kilomètres et demi de la corniche. L'angle donnait l'impression que c'était beaucoup plus loin, et nous allions devoir grimper jusque là-haut. Je savais qu'il fallait moins d'une minute pour faire une chute de cette distance, mais, même si nous n'avions pas à nous battre pour y parvenir, l'ascension allait nous prendre beaucoup plus de temps. L'affirmation de Josephine selon laquelle nous pourrions atteindre les reines-cerveaux sans nous faire repérer était une fiction du même niveau qu'*Orgueil et préjugés*. Je commençais à me demander si ce n'étaient pas ses dires irréalistes qui lui avaient permis de nous mener jusqu'ici. Après tout, nous ne pouvions plus renoncer désormais : les heures suivantes allaient décider du sort du *Daedalus*. Nous allions faire tout notre possible pour apporter ces bombes irradiantes dans la mer centrale, et elle devait le savoir.

S'il fallait faire appel à ce genre de manipulation subtile pour que tout le monde accepte mon autorité, je n'étais pas sûre d'en être capable.

À notre arrivée à l'entrée semi-circulaire de la section de la propulsion 2, je pressai ma main sur le panneau de commande. La grande porte coulissa vers le haut.

— Nous n'avons besoin que des porteurs de bombes, déclara Josephine. Que les autres attendent ici.

L'icone de Rell s'afficha dans mon casque : une liaison privée.

— Tu es d'accord ?

— Bien sûr, répondis-je. Ça ne devrait pas être long.

— Oui, mais... Elle a l'air de vouloir prendre les choses en main...

— Je pense que c'est le cas depuis notre arrivée à la Pouponnière. Elle est beaucoup plus intelligente que nous : elle a l'esprit d'une IA et une perception humaine. Je doute qu'il y ait beaucoup de choses qu'elle ne puisse nous faire faire.

— Ça ne te dérange pas ?

— Nous devons éliminer les yis, Rell. Je suis prête à faire tout ce qui sera nécessaire.

— Tu as raison. Ouais. Moi aussi.

Je levai légèrement le bras pour le rassurer et emboîtai le pas à Josephine pour pénétrer dans la section de la propulsion 2. L'étrange architecture de verre gris incurvé était inchangée, l'éclairage intégré se déplaçant en douceur et en silence juste sous la surface. Je trouvais cela exaltant : d'une manière ou d'une autre, l'endroit semblait déconnecté du reste de mon univers. Intemporel, comme s'il avait toujours existé et qu'il doive exister toujours, quoi qu'il advienne ailleurs.

On s'immobilisa devant un filament horizontal qui menait au cœur de la cavité. Schuster se matérialisa devant nous, un tourbillon d'étincelles s'élevant du sol pour se solidifier sous sa forme humaine, un jeune homme de petite taille vêtu d'une veste et d'un pantalon mal taillés qui me parurent incongrus, alors que je m'étais extasiée devant la merveilleuse collection de tenues ancestrales d'Alisha, à Tressaco.

— Ravi de vous revoir, nous accueillit Schuster. Avez-vous réussi ?

— Absolument, répondit Josephine. Mon armurerie a assemblé les bombes irradiantes.

— Excellent. Suivez-moi, je vous prie.

Le lieu où il nous conduisit ne semblait pas foncièrement différent du reste de la section 2. Ouvrant la visière de mon casque, j'en étudiais les murs en plissant les yeux. Le relief était difficile à distinguer, car cette surface uniforme ne projetait aucune ombre, mais je discernai un renfoncement ovale peu profond, à hauteur de poitrine. Je trouvai que les petites lueurs qui nageaient langoureusement derrière avaient une légère teinte violette, par rapport aux autres. Mais ce n'était peut-être que mon imagination, je voulais à tout prix que cela ait une signification.

— Capitaine ? demanda Schuster.

— Qu'y a-t-il ? Ah, oui. Vous avez mon autorisation pour nous fournir l'antimatière.

— Pour l'utiliser comme arme ?

— Oui. Je confirme, pour une utilisation en tant qu'arme.

— Très bien.

À l'intérieur de la niche, les lumières s'éteignirent, la plongeant dans l'obscurité. Un petit trou s'ouvrit au centre.

Josephine tira sa bombe de la poche de sa combinaison et la déposa à l'intérieur du trou, qui se referma aussitôt.

Schuster ferma les yeux, son expression reflétant une extrême concentration.

— Intégrité de la bombe vérifiée. Début du transfert.

Au bout d'une minute, le trou se rouvrit. Josephine rangea la bombe dans sa poche.

— Chef ? appela-t-elle.

Atov déposa à son tour sa bombe dans le trou.

Puis ce fut à moi. Je craignis que le trou se referme avant que j'aie pu en retirer ma main, qu'il m'attrape et m'entraîne à l'intérieur. C'était vraiment stupide. Lorsqu'il se rouvrit pour que je récupère la bombe, je redoutai de la faire tomber. Puis j'eus peur qu'elle tombe de ma sacoche. Elle ne se trouvait qu'à quatre centimètres de ma peau. Si elle explosait dans la section 2, toute l'antimatière que Schuster avait si soigneusement conservée durant neuf cents années détonerait également, la déflagration se propageant aux autres sections de la propulsion, ainsi qu'à leurs propres réserves d'antimatière. L'explosion serait alors sans doute suffisamment violente pour que les astronomes de la Terre puissent la détecter.

Il était réellement terrifiant d'être responsable d'une telle puissance.

— Soyez prudents, nous recommanda Schuster. Ne faites exploser la bombe que dans la mer centrale. L'idéal est de la disposer au milieu de l'axe. Le souffle de l'explosion sera ainsi réparti de manière égale de chaque côté. La mer centrale est en théorie assez grande pour absorber le choc. Si vous la déclenchez ailleurs, la détonation risque de rompre l'enveloppe rocheuse de l'arche.

— Vous voulez dire qu'on risque d'ouvrir en deux le *Daedalus* ? glapis-je.

— Simple hypothèse, déclara Josephine avec dédain. Pour endommager le *Daedalus*, il faudrait faire exploser une bombe sous le niveau du sol de l'habitat. Ce n'est pas notre direction, et je vous rappelle que chaque bombe est codée individuellement. Vous seuls pouvez l'armer.

— Et nous devons l'apporter au milieu de l'axe ? demandai-je d'un ton hésitant.

— C'est l'endroit idéal, oui, répondit Schuster. Je suis conscient qu'il sera difficile de l'y déposer.

Voire impossible, songeai-je. *Surtout si on veut s'enfuir avant qu'elle explose.*

Si l'on considérait la situation dans son ensemble, ma survie personnelle n'avait guère d'importance. L'objectif était d'éliminer les yis et de libérer le *Daedalus*. S'il fallait que quelqu'un y laisse la vie pour y parvenir, le prix à payer était suffisamment faible pour être acceptable.

C'était sans doute ce que signifiait vraiment le fait d'être la capitaine.

— Faut-il vraiment que ces bombes soient si puissantes ? demanda Atov.

— Oui. Pour stériliser efficacement la caverne de la mer centrale, le niveau de radiation doit dépasser un certain seuil. Pour provoquer l'éclair de radiation nécessaire, il nous faut une explosion de sept kilotonnes.

— D'accord, accepta-t-il à contrecœur.

— Les bombes peuvent-elles exploser de manière accidentelle ? demandai-je.

Je me doutais que cela devait sembler un peu minable, mais je préférais être sûre.

— Non, répondit Josephine d'un ton laconique.

— Alors, si on les fait tomber, ce n'est pas grave ?

— Il s'agit dans l'absolu d'une sphère à l'état solide dotée d'une enveloppe à l'alignement moléculaire amélioré. Vous pourriez de nouveau sauter du ciel, Hazel, ça ne causerait pas le moindre dégât à l'impact. Il s'agit d'un dispositif très résistant.

— Et un tir de bazooka ? s'enquit Atov.

— Encore une fois, non. Ne vous inquiétez pas pour ça. Les concepteurs de la bombe irradiante savaient ce qu'ils faisaient.

J'avais envie de poser tout un tas d'autres questions, par exemple : *« Que se passera-t-il si les yis parviennent à mettre la main sur l'une d'elles ? »* Mais la réponse ne changerait rien. Nous n'avions qu'une seule mission : acheminer une bombe dans la mer centrale. Rien d'autre n'avait d'importance.

Schuster nous raccompagna jusqu'à la sortie. Je me sentis un peu étourdie. Mon cerveau avait enfin compris que le moment était venu. Si la bombe irradiante ne fonctionnait pas, si nous ne parvenions pas à atteindre la mer centrale, tout était fini. Mais si nous réussissions, nous aurions de bonnes chances d'atteindre le nouveau monde.

Me tournant vers Schuster, j'ouvris mon casque pour qu'il puisse voir mon visage.

— Si nous échouons… Si les yis l'emportent, empêchez-les de gagner le nouveau monde. Ce sont les vaisseaux semeurs de la Terre qui lui ont donné vie. Il faut leur interdire de faire à ce monde ce qu'ils ont fait au *Daedalus*.

— Je comprends, capitaine. Si la situation se présente, j'éjecterai l'antimatière restante.

La porte se referma. Je m'éloignai, plus déterminée que jamais. Je voulais être la première à atteindre la mer centrale. Que ce soit ma bombe qui éradique les yis. Mon seul problème à présent était Frazer. Je souhaitais juste savoir si mon frère allait bien.

J'étais sûre qu'Ashleigh Kruger comprendrait.

— Mon père et moi allons entrer par la gestion des eaux 7, annonçai-je. C'est logique, ajoutai-je avant que Josephine ait pu s'y opposer. Si nous voulons nous servir de la recherche de Frazer comme prétexte pour gagner la mer centrale, les yis s'attendront à ce que nous commencions par là.

— Excellente idée, approuva Josephine. Alisha, vous devriez les accompagner. Allez-y en famille. Cela amplifiera l'impression d'une inquiétude pour le sort de Frazer.

— D'accord, acquiesça Alisha.

Tandis que nous longions la corniche, les autres équipes se formèrent. Josephine se fit accompagner de Luda, et Atov de Shao. Cette décision m'étonna quelque peu, et plus encore le fait qu'Alice ne s'y soit pas opposée. Mais Shao était fiable et avait plus d'expérience qu'Atov avec les combinaisons. Ils auraient plus de chances ensemble, et c'était tout ce qui importait pour le moment. Les autres équipes étaient composées de Rell et Oroko, et de Zawn et Alice. Ma visière étant fermée, personne ne put remarquer mon sourire narquois lorsque Josephine annonça les deux derniers binômes. Elle avait manifestement toujours la ferme intention de me libérer de toute « distraction ».

On atteignit l'entrée voûtée de la gestion des eaux 7. Lors de notre exploration précédente, j'étais passée devant en vitesse, tel un enfant redoutant que « quelque chose » soit tapi sous le lit, dans l'obscurité. Cette fois, je fis sortir le canon de mon arme de l'avant-bras de mon armure et braquai les lampes de mon casque vers les ténèbres, au-delà de la porte ouverte.

— Nous allons inspecter chacun une section différente, annonça Josephine. Oroko, Alice : vos équipes vont servir de diversion. Faites comme si vous recherchiez vraiment Frazer. Allez-y franchement.

— Pigé, répondit Zawn.

— Hazel, Atov, allez jusqu'à la mer centrale. Servez-vous des projecteurs d'impulsion pour neutraliser le réseau au fur et à mesure. Les yis verront ce que vous faites, mais ils ne sauront pas précisément où vous vous trouvez, ils n'en auront qu'une vague idée. Cela vous donnera un avantage tactique.

— Comment saurai-je si l'un de vous arrive là-bas avant nous et fait exploser sa bombe ? voulut savoir Atov.

— Oh, chef, dit Josephine avec un grand sourire. Vous le saurez.

Deux milibots s'introduisirent devant nous dans la gestion des eaux 7, et un autre nous suivait, ses canons pointés vers l'arrière, à l'affût du moindre yi susceptible de nous approcher. Papa portait le projecteur. Dès qu'il atteignit la porte ouverte, il tira dans la vaste salle qui s'ouvrait devant nous. Les capteurs de ma combinaison ne détectèrent aucune activité à l'intérieur. On entra, contournant les morceaux de vieux cybots qui jonchaient le sol. Les murs étaient visiblement humides. Je devinai qu'au-dessus du lac annulaire, l'air devait être plus humide que dans le reste de l'habitat. Il faisait aussi plusieurs degrés de moins dans cette pièce.

Cinq issues voûtées permettaient de quitter la salle. Sur mon affichage, la carte me montra quels étaient les passages qui s'enfonçaient dans la partie arrière. Je désignai du doigt le deuxième sur la gauche.

— Essayons de descendre par là. Ça nous permettra de quitter cette section, et c'est un bon chemin vers l'un des puits d'accès verticaux.

Je n'avais pas parcouru plus de vingt mètres que mon capteur thermique me signala la présence d'une légère lueur rouge sur environ deux mètres, au sol.

— Quelque chose est entré ici, déclarai-je. Et c'est récent, n'est-ce pas, John ?

— En effet. Cette trace est à cinq degrés au-dessus de la température ambiante. Elle a été faite récemment.

— Comment ? Quelque chose a éraflé le sol ?

— Ma première hypothèse serait un laser. La largeur correspond.

Les lasers de nos combinaisons étaient conçus pour les combats rapprochés, plus aptes à blesser qu'à tuer, nous avait expliqué Josephine. J'ordonnai à celui que j'avais au poignet de tirer, et je le passai sur le sol, près de la trace existante. La marque qu'il laissa brillait beaucoup plus intensément, mais elle était presque identique.

— Tu crois qu'il y a eu un affrontement ? demanda Alisha.

— Pas sûr.

Je scrutai les alentours, à la recherche d'autres traces de chaleur.

À cinquante mètres de là, je repérai une nouvelle marque lumineuse. On s'y précipita. Elle était de la même longueur que la première. Les capteurs en découvrirent une troisième.

— Elles sont alignées, constata papa.

Je jetai un coup d'œil derrière moi. Il avait raison. Ce n'était pas une droite exacte. Plutôt comme si quelqu'un qui passait par là avait délibérément marqué le sol avec son laser à intervalles réguliers.

— Frazer ! Il nous a laissé une piste. Il savait qu'on viendrait le chercher.

On suivit les traces de chaleur en direction de l'issue voûtée. J'en repérai une autre au-delà du seuil.

— Pourquoi Frazer et Itzy entreraient-ils là ? demanda Alisha. Frazer n'est pas si impulsif. Il sait très bien que tout ce qui est bizarre peut être une ruse des yis.

— C'est vrai, reconnus-je. Mais, d'un autre côté, s'il voulait aider Itzy…

L'autre élément, que je préférai éviter de mentionner, était que Frazer, convaincu d'être plus malin qu'eux, aurait eu suffisamment d'assurance pour affronter les yis.

On s'enfonça dans le couloir, très attentifs au moindre indice de piège. Il y avait des portes de part et d'autre, toutes fermées, et Frazer avait tracé sa piste en plein milieu.

J'avais fait une vingtaine de pas lorsque le milibot derrière nous détecta du mouvement. Sa caméra était braquée vers l'arrière, dans le vaste hall d'entrée. La porte de secours était lentement en train de descendre.

Chapitre 10

— Guano !

Je me retournai, regardant la porte descendre avec une inévitabilité pesante. Il restait un espace en bas d'environ deux mètres. Si je m'élançais, avec toute la puissance musculaire de ma combinaison, je pourrais l'atteindre avant qu'il ne reste plus assez de place pour plonger dessous. Mais à quoi bon ? Je n'avais aucune envie de me retrouver à l'extérieur de la paroi terminale.

— Mince, marmonna papa. Il n'y a plus de retour en arrière possible désormais.

— Il n'y en a jamais eu, lui fis-je remarquer. John, comment ont-ils fait ça ? Je croyais que le projecteur d'impulsion avait grillé tous les systèmes électriques de la première salle !

— Il en a grillé la plupart, répondit John. Mais le projecteur émet un faisceau directionnel. Votre père se tenait dans l'embrasure de la porte quand il a braqué le projecteur vers la salle. Les circuits d'alimentation et de contrôle de la porte, au-dessus de lui, étaient probablement éteints. Il s'agit en outre d'une porte de secours, elle est donc alimentée de façon redondante par des câbles protégés par des gaines blindées. Tous ces éléments étaient censés la protéger.

Poussant un soupir, je jetai un coup d'œil dans le couloir devant moi, tentant de déterminer ce qui pourrait servir de piège. Bien sûr, toutes les portes étaient fermées. Il pouvait donc se trouver n'importe quoi derrière : aussi bien une pile de batteries attendant d'exploser comme une bombe sur notre passage que des cybots noirs armés de bazookas…

— Couvrez les portes avec vos armes, ordonnai-je. John, peux-tu surveiller les images des capteurs pour détecter tout ce qui semble suspect ?

— J'analyse les menaces potentielles depuis notre arrivée.

— Bien, je te remercie.

On reprit notre progression, plus lentement cette fois, faisant osciller les faisceaux lumineux des lampes de nos casques d'un côté et de l'autre. Ils illuminaient de vastes portions de sol et de murs où se développaient des frondes d'algues blafardes ; je vis même des toiles d'araignées, comme des fils de tissu argenté en décomposition, qui surgissaient du fond des canalisations. Le pied télescopique brisé d'un cybot gisait au bas d'un mur, un tube segmenté à l'extrémité irrégulière duquel jaillissaient des fils dénudés. Je m'attendis à ce qu'il se mette à se tortiller dans ma direction. Soudain, tout me parut menaçant.

Ma carte m'indiquait que le couloir donnait sur une longue salle de pompes à eau. Des salles de pompage secondaires plus petites y étaient reliées. Toutes ces pièces étaient pourvues de passages qui menaient à différentes sorties de la gestion des eaux 7.

— Il faut que nous allions au bout du troisième couloir sur la droite, déclara papa.

— Qu'est-ce que tu racontes ? demandai-je. On ne sait pas où mène la piste thermique.

— On pourra y revenir.

— Frazer a besoin de nous ! Capitaine nous protège, qu'est-ce que tu veux faire dans ce troisième couloir ?

— Tout le monde va nous retrouver là-bas.

Figée sur place, je tournai la tête pour braquer l'éclairage de mon casque sur papa.

— Hein ?

— Nous avons pris cette décision pendant que tu récupérais l'antimatière à la section de la propulsion 2, expliqua Alisha. Rell, Oroko, Zawn et Alice vont nous rejoindre. Nous chercherons Frazer ensemble.

— Pardon ?

— C'est ce qu'il y a de plus intelligent à faire, m'assura papa.

— Pourquoi ?

— Les yis ont poussé Frazer et Itzy à venir ici. Même si on ne sait pas comment, c'est évident. Ce qui signifie que c'est un piège. Ils savent que tu ne vas pas abandonner Frazer, que tu vas le chercher. Il y a des centaines de kilomètres de couloirs ici, et probablement des milliers de compartiments distincts, qui sait ? À présent, Frazer pourrait être n'importe où. Mais ce ne sera pas le cas. Il sera à proximité, dans un lieu facile à trouver, parce que ce sera là que les yis souhaitent que tu ailles.

— Tu as probablement raison, admis-je.

Je n'avais pas vraiment réfléchi à la question sous cet angle. Tout ce que j'avais, c'était une vague idée selon laquelle nous trouverions Frazer et ouvririons le feu pour nous sortir du guet-apens que les yis nous auraient tendu, avant de remonter à la mer centrale. Je ne m'attendais pas à ce que ce soit ma bombe qui explose. Ce serait sans doute Josephine qui éliminerait les yis. Cela me paraissait évident. Elle était intelligente, redoutable et en savait plus sur le *Daedalus* que je n'en saurais jamais. Elle atteindrait la mer centrale sans problème. Atov et moi n'étions que la roue de secours, l'équipe B.

Je soupçonnais que c'était la véritable raison pour laquelle elle ne s'était pas opposée à ce que j'aille tenter de retrouver Frazer dans la gestion des eaux 7. J'étais la meilleure diversion possible contre les yis, celle qu'ils chercheraient désespérément à arrêter. À abattre. Cela lui donnerait de meilleures chances.

Capitaine me vienne en aide, Josephine me considère-t-elle comme de la chair à canon ?

Je me dis qu'il fallait que je cesse d'être si paranoïaque. Si ça avait été ce qu'elle pensait, elle ne m'aurait pas confié une bombe irradiante. Je voyais dans ce geste quelque chose de rassurant. Elle devait avoir confiance dans ma capacité à atteindre la mer centrale.

— Que se passera-t-il quand nous aurons retrouvé les autres ? demandai-je.

— Nous serons sept, avec sept milibots. C'est une sacrée puissance de feu. Ce ne sera plus à celui qui sera le plus malin, Hazel. Ce sera plutôt une question de force brute.

— Ça ne risque pas de mettre Frazer en danger ?

— Il est déjà en danger. Je préfère que tout le monde soit avec nous plutôt que d'être en trop petit nombre quand nous l'aurons retrouvé.

En fait, j'étais plutôt satisfaite à l'idée d'avoir mes amis à mes côtés. Après tout, ensemble, nous étions parvenus à protéger Ixia… enfin, ses habitants.

— D'accord. Mais j'aurais aimé que tu m'en parles avant.

— Eh, c'était mon intention. Le problème, c'est que lorsque Josephine s'implique dans une de nos discussions nous finissons toujours par lui obéir.

— Serais-tu en train de me dire que tu ne lui fais pas confiance ?

— Non, répliqua Alisha. Je suis convaincue qu'elle se consacre corps et âme à l'éradication totale des yis à bord du *Daedalus*, dût-elle les réduire en bouillie l'un après l'autre. Ce qui m'inquiète – moi et quelques autres –, ce sont ses priorités.

— Que veux-tu dire ?

— Écoute, je ne comprends rien à la technologie des bâtisseurs, ni au fonctionnement des IA, mais j'ai pigé que Josephine était encore un peu humaine. Nous avons affaire à une femme qui s'est maintenue cinq cents ans en vie dans un seul et unique dessein : sauver les enfants de la Pouponnière.

— Et nous, protestai-je. Toutes les IA sont ravies que des humains aient survécu. Capitaine soit louée, Lazarus s'est sacrifié pour nous aider !

— Oui. Je suis sûre que Josephine fera de son mieux pour sauver tout le monde à bord, mais elle a des arrière-pensées dont nous ignorons tout. Des arrière-pensées qui ne reposent pas entièrement sur la logique. Réfléchis, quel serait ton état d'esprit après cinq siècles de suspension dans une unité de support-vie après avoir été chargée de t'occuper d'un millier d'enfants ?

— Je n'ai pas de réponse à cette question.

— D'accord, mauvais exemple. Réfléchis à ceci, alors : consciemment ou non, elle pourrait ne pas être impartiale quant à la valeur de la vie d'individus autres que ceux dont elle a la responsabilité. Le plan qu'elle a mis au point nous fait courir de nombreux risques.

— J'en suis consciente et je l'accepte. Dès que nous aurons retrouvé Frazer, je compte bien gagner la mer centrale. Et tu sais parfaitement que Frazer nous accompagnera aussi.

— Je ne dis pas le contraire ; je me suis portée volontaire – j'ai insisté en fait – pour faire partie de cette expédition. Je souhaite plus que quiconque me venger des reines-cerveaux, je veux venger Mortos.

— Exactement. Personne ici n'est impartial, grand-mère, mais nous sommes tous là parce que nous le voulons.

— Je trouve juste qu'elle manque un peu de rigueur dans sa gestion des diversions, voilà tout.

— Ce qui me gêne, renchérit papa, c'est que nous n'avons pas vraiment eu notre mot à dire depuis que tu es entrée en contact avec elle. C'est elle qui a pris toutes les décisions.

— Honnêtement, papa, je ne vois pas comment cela aurait pu se passer autrement.

— Peut-être. Mais c'est là que ma partialité entre en jeu. Nous allons chercher Frazer. Si Josephine s'y était opposée, ça n'aurait rien changé. Les autres n'ont pas non plus eu besoin d'être persuadés pour se joindre à nous. D'ailleurs, il est trop tard pour les arrêter, ils sont en route.

J'avais une bonne idée des motivations de Rell et Zawn. Ce qui n'était pas gentil. J'aurais voulu les aider, si la situation avait été inversée. Et, pour être honnête, je n'aurais pas été surprise qu'Alice soit à l'origine de cette idée. Papa ne l'avait sans doute devancée que de quelques secondes.

— Allons les retrouver, alors.

Je jetai un coup d'œil aux images provenant des milibots de tête. Les lampes de nos casques éclairaient assez bien le couloir, mais les caméras ne permettaient pas de distinguer quoi que ce soit dans l'obscurité de la salle de pompage. Les scans thermiques ne révélaient pas grand-chose non plus, seulement beaucoup d'espace vide.

On se remit en route.

— Penses-tu que Josephine aurait pu s'y prendre autrement ? demandai-je à John.

— Compte tenu de ce que nous avons découvert sur les yis et l'endroit où ils vivent, je ne vois pas de meilleure solution qu'une bombe irradiante. Il existe bien entendu de nombreuses façons de l'acheminer jusqu'à la mer centrale. Le déploiement de plusieurs équipes comme celle-ci est un moyen aussi valable qu'un autre. J'estime que ses chances de succès sont très élevées.

Je m'abstins de lui demander quel était le pourcentage exact qu'il avait calculé.

— C'est dit avec diplomatie.

— Je vous remercie. Si je puis me permettre, vous serez plus heureuse avec Alice, Rell et Zawn. Vous passerez moins de temps à vous soucier de ce qui leur arrive, ainsi qu'à Frazer. D'un point de vue psychologique, c'est une bonne chose.

— Tu as raison.

Tout le monde prenait-il un malin plaisir à m'analyser et à déterminer ce qui était le mieux pour moi ?

À cinq mètres de la principale salle de pompage, papa brandit le projecteur d'impulsion sur son bras droit, prêt à ouvrir le feu. Les deux milibots de tête s'introduisirent à l'intérieur. Regardant à travers leurs capteurs, je ne décelai aucun signe d'activité yi, aucune tache de chaleur de la taille d'un type II, aucun mouvement, aucun cybot noir. Au sol, plusieurs traînées thermiques brillaient, ce qui était une bonne nouvelle. Les milibots s'écartèrent, prenant position de part et d'autre de la porte, laissant le champ libre à papa pour tirer au centre de la grande salle de pompage.

J'atteignis la porte. La lumière qui descendait du plafond me révéla l'ensemble de la salle. Elle faisait plus de cent mètres de long et environ trente de haut. Il était impossible de voir les murs derrière les pompes géantes, des cylindres violet foncé deux fois plus grands qu'une hutte de village. Il y en avait deux rangées, l'une sur l'autre, suspendues dans un treillage d'épais tuyaux. Au milieu se tenaient des cybots d'ingénierie, intacts et immobiles ; des cybots ordinaires, non modifiés par les yis. Contrairement aux autres compartiments aux mains des yis, il n'y avait ni matériel brisé, ni débris éparpillés. Tout semblait en bon état.

Je ne fus guère étonnée de voir s'afficher un icone de communication blanc désagréablement familier.

— Chère Hazel, je suis heureuse de vous parler de nouveau, déclara la voix douce d'Ashleigh Kruger.

— La dernière fois, vous avez tenté de me tuer, rétorquai-je.

D'instinct, je levai les yeux, vérifiant qu'il n'y avait pas de grosse pièce de machinerie mobile au-dessus de moi, accrochée au plafond de la salle de pompage, prête à me tomber sur la tête. RAS.

— Mais c'est toi qui as tué des centaines de mes rejetons.

— Ceux que vous aviez envoyés massacrer des humains.

J'ordonnai au milibot derrière moi de scanner de nouveau le couloir. Je savais qu'il s'agissait d'un stratagème, mais je ne parvenais pas à en saisir la nature.

— Chère Hazel, nous devons mettre fin à ce conflit. Il n'est pas trop tard. Le *Daedalus* est en mauvaise posture, ce qui nous met toutes les deux en danger. Je te propose une trêve.

— Méfie-toi, Hazel, chuchota papa.

— Comme la dernière fois ? la raillai-je.

— Non. J'admets avoir commis une erreur. Ne disposant pas de toutes les informations nécessaires, j'ai pris une décision erronée. Mais, désormais, nous devons combiner nos efforts, sinon ce voyage connaîtra une fin ignoble.

— Qu'est-ce que vous racontez ?

— Oh, Hazel, tu sais très bien ce que je veux dire, mais tu considères que ta connaissance de la situation te donne un avantage. Afin que nous puissions avancer dans l'unité, mon premier acte de bonne foi consiste à t'avouer que je sais que le *Daedalus* a dépassé le nouveau monde.

Je retins un juron. Ce n'était pas tant que nous considérions cela comme un avantage, mais nous préférions éviter d'ajouter au désespoir des yis.

— Vraiment ?

— Oui, Hazel. Nous avons survolé l'étoile il y a trois ans. C'est probablement la raison pour laquelle nous avons été percutés par un corps suffisamment volumineux pour percer l'habitat.

— Et comment l'avez-vous découvert ?

— J'ai étudié les données astronomiques des capteurs externes des Gagarine lorsque je les ai envoyés vous intercepter.

— Vous voulez dire : quand vous les avez envoyés me tuer…

— Aucun de mes rejetons n'est revenu après s'être introduit dans la section 3 du service d'écologie. En signe de bonne foi, je ne vous demanderai pas ce qui leur est arrivé. C'est du passé. C'est l'avenir qui me préoccupe. Je suggère donc sincèrement que nous travaillions ensemble afin de trouver une solution à notre situation.

— Ouais, eh bien, j'ai d'abord quelques questions. Commençons par : où est Frazer ?

— Tout près.

— Alors, il est vivant ? L'avez-vous blessé ?

— Évidemment, il est vivant, et, comme tu le sais, il est très difficile de blesser une personne équipée d'une combinaison AGD-FR.

— Que s'est-il passé ? Que fait-il ici ?

— Il est là parce que je souhaitais te faire cette proposition, et j'étais certaine que tu suivrais sa piste. Les IA ont accepté de t'accorder le titre de capitaine du *Daedalus*, ce qui signifie que toi seule détiens l'autorité suffisante pour agir dans cette affaire.

— Quelle affaire ?

— Vraiment, Hazel ? Très bien : toi seule peux autoriser les IA à allumer les moteurs à antimatière. Sans ce simple geste, le *Daedalus* poursuivra sa trajectoire dans l'espace interstellaire jusqu'à ce que le tampon de plasma finisse par lâcher. Nous estimons que cela se produira d'ici un siècle. Le *Daedalus* est vraiment une grande réussite, mais il n'a jamais été conçu pour un vol de cette ampleur.

— Oui, je le sais.

Cela ne me dérangeait pas d'aborder ce genre de banalités avec les yis. En le faisant, je retenais l'attention des reines-cerveaux, ou du moins une bonne partie de leur attention, pendant que Josephine progressait jusqu'à la mer centrale. En fait, c'était probablement la meilleure contribution que je pouvais apporter à notre projet. Mais j'étais incapable de me défaire de l'idée que l'esprit des reines-cerveaux pensait la même chose. La dernière fois que nous nous étions parlé, elles en avaient profité pour refermer leur piège sur moi. Ne me restait donc plus qu'à découvrir le stratagème qu'elles avaient mis en place cette fois-ci.

— Donc, la prochaine étape est évidente, n'est-ce pas ?

— Traitez-moi d'idiote, alors, m'agaçai-je. Expliquez-moi.

— Très bien. Je vais rappeler tous mes rejetons dans la mer centrale et renoncer à ma maîtrise du réseau, libérant ainsi les sections sous mes ordres à l'exception de celles qui régulent l'environnement de la mer centrale. En contrepartie, tu prendras les commandes des IA et feras opérer un demi-tour au *Daedalus*. Je demeurerai dans la mer centrale jusqu'à ce que nous atteignions le nouveau monde. Une fois en orbite, nous ferons toutes les deux descendre les vaisseaux de débarquement et partirons chacune de notre côté. Nous prendrons les océans du nouveau monde, et toi la terre. Vous n'êtes pas faits pour l'eau, et nous ne sommes pas faits pour la terre ; la nature nous imposera nos domaines respectifs. Qu'en dis-tu, Hazel ? Ensemble, toi et moi, nous pouvons devenir reines sous un soleil lointain.

— J'en dis que je ne vois aucune raison de vous emmener sur le nouveau monde. Nous pouvons très bien y aller sans vous.

— En es-tu certaine, Hazel ? Serais-tu prête à miser la vie de tous les humains à bord du *Daedalus* sur cette idée ? C'est pour une bonne raison que tu as hésité à nous avouer que nous avions dépassé le nouveau monde. Tu savais que je n'aurais plus rien à perdre. Si le *Daedalus* continue sur cette trajectoire, nous mourrons. C'est aussi simple que ça. Si tu trouves que j'ai été dure avec les humains jusqu'à présent, imagine à quels extrêmes je pourrais me rendre pour me sauver. Pour le moment, je me suis contentée d'éteindre les lumières de l'habitat pendant quelques heures. Es-tu prête à affronter ma réaction si tu m'annonces que tu vas me condamner à mort ? Quelle sera l'issue de ce conflit, d'après toi ? Tu crois avoir assez de balles pour nous tous ? Tu as pu constater que j'armais déjà les cybots. Es-tu certaine des conséquences si nous entrons en guerre, tes douze armures contre tous les moyens dont je dispose actuellement ?

— Je ne peux pas vous faire confiance.

— Je comprends ta réticence. Pour te prouver de nouveau ma bonne foi, je vais réactiver les pompes qui font circuler l'eau dans l'habitat. Regarde…

Tout le long de la salle, des bandes de lumière ambrée se mirent à briller sur les cylindres des pompes, avant de prendre aussitôt une teinte verte. De plus en plus fort, le gémissement aigu de leurs mécanismes qui commençaient de tourner résonna dans la pièce. Même dans mon armure, je sentis le sol vibrer sous mes semelles.

— J'active également les neuf autres stations de pompage arrière, déclara la voix de la Capitaine Électrique. Les chutes d'eau retrouveront leur plein volume dans quelques heures et commenceront alors de remplir les canaux.

— Et vous pouvez les éteindre de nouveau en un clin d'œil.

— Ce ne sera plus le cas une fois que je me serai désengagée du réseau. Tu conserveras l'entière maîtrise des systèmes environnementaux de l'habitat.

Je mis en pause ma communication avec le yi.

— C'est vrai ? m'enquis-je auprès de John.

— C'est simplifié, mais, pour l'essentiel, oui. Les pompes de la partie arrière envoient l'eau du lac annulaire vers des filtres et des oxygénateurs. Dès qu'elle les a franchis, elle jaillit sous forme de cascade. Les pompes fournissent également de l'eau aux conduites d'arrosage du ciel.

J'observai les énormes pompes d'un air méfiant.

— Cette proposition ne peut pas être sincère, n'est-ce pas ?

— De toute évidence, les reines-cerveaux sont inquiètes du fait que nous ayons dépassé le nouveau monde. Leurs possibilités sont limitées. Je suis dans l'incapacité de déterminer si elles tiendront parole ou non. Leur comportement n'incite pas à croire en leur engagement.

— Je n'y crois absolument pas, intervint Alisha. Mais ça n'a aucune importance, de toute façon. Josephine finira par gagner la mer centrale. Notre problème sera résolu.

— Je dois donc jouer le jeu ? demandai-je.

— Arrange-toi pour qu'ils nous disent où se trouve Frazer, me recommanda papa. Ensuite, fais-les parler. Hors de question que nous laissions ces enfoirés en liberté sur le nouveau monde.

— D'accord. (Je rouvris le canal de communication.) Où est Frazer ?

— Marché conclu ?

— Qu'est-ce qui vous retiendra dans la mer centrale, une fois que j'aurai fait faire demi-tour au *Daedalus* ?

— Dans l'histoire de la Terre, il existe une doctrine appelée « DMA ». Et elle s'applique, dans le cas présent.

— De quoi s'agit-il ?

— « DMA » signifie « Destruction mutuelle assurée », ou « équilibre de la terreur ». Cette doctrine définit un conflit dans lequel les deux camps possèdent des armes si puissantes qu'une fois tirées elles anéantiront l'ennemi et rendront son territoire inhabitable. Si les deux parties utilisent ces armes simultanément l'une contre l'autre, le conflit n'a plus de raison d'être, car il ne peut aboutir à rien. Tout le monde périt.

— Ça semble… fou.

— Peut-être. Mais vous êtes encore là, plus de mille ans après, à soixante-dix années-lumière de la Terre. Ça a fonctionné. Votre espèce a survécu à cette époque.

L'idée de la DMA me mettait mal à l'aise. Maintenant que j'y songeais, la bombe irradiante devait être l'une de ces armes avec lesquelles les habitants de la Terre se menaçaient les uns les autres. Je savais que les yis n'avaient pas d'antimatière, mais leur mainmise sur les systèmes de l'arche leur permettait d'infliger des dégâts désastreux. Il était dingue de vivre avec une telle menace au-dessus de la tête. Je ne pourrais certainement jamais l'accepter.

Je me rappelai que ce n'était pas grave, qu'il ne s'agissait que d'une tactique pour gagner du temps, que de la diversion dont Josephine avait besoin.

— Il me semble qu'il nous faut d'abord décider d'un certain nombre de détails, déclarai-je avec prudence.

— Bien sûr, il s'agit simplement d'une négociation préalable. Dès que les deux parties seront satisfaites des éléments de l'accord, nous pourrons passer à sa mise en œuvre. En attendant, nous allons établir une trêve, un cessez-le-feu.

— D'accord. Il va falloir que j'explique tout aux maires.

— Naturellement, mais n'oublie pas, Hazel, que c'est toi qui prendras la décision finale. Tu es la capitaine désormais. Les autres peuvent simplement te conseiller.

— Très bien. Nous sommes d'accord pour discuter, c'est la raison de ma présence ici. Où est Frazer ?

— Il attend dans le compartiment du collecteur 17.

J'étudiai la carte sur mon affichage. Le compartiment se trouvait deux niveaux en dessous de la salle de pompage principale. Le trajet était assez simple : au bout de la salle, il fallait descendre un escalier, puis longer quelques couloirs.

— D'accord, et vous ne nous attaquerez pas si nous y allons maintenant ?

— Ce serait suicidaire. Tu es la seule à pouvoir mettre en route les moteurs à antimatière. Sans toi, le *Daedalus* est perdu. Je ne veux pas mourir. Et toi ?

Je ne me donnai pas la peine de répondre. On se rendit tous les trois dans la salle de pompage principale. Au fur et à mesure que j'avançais, le sol vibrait de plus en plus. Compte tenu de l'immensité de la salle, on imaginait sans peine l'incroyable volume d'eau qui devait s'écouler à présent dans les énormes canalisations qui formaient une cage sur les murs. Je me figurais parfaitement la surface du lac annulaire baissant à son niveau habituel pendant que l'eau entamait son voyage de retour le long de l'habitat, jusqu'à la partie avant.

Quelle ne serait pas la surprise des villages situés au pied de la paroi terminale de la partie avant lorsque cette eau se remettrait à jaillir des cascades en rugissant.

— Par ici, indiqua papa lorsqu'on atteignit le centre de la salle de pompage.

Un passage entre deux pompes nous conduisit à un couloir aussi court que large qui donnait sur une salle secondaire.

La porte était ouverte, mais la pièce était plongée dans l'obscurité.

— Où allez-vous ? demanda la voix de la Capitaine Électrique. Ce n'est pas le chemin vers le compartiment 17…

J'eus alors la certitude qu'il s'agissait d'un piège. Les reines-cerveaux devaient savoir que les deux autres équipes se dirigeaient par là : les couloirs et les salles coupés du réseau grâce aux projecteurs d'impulsion le leur avaient indiqué. Elles jouaient la carte de l'ambiguïté, tentant de dissimuler l'étendue de leurs connaissances.

— Où croyez-vous que j'aille ? demandai-je.

— Tu ne me fais pas confiance, Hazel ?

— Non. Et, pour que les choses soient claires, ce ne sera probablement jamais le cas. Mais c'est l'équilibre de la terreur désormais, non ? C'est la situation que vous avez créée. Si je dois me rendre sur votre territoire, je ne peux le faire qu'en position de force. Je vais retrouver mes amis, puis nous irons tous ensemble chercher Frazer.

— Je comprends. Compte tenu des circonstances, c'est une précaution légitime. Permettez-moi de vous aider.

L'éclairage de la salle secondaire s'alluma. Je compris alors combien notre position était risquée. J'avais été terriblement lente à prendre conscience de la situation.

— John ?

— Oui, Hazel ?

— Les yis ne peuvent pas simplement rompre le contact avec le réseau, hein ? Leurs racines nerveuses ont envahi l'ensemble des systèmes de commande du *Daedalus*…

— Exactement.

— Guano ! Leur offre n'est pas sérieuse, c'est vraiment un piège.

— Tu viens de t'en apercevoir ? demanda papa.

— Non. Mais je m'aperçois combien les reines-cerveaux sont sournoises. Rien de ce qu'elles racontent n'est vrai. Absolument rien.

On pénétra dans la salle secondaire. Elle était agencée de la même manière que la principale, mis à part que les pompes étaient plus petites et qu'il n'y en avait qu'une rangée. La pièce était également équipée d'un grand nombre de systèmes auxiliaires. Tout fonctionnait efficacement.

— Des preuves de bonne foi, mon cul ! grommelai-je. Pourquoi ont-elles mis les pompes en marche ?

— Je n'en sais rien, admit papa. La mer centrale a-t-elle besoin d'eau douce ?

— Non, répondit John. Le système de circulation de l'eau de l'habitat ne concerne pas la mer centrale. Les deux sont totalement indépendants pour éviter tout problème de contamination entre l'eau salée et l'eau douce. Même leurs systèmes de filtration sont séparés.

— Aucune importance, intervint Alisha. La bombe irradiante va mettre fin à tout ça. Il faut juste que les yis se focalisent sur nous.

Cela aurait dû me rassurer, mais j'étais trop tendue, convaincue que les yis ne tarderaient pas à refermer leur piège sur nous sans crier gare. Je continuai à observer autour de moi, tentant de déterminer ce qui nous attendait : des cybots noirs cachés entre les pompes, peut-être encore un gros palan, ou des bazookas plus puissants ?

Nous nous trouvions à une dizaine de mètres de l'extrémité de la salle secondaire lorsque l'affichage me montra un icone d'alerte de mouvement, au-dessus de la porte devant nous. Les milibots de tête avaient détecté de l'agitation. On leva tous les trois les bras, braquant nos fusils vers le passage. Des ombres se déplaçaient le long des murs. En voyant surgir un milibot, je poussai un long soupir de soulagement. Deux icones de communication se mirent à clignoter : Alice et Zawn. Quelques secondes plus tard, je vis leurs armures jaillir du passage.

— Vous y êtes arrivés ! m'exclamai-je.

— Sans la moindre difficulté, annonça Alice d'un ton enjoué. J'ai l'impression que les yis sont endormis. Nous n'en avons vu aucun.

— Non, répondis-je d'un ton grave. Le moins qu'on puisse dire c'est qu'ils ne dorment pas.

Alice et Zawn m'écoutèrent en silence pendant que je leur expliquais le marché que les reines-cerveaux m'avaient proposé.

— C'est un piège, annonça-t-elle avec force lorsque j'en eus terminé.

— On le sait. Mais… ça fait de nous une diversion encore plus importante. C'est une bonne nouvelle pour Josephine. Et Atov.

— Peut-être, dit Zawn. Mais… peut-être pas. Nous sommes arrivés par la section d'entretien des véhicules 2. Dès que nous étions à l'intérieur, sa porte d'entrée s'est refermée. On s'est dit qu'il était plus important de poursuivre que de tenter de l'ouvrir à l'explosif.

— Donc ils bloquent nos voies de sortie, dit papa.

— John, y a-t-il ici de grosses machines dont ils pourraient se servir pour endommager nos armures ?

— Pas particulièrement, non. Mais un grand nombre d'outils à bord du *Daedalus* peuvent être utilisés de façon agressive. Pour être employés contre l'armure, ils nécessitent cependant que vous soyez immobilisés.

— Tout ce qu'il nous reste à faire, c'est occuper les reines-cerveaux jusqu'à ce que Josephine atteigne la mer centrale, déclarai-je. C'est tout. C'est notre mission à présent.

On patienta encore sept minutes avant l'arrivée d'Oroko et Rell. Ce dernier fut ravi que nous sachions où se trouvait Frazer.

— Si les yis ne mentent pas, tempérai-je.

Oroko était aussi méfiant que moi.

— Personne n'a tenté de nous intercepter, dit-il. C'est louche. Jusqu'à présent, ils avaient toujours essayé de nous empêcher d'avancer.

— Je suis convaincu que les types II et III nous ont délibérément évités, déclara Zawn. Ils savent ce qui se passe quand ils nous affrontent : ils meurent. C'est aussi simple que ça. Et nous en avons tué beaucoup.

— Ouais, c'est logique, raisonnai-je. Il nous faut donc rester attentifs à tout ce qui est mécanique, d'accord ?

Deux milibots reprirent la direction de la salle de pompage principale. Oroko insistant pour qu'on garde tous ses distances, on forma une file derrière lui à environ cinq mètres les uns des autres, les milibots restants roulant à nos côtés. J'étais en troisième place, derrière papa. Alice était derrière moi.

— J'ai une question, dit-elle. Supposons que rien n'ait mal tourné et que les yis aient su que nous approchions du nouveau monde. Comment comptaient-ils mettre le *Daedalus* en orbite ?

— Que veux-tu dire ? demandai-je.

— Quand ils ont pris les commandes du *Daedalus*, ils ignoraient que les IA qu'ils dirigeaient allaient dépérir. Ils devaient avoir un plan pour s'introduire dans les sections de la propulsion et contraindre les IA encore en vie à activer les moteurs à antimatière. Parce qu'ils ne pouvaient pas savoir que la Fille de la Capitaine allait surgir de nulle part.

— Je n'en sais rien, admis-je. Je n'y ai pas réfléchi.

— C'est simple, dit Rell. Ils se seraient servis d'otages.

J'esquissai un sourire. Il parlait comme mon frère, annonçant ce qui, pour lui, était une évidence.

— Je t'écoute.

— Nous savons que les IA sont prêtes à tout pour protéger les humains, n'est-ce pas ? Mais les sections sécurisées sont isolées depuis cinq siècles. Toutes les IA que nous avons contactées ont été étonnées et ravies de notre présence. Elles font tout leur possible pour nous aider ; c'est comme ça qu'elles ont été conçues. Il suffirait donc aux yis de menacer les humains encore en vie, ce qui forcerait les IA à mettre le *Daedalus* en orbite comme cela avait toujours été prévu.

— Il a raison, approuva Zawn.

Depuis quand ces deux-là sont-ils les meilleurs amis du monde ?

— Ouais, dit papa. Alors, cette histoire d'ordonner à l'IA de la propulsion de faire demi-tour, c'est vraiment n'importe quoi.

— Aucune importance, l'interrompis-je. Nous devons retrouver Frazer. Les yis ont dit qu'il se trouvait dans le compartiment du collecteur 17, alors c'est là que nous allons.

Je fis de mon mieux pour m'exprimer d'un ton égal. Le stress de traverser la salle de pompage en sachant qu'on allait nous attaquer à un moment ou à un autre mêlé à l'inquiétude de ce qui était réellement arrivé à Frazer alimentait mon angoisse au point que je ressentais presque une douleur physique. Si les yis avaient dit que Frazer se trouvait dans la mer centrale, j'y serais allée.

— Tu es toujours en train d'évaluer les menaces, hein ? demandai-je à John tandis que nous regagnions la salle de pompage.

— Oui. Je ne vois rien qui sorte de l'ordinaire pour le moment.

Moi non plus. Même si je n'avais pas la moindre idée de ce à quoi ressemblaient les lieux avant que les yis en prennent le contrôle. Mais, après avoir passé plusieurs jours dans des zones verrouillées depuis des siècles, je m'étais fait une idée de la façon dont les bâtisseurs avaient conçu le *Daedalus*. En gros, je pensais pouvoir repérer quelque chose qui n'était pas à sa place.

— Rien ne bouge, déclara Rell, avant tout pour se rassurer, à mon avis.

— Ils ne nous attaqueront pas ici, affirma Zawn.

— Pourquoi ? s'étonna papa.

— Parce que nous n'avons pas encore rejoint Frazer. Ils veulent certainement nous éliminer tous en même temps. C'est ce que je ferais.

— Alors, on se sépare de nouveau ? demanda Rell. Pour leur compliquer la tâche ?

— Non, répondis-je. Nous aurons plus de chances ensemble. À nous tous, nous aurons une puissance de feu bien plus grande.

Au bout de la salle de pompage, le couloir était très éclairé. J'aurais dû me sentir mieux à l'aise, car je ne voyais rien de potentiellement menaçant. Mais je ne pouvais m'empêcher de me dire que quelque chose m'échappait. Avant d'arriver à la cage d'escalier, on croisa deux autres passages, bien éclairés, qui menaient à des couloirs déserts.

À côté de la cage d'escalier se trouvaient deux ascenseurs, tous deux attendant la porte ouverte.

— Hors de question ! s'exclama Oroko.

Zawn jeta un coup d'œil dans la cage d'escalier.

— Rien à signaler…

Il s'agissait encore d'un puits circulaire d'une quinzaine de mètres de large occupé par un escalier à vis. Avec l'éclairage, il n'avait pas l'air aussi effrayant que les grands conduits verticaux que nous avions empruntés pour rejoindre Lazarus. Je ne parvenais pas vraiment à distinguer les détails au sommet, celui-ci se réduisant au-dessus de moi à un vague point brillant. En vérifiant la carte, je constatai que le puits montait sur plus d'un kilomètre et descendait sur trois cents mètres.

Les milibots s'accrochèrent aux rails de transport qui couraient le long de l'escalier, et on descendit. C'était la bonne décision, les marches étaient couvertes de traces de chaleur.

À l'aide des capteurs de ma combinaison, je ne cessai de scruter la cage d'escalier pendant notre descente. Aucun mouvement, ni en haut, ni en bas.

En atteignant le niveau du compartiment du collecteur 17, j'étais prête à appeler les reines-cerveaux et à leur dire : *« Allez, finissons-en. »*

Ce fut inutile. L'icone blanc s'afficha. Le moment choisi me fit froid dans le dos.

— Que voulez-vous ? demandai-je.

— Frazer se trouve à deux cents mètres dans le couloir. Tournez à gauche à la seconde intersection.

Je scannai le couloir, vérifiant la présence des traces de chaleur.

— Je le sais, répliquai-je d'un ton agacé.

— Je voudrais que vous me confirmiez que nous sommes d'accord.

— Nous en reparlerons quand j'aurai la preuve que Frazer est indemne.

Suivant mes instructions, l'un des milibots de tête partit en avant. Les images de sa caméra occupaient l'intégralité de mon affichage. Lorsqu'il tourna au croisement, j'aperçus devant moi, à une vingtaine de mètres, l'entrée du compartiment du collecteur 17.

J'eus envie de m'y précipiter. En même temps, j'étais terrifiée par ce que nous allions y trouver. La caméra du milibot fit un zoom.

Frazer était là, immobile dans son armure sombre, au fond du compartiment. Je laissai échapper un sanglot.

Puis j'observai le reste de la salle. Deux cybots noirs se tenaient à une dizaine de mètres de la combinaison de mon frère, chacun braquant un bazooka sur elle. Cela me laissa perplexe un moment, jusqu'à ce que j'aperçoive Itzy. Elle était recroquevillée à ses côtés, vêtue d'une robe bleu clair maculée de terre, une bonne partie de sa chevelure s'étant échappée de son bandeau, des mèches ébouriffées tombant sur son visage. Elle avait pleuré. Beaucoup.

Je m'élançai devant papa et Oroko et tournai à l'intersection.

Frazer leva son bras droit. Et me tira dessus.

Chapitre 11

La balle me frappa en pleine poitrine. Elle n'était pas explosive, mais l'impact me fit reculer. Je faillis perdre l'équilibre. Les muscles artificiels de la combinaison parvinrent tout juste à me maintenir debout.

L'icone de communication jaune et violet de Frazer apparut sur mon affichage.

— Reste où tu es, idiote, m'ordonna-t-il.

Oroko et les autres surgirent à l'angle du couloir, s'immobilisant brusquement juste derrière moi.

— Tu m'as tiré dessus ? laissai-je échapper.

— C'était plus rapide que de t'expliquer. Tu n'écoutes jamais. Je devais t'empêcher d'entrer.

— Tu m'as tiré dessus !

— J'ai baissé l'intensité du tir, la balle ne risquait pas de faire le moindre dégât.

— Tu. M'as. Tiré. Dessus.

Il n'y avait que Frazer pour faire une chose pareille ! Lui seul pouvait me faire passer de l'euphorie de le retrouver vivant à l'envie soudaine de l'étrangler.

— Il le fallait. C'est un piège.

Je le regardai fixement. Il se trouvait à environ soixante-dix mètres de moi. Avec un de ses bras, il enlaçait Itzy, qui gémissait.

Elle m'adressa une expression de pure souffrance.

— Je le sais bien, rétorquai-je. Mais nous avons assez de puissance de feu pour nous sortir de n'importe quelle embuscade.

— La puissance de feu n'est pas tout. Ce compartiment n'a qu'une seule porte. C'est aussi une salle sécurisée. Si vous entrez, les yis vont refermer la porte derrière vous.

— On peut la faire sauter.

— Peut-être. Toutes les portes de secours du *Daedalus* intègrent l'alignement moléculaire amélioré. Il serait difficile de l'endommager, même avec les armes de nos combinaisons. Et ça prendrait certainement du temps.

— D'accord. Donc, sors, toi. Si tu cours, tu peux franchir la porte avant qu'elle se referme.

— Si je bouge, les cybots tireront sur Itzy. C'est comme ça que les yis nous retiennent ici.

— Guano !

L'icone blanc se matérialisa. Je serrai les dents.

— Il y a un problème, Hazel ? demanda la Capitaine Électrique.

Je détestai vraiment le ton de sa voix. Même sans la moindre modulation, les reines-cerveaux se moquaient de moi.

— Ordonnez à vos cybots d'abaisser leurs bazookas, répondis-je.

— Ce n'est qu'une mesure temporaire pour nous assurer que Frazer reste au même endroit. Si vous vous étiez déplacés tous les deux en même temps, je n'aurais pas pu vous réunir. Je me suis dit qu'il fallait que tu consultes tes conseillers les plus proches pour discuter des termes de notre accord. Et Frazer est un garçon intelligent, ses conseils te seront très utiles.

— Mais, à présent, je suis là.

— Tu n'as pas le monopole de la méfiance. Nous devons nous mettre d'accord sur les termes de notre marché. Les deux parties doivent y trouver un intérêt.

— Bien sûr, répondis-je avec une douceur que j'espérais à la hauteur de la perfidie des yis. Il me semble que c'est à mon tour de vous donner des gages de ma bonne foi.

Je coupai la liaison avec la reine-cerveau.

— Avec moi, déclarai-je à papa.

— Quoi ? grogna-t-il en me voyant commencer à avancer.

— Projette une impulsion sur les cybots. Frazer, dès que papa tire, cours.

— Pigé.

— Maintenant ? demanda papa.

— Maintenant.

Bien que les capteurs de ma combinaison l'aient enregistrée – les nombres dans un icone d'affichage se brouillèrent après avoir été multipliés par mille –, il était impossible de voir l'impulsion. Les chiffres redescendirent presque aussitôt. Les cybots noirs baissèrent leurs bazookas. Frazer souleva Itzy et s'élança. Presque aussitôt, la porte du compartiment du collecteur 17 commença à se fermer, coulissant du haut de la voûte. Le mouvement avait le caractère inévitable et pesant de toutes les portes de secours du *Daedalus* ; on savait que rien ne pouvait les arrêter.

Frazer l'atteignit alors qu'elle était à mi-parcours. Il n'eut même pas besoin de se laisser glisser en dessous. Il continua à courir, se contentant de baisser la tête. Lorsqu'il s'immobilisa devant moi, Rell et Zawn l'applaudirent.

— Bien joué, Frazer ! l'acclama Alice.

Itzy pleurait à chaudes larmes, éprouvant des difficultés pour respirer. Frazer la libéra.

J'ouvris la visière de mon casque.

— Tu n'as plus rien à craindre, annonçai-je à la fille avec le plus grand sérieux. Les yis ne peuvent plus te faire de mal, plus maintenant.

Papa serra Frazer dans ses bras, leurs combinaisons s'entrechoquant.

— Je suis désolée, balbutia Itzy.

— Aucune raison d'être désolée, lui assurai-je.

— Tout est ma faute. J'ignorais que les yis contrôlaient les cybots.

— Ils l'ont piégée, expliqua Frazer avec colère. Un cybot provenant de la gestion des eaux 7 lui a demandé de le suivre.

— J'ai cru que c'était une des IA, se défendit Itzy d'un ton attristé. Je ne savais pas !

— Ce n'est pas grave, la rassurai-je. Ne t'inquiète pas.

— Frazer est venu me chercher, poursuivit Itzy.

Elle semblait plus surprise par cela qu'autre chose et adressa un sourire reconnaissant à mon frère.

— Eh bien… oui, reconnut-il d'un ton bourru.

Je connaissais ce ton. Je ne l'avais pas entendu très souvent, il était rare que Frazer soit gêné.

— C'est un bon garçon, admit papa. Le meilleur.

— C'est vrai, acquiesça Alice d'un air exagéré.

— Il faut qu'on fiche le camp d'ici, insista Frazer.

— D'accord, dis-je en refermant mon casque. Itzy, tu seras placée au milieu de nous. Je t'assigne deux milibots ; reste entre eux en permanence. Compris ?

Elle repoussa des mèches de cheveux de son visage.

— Oui.

Je vis qu'elle se retenait de fondre en larmes une nouvelle fois.

— Hazel, dit Frazer. Merci d'être venue me chercher.

On retourna dans le couloir.

— Bien sûr que je suis venue te chercher, tu es mon frère.

— C'est ce que voulaient les yis. Tu l'avais compris, hein ?

— Plus ou moins, oui.

— Je me disais que tu te focaliserais sur l'acheminement de la bombe irradiante jusqu'à la mer centrale. Une fois les yis éliminés, je n'aurais plus été un appât dans leur piège.

Cela signifiait-il que, si les rôles avaient été inversés, il ne serait pas venu me chercher ?

— Aucune importance, parce que nous ne sommes pas enfermés avec vous dans ce compartiment sécurisé. Dès que nous aurons sorti Itzy d'ici, nous reviendrons et nous remonterons jusqu'à la mer centrale.

— Hazel, nous sommes là où les reines-cerveaux veulent que nous soyons. Leur piège ne se résume pas à ce seul compartiment. Il faut que tu réfléchisses à l'échelle du *Daedalus*. C'est ce qu'elles font.

— Alors, tu crois que nous n'en avons pas encore fini avec les problèmes ?

— Absolument.

— Quel genre de problèmes ? demanda nerveusement Oroko.

— Je n'en sais rien. Mais il faut voir les choses en face : si tout ce qu'ils avaient voulu, c'était te parler, te proposer un véritable marché, ils auraient pu le faire à n'importe quel moment. Ils n'avaient pas besoin de t'attirer ici. Ils l'ont fait pour une raison.

J'aurais aimé pouvoir lui dire qu'il avait tort, mais je savais que ce n'était pas le cas. En étudiant de nouveau la carte, j'eus la confirmation que nous n'étions pas loin de la corniche de la paroi arrière, mais je n'étais pas tout à fait certaine que l'on puisse se croire en sécurité. Pour l'instant, à bord du *Daedalus*, ce n'était le cas nulle part.

On se hâta de regagner la cage d'escalier. Toutes les portes que nous avions franchies étaient closes, mais je les considérais malgré tout avec inquiétude à mesure que nous nous en approchions. Je ne doutais pas un seul instant que les reines-cerveaux pourraient les ouvrir quand elles le souhaiteraient.

— Avec quoi peuvent-elles nous atteindre maintenant ? voulut savoir papa. De façon réaliste ? Je veux dire qu'avec ces combinaisons on peut tuer tous les yis qui nous affrontent. Et nous savons que nous pouvons neutraliser les cybots noirs à l'aide des projecteurs d'impulsion.

Je demeurai perplexe. Les reines-cerveaux devaient savoir que nous étions en mesure de mettre hors d'état de nuire les deux cybots noirs qui retenaient Itzy en otage. Frazer avait raison, nous étions là où elles voulaient que nous soyons.

— John, quel est le chemin le plus rapide pour sortir ? m'enquis-je. Je me disais que nous pourrions nous rendre dans la section de la propulsion 2. Au niveau au-dessus de nous, il y a quatre couloirs qui passent à côté. Chacun d'entre eux a une porte d'entrée.

— Ce serait effectivement le chemin le plus court, mais nous ne savons pas si les panneaux de commande des portes sont encore intacts. Je crois que Schuster serait terriblement inquiet si nous tentions d'entrer par effraction.

— D'accord, donc on repasse par la gestion des eaux 7, pour revenir au point où nous sommes entrés.

— Les yis ont fermé la porte de secours qui mène à la corniche. Il sera difficile de l'ouvrir.

— Non, on l'a fait souvent, il suffit de sectionner les racines nerveuses.

— Les yis peuvent réagir en coupant l'alimentation des actionneurs de la porte.

— On fera appel à une autre source d'énergie, comme à Ixia pour la machine pharmacologique.

— C'est envisageable. Mais je voudrais souligner le fait que, à l'heure actuelle, il n'y a probablement aucun accès rapide à la corniche.

— John a raison, reconnut Zawn. Ils ont aussi fermé la porte derrière nous. Ils veulent nous séquestrer ici.

— On peut monter, suggéra Rell d'un ton hésitant.

— Monter ? répéta Oroko.

— Vers la mer centrale. C'est ce que nous étions censés faire. Et les yis nous croient en mission de sauvetage, ils ne vont pas s'y attendre.

— Et Itzy ? demanda Alice.

Je jetai un coup d'œil à la pauvre fille, qui grelottait. Elle avait l'air bien fragile au milieu de nos combinaisons, accompagnée des milibots. Si un affrontement éclatait, ses chances n'étaient pas bien bonnes.

— On se sépare, proposa papa. Deux d'entre nous restent avec Itzy, trouvent une salle raisonnablement ouverte, neutralisent toute l'électronique à l'aide du projecteur d'impulsion afin que les yis ne puissent pas savoir ce qui se passe à l'intérieur, et ordonnent aux milibots de surveiller l'entrée. Pendant ce temps, Hazel monte jusqu'à la mer centrale.

— Je vais avec elle, se proposa aussitôt Rell, immédiatement imité par Zawn. Je faillis éclater de rire.

On se décida pour que Frazer et Alisha restent avec Itzy. Ainsi, papa, Alice et Oroko nous accompagneraient, les garçons et moi. Ce n'était pas l'idéal, l'idée de quitter de nouveau Frazer et Itzy ne me plaisait guère, mais Alisha serait avec eux, et ils seraient également protégés par les milibots. Ce ne seraient pas des otages sans défense, cette fois. De plus, je ne m'attendais pas à atteindre la mer centrale avant que tout soit terminé et que les yis soient morts. Josephine avait une bonne longueur d'avance sur nous désormais et je n'oubliais pas non plus Atov.

— Au niveau du dessus, il y a des salles dans lesquelles nous pouvons probablement nous abriter, déclarai-je en étudiant la carte. Un garage et un atelier d'assemblage de bâtibots. L'un d'eux devrait suffire.

On se dirigea prudemment vers la cage d'escalier. J'envoyai un milibot en éclaireur. Rell se faufila à sa suite, scrutant le puits désert de haut en bas.

— La voie est libre, annonça-t-il.

On s'y engagea. J'avais fait le tour des trois quarts du puits et je n'étais même pas encore à mi-chemin du niveau suivant quand les lumières s'éteignirent.

— Guano ! jura papa.

J'allumai les lampes de mon casque. Les armures surgissaient de l'obscurité comme autant de silhouettes curieusement sans relief, espacées le long de l'escalier.

— Mince ! s'écria Zawn.

— Qu'y a-t-il ? demandai-je.

Il fermait la marche de notre petite procession.

— La porte se referme.

Je me retournai, braquant les capteurs de ma combinaison sur la porte d'en dessous. Il avait raison, elle s'abaissait. Il était bien trop tard pour revenir en arrière. Même Zawn n'aurait pas pu l'atteindre à temps. Je faillis ordonner au milibot de derrière d'ouvrir le feu, mais à quoi bon ?

— Nom d'un crapaud ! s'exclama Frazer.

Je l'avais compris, avant même d'avoir vérifié plus haut. Ce qui allait se passer était évident. Bien sûr, toutes les portes se refermaient. Non ! Pas toutes. Certaines s'ouvraient, même.

— Quoi ?

— Dépêchez-vous ! cria Oroko. La porte du niveau suivant est ouverte. Allez. Allez !

Tout le monde s'élança pour gravir les marches. Les milibots accélérèrent en douceur le long de leur rail. Grâce aux capteurs de ma combinaison, je détectai un mouvement prononcé au-dessus de nous.

— Ils arrivent, prévins-je les autres.

Basculant la tête en arrière, je braquai les faisceaux lumineux de mon casque vers le haut. Mais je ne voyais rien au-delà d'une trentaine de mètres, la vue étant perturbée par un déluge de points argentés.

— Qu'est-ce que… ?

Je fis zoomer mes capteurs, produisant une image que je me révélai incapable d'interpréter. Au-dessus de nous, le puits semblait s'étrécir, son sommet déchiqueté se précipitant vers nous. Je crus d'abord que l'ensemble de l'édifice s'effondrait, mais il n'y avait pas eu d'explosion. J'entendis un grondement qui fit aussitôt place à un rugissement. Puis une puissante projection d'eau éclaboussa ma combinaison. La pression de l'air s'éleva, déclenchant une violente bourrasque. Itzy poussa un cri de panique dans sa robe soudain trempée.

Je compris alors ce qui se passait.

— Capitaine nous vienne en aide ! grondai-je avec stupéfaction.

Une quantité phénoménale d'eau déferlait dans la cage d'escalier. J'eus l'impression que les yis étaient en train de déverser le contenu de la mer centrale sur nous.

— On avance ! s'écria papa.

L'eau continuait à plonger devant moi, projetant un ouragan d'embruns. Je sentais l'escalier trembler sous l'impact d'un tel volume. S'il cédait, nous serions précipités dans le vide. Et les combinaisons n'avaient aucune flottabilité, bien au contraire.

Je me forçai à avancer et, grâce aux muscles artificiels, frayai un passage contre la puissance croissante de l'eau. L'affichage de mon casque était pratiquement vierge à présent, aucun des capteurs n'étant en mesure de repérer quoi que ce soit à travers ce déluge. Mes icones de communication portaient le symbole pour « contact perdu ». Il me fallait de nouveau avancer à tâtons, comme le jour où je m'étais retrouvée derrière la cascade d'Akebia. Mais ce n'était rien par rapport à la puissance de ce flot.

Sans l'aide de ma combinaison, je n'y serais jamais parvenue. Je continuai à progresser, priant chaque fois que je levais le pied pour trouver la marche suivante. Finalement, je distinguai une brèche dans le mur, une faible lueur me parvenant à travers le torrent. La pression sur mes jambes s'accrut, mais je résistai, pataugeant dans l'encadrement de la porte.

Je recouvrai la vue. Ce n'était pas terrible : Oroko, papa et Rell m'avaient devancée, mais le couloir était à présent une rivière, et nous avions de l'eau jusqu'aux genoux. L'eau déferlait, se déversant par la porte et s'ajoutant au torrent qui tombait dans la cage d'escalier, tandis que Frazer tentait de remonter le courant. Me retournant, j'aidai Itzy et lui à franchir le seuil. Je m'aperçus alors que nous avions perdu les milibots.

Alice et Zawn se frayèrent un chemin jusqu'à nous.

— C'était la bombe ? demanda Alice. Elle a ouvert la mer centrale ?

J'hésitai. J'étais tellement convaincue que c'était le piège que les yis avaient tendu… Mais si Josephine avait déclenché sa bombe, cela aurait pu briser le fond de la mer centrale.

— Non, intervint John. Cette eau est sale, mais ce n'est pas de l'eau salée. Elle provient du lac annulaire.

J'eus envie de me frapper le front avec la main. J'étais furieuse d'avoir été si stupide.

— Les pompes !

— Quelles pompes ? demanda Frazer.

— Les yis ont réactivé les pompes à eau de l'habitat. Ils ont dit que c'était… Peu importe !

Je me retournai vers la cage d'escalier. L'inquiétante chute d'eau était toujours aussi puissante. Elle allait finir par remplir le puits jusqu'à notre niveau. Et tandis que les yis continueraient à déverser l'eau par le haut, le flux le long du couloir s'inverserait. Il ne faudrait pas longtemps pour le remplir.

— Il nous faut partir d'ici ! ordonnai-je d'un ton pressant.

— Vers le haut, suggéra Frazer. Il faut qu'on monte. Cette section va finir par être entièrement inondée.

— Mais ce ne sera pas un souci, avec nos combinaisons, répliqua Zawn. Elles sont étanches, non ? Oh…

Tout le monde se tourna vers Itzy. Elle sanglotait en suffoquant.

— On monte, répéta Frazer. Tout de suite.

— John, un itinéraire.

Une ligne violette se matérialisa sur ma carte. On s'élança tous dans le couloir, soulevant de petites vagues. Je m'aperçus que le courant faiblissait. J'avais désormais de l'eau jusqu'aux cuisses.

L'itinéraire que John nous avait indiqué nous conduisit à l'entrée de la section de la régulation thermique 11. Ce n'était pas une section sécurisée.

Quand on arriva à la porte, j'avais de l'eau au-dessus des hanches, et le courant avait commencé à s'inverser, venant de la cage d'escalier. La régulation thermique 11 n'était peut-être pas une section sécurisée, mais sa porte était close.

— Lame-D, articulai-je.

Dès qu'elle surgit de son fourreau, sur mon bras, je l'enfonçai dans la porte à hauteur d'épaules. Je n'étais pas entièrement certaine qu'elle fonctionnerait sous l'eau.

Dès que la lame recevait des éclaboussures, il s'en échappait une grande quantité de vapeur. La vitesse à laquelle l'eau montait me rendait nerveuse. Je parvins tout juste à creuser un petit trou. J'enfonçai ma main dedans et calai mon dos contre le chambranle de la porte. Puis je poussai.

J'eus l'impression que la porte avait légèrement bougé. Peut-être l'avais-je imaginé tant je désirais qu'elle bouge. L'eau m'arrivait désormais au-dessus des coudes. Zawn me rejoignit, enfonçant sa main dans le trou et tirant de toutes ses forces.

Elle remua en grinçant avant de céder brusquement. Le volume du flot dans le couloir me projeta violemment dans le compartiment. Je roulai par terre au milieu d'une gerbe d'eau, agitant mes membres dans tous les sens pour tenter d'interrompre cette folle roulade. Finissant par m'immobiliser en dérapant, je regardai autour de moi d'un air désespéré. Nous étions dans l'obscurité, les faisceaux des casques oscillant de façon chaotique, me donnant un curieux point de vue. Le compartiment était un simple rectangle, des piles de machines jaillissant du sol jusqu'au plafond, toutes couronnées de petits tuyaux argentés. Une rangée de consoles était équipée de panneaux d'affichage sur lesquels je distinguai des graphiques complexes orange et violets.

— Quelque chose de dangereux ici ? m'écriai-je.

— Mon analyse tactique n'a repéré aucun ennemi actif, répondit John. L'eau, cependant, représente un danger considérable.

Comme si j'avais besoin qu'on me le dise. Je me retournai pour vérifier la porte. Une énorme quantité d'eau déferlait à une vitesse que je trouvais réellement inquiétante. Mes amis étaient encore poussés sur le sol par la force de l'eau, flottant comme des poissons métalliques jetés hors d'un filet.

— À ce rythme, j'estime qu'il nous reste quatre minutes avant que le compartiment soit entièrement submergé, annonça John.

— Trouve-nous un moyen de sortir, lui ordonnai-je. (Ma peur montait aussi vite que le niveau de l'eau.) C'est notre faute.

— Que voulez-vous dire ?

— Nous avons innové à la Pouponnière. L'azote était un environnement hostile pour les yis. À présent, c'est à leur tour de nous immerger dans l'eau, un environnement qui nous est hostile, mortel même, surtout avec ces armures qui ne peuvent pas flotter.

— Je considère ce lien comme étant très peu probable.

— L'environnement hostile est une nouvelle tactique ; et comme les IA des reines-cerveaux ont été affaiblies, elles ne peuvent certainement plus imaginer quelque chose de nouveau par elles-mêmes. Ayant vu ce que nous avions fait, les reines-cerveaux ont utilisé la même méthode contre nous. C'est notre faute.

— C'est une possibilité, je l'admets. Mais il est inutile de vous en vouloir.

Avant que je puisse répondre, Itzy me passa devant en dérapant avant de s'échouer contre une console. Elle demeura immobile un moment, me laissant présager le pire. Mais, finissant par relever la tête, elle se mit à tousser d'un air abattu. Frazer se précipita auprès d'elle.

Je vis les écrans des consoles s'éteindre subitement. J'avais déjà de l'eau jusqu'au tibia. La pression du flot qui entrait dans la pièce était terrifiante.

— J'ai perdu le projecteur, annonça papa d'un air indigné. J'ai dû le lâcher à un moment.

— Moi aussi, confessa Oroko. Désolé.

— Il est peu probable que les projecteurs fonctionneraient une fois immergés, fit remarquer John.

— Qu'est-ce qui va fonctionner, alors ? voulut savoir papa. Est-ce qu'il nous reste des armes ?

— Les grenades, répondit John. Mais leur portée sera limitée dans l'eau. Les fusils continueront à fonctionner, mais la vélocité de leurs projectiles sera considérablement réduite. Les lames-D seront inefficaces, mais vous pouvez continuer à les employer comme des lames ordinaires. Et vos lasers seront inutilisables.

— John, l'implorai-je. Un moyen de sortir !

— Il y a dans le plafond plusieurs ouvertures qui donnent sur les principales conduites de liquide de refroidissement.

On se mit à escalader les cylindres des machines. Les tubes argentés qui les entouraient nous servirent d'échelles. Je sentais mes gantelets les écraser quand je les agrippais tandis que, sous mes pieds, ils se courbaient dangereusement, comme s'ils étaient faits d'élastique plutôt que de métal. Mais ils tinrent le coup.

J'avais gravi la moitié du chemin quand j'entendis crier Alice :

— J'en ai vu un !

— Un quoi ? s'étonna Oroko.

— Un type II, je crois.

M'immobilisant, je scrutai la surface noire luisante de l'eau à l'aide des lampes de mon casque. Des reflets chaotiques dansaient sur les ondulations agitées. Tout le monde m'imita.

— Là ! s'exclama Zawn.

Je n'avais aucune idée de l'endroit où il regardait. Un instant plus tard, il se mit à tirer sur le pied d'une pile de matériel, provoquant de petites gerbes d'eau. Et j'étais toujours incapable de dire s'il y avait vraiment des yis là-dessous.

— Arrête ! ordonna papa. Tu gaspilles tes munitions. Ne leur tirez pas dessus tant qu'ils ne sont pas à la surface.

Ou tant qu'ils ne nous poursuivent pas sur les machines, ajoutai-je en silence.

— On continue, nous encouragea Oroko.

Je poursuivis mon ascension. Alice se trouvait sur la même pile que moi, juste en dessous. Elle regardait vers le bas, cherchant des yis dans l'eau, ce qui signifiait qu'elle ne progressait pas aussi vite que je le souhaitais.

— Contente-toi de grimper, lui dis-je. John surveille l'eau grâce aux capteurs de ma combinaison. Il nous avertira si l'un d'eux approche.

Sur la pile voisine, Itzy était cramponnée au dos de papa pendant qu'il escaladait les tuyaux. On aurait dit qu'elle avait quitté son propre corps, qu'elle en avait été chassée par le trauma : elle n'affichait aucune expression et regardait dans le vide. Un cybot aurait eu l'air plus expressif.

Au-dessus de moi, une puissante lumière rouge se mit à clignoter, et, malgré mon casque, j'entendis hurler une sirène. Levant les yeux, je constatai la présence de dispositifs lumineux semblables au sommet de chacune des colonnes de machines.

— À quoi ça sert ? demandai-je.

Question stupide, sans doute, mais j'avais besoin de savoir.

— La machine sur laquelle vous grimpez sert à transférer la chaleur de deux générateurs à fusion vers les panneaux radiateurs externes situés à l'arrière de la coque du *Daedalus*, expliqua John. Ici, les régulateurs ont tous été éteints d'urgence à cause de l'eau. L'alarme s'est déclenchée pour signaler une surcharge thermique.

— Tu viens de dire qu'ils s'étaient éteints.

— C'est le cas, et, par précaution, les générateurs ont également été arrêtés. Cependant, ils sont encore chauds, et cette chaleur n'a nulle part où aller. Les conducteurs d'échange thermique et les mécanismes de transfert vont commencer à chauffer.

— Capitaine nous protège !

— Les yis sont de plus en plus désespérés. S'ils continuent à déverser de l'eau dans les compartiments de la partie arrière, ils infligeront des dégâts difficiles à réparer. L'habitat pourrait être sérieusement menacé.

John avait dit « pourrait être », mais tout ce que j'avais entendu, c'était : *« sera »*.

J'atteignis le sommet de la colonne. Un ensemble de tuyaux mauves aussi épais que ma jambe jaillissait du mécanisme de transfert de chaleur, avant de s'enfoncer dans le plafond.

— Et maintenant ? demandai-je en évitant de laisser transparaître le moindre affolement dans ma voix.

L'eau arrivait à mi-hauteur des murs et montait de manière inexorable.

— Percez le plafond à coups de poing, me recommanda John. C'est un faux plafond en panneaux composites.

— D'accord.

M'arc-boutant, je serrai le poing.

— Il y en a un ! s'écria Rell.

J'enfonçai mon poing blindé dans le plafond, puis je baissai les yeux. La surface de l'eau était d'un calme déconcertant. Maintenant que la porte par laquelle elle se déversait était submergée, il n'y avait plus d'ondulations. Les faisceaux lumineux des casques glissaient sur l'eau. Quelque chose bougea, une ombre vacillante, sous l'eau.

Il me fallut tout mon sang-froid, mais je m'abstins de tirer. Je perçai plutôt un second trou dans le plafond.

— Tu crois qu'un type III peut franchir cette porte ? me demanda Alice, à bout de souffle.

— Je n'en sais rien, avouai-je.

La porte était grande, mais les types III aussi.

Là. Il y avait bien un tentacule qui glissait à la surface, laissant derrière lui un étroit sillage.

On fut plusieurs à le voir en même temps. Des fusils commencèrent à mitrailler l'eau.

— Cessez le feu ! s'écria Oroko.

Mon troisième coup de poing créa une ouverture suffisamment large pour que je puisse m'y faufiler.

— Allez, me pressa Alice.

Je ne me posai pas de questions. Quelques années auparavant, j'avais vu un taureau déchaîné traverser le mur d'une grange, faisant voler en éclats les stalles comme si elles étaient en tissu plutôt qu'en bois robuste. Je tentai de canaliser la même énergie en me hissant dans l'ouverture, brisant des morceaux de matériau composite, élargissant la brèche pour qu'Alice puisse y passer facilement.

Au-dessus de la régulation thermique 11, l'espace était plutôt bizarre. Le faux plafond était suspendu entre des passerelles métalliques parallèles qui parcouraient la pièce sur toute sa longueur. Enchevêtrés, les tuyaux mauves longeaient un plafond rocheux si bas que je parvenais tout juste à me tenir debout.

M'agrippant à la passerelle la plus proche, je m'y hissai. Voyant le casque d'Alice surgir derrière moi, j'aidai mon amie à me rejoindre. Les autres se mirent aussi à frapper le plafond à l'aide de leurs poings. Me précipitant vers papa, je récupérai Itzy.

Le temps que nous nous retrouvions tous sur les passerelles, l'eau était déjà à moins de trois mètres en dessous de nous. En jetant un coup d'œil par un interstice, je vis des yis s'agiter juste sous la surface, éclairés par les éclairs rougeoyants de l'alarme. Ils devaient être des dizaines, glissant les uns autour des autres dans une danse cauchemardesque.

— Quelle direction doit-on suivre ? demandai-je à John.

Un itinéraire apparut sur mon affichage, le long de la passerelle.

— Ça nous conduira à une chambre de préchauffage de propergol. Il est possible de fermer la trappe d'accès de l'intérieur, ce qui les empêchera de nous suivre.

— Depuis cette direction, marmonnai-je.

— La situation évolue si vite qu'il est peu probable qu'ils aient eu le temps de se placer devant nous.

— Mais ils sont devant nous, insistai-je. Parce que nous nous dirigeons vers eux.

— Ils ne le savent pas, intervint Rell. Ils s'attendent à ce que nous tentions de gagner une section sécurisée. En nous rapprochant d'eux, nous allons les perturber.

Nous nous en rapprochions, certes, mais seulement un peu. Il nous restait encore deux kilomètres et demi à gravir en ligne droite, mais c'était là que l'itinéraire commençait à devenir tortueux.

Je m'abstins d'en faire la remarque, cela aurait été trop décourageant.

— Ce que tu peux être optimiste ! lui lançai-je. C'est ce qui me plaît chez toi.

Je grimaçai : cela devait être dur à entendre pour Zawn.

Il était ridicule de penser à ce genre de choses en ce moment. Si tant est qu'il y ait un bon moment.

— Il a raison, dit Frazer. Nous nous rapprochons d'eux. Il nous faut simplement cesser de nous affoler pour tout et mettre au point un plan positif pour atteindre notre objectif.

— Nous sommes en territoire inconnu, fit remarquer Rell. Nous pouvons avoir un itinéraire pour le traverser, sans aucun doute, mais nous devons réagir à tout ce que les yis nous balancent.

— Hazel doit arriver là-bas, insista Frazer d'un ton égal. C'est tout ce qui compte. Si nécessaire, nous autres pouvons prendre position et les repousser.

— Non, protestai-je aussitôt. Nous y allons ensemble, ou nous n'y allons pas du tout.

— Tu ne peux pas te permettre de réfléchir de cette façon, déclara papa. Nous ne sommes que neuf. Chaque humain à bord dépend de notre capacité à faire exploser l'une des bombes. Si nous n'éliminons pas les yis, tout le monde mourra. Cela réduit nos possibilités à une seule : tout ce qui peut t'aider à atteindre la mer centrale doit être tenté. Sans la moindre hésitation, sans le moindre doute. Si le seul moyen, c'est que tu continues seule, alors tu dois le faire. Tu n'as pas le choix, Hazel.

— D'accord, bredouillai-je.

Chapitre 12

À l'extrémité de la passerelle, les tuyaux mauves formaient tous un coude, s'enfonçant dans un canal vertical obscur taillé dans le plafond rocheux. Une échelle y menait, un rail de cybot d'un côté. Sur mon affichage, la carte indiquait qu'elle faisait cent vingt mètres de long.

— Ça nous conduira à la chambre de préchauffage, déclara John.

J'étudiai l'échelle d'un œil méfiant. Avec tous ces tuyaux, il n'y avait pas beaucoup de place dans le canal, mais nous n'avions pas le choix. Cette phrase semblait régir ma vie désormais.

Oroko passa le premier, puis Alice. Je la suivis, Rell juste derrière moi. Je ne fus guère étonnée lorsque Rell ouvrit un canal privé.

— Comment vas-tu ? me demanda-t-il.

— Je ne réfléchis pas à ce que je fais. C'est la seule façon que j'ai trouvée pour continuer à avancer.

— Astucieux…

— Si je me mets à penser à tout ce qui peut mal tourner, je vais devenir super déprimée et me figer.

— Navré, je n'aurais pas dû te poser la question. Concentre-toi sur le fait de mettre un pied sur l'autre.

— Tout va bien pour nous. Mais Zawn ?

— Euh… oui ?

— C'est le dernier à passer. Ce qui signifie qu'il sera le premier que les yis saisiront quand ils nous attaqueront. Et ils viendront. Il y avait de l'eau presque jusqu'au plafond.

— Alors, premièrement, ils doivent s'attendre à ce qu'on les abatte dès qu'ils passeront leurs têtes de petits poissons sans cervelle par les trous que nous avons percés dans le plafond. Deuxièmement, l'étroitesse de ce canal joue en notre faveur, en réalité.

— Comment ça ?

Malgré mes efforts pour ne pas y penser, je faillis me laisser gagner par la claustrophobie. Je me concentrai sur le déplacement de mes bras et de mes jambes sur chaque échelon, progressant de manière machinale.

— Les capteurs de la combinaison de Zawn se mettront tous en alerte à l'instant même où l'un d'entre eux posera un tentacule sur l'échelle et se lancera à notre poursuite. Il n'aura même pas besoin de lancer une grenade, il lui suffira d'en lâcher une. L'explosion tuera les yis et détruira le canal en contrebas. Nous aurons le champ libre pour atteindre cette chambre de préchauffage ou je ne sais quoi.

— Je suppose que tu as raison.

— Ne t'inquiète pas, nous ne sommes que les renforts, tu te rappelles ? Josephine atteindra bientôt la mer centrale, et c'en sera terminé.

— Rell ?

— Ouais ?

— J'ai peur, vraiment. Garde-le pour toi, ajoutai-je aussitôt.

— Promis. De toute façon, nous sommes tous effrayés. Mais… tu n'avais pas peur avant ?

— Pas comme ça. Ça a été le cas lorsque nous nous sommes introduits dans la partie avant, la première fois, bien sûr. Mais nous ignorions ce qui nous attendait.

— C'est vrai. Moins on en sait, mieux on se porte.

— Non. L'ignorance est mortelle. C'est ce qui a permis aux yis de nous mentir pendant cinq cents années.

— Puis tu es arrivée, Fille de la Capitaine.

— Comme un cheveu sur la soupe.

— Ce n'est pas mon avis. Tu es le destin incarné, Hazel.

— Je n'en ai pas l'impression.

— Je crois en toi. Tu en es consciente, n'est-ce pas ?

— Rell… tu ne vas rien faire de stupide, hein ? Cette façon de parler de prendre position pour que je puisse continuer…

— S'il le faut, on le fera. C'est aussi ça, le destin. La vie de tous dépend de notre réussite. Et je suis médecin, je me suis engagé à sauver des vies. La tienne avant tout, parce que je t'aime.

— Rell !

Les lignes nettes qui scintillaient sur mon affichage se brouillèrent. Une poussière dans les yeux. Encore une fois.

— As-tu songé à l'après ? me demanda-t-il.

— À l'après ?

— Quand nous retournerons vers le nouveau monde. Quand nous vivrons sur le nouveau monde.

— Pas vraiment, non, admis-je. C'est juste une sorte de rêve éveillé, vraiment ; une vie où rien de tout *ceci* n'existe.

— Et nous ? Tu fais des rêves éveillés de nous ?

Je jurai en silence à l'intérieur de mon casque.

— Nous nous connaissons depuis moins d'un mois, dis-je prudemment. Ça me plaît vraiment d'être avec toi.

— Désolé, c'était injuste.

— Non, ce n'était pas injuste. Mais ça m'a fait comprendre qu'il va falloir que je commence à envisager l'avenir différemment.

— Oh que oui !

Il imitait si bien Frazer que j'en souris.

— Je ne parlais pas de l'endroit où nous vivrons, mais de comment nous y vivrons. À cause du Cyclage, nous avons été contraints de réfléchir à court terme. Mais les gens vivent très longtemps : Narline a cent cinquante-neuf ans. Tu imagines ?

— Que veux-tu dire ?

— Je dis que la vie de village, le type de société que nous avons ici, ça ne fonctionnera pas quand nous serons libres.

— Tu crois que les gens ne se marieront plus ?

— Je ne sais pas. Ici, certains mariages durent moins de cinq ans. Pourrais-tu vraiment me supporter pendant cent cinquante-neuf ans ?

— Bien sûr que oui. Il n'y a pas de plus belle existence que de partager tout ça avec toi.

Je ne pus m'en empêcher : je gloussai.

— Quoi ? demanda-t-il d'un ton blessé.

— En temps normal, pour les affaires de cœur, je consulte Jane Austen. Mais je ne crois pas qu'elle ait un avis sur cette question.

— Tu as sans doute raison.

Au sommet de l'échelle, je me hissai dans un couloir rocheux. De petites ampoules bleu-vert brillaient dans le lointain. Leur vue, qui m'était désormais familière, eut sur moi un effet apaisant. J'avais été tellement occupée à discuter avec Rell que j'en avais oublié l'exiguïté du canal.

Me connaissait-il si bien que cela ?

Peu après, on se retrouva tous devant la trappe d'inspection carrée de la chambre de préchauffage. Cet accès était différent des autres. D'un métal terne parcouru en diagonale d'épaisses nervures destinées à le renforcer, il avait un air rudimentaire. À la place d'un panneau de verrouillage, il était équipé en son centre d'une sorte de volant.

— Relâchez les leviers de chaque côté de la roue et tournez-la, expliqua John.

Frazer – bien sûr – retira les leviers d'un coup sec et fit tourner le volant. Ma combinaison détecta un mouvement, à mes pieds. Je baissai les yeux. De l'eau coulait entre mes bottes.

— Vite, Frazer, le pressa papa.

Je n'y avais pas songé avant, mais si la porte ne s'ouvrait pas, nous resterions bloqués dans un tunnel sans issue. La seule possibilité serait de retourner en arrière et de chercher un autre canal.

Nos combinaisons nous maintiendraient en vie sous l'eau, mais Itzy…

Quand Frazer eut terminé de tourner le volant, je retins mon souffle. Il tira sur la trappe. J'avais de l'eau jusqu'au-dessus des chevilles. La porte refusa de céder.

— Poussez, lui recommanda John. Elle s'ouvre vers l'intérieur.

Frazer poussa. La trappe s'ouvrit. On se hâta de la franchir et de la refermer derrière nous. L'eau commençait déjà à se déverser par-dessus l'hiloire.

— Il faudrait bloquer les barres de verrouillage pour que les yis ne puissent pas l'ouvrir, nous conseilla John.

L'obscurité régnait dans la chambre de préchauffage ; il n'y avait même pas d'éclairage secondaire. Je braquai les faisceaux lumineux de mon casque un peu partout. Je n'avais jamais vu au sein du *Daedalus* un endroit aussi abîmé. Il s'agissait d'un grand dôme hémisphérique dont les murs étaient couverts de carreaux de céramique hexagonaux gris foncé. Des centaines de fines tiges en dardaient, terminées par des hexagones de laiton, comme s'il s'agissait de champignons géométriques. Je vis une large ouverture au sommet tandis que le sol était constitué d'une alternance de bandes de cercles pleins et de grilles. Lorsque je braquais les lampes de mon casque vers le bas, le gouffre sous les grilles semblait sans fond. On aurait facilement pu croire qu'elles s'ouvraient directement sur l'espace. Mais c'était le revêtement qui me paraissait le plus singulier : chaque surface était mouchetée d'une fine poudre métallique bleu-blanc, comme si les carreaux de céramique avaient transpiré.

Il y avait également un volant à l'intérieur de la trappe. Celle-ci avait le même aspect qu'à l'extérieur, mis à part qu'elle était elle aussi couverte de céramique grise. Sans le volant, on n'aurait jamais pu savoir qu'il y avait une porte, tant elle était bien encastrée dans le mur. Papa était en train de découper des carreaux pour mettre au jour les barres de verrouillage. À l'aide de leurs lames-D, Oroko et Zawn tranchèrent quelques tiges. Ils les introduisirent ensuite dans le mécanisme rudimentaire. Frazer tenta de tourner la roue. Elle était coincée.

— Voilà qui devrait les empêcher d'entrer, annonça papa.

— Il y a une drôle d'odeur, ici, déclara Itzy. Une sorte d'odeur de brûlé.

Je vérifiai aussitôt l'affichage de mon casque, mais il indiquait un mélange normal d'oxygène et d'azote.

— Ça doit être l'osmium, présuma John.

— Ce qui est…, l'encourageai-je à expliquer.

— Un métal très dense avec un point d'ébullition élevé, utilisé comme masse de réaction par les propulseurs à antimatière. Les granules sont introduits ici par la buse située au sommet de la chambre et vaporisés par les électrodes. La vapeur s'échappe à travers les grilles du sol pour alimenter directement le noyau d'annihilation de l'antimatière. Il y a dix chambres de ce type pour chacun des moteurs à antimatière.

Je jetai un coup d'œil nerveux à l'ouverture au-dessus de nos têtes.

— C'est donc ça, toute cette poussière ? demanda Frazer.

— Oui. C'est de la vapeur résiduelle qui s'est condensée à la fin de la mise à feu.

— La mise à feu qui a permis au *Daedalus* de quitter Kianira ? demandai-je.

— Absolument.

Cela me faisait bizarre d'arpenter cet endroit qui avait contribué à nous éloigner du monde natal des yis. Le début de tous nos ennuis. Pourtant, il pouvait aussi nous conduire au nouveau monde. Ça a l'air si… vieux.

— Tant que ça fonctionne, ça m'est égal, répliqua Frazer.

— Comment on sort de là ? m'enquis-je.

Mon affichage superposa un cercle vert sur un pan de mur, mettant en évidence un autre volant de verrouillage. On s'en approcha, et Frazer le saisit.

— Attendez, nous ordonna Rell. Quel est le plan ? Où allons-nous ?

— L'accès le plus proche à la mer centrale se trouve à deux kilomètres au-dessus de nous, en passant par une usine de filtration d'eau. L'itinéraire le plus évident est un grand puits vertical à cinq cents mètres d'ici. Direct et rapide, il donnera aux reines-cerveaux le moins de chances de nous intercepter.

— C'est la voie que nous allons suivre, alors, affirmai-je.

— Et si c'est inondé ? rappela Zawn.

— Ils ne peuvent pas inonder tous les compartiments, fit remarquer Frazer. Le volume est trop important. Et, plus on monte, plus on peut faire sauter de portes pour évacuer l'eau vers le bas. Nous sommes prêts à déjouer leurs manigances à présent. Plus de surprises.

— D'accord, dit papa. Alors, allons-y.

Frazer actionna le volant. On resta quelques mètres derrière lui, braquant nos armes sur la porte.

Elle s'ouvrit sur un couloir illuminé par un éclairage secondaire bleu-vert. Je n'aperçus ni yis, ni cybots. Cinquante mètres plus loin, on rejoignit un des couloirs principaux. Les lumières étaient allumées, révélant un long passage désert qui s'étendait dans les deux sens, percé de grandes portes espacées de plusieurs centaines de mètres.

— Dépêchez-vous ! ordonna Oroko.

On s'élança au pas de course.

Les portes étaient toutes closes. J'aurais dû le savoir, j'aurais dû m'en douter : depuis que j'avais mis les pieds dans la section de la gestion des eaux 7, j'étais devenue paranoïaque et redoutais ce qui pouvait se cacher derrière chaque porte. Je me méfiais de toutes les traîtrises dont les yis pouvaient faire preuve. Des armes qu'ils étaient susceptibles d'utiliser contre nous. Je suppose que personne ne peut maintenir une telle vigilance très longtemps. Elle vous engourdissait jusqu'à ce que vous la laissiez se dissiper dans l'insignifiance.

Il ne nous restait que quatre cents mètres jusqu'au puits vertical. Je ne saurais dire combien de portes du couloir s'ouvrirent simultanément. L'eau déferla sur nous. Les premières vagues se déplaçaient deux fois plus vite que je pouvais courir, même en armure.

Il n'y avait rien à quoi s'accrocher, aucun moyen de lui faire face. Dans la dernière seconde avant que l'eau me frappe, je vis papa et Frazer s'agripper aux avant-bras l'un de l'autre, formant une cage protectrice autour d'Itzy. Rell se précipitait sur moi, le bras tendu.

Me heurtant de plein fouet, la vague me fit perdre l'équilibre. Ma combinaison percuta violemment je ne sais quelle surface, à de nombreuses reprises. Quand le mouvement chaotique finit par perdre de sa puissance, je parvins à me redresser. Une autre combinaison me fonça dessus, me faisant pivoter sur moi-même. On se cramponna l'un à l'autre.

Un icone de communication s'alluma.

—Alice ?

—Hazel ?

—Oui.

—Tiens bon. Ne me lâche pas.

—Ce n'était pas dans mes intentions.

En prenant appui l'une sur l'autre, on parvint à se relever, luttant contre le courant. J'avais la tête au-dessus de l'eau. Je voyais certains des autres, dispersés le long du couloir.

—Tout le monde va bien ? braillai-je.

—Rassemblez-vous, ordonna Zawn. Il faut combiner nos forces.

Je comprenais la logique, mais il allait être difficile de la mettre en œuvre. Nous étions éparpillés sur une soixantaine de mètres. L'eau arrivait par de nombreuses portes, mais ne ressortait que par une seule, dans le lointain. Celle qui donnait sur le puits vertical. Les reines-cerveaux tentaient de nous y précipiter. Comme la fois précédente ; elles avaient vraiment du mal à trouver de nouvelles idées.

Oroko était le plus éloigné dans le couloir.

— Nous venons à vous, le prévins-je.

Il était manifestement impossible de lutter contre le courant. Alice et moi, on se laissa porter par le flot en se redressant pour permettre à nos pieds de glisser au sol.

Je vis Alisha se faire emporter. Elle prit de la vitesse, puis vacilla avant de disparaître sous la surface.

— Je vais la rattraper ! s'écria Rell.

Il se rendit au milieu du couloir, se penchant tellement contre le courant qu'il avait presque la tête sous l'eau.

— Sois prudent, lui recommandai-je. Il va falloir que tu…

Quelque chose me heurta les jambes, les écartant brusquement. Je fis une embardée vers l'avant en me tordant. Je lâchai Alice, qui bascula de l'autre côté. La force du courant sembla augmenter, m'emportant de plus en plus vite le long du couloir. Ma vision se réduisit à un flou grisâtre traversé par des bulles. Je tentai de me pencher, prête à me redresser, mais mes jambes rechignaient à m'obéir. Un *tentacule* passa comme un éclair devant mon casque.

— Capitaine nous protège ! John !

— Je l'ai vu.

Je commençai à me débattre, et, soudain, mes jambes retrouvèrent toute leur amplitude de mouvement. Je parvins à sortir la tête de l'eau.

— Des yis ! alertai-je avant de me retrouver sous la surface.

L'eau grouillait de types II qui agitaient leurs tentacules en tous sens, faisant doucement virevolter leurs corps à la surface, au milieu des tourbillons d'écume. Cette fois, je les sentis enrouler leurs tentacules autour de moi et m'entraîner sous l'eau. On percuta le sol en se tortillant. Je n'y voyais rien, je me battais uniquement au toucher. La force de ma combinaison était mon seul avantage. Quand je pensais savoir où se trouvait un tentacule, je donnais des coups de poing frénétiques, ou je l'attrapais pour tenter de l'arracher. J'étais certaine d'y être parvenue à plusieurs reprises.

Après un tour particulièrement violent sur moi-même, je me retrouvai à l'endroit et sentis le sol du bout de mes orteils. Je bondis, sortant de l'eau suffisamment longtemps pour jeter un coup d'œil alentour. Je distinguai de manière confuse des armures, des bras levés, des armes braquées sur des cibles qu'elles cherchaient désespérément à atteindre. Un type II s'accrocha à ma poitrine, enroulant ses tentacules autour de mon cou et de mes épaules. L'une des combinaisons se tourna vers moi et ouvrit le feu. Le type II explosa dans une gerbe de sang. Je me débattis contre les tentacules restants, m'acharnant sur eux. Mais ma main droite était prise dans un fil en boucle.

Je supposai qu'il s'agissait d'un morceau de câble arraché à sa gaine par la force de l'eau, mais je vis alors un type II avec un enchevêtrement de fils métalliques dans ses tentacules, qui fonçait droit sur moi. Il s'agissait d'un filet !

Ils essayaient de me *capturer*.

Je poussai un cri de stupeur.

Le yi frappa, me faisant pivoter sur moi-même. D'autres types II s'emparèrent de moi, m'entraînant vers le fond. Le filet s'emmêla autour de mes membres, limitant chacun de mes mouvements.

En me débattant, je ne faisais que le resserrer.

Je me retrouvai propulsée le long du couloir, totalement impuissante, mon casque raclant le sol. Puis j'entendis un changement dans le grondement du déluge. Quelque chose me poussa. Je tournoyai sur moi-même tandis que le niveau de l'eau baissait autour de moi.

Les capteurs de ma combinaison me fournirent une image trouble. Je glissais sur le sol d'un long garage. L'eau se déversait par la porte derrière moi. Mais cette dernière se referma, empêchant le flot d'entrer… ainsi que mes amis. Les reines-cerveaux avaient modifié le courant pour m'envoyer là.

Je chutai douloureusement dans une volée de marches qui me donnèrent l'impression de me conduire directement à la coque extérieure du *Daedalus*. Le sol du garage était divisé en deux parties. Je m'écroulai avec un bruit sourd sur la plus basse, l'eau s'éloignant de moi. J'avais un goût de sang dans la bouche. J'étais sur le flanc, les caméras de la combinaison pointées vers l'extrémité du garage, en direction de la grande porte d'une section sécurisée. Deux yis de type II qui étaient entrés avec moi dérapaient sur les vaguelettes.

Ils se redressèrent dans un tourbillon de tentacules et se ruèrent sur moi.

J'activai ma lame-D, qui jaillit de son fourreau, tranchant les fils du filet comme s'il s'agissait de coton. Mon bras était libre, et les yis se trouvaient à trois mètres de moi. Mon fusil surgit de mon bras. J'ouvris le feu… beaucoup trop longtemps. Frappés par des dizaines de balles à tête explosive, les yis se désintégrèrent purement et simplement. En quelques secondes, il n'en resta plus rien.

J'avais agi dans un réflexe primitif guidé par la peur. Une peur qui transforma tous mes membres en une gelée tremblante. Je fondis en sanglots.

— Hazel, vous devez partir de là, m'implora John.

J'étais incapable de faire autre chose que de gémir lamentablement.

— Ils vous ont amenée ici pour une bonne raison. Levez-vous, je vous prie.

Mais je ne pouvais pas. C'était trop. John ne devait pas s'attendre à ce que je fasse autre chose que m'allonger et pleurer.

Et personne d'autre non plus. Je n'étais pas capitaine. J'étais la fille qui ramassait les œufs le matin. C'était tout. Le reste n'était qu'un mensonge que je me racontais pour tenir le coup. Jour après jour, les gens attendaient – exigeaient – *beaucoup* de moi.

Certains des petits icones de l'affichage médical changèrent de couleur. Je sentis un pincement sur ma cuisse, qui devint glaciale.

— Quoi ?

— Hazel, les yis vont arriver. Les reines-cerveaux vous ont intentionnellement isolée. Levez-vous.

La voix de John était plutôt apaisante. Je ne l'avais pas vraiment remarqué, jusqu'à présent. Apaisante et étouffée, comme si elle venait de loin.

La sensation de froid finit par s'estomper, de même que le nombre incroyable de douleurs que mes nerfs rapportaient consciencieusement à mon cerveau, de tous les bleus et tous les coups que mon pauvre vieux corps avait reçus.

— Debout.

— Je ne veux pas, gémis-je.

Les aliens étaient en train de détruire le vaisseau pour une seule raison : me tuer. Je voulais que quelqu'un d'autre prenne le relais, les arrête. J'avais essayé. Vraiment, j'avais fait tout ce que je pouvais. Plus que quiconque était en droit d'attendre de moi. Et cela n'avait servi à rien.

— Où est Josephine ? m'enquis-je avec une détermination soudaine. Elle peut les battre. Dis-lui de se dépêcher. Oui. Il faut qu'elle se dépêche de faire sauter la bombe.

— Mouvement détecté.

— Hein ?

J'étais à quatre pattes, contemplant les dernières gouttes d'eau qui s'éloignaient sur le sol du garage. Je dressai la tête.

La grande porte de la section sécurisée s'ouvrait en coulissant vers le haut. Ma prise de conscience du danger me traversa de façon aussi lancinante qu'une douleur intense.

— Oh, guano…

Une énorme vague s'engouffra dans l'ouverture avec sans doute la force d'un propulseur à antimatière.

— Au secours ! m'écriai-je. Quelqu'un, à l'aide !

Tous les icones de communication étaient éteints. Aucun de mes amis ne pouvait m'entendre.

La vague m'atteignit, me soulevant du sol et me brimbalant dans tous les sens. Avec le filet enroulé autour de mes jambes, je ne pouvais pas lutter. Lorsque je percutai le pied de l'escalier, de l'eau déferla sur mon casque, me laissant malgré tout le temps de voir deux types III pénétrer à vive allure par la porte ouverte et profiter de l'effet du courant pour se précipiter sur moi. Puis je me retrouvai totalement immergée.

J'avais l'impression d'être prisonnière dans une sorte de cauchemar interminable, où l'eau était un dieu malveillant qui me poursuivait dans tous les couloirs du *Daedalus*. Je ne me réveillerais jamais, je ne pouvais qu'y mourir.

Sous l'eau, la combinaison manquait d'agilité. Et j'étais coincée contre les marches par la puissance du flot qui s'abattait sur moi. Je parvins à ramener mon bras, le pointant dans ce que je pensais être la direction dans laquelle se trouvaient les types III. Je tirai trois grenades dont les détonateurs étaient réglés sur cinq secondes.

J'ignorais quelle distance elles parcoururent. Elles n'allèrent pas assez loin, en tout cas. Les explosions furent si violentes qu'elles réussirent même à me déplacer malgré le fort courant qui me clouait au sol. L'espace d'un instant, je craignis qu'elles endommagent mon armure.

— Cessez de tirer des grenades, me recommanda John.

Je m'abstins de lui répondre. Je ne pensais plus qu'à Elijah, tuant des types III avec ses batteries afin que le reste du groupe puisse s'échapper. Je préférais encore cette issue à ce que les reines-cerveaux avaient prévu pour moi. Et j'aurais honoré son sacrifice.

— John…

J'allais lui demander comment déclencher simultanément toutes les grenades de ma combinaison. J'attendrais que ces épais tentacules s'enroulent autour de moi avant de faire exploser…

Non ! Attends. Oh, par la Capitaine ! et si cela fait sauter la bombe irradiante ? L'antimatière s'échapperait et annihilerait la matière normale. Le *Daedalus* pourrait s'ouvrir en deux.

Il faut que je protège la bombe. Je ne peux même pas me suicider.

Une autre grenade détona. Beaucoup plus loin, cette fois, mais, malgré l'eau qui me fouettait, je sentis le sol trembler.

— C'est toi qui l'as tirée ? demandai-je.

— Non. Je n'ai pas l'autorisation de tirer avec vos armes, se défendit John.

D'autres explosions se succédèrent rapidement.

— Que se passe-t-il ?

Je me tendis comme jamais, luttant pour que la combinaison réagisse et exerce toute sa force. De nombreuses alertes orange emplirent alors l'affichage, m'avertissant que les muscles artificiels avaient franchi leur limite de sécurité en tentant de suivre mon impulsion. Je réussis à me mettre à genoux. Mais je ne voyais pas comment j'allais pouvoir me débarrasser des dernières parties du filet métallique autour de mes jambes.

J'entendis alors une série de grenades exploser. Les caméras captèrent les éclairs orangés dans l'eau. L'onde de choc me fit basculer, et la force de l'eau me souleva de plusieurs dizaines de centimètres. Un long morceau de tentacule passa devant moi.

Puis je sentis des mains me saisir sous les aisselles, avant de me hisser hors de l'eau.

— Je te tiens ! s'exclama Rell.

Zawn et lui me traînèrent jusqu'en haut des marches. Je ne pouvais rien dire tant je sanglotais.

Oroko, Alisha et Alice se tenaient sur le palier, les bras tendus vers l'autre bout du garage. L'eau continuait à se déverser par la porte ouverte au fond de la salle. Elle avait presque rempli le niveau inférieur.

Sous mes yeux, Alice tira une grenade dans l'espace étroit entre la surface de l'eau et le haut de la porte. Il faisait sombre de l'autre côté. Mais lorsque la grenade explosa, je distinguai une silhouette sur laquelle il aurait été impossible de se méprendre : une reine-cerveau chevauchait un monticule de miniyis d'un noir luisant.

Elle se désintégra en une bouillie d'ichor caoutchouteux.

La porte commença à se refermer, réduisant le débit de l'eau.

— Ça va ? me demanda Zawn.

La question était si absurde que j'éclatai de rire. Je dus rapidement m'interrompre pour reprendre mon souffle.

— Hazel, ma chérie, tu n'as plus rien à craindre à présent, m'assura papa. Nous allons nous en tirer. Je te le promets.

— D'accord, croassai-je.

— Ne bouge plus, m'ordonna Zawn en coupant les fils autour de mes jambes à l'aide de sa lame-D.

— Vous êtes revenus pour moi ?

— Bien sûr qu'on est revenus pour toi, me répondit-il d'un air perplexe teinté d'indignation.

— Je vous remercie. Tous. Merci à vous tous. Ils allaient… Ils allaient…

— Reprends ton souffle, me recommanda Rell. En fait, tu ferais bien de prendre un léger sédatif. Tu es probablement en état de choc.

— Euh… d'accord. John, peux-tu me donner un sédatif ?

— C'est fait.

Je tentai de me concentrer sur l'affichage médical. Il indiquait la prise de calmant.

L'heure indiquée me sembla erronée.

— Désolé, ma chérie, mais il faut qu'on y aille, annonça papa.

— D'accord.

La porte de la section sécurisée s'était refermée, empêchant l'arrivée d'eau supplémentaire. Regardant autour de moi, je m'aperçus que la porte donnant sur le couloir avait été détruite par des grenades. Mais seul un filet d'eau continuait à passer. Le puissant courant qui m'avait projetée comme un fétu de paille s'était tari.

Papa et Frazer se tenaient de part et d'autre de la porte, observant le couloir. Itzy était de nouveau sur le dos de Frazer, si épuisée qu'elle semblait sur le point de s'endormir.

— Où est passée toute l'eau ? demandai-je.

— J'ai fait écrouler le plafond du couloir à l'aide de grenades, expliqua Frazer d'un ton enjoué. La pierre bat l'eau chaque fois.

— Ça tient pour le moment, constata papa. Mais…

— Je sais, il faut qu'on y aille, l'interrompis-je. J'ai compris.

Je n'étais même pas certaine de pouvoir tenir debout, surtout avec les sédatifs et les tremblements de peur qui agitaient mes membres. Mais, grâce au soutien de ma merveilleuse armure, je parvins à me redresser en titubant.

Frazer ne plaisantait pas. Juste après la porte, le couloir était bloqué par un amas de fragments rocheux. De l'eau giclait par toutes les fissures, trahissant la pression exercée de l'autre côté. Cela me rendit passablement nerveuse.

On s'éloigna rapidement de l'éboulis. Devant nous, de l'eau se déversait par quelques portes ouvertes, formant un unique ruisseau qui s'écoulait le long du couloir. En voyant cela, je ralentis. Certes, ce n'était pas le déluge qui avait envahi le couloir auparavant, mais toute cette eau, c'était trop pour moi.

— Ne t'arrête pas, m'encouragea Rell. Je t'en prie, Hazel. Je sais que c'est difficile pour toi en ce moment, mais dès que nous aurons atteint le puits, nous serons au-dessus de l'eau et nous n'aurons plus à la craindre.

— Nous sommes avec toi à présent, ajouta Zawn. Les yis ne nous sépareront plus jamais. Nous ne laisserons plus une telle chose se produire.

— Promettez-le-moi, dis-je d'une petite voix, haïssant l'impression de faiblesse qui s'en dégagea.

— Ça n'arrivera plus, confirma Rell d'un ton ferme.

— Nous allons y arriver, ajouta Zawn.

Je tentai donc de demeurer désinvolte et insensible à mes sentiments, comme l'aurait fait M. Darcy dans ce genre de situation, et poursuivis mon chemin en pataugeant dans l'eau. Le courant était rapide, mais j'en avais à peine jusqu'aux genoux. Et il ne nous restait plus que deux cents mètres à parcourir.

— Si l'éboulement ne résiste pas, je ferai exploser une plus grande partie du couloir, déclara Frazer avec assurance. Ça mettra fin à toute cascade. Nous nous engagerons dans le puits à notre rythme.

— Tu es le meilleur, Frazer.

Chapitre 13

Frazer ne fut pas contraint de lancer d'autres grenades. On atteignit le puits sans que l'éboulement s'effondre. Cette victoire fut quelque peu gâchée lorsque je levai les yeux. Au-dessus, le puits n'était qu'un vide obscur. Mais la carte sur mon affichage m'indiquait qu'il faisait trois kilomètres de haut, ce qui me glaça le sang. Ce qui s'était passé dans le garage m'avait complètement lessivée. Je n'étais pas sûre d'avoir la force de monter si haut par l'escalier à vis, et ce malgré le soutien de la combinaison.

Les lampes des casques éclairaient une large cascade qui se déversait au centre, juste devant nous, et dont les embruns éclaboussaient ma combinaison. Je l'entendais heurter la surface de l'eau, pas très loin en contrebas. Pas de doute, le puits se remplissait rapidement. Au prix d'un violent effort, je parvins à contenir un soupir de découragement. Je me dis que ce serait égoïste, qu'Itzy avait connu bien pire.

— Rell, avec moi, ordonna Oroko. Nous allons ouvrir la marche. Hazel et Alisha, suivez-nous. Frazer, Itzy et Savin, au milieu. Zawn, Alice, vous formez l'arrière-garde, d'accord ? Allons-y.

On entama donc notre ascension. Je me mis à réfléchir sérieusement à ce qui allait se passer lorsque nous arriverions là-haut, non loin de la mer centrale. Je demandai à la carte de me montrer le tiers supérieur du puits, ainsi que la disposition des compartiments et des couloirs sur lesquels il s'ouvrait.

Il y avait à l'arrière de la mer centrale une promenade semblable à celle que nous avions vue à l'avant. C'était là que trônaient les reines-cerveaux, se réjouissant en silence de leur conquête. Mais, à ce niveau, la porte qui permettait de sortir du puits n'y menait pas directement. Il fallait passer par une section sécurisée : celle de la filtration d'eau de mer 4, aux mains des yis. Il était hors de question qu'ils nous laissent y pénétrer.

J'étudiai les niveaux supérieurs et inférieurs, à la recherche d'un autre itinéraire. En dessous, il fallait contourner de nombreuses sections sécurisées. Au-dessus, il n'y avait aucun accès direct à la mer centrale, à moins de monter jusqu'à…

— La galerie d'observation, déclarai-je d'un ton déterminé.

— Eh bien, quoi ? demanda Zawn.

— La paroi terminale arrière de la mer centrale est le reflet de la paroi avant. On y trouve également une galerie d'observation. Ce sera notre point d'accès.

— Tu en es sûre ?

— Sûre et certaine.

— Ça ne s'est pas bien passé à la galerie d'observation, la dernière fois, fit remarquer Frazer.

— Ce ne sera pas comme la dernière fois. Nous savons ce que nous faisons désormais. Et eux non.

Je me demandai comment nous allions contourner la première porte du puits dont jaillissait une puissante parabole d'eau, contribuant ainsi à l'impressionnante cascade. Finalement, ce fut relativement simple. À l'aide de sa lame-D, Rell creusa des trous dans le mur, façonnant ainsi des prises pour les pieds et les mains autour de la porte. Je ne commençai à m'inquiéter que lorsque je me retrouvai directement au-dessus du torrent, et c'était plus dû au vertige qu'à autre chose.

À cet instant…

— Il faut faire attention aux cybots noirs, au-dessus, déclara Frazer.

— Pourquoi ? braillai-je. Tu en vois un ?

Avec précaution, je tendis la main jusqu'à la prise suivante. La règle que je m'étais fixée consistait à ne bouger qu'un seul membre à la fois. C'était à mes yeux le moyen le plus sûr de franchir la cascade. Malgré tout, la roche était humide et glissante.

— Non, mais tu es actuellement très vulnérable à un tir de bazooka. Je parie que les reines-cerveaux nous observent grâce à des capteurs, et que…

— Frazer !

Ma main trouva le trou, et je m'y cramponnai comme si c'était le seul point où je sois en contact avec la paroi du puits.

— Quoi ?

— Ce n'est ni le moment, ni le lieu, lui répondis-je sèchement.

— J'essayais juste de…

— Très bien, l'interrompit papa. Frazer, on a compris. On va surveiller l'activité. Hazel, concentre-toi sur ta traversée. On s'occupe du reste.

— D'accord.

Je ravalai tous les commentaires que je comptais adresser à mon frère et cherchai la prise suivante.

Il nous fallut franchir trois autres torrents avant qu'il n'y ait plus d'eau au-dessus de nous. Me tenant au bord des marches, je jetai un coup d'œil au-delà de la rampe. Le débit des jets versés par chacune des portes ouvertes, en contrebas, était encore constant, mais rien ne venait de plus haut. Je me demandai si je devais m'en méfier ou non.

Que nous réservaient-ils pour l'assaut final ? Ce devait être quelque chose de vraiment horrible.

Au fur et à mesure que nous montions, la pesanteur diminuait. Bien sûr, la porte sécurisée de la section de la filtration d'eau de mer 4 était fermée. Je m'immobilisai devant, brandissant mon fusil et ma lame-D, m'attendant à ce qu'elle s'ouvre. Elle ne bougea pas d'un pouce.

— Continuez, ordonnai-je.

— Qu'est-ce qu'on fait une fois en haut du puits ? demanda Zawn.

— Je te l'ai dit, on va à la galerie d'observation. Je largue la bombe irradiante dans la mer centrale après avoir réglé la minuterie sur quelques minutes. Ensuite, on sort au plus vite et on met plein de murs entre elle et nous.

— Ça suffira ?

— John ? demandai-je. Est-ce que cette idée nous permettra de rester en sécurité ?

— Il vous faudra un minimum de cinq mètres de roche entre la bombe et vous, lorsqu'elle explosera. Idéalement, le double. Et uniquement pour vous protéger des radiations. La pression du souffle sera extrême. Vous feriez bien d'essayer de vous en éloigner le plus possible.

— C'est ce que nous ferons, déclarai-je.

— Il y aura là-haut des types II et III qui nous attendront, fit remarquer Frazer. Et des cybots noirs, aussi. Sans parler de ce qu'ils ont fabriqué ces deux derniers jours pour casser nos armures.

— Je sais, lui assurai-je. J'y ai réfléchi. C'est là que je retourne leur tactique contre eux.

— Que veux-tu dire ? demanda papa.

— La traîtrise. La tromperie. La perfidie. Le mensonge…, lui répondis-je d'un air hébété. Tout ce qui ne me ressemble pas. J'accepterai tout ce qu'ils me proposeront, je me plierai à toutes leurs menaces en sanglotant et en gémissant comme une sœur Bennet dont les fiançailles ont été rompues. Je les implorerai et les supplierai sans une once de dignité. Je proférerai n'importe quelle contrevérité pour qu'ils nous fassent entrer dans la galerie d'observation. Si ça ne fonctionne pas, nous nous battrons. Les yis seront poussés dans une bataille comme ils n'en ont jamais connu.

Et si tout échoue, nous serons suffisamment proches de la mer centrale pour que la bombe irradiante fasse effet, de toute façon.

Personne ne protesta, ce qui, à mon avis, était la meilleure preuve de soutien qu'ils pouvaient m'offrir.

Plus nous gravissions l'escalier à vis, plus la pesanteur s'estompait, chacun de nos pas se transformant en un long vol plané. Je tapai sur la rampe avec ma main, me propulsant plus loin chaque fois. Manœuvrer en faible pesanteur était devenu une seconde nature.

Alisha ouvrit un canal privé.

— Je sais ce que tu vas faire, dit-elle.

— Tout ce qui se révélera nécessaire, rétorquai-je.

— Non. Je commence à te connaître, Hazel, raison pour laquelle je suis incroyablement fière de toi. Ashleigh Kruger savait ce qu'elle faisait en laissant le *Daedalus* entre les mains de ses enfants. Tu en es la preuve vivante, ma chère. Mais cette dernière partie, c'est mon travail. C'est la raison pour laquelle le destin m'a amenée ici, pour laquelle j'ai fui la Bénédiction et suis devenue une Tricheuse, afin que toi et moi, nous nous rencontrions. Et je suppose que c'est également pour ça que Mortos m'a été enlevé.

— Grand-mère !

— Inutile de prendre des gants avec moi. Tu es la capitaine, ce qui signifie que tu dois laisser ton équipage jouer le rôle auquel nos vies nous ont préparés.

— Oh, grand-mère, pas ça…, gémis-je.

— Pour que ce soit bien clair, tu ne pourras pas me faire changer d'avis. Et si tu me le refuses, j'irai expliquer tes intentions à ton père et à ces deux garçons dingues de toi. Tu crois que tu pourras alors mener à bien ton plan ?

— Mais…

— Non. C'est comme ça que ça va se passer et c'est tout.

Elle ne lâcha pas prise, usant de logique et d'émotion, battant en brèche toutes les objections que je soulevais. Je ne savais pas plus argumenter avec elle qu'avec Frazer. Finalement, je dus me résoudre à accepter.

* * *

On continua à gravir le puits sans un mot. Je me déplaçais dans un état d'abasourdissement, ma détermination précédente m'ayant abandonnée. Si la souffrance était devenue tangible, je pataugeais en plein dedans.

À chaque niveau, les portes devant lesquelles nous passions étaient closes. Puis l'escalier prit fin devant la porte la plus haute. Il restait encore une cinquantaine de mètres jusqu'au sommet du puits. On l'examina à la lueur des faisceaux lumineux de nos casques. Je repérai cinq grandes bouches d'aération circulaires derrière lesquelles tournaient paisiblement des pales de ventilateur.

Frazer étudia la porte.

— Ce n'est pas une section sécurisée, annonça-t-il. Vous préférez qu'on la découpe ou qu'on la fasse sauter avec des grenades ? Il est probable qu'il y ait beaucoup de yis et de cybots noirs derrière. Si on la fait sauter, ça les endommagera… Ça nous donnerait de meilleures chances.

Je constatai à quel point il était impatient d'utiliser des grenades. Au fond de moi, je le voulais aussi. Mais il y avait un plan.

— La galerie d'observation est encore deux niveaux au-dessus de nous, lui rappelai-je. Je préférerais éviter d'avoir à me battre jusque là-haut, si c'est possible.

— Comment comptes-tu faire, alors ?

— Je te l'ai dit. Je vais leur demander de passer un marché.

— D'accord, mais si ça ne fonctionne pas…

— Oui, Frazer, tu pourras faire exploser la porte.

— Avant toute autre chose, intervint Alisha, j'aimerais qu'Itzy porte mon armure.

— Pardon ? s'exclama papa.

— C'est simple. Nous sommes les plus proches en taille, et ce n'est pas juste de l'emmener là-dedans sans protection.

— Eh bien, certainement, mais…

— Je savais ce qui nous attendait, pas elle. Elle a été piégée, vous vous rappelez ? Il faut aussi tenir compte de notre différence d'âge. Itzy a toute la vie devant elle.

— Alisha, c'est…

— C'est logique, papa, l'interrompis-je, ce qui me mit encore plus mal à l'aise.

— Ah… comme vous voudrez…

— Vous êtes sûre ? insista Alice. Peut-être que deux d'entre nous pourraient rester ici avec elle ?

— Non, on reste ensemble, répondit fermement Alisha en ouvrant sa combinaison et en commençant à se tortiller pour s'en extraire. Que quelqu'un me donne un coup de main.

Frazer se précipita et saisit la combinaison. Il était très différent d'ôter sa combinaison dans un endroit avec une pesanteur normale et dans celui où nous nous trouvions, avec une pesanteur à dix pour cent. Alisha s'en tira avec une grâce que je ne lui avais jamais connue.

Suivant les instructions de Frazer et Alice, Itzy se tortilla pour s'introduire dans l'armure. Sa robe mouillée n'était pas la meilleure tenue à porter à l'intérieur. Elle dut déplacer le tissu collant pour y prendre place convenablement. Dès qu'elle fut à l'intérieur et que son plastron se fut refermé, on lui expliqua les rudiments du contrôle de la combinaison.

J'observai la scène d'un air aussi impassible que possible. Frazer finit par me faire un signe du pouce.

— J'ai l'impression que Josephine n'y est pas arrivée, confiai-je à John. J'imagine que c'est à nous de jouer.

— Gardez espoir, répondit-il. Elle doit suivre un itinéraire prudent jusqu'à la mer centrale. Pas nous. Il lui faudra plus de temps, voilà tout.

— Sans doute. Mais nous ne pouvons jouer que notre main. Ouvre un canal vers le réseau du *Daedalus*.

— Nous devrons nous contenter de demander une connexion. Ce sera aux reines-cerveaux de l'accepter ou non.

— Elles n'y manqueront pas.

J'avais un million de doutes sur ce que nous faisions, mais pas sur cela.

L'icone blanc apparut sur mon affichage.

— Bonjour, Hazel.

— Vraiment ? Laissez tomber cette fausse politesse. Je ne m'en offusquerai pas, dis-je en ricanant.

— Parfait. L'honnêteté est une qualité remarquable. Je vais à présent éteindre l'habitat.

— Quoi ? Non…

— Tous les humains qui ne se sont pas réfugiés dans les sections sécurisées vont mourir de froid. Je me repaîtrai de leurs cadavres.

Je sentis de la bile remonter dans ma gorge.

— Attendez.

— Pour m'en assurer, je vais envoyer des cybots des incidents majeurs vers la fuite que tu as colmatée. Ils vont la rouvrir et l'agrandir. Il se peut ainsi que les humains finissent par mourir d'asphyxie avant de succomber au froid.

— Non ! Non, je vous en prie. Je ne suis pas là pour ça. Je souhaite discuter.

— Tes désirs n'ont plus la moindre importance.

— Non, c'est faux ! m'écriai-je.

— Si, c'est vrai. Les IA encore intactes ont le devoir impérieux de protéger les humains qu'elles abritent dans les sections sécurisées. C'est leur programme principal. Pour les sauver après que j'aurai détruit l'habitat, elles devront emmener le *Daedalus* vers le nouveau monde.

— Écoutez-moi, j'ai toute autorité à bord.

— En effet. Ça t'a été utile ?

— Je…

— Non. Pas le moins du monde. Tu es un être insignifiant. Une gêne, j'en conviens. Mais bon. Une créature sans importance, malgré tout.

— Non, c'est faux. Je vous ai battue, criai-je d'un air de défi.

— Comment peux-tu soutenir une chose pareille ? C'est moi qui maîtrise la situation.

— C'est loin d'être le cas, grognai-je en désespoir de cause. Pas tout, du moins. C'est toujours moi qui ai la main sur l'antimatière. C'est pour cette raison que nous sommes allés dans la section de la propulsion 2, avant de venir ici.

— J'aurai bientôt le contrôle de l'antimatière.

— J'ai ordonné à l'IA de la section 2 de l'éjecter dans l'espace si je ne suis pas de retour dans un jour.

— Elle ne le ferait pas.

La voix de l'esprit collectif des yis avait conservé un ton ferme, mais sa réponse avait été trop rapide. J'étais certaine de l'avoir inquiété.

— La capitaine Kruger s'est sacrifiée et les IA ne l'en ont pas empêchée. Eh bien, à présent, c'est à mon tour. J'ai également fait ce choix. Sans antimatière, le *Daedalus* ne parviendra jamais à atteindre le nouveau monde.

— Alors vous mourrez.

— Nous mourrons de toute façon, tu viens de me le dire. La seule question qui reste est de savoir comment. De cette façon – à ma façon –, nous avons un but. Les humains mourront dignement, car vous n'atteindrez jamais le nouveau monde. Tout ce que vous avez fait, tout ce pour quoi vous avez vécu au cours de ces cinq derniers siècles n'aura servi à rien.

— Je ne te crois pas. De toute façon, nous n'avons pas besoin de l'antimatière de la section 2. Le *Daedalus* est parfaitement en mesure de gagner le nouveau monde avec l'antimatière des autres sections.

— Possible. Mais la section 2 a déjà calculé que, même en utilisant toute l'antimatière, le trajet du retour prendra des dizaines d'années. Les humains réfugiés dans les sections sécurisées ne pourront pas tenir si longtemps ; seul l'habitat peut nous aider tous à vivre sur une si longue période. Et si vous n'avez plus d'humains en otages pour faire chanter les IA, elles ne vous aideront pas. Rallumez l'habitat. Rappelez vos cybots des incidents majeurs.

— Pourquoi ferais-je une chose pareille ? Si tu dis vrai, tu vas nous tuer tous.

— Ce n'est pas moi qui mens, ici. Et vous savez pourquoi je fais ça. Je vous hais plus que tout au monde, mais j'accepte votre offre. Si nous atteignons le nouveau monde, vous aurez les mers, et nous les terres.

— Comment puis-je être certaine que tu tiendras parole ?

— Je serai votre otage. C'est pour cette raison que je suis venue. Je resterai seule dans la galerie d'observation, où je serai vulnérable. Si les humains vous attaquent, je mourrai. Si vous attaquez les humains ou si vous me tuez, le *Daedalus* n'atteindra pas le nouveau monde. Si je reste en vie, le *Daedalus* ralentira et retournera vers le nouveau monde. Les deux parties doivent respecter l'accord pour survivre.

— Non.

— Il le faut ! hurlai-je comme une hystérique. Vous êtes folle ? Je suis prête à renoncer à tout pour cet accord. À tout ! Justice ne sera jamais rendue pour l'ensemble de vos méfaits. Je vais devoir vivre sur la même planète que vous. Ce sera pour moi une existence de pure souffrance. Ça ne s'arrêtera jamais. Mais je l'accepte. Et voilà que vous rejetez la victoire que je vous offre ? Vous renoncez à gagner parce que vous êtes stupide et arrogante. Vous savez quoi ? Je suis heureuse que vous ayez refusé. Vous méritez de mourir. Jusqu'au dernier. Je suis soulagée que ça se termine de cette façon. À présent, je sais que vous allez tous mourir ici, seuls dans l'espace, le froid et l'obscurité. J'espère que vous pourrez entendre chacun de vos rejetons pleurer d'impuissance tandis que l'eau gèlera autour d'eux. Je souhaite que vous…

— Hazel. Calme-toi.

— Allez au diable. Monstre ! Je rends service à toute la galaxie en détruisant le *Daedalus* !

— Je ne refuse pas.

— Je… Pardon ?

— J'accepte ton marché.

— Mais… vous avez dit « non »…

— J'allais dire que tu ne me suffis pas comme otage. Ton frère et l'un de tes parents ont également une signature génétique qui leur permet de prendre le commandement des IA. Ta famille restera donc avec toi dans la galerie d'observation pendant que nous prendrons la direction du nouveau monde. En outre, les autres membres de ton petit groupe vous rejoindront. Le fait qu'ils partagent tous ton sort t'aidera sans doute à te concentrer sur la trajectoire du *Daedalus* vers le nouveau monde.

— D'accord. Mais laissez Oroko et Itzy regagner la section des générateurs 3.

— Non. Ils restent aussi.

— C'est bon, Hazel, intervint Itzy. Je vais rester.

— Itzy…

— Je veux rester. Vraiment.

— Marché conclu, alors, déclara la reine-cerveau.

Comme toujours, elle s'était exprimée d'un ton parfaitement égal et assuré. Si les reines-cerveaux se méfiaient, elles n'en laissaient rien paraître. Et, bien sûr, elles n'exprimaient aucune trace de triomphe non plus.

— Très bien, lâchai-je alors d'une voix tremblante. Mais je ne vous aiderai pas tant que nous ne nous serons pas mis d'accord sur les détails. Je ne vous fais pas confiance pour ne pas nous attaquer une fois que nous aurons atteint le nouveau monde.

— Formulons les garanties nécessaires. Rien ne pourra commencer sans elles.

— Eh bien… d'accord. Enfin, je crois. Papa ?

— Je ne leur fais pas confiance.

— De part et d'autre, la confiance devra s'acquérir, répondit la reine-cerveau. Notre accord devra en tenir compte et prévoir des garanties que les deux parties jugeront acceptables. Je suis convaincue que nous pouvons y parvenir. Il serait fatal d'échouer maintenant.

— Elle a raison, papa, dis-je d'une petite voix. Il faut qu'on essaie.

— D'accord, gronda-t-il d'un air désapprobateur.

— Vous voulez qu'on monte tout de suite dans la galerie d'observation ? demandai-je prudemment.

— Oui. Il est temps de s'y mettre.

— Attendez, intervint Alice. Il n'y a pas que l'éclairage de l'habitat qu'il faut rallumer. Il faut aussi que vous cessiez de jouer avec l'eau.

— Bien entendu. Je vais réorienter les pompes. Les canaux se rempliront de nouveau.

Alice pouffa d'incrédulité.

— J'imagine que... c'est tout pour l'instant, dis-je. Nous réglerons le reste quand nous serons dans la galerie d'observation.

— Avant d'y aller, y a-t-il de quoi manger, là-haut ? demanda Frazer. Nous allons probablement devoir y vivre des années.

— Évidemment, je peux vous fournir des imprimantes alimentaires en état de marche, répondit la voix des reines-cerveaux.

Je me postai devant la porte, activai le fusil de mon avant-bras et le braquai droit devant. Je pris une profonde inspiration, faisant en sorte qu'elle soit parfaitement audible.

— Allons-y, alors.

— Inutile de prendre des armes, Hazel.

— Inutile de nous attaquer quand la porte s'ouvrira... Commençons par ça et voyons qui aura eu tort.

— Tu as un sacré tempérament, n'est-ce pas ?

— À qui la faute ? Qui nous a fait subir tout ça ? Qui ne nous a pas laissé le choix ? Qui nous a tout pris ?

— Je vais ouvrir la porte à présent.

— Eh bien, faites-le lentement, parce que je vous jure sur la tête de la Capitaine que si quelque chose se précipite sur nous, je trouverai un moyen de vous atteindre, chacune d'entre vous.

À mes côtés, mes amis, y compris Itzy, brandirent leurs armes, prêts à réagir au moindre soupçon de traîtrise de la part des yis.

Chapitre 14

La porte s'ouvrit. La lumière jaillit par l'entrebâillement. Un long couloir s'étendait devant nous. Une vingtaine de yis de type II étaient alignés tout du long. Ils étaient escortés de huit cybots noirs fixés à leur rail. Ces derniers portaient tous des bazookas, pointés vers le bas. Aucun d'entre eux ne remua.

— D'après ce que j'ai compris, déclara la voix des yis, dans le passé de la Terre, on offrait une escorte de chevaliers à la princesse pour honorer son retour. Un régiment, en fait.

— C'est George Wickham qui vous l'a dit ?

Je m'engageai dans le couloir. Les types II demeurèrent impassibles. Je les trouvai franchement plus effrayants immobiles que lorsqu'ils étaient en train de charger en agitant frénétiquement leurs tentacules.

— Je passe en premier, proposa Oroko.

— Frazer, va avec lui, ordonnai-je. Tu en sais plus que n'importe qui sur les machines. Si quelque chose te paraît louche, ne te pose pas de questions, fais-le sauter. Vous avez entendu ?

— J'ai entendu, confirma la voix des yis.

— Alisha, reste près de moi.

Mon arrière-grand-mère acquiesça. On progressa dans le couloir par longs bonds successifs. Les surfaces étaient encroûtées d'une substance visqueuse, les mêmes souillures répugnantes que celles que j'avais vues dans la partie avant.

— Ouah, grommela Alisha. Quelle puanteur !

J'ignorais comment elle pouvait rester si calme. Le privilège de l'âge, sans doute. Les capteurs de ma combinaison scannèrent les cybots noirs au fur et à mesure que nous les dépassions. Ils étaient bel et bien sous tension.

— Tu crois que les yis vont vraiment tenir leur parole ? demandai-je à John.

— Votre menace d'éjecter l'antimatière a dû les surprendre. Ils tentent peut-être de gagner du temps en cherchant un nouveau scénario pour vous vaincre.

— Il faut seulement que ça les retienne jusqu'à ce qu'on atteigne la galerie d'observation. C'est tout ce qui compte.

— Hazel, je n'ai aucun souvenir direct de mon précédent opérateur, mais je sais que ceux qui étaient à bord du *Daedalus* dès le départ seraient extraordinairement fiers de vous.

Ces paroles inattendues firent naître une boule dans ma gorge. Au début, j'avais considéré John et toutes les IA comme des machines, intelligentes, certes, mais rien de plus. J'avais tort, c'était une véritable personne, vivante d'une manière différente, voilà tout.

On monta d'un niveau, gravissant l'une de ces rampes en colimaçon ponctuées de bosses disposées de façon régulière et non de marches. D'autres types II étaient postés le long de la rampe, immobiles. Des cybots noirs étaient intercalés. Au sommet, deux types III se tenaient un peu plus loin dans le couloir opposé à celui que nous avions pris. Je voyais trembler la chair autour de leurs bouches tandis qu'ils émettaient un doux son de flûte.

À leur vue, je sentis des frissons me parcourir l'échine.

— Avons-nous progressé dans l'interprétation de leur langage ? demandai-je.

— Très peu, reconnut John. Mais les harmoniques qu'ils émettent à présent ressemblent curieusement à celles qu'on entendait dans la Pouponnière, quand les types II ont commencé à souffrir d'asphyxie.

— Il pourrait donc s'agir d'un ordre de ne pas bouger ?

— Ça me semble fort probable.

Nous parcourûmes d'autres couloirs, avant de monter la rampe en colimaçon conduisant au niveau suivant. La galerie d'observation était désormais à trois cents mètres. Il y avait des types II tout le long du trajet. Nous étions déjà passés devant une dizaine de types III.

— J'ai compté quatre-vingt-deux types II visibles sur l'itinéraire que nous venons d'emprunter, déclara Frazer. Avec soixante-dix-neuf cybots noirs. Et la Capitaine seule sait combien d'autres se cachent dans les compartiments par ici. Il est suspect qu'aucune des portes ne soit ouverte. Contrairement à la plupart de celles de la partie avant. Si je ne m'abuse, on dirait que les reines-cerveaux essaient de nous intimider.

— Voyons le bon côté des choses, dit Zawn. Aucun type IV.

On longea le couloir en bondissant. Deux intersections. Lorsqu'on s'engagea dans la seconde, la porte de la galerie d'observation se trouvait à soixante mètres devant nous. Ouverte, elle laissait passer l'éclat des bandes lumineuses de la mer centrale.

Je me demandai si l'étoile qui brillait sur le nouveau monde serait aussi lumineuse et accueillante lorsque nous serions à ciel ouvert.

— Hazel ? m'appela la voix des yis.

Je sentis aussitôt mon cœur battre deux fois plus vite. *Ils savent ! Oh, guano ! ils se sont joués de moi pendant tout ce temps, comme toujours.*

— Oui ?

— Vous avez formé des groupes de deux lorsque tes amis et toi êtes entrés dans la partie arrière à la recherche de Frazer. Vous portiez tous vos combinaisons AGD-FR.

— Oui ? Et alors ? Vous pensiez que nous allions nous laisser prendre au dépourvu ?

— Qui est la grande personne ?

Cela ne sentait pas bon. Pas bon du tout.

— Je ne sais pas. Probablement Atov.

— Non. Ce n'est pas Atov. Je connais chacun des humains à bord, je vous observe tous depuis votre naissance. Je vous étudie dans les champs des villages. Je vois vos visages grâce aux caméras des écrans lorsque vous vous rassemblez pour écouter mes instructions. Aucun humain aussi grand n'est né à bord du *Daedalus*.

— Bien sûr que si, puisque vous nous interrogez à son sujet, intervint Frazer.

Cette voix, ce ton suffisant qui signifiait *« je sais mieux que toi »*, celui qui me hérissait chaque fois. Sauf aujourd'hui. Aujourd'hui, c'était la perfection vocale même.

— Je ne nie pas l'existence de cette personne, raison pour laquelle je demande qui elle est.

Je continuai à faire des bonds. Chaque fois que je donnais une impulsion sur une prise, j'y mettais plus de force, ce qui me faisait accélérer un peu. Il me restait cinquante mètres à parcourir.

— Sans déconner ! se moqua Frazer. Ils sont deux kilomètres plus bas et portent une armure. On ne sait même pas qui est qui, ici.

— Bien sûr que si, Frazer. L'identification des autres combinaisons fait partie du programme de communication tactique de votre armure AGD-FR.

— Ah ouais ? Quand ils sont à portée de capteurs, pas de problème. Mais que dit le manuel sur la portée des capteurs quand il y a deux kilomètres de vaisseau entre vous et l'autre combinaison ? Cherchez bien, crétine.

L'air que fredonnaient les types III se modifia légèrement.

— John ?

— Oui ?

— La combinaison peut-elle brouiller les messages réseau à destination des cybots noirs ?

— Les fonctions de guerre électronique devraient pouvoir s'en charger, oui. Pour un temps limité, du moins.

Pour la première fois, je décelai une certaine agressivité dans la voix de la Capitaine Électrique.

— Qui porte la grande combinaison, Hazel ? Cette personne se trouvait avec vos amis, tout à l'heure. Elle faisait partie du groupe qui s'est échappé de la galerie d'observation avant par le sas de l'axe. Le réseau a été corrompu de manière électronique, puis endommagé physiquement durant les combats, mais j'ai quelques images.

— Comme l'a dit Frazer, il faudrait que nous soyons à portée avant d'en avoir le cœur net, répondis-je d'un ton dédaigneux.

— Quel que soit cet individu, il est en train de se faufiler jusqu'ici, pourquoi ferait-il une chose pareille ? Il n'a pas trouvé Frazer. D'ailleurs, pourquoi êtes-vous montés ici ?

Nous étions à trente mètres de la galerie d'observation.

— Pour vous parler, répondis-je. Pour faire exactement ce que nous sommes en train de faire.

— Vous auriez pu me parler par le réseau depuis n'importe où. Pourquoi êtes-vous montés ici ?

— Le puits vertical était inondé, comme tous les couloirs en dessous, fit remarquer Frazer avec un certain mépris. Grâce à vous, vous vous rappelez ? C'était le seul moyen de sortir de l'eau que vous nous balanciez pour tenter de nous noyer !

Vingt-cinq mètres. Je vis l'extrémité des tentacules des types II devant nous commencer à frémir.

— Vous étiez huit, la première fois que vous êtes entrés dans la section 3 du service d'écologie. En ressortant, vous étiez neuf. Qui est-ce ?

— Qu'est-ce que ça peut vous faire ?

— Votre refus vous trahit.

— John, brouille le signal du réseau. Crie l'ordre yi de ne pas bouger aussi fort que le volume de la combinaison le permet !

La porte de la galerie d'observation commença à se fermer.

— Faites sauter la porte ! braillai-je.

Oroko et Frazer tirèrent des grenades presque en même temps. Ma combinaison se mit à hurler l'effrayante langue yi, plus fort que je l'aurais cru possible. Les explosions simultanées la recouvrirent, mais un court instant seulement. Quand le bruit la déflagration s'estompa, les types II se mirent à tressauter frénétiquement, comme s'ils étaient atteints d'une fièvre terminale, mais ils demeurèrent à leur poste.

— On y va ! ordonnai-je.

Quatre cybots noirs se trouvaient entre la porte détruite et moi. Deux d'entre eux se déplacèrent de quelques centimètres le long du rail, avant de revenir en arrière, répétant ce mouvement à l'infini. Un autre se mit à agiter son bazooka dans tous les sens, et le dernier se figea.

Oroko et Frazer filèrent d'un bond au long du couloir, me devançant même. Mon affichage m'indiqua que des balles à tête explosive explosaient derrière moi.

— Qu'est-ce que… ? commençai-je.

— Des types III, répondit Zawn. Mais plus maintenant.

Alice tira sur les yis immobilisés en passant devant eux tandis que Zawn tranchait les cybots noirs à l'aide de sa lame-D. Oroko et Frazer s'engouffrèrent dans la galerie d'observation. Une alarme retentit dans mon casque et des icones rouges apparurent sur l'affichage tactique. Un tir de bazooka avait touché la combinaison d'Oroko, l'enveloppant d'une flamme orange vif. Il fut projeté sur le côté. Frazer tirait.

— N'entre pas ! ordonnai-je à Alisha.

L'affichage tactique m'indiquait la position des yis et des cybots noirs que les capteurs de Frazer avaient identifiés dans la galerie d'observation. Des grenades volaient vers eux.

Saisissant le bord déchiqueté de la porte, j'entrai dans la galerie d'observation en réalisant une pirouette. J'avais déjà lancé mes grenades. En décrivant un vaste arc de cercle, je mitraillai la salle à la cadence de tir maximale.

Puis il ne resta plus de menace, mais seuls quelques petits nuages d'une épaisse fumée causés par les grenades, qui grossissaient avant de se dissiper. Je me retrouvai volant dans les airs, accroupie en position défensive, la faible pesanteur m'attirant lentement vers le sol. Je ne ressentis pas grand-chose en observant les cybots anéantis et les yis carbonisés. Au contraire, j'étais heureuse d'avoir eu raison. On ne pouvait simplement pas faire confiance aux yis.

Jamais.

Alisha entra en douceur, suivie par le reste de mes amis, Zawn et Alice fermant la marche. Ils se déplaçaient à reculons pour couvrir le couloir.

— On a réussi ! s'exclama Zawn, à bout de souffle. On y est. On a gagné !

— Pas encore, répliquai-je sèchement en portant la main à la sacoche fixée à ma hanche.

— Le moment est venu, Hazel, annonça calmement Alisha.

Elle me tendit la main.

— Le moment de quoi ? demanda papa, déconcerté. Grand-mère, que se passe-t-il ?

Je ne pus me résoudre à lui répondre. J'avais trop honte.

* * *

« C'est une solution logique, m'avait dit Alisha dans ce maudit escalier à vis.

— Non, pas du tout, avais-je protesté. (J'étais presque en train de sangloter.) Ne t'avise pas de me dire que la logique a quelque chose à voir là-dedans. Tu souhaites juste venger Mortos.

— C'est vrai, et c'est la raison pour laquelle c'est logique. Je suis celle qui a le plus de chances d'arriver au milieu de l'axe.

— Tu n'auras pas de combinaison !

— Parce que je ne reviendrai pas. Je serai plus agile sans combinaison.

— Il y a vingt-cinq kilomètres jusqu'au milieu de la mer centrale, et tu es…

— Vieille ?

— Fatiguée.

— Alors, mets ton minuteur sur une heure. Même si je ne suis pas au milieu, je ne serai plus très loin. »

* * *

— Tout va bien, Savin, dit Alisha à papa. Ma décision est prise. Allez simplement vous mettre à l'abri.

— Vous ne pouvez pas,…

— Que croyiez-vous qu'il allait se passer, une fois qu'on serait ici ? le réprimanda-t-elle. Que nous allions tous ramper le long de l'axe, poser la bombe au bon endroit, puis revenir ? Comme un joli petit groupe heureux ? Celui qui apporte la bombe là-bas ne reviendra pas.

— Oui, d'accord, mais…

« Oui, d'accord » ? Il a bien dit : « Oui, d'accord » ?

Je commençai à me demander si papa n'avait pas prévu de faire lui-même cet ultime voyage solitaire. En tout cas, il avait l'air passablement sur la défensive. Mais il fallait dire que je m'étais faite à l'idée que c'était moi qui l'apporterais et qui, avec un peu de chance, reviendrais à temps.

Pensaient-ils tous que c'était à eux de le faire ?

— Fin de la discussion, annonça Alisha d'un ton sévère. Tout retard ne fera qu'aider les yis. Hazel ?

Elle m'adressa un signe d'impatience.

Je ne voulais pas, vraiment pas. Mais je me forçai à tirer la bombe irradiante de sa sacoche.

— Une heure, d'accord ? demanda Alisha.

— D'accord, acceptai-je avec effroi, lui remettant la bombe.

— Merci, ma chère. (Elle se tourna vers la baie vitrée d'un air déterminé.) Il faut que tu fasses un trou, je te prie.

Je suivis son regard. Juste derrière, au-dessus de la vitre, se trouvait le portique de l'axe, un tube de poutrelles robustes mesurant une centaine de mètres de large. Il s'étendait au milieu de l'immense salle cylindrique de la mer centrale, dans une brume lumineuse qui masquait presque la lointaine paroi terminale avant. Environ tous les kilomètres, il était cerné de bandes lumineuses qui diffusaient une lumière blanche éclatante sur les eaux noires, un kilomètre et demi plus bas. De l'endroit où je me trouvais, il me semblait impossible d'atteindre la moitié de cette distance, même avec l'aide des muscles artificiels de mon armure.

— Alisha…

Un icone rouge d'avertissement se mit à clignoter sur l'affichage tactique.

Un mouvement avait été détecté sur le portique.

Capitaine me protège, pas un autre palan de maintenance. Je vous en prie ! J'avais survécu de justesse la dernière fois…

Ce n'était pas le cas. La caméra de ma combinaison zooma sur un groupe de cybots noirs qui filait sur le pourtour extérieur du portique le long d'un des rails annulaires. L'un d'eux braquait son bazooka droit sur…

— À terre ! hurlai-je.

Lorsque le projectile du bazooka explosa contre la baie vitrée, juste en face de nous, celle-ci vola en éclats. La force de l'explosion me projeta en arrière. Je n'eus pas le temps de réagir avant que l'image affichée devienne d'un blanc éclatant. La combinaison compensa aussitôt en réduisant la brillance. J'étais sûre que le résultat de cette compensation était faux : l'atmosphère grouillait de minuscules points incandescents qui se précipitaient sur nous comme si les étoiles elles-mêmes tombaient en cascade.

L'alarme de ma combinaison retentit dans mon casque tandis que des icones d'alerte que je n'avais jamais vus auparavant s'allumaient. La combinaison fut frappée à plusieurs reprises, me repoussant encore plus loin de la baie vitrée. Je déglutis de panique, mais les projectiles, quels qu'ils soient, ne transpercèrent pas mon armure. Elle résista aux impacts. Cela ne fit que contrarier mon affichage, dont les icones s'illuminèrent de plus belle, de façon plus pressante.

Des flammes jaillissaient des murs et du sol de la galerie d'observation, produisant un tourbillon d'épaisse fumée graisseuse. Je ne comprenais pas. La galerie était composée de panneaux métalliques et de matériaux composites que les bâtisseurs avaient modifiés d'une manière ou d'une autre pour rendre les molécules superrésistantes. Il était impossible qu'ils prennent feu.

Les cybots noirs continuaient à nous tirer dessus leurs balles aveuglantes. Je leur renvoyai une rafale de grenades.

— Surface externe proche du niveau de température critique à plusieurs endroits, annonça ma combinaison.

Sur l'affichage, des icones d'alerte clignotaient un peu partout sur un diagramme de la combinaison.

Il y en avait trois sur une jambe, deux sur mon bras, trois sur ma poitrine et un autre sur mon casque.

— Hein ? (Levant le bras, je poussai un grognement de surprise. Deux des étoiles éblouissantes y étaient collées, dégageant de la fumée noire.) Qu'est-ce que c'est que ce truc ? braillai-je, affolée.

— Il doit s'agir de thermoplam, estima John. Une substance chimique dérivée de la thermite qui brûle à des températures extrêmes et qui est particulièrement adhésive. Les processeurs de matériaux ordinaires du *Daedalus* sont parfaitement en mesure d'en produire.

— Mais la combinaison est intacte.

— Oui, mais elle n'arrive pas à dissiper la chaleur assez rapidement. Les conduits thermiques à l'intérieur des bandes musculaires finiront par se briser et la chaleur se transmettra directement à votre peau. L'objectif de l'attaque est de vous rôtir vivante à l'intérieur de la combinaison.

Je me mis à taper sur le point logé dans mon casque. Des icones d'alerte plus petits s'affichèrent sur mon gantelet.

— Que dois-je faire ?

— La combinaison éjectera les zones d'impact avant que la chaleur vous atteigne.

— Capitaine soit louée !

— Laissant cette partie de votre corps exposée.

— Guano !

Je me focalisai sur le portique de l'axe où se trouvaient les cybots noirs. Un seul d'entre eux nous tirait dessus, partiellement dissimulé derrière une grosse poutre. Son arme ressemblait à une version encombrante des minicanons que les milibots avaient portés, une arme que papa et son équipe auraient pu assembler à la menuiserie. Ne restait plus des autres cybots noirs qu'un méli-mélo de débris.

— Que tout le monde tire sur ce cybot !

Je visai à l'aide de mon lance-grenades et ordonnai à ma combinaison d'ouvrir le feu.

— Impossible d'obtempérer, protesta celle-ci. Échec du mécanisme de tir.

Avec mon autre bras, je lâchai une rafale de balles à tête explosive, puis je dus me réfugier derrière une pile de tables fumantes lorsqu'un nouveau barrage de thermoplam déferla sur la galerie.

— Les dégâts causés par la chaleur approchent le seuil critique, annonça ma combinaison. Éjection des segments endommagés.

J'entendis de petits claquements. Une légère brise s'engouffra dans mon casque, apportant avec elle une épouvantable odeur de brûlé. Les icones d'alerte prirent une teinte ambrée.

— On l'a eu ? demanda papa.

— Je crois bien que oui, répondit Oroko.

— D'autres arrivent par le portique, prévint Zawn.

Alice poussa un cri déchirant. Je me déplaçai le long des tables en feu pour tenter de voir ce qui se passait. D'autres projectiles de thermoplam traversèrent la galerie, m'obligeant à m'accroupir. Je jetai un coup d'œil depuis l'extrémité de la pile.

Alisha était étendue au sol. Le thermoplam l'avait touchée à la poitrine, l'ouvrant en deux. Des flammes jaillissaient de ses plaies noircies.

L'espace d'un instant, le temps sembla se figer. Je regardai fixement son corps, avalant de l'air rance, refusant d'en croire mes yeux. D'autres balles actiniques fusèrent dans la galerie.

— Ripostez ! s'écria Zawn en tirant une rafale à travers le verre brisé.

Frazer, Rell et papa l'imitèrent, mitraillant le portique où étaient regroupés les cybots noirs.

— Grand-mère, gémis-je.

Je ne pouvais plus bouger. Ce n'était pas ce qui était prévu. Ce n'était pas le plan. Elle était prête à se sacrifier, mais pas comme ça, pas sans raison.

Je savais ce qu'il me restait à faire. Puis j'aperçus la bombe : elle roulait, s'éloignant lentement de sa main ouverte.

— Non, geignis-je.

Je me levai d'un bond pour l'attraper. Mais, bien sûr, je n'avais pas les idées claires. Comme toujours, la combinaison amplifia mes mouvements. Quittant le sol, je me heurtai au plafond. Une nouvelle salve de thermoplam s'abattit sur mon armure. Je me protégeai instinctivement le visage avec un bras, parfaitement consciente du petit trou dans mon casque.

Les impacts me firent tournoyer sur moi-même. Je me cramponnai à une imprimante alimentaire en feu, sur le mur du fond, et chutai au sol. L'attaque soudaine m'avait secouée. Je me retournai aussitôt pour voir si quelqu'un tirait encore sur les cybots noirs. Rell se déplaçait, bondissant rapidement, se dirigeant vers…

— Non ! lui criai-je.

— Tout ce que j'ai toujours voulu, c'est être médecin, expliqua-t-il. Je veux sauver des vies. Et la tienne est la seule qui compte pour moi, Hazel.

— Rell…

Il attrapa la bombe alors qu'une demi-douzaine de balles incandescentes frappaient son armure. Elles ne le ralentirent même pas.

— Deux minutes, dit-il. Règle le minuteur sur deux minutes.

— Ne…

— Je pourrai tenir. Et tu pourras aussi t'en sortir.

Il plongea dans le vide à travers la baie vitrée brisée, au-dessus de la mer centrale.

— NON ! Rell ! Reviens ! l'implorai-je.

En raison de la faible pesanteur, il ne tombait pas vite, son corps tournoyant lentement tandis qu'il serrait la bombe contre sa poitrine. Des points de lumière blanche flamboyaient sur toute son armure, telles des flammes de bougie d'une puissance exceptionnelle. Puis ils commencèrent à se détacher, l'entourant d'un chatoiement intense.

— Deux minutes, fais-le !

Je vis se dresser les évents d'assistance au saut derrière ses épaules, et il commença à prendre de la vitesse, une légère traîne de fumée dans son sillage. Il volait. Vraiment. Il filait dans les airs parallèlement au portique de l'axe, aussi libéré que n'importe quel oiseau.

— Vas-y, Rell, l'encouragea Frazer.

Il riait. J'entendais rire mon Rell. Il avait l'air si heureux.

— Je t'aime, Hazel.

— Moi aussi, je t'aime, croassai-je, la voix entrecoupée.

— Il faut que vous régliez le minuteur, insista John.

J'ordonnai à ma combinaison de le régler sur deux minutes, bégayant sous l'effet du choc. Dans une partie de mon esprit, j'espérais que la combinaison ne reconnaîtrait pas l'instruction que j'avais bredouillée.

Ce ne fut pas le cas. L'icone de la bombe se mit à clignoter en vert.

— Il faut qu'on y aille, insista papa. Maintenant. Tout de suite. Tout le monde.

Sur le moment, je le haïs, mais il avait raison. Je me retournai.

— Je ne t'oublierai jamais, lui promis-je.

Des larmes maculaient l'intérieur de mon casque.

— Hazel, tu…

Trois salves de balles incandescentes jaillirent de derrière le portique de l'axe, pilonnant la combinaison de Rell. J'ouvris la bouche pour crier, mais aucun son n'en sortit. J'étais au-delà de la douleur.

Des morceaux d'armure calcinée s'éjectèrent de la combinaison de Rell tandis qu'il commençait à décrire une courbe vers l'eau sinistre en contrebas. Les cybots noirs continuaient à lui tirer dessus.

Je n'arrivais pas à imaginer la douleur qu'il allait ressentir lorsque ces horribles balles traverseraient son armure en cours de désintégration.

Quelqu'un m'attrapa et me traîna jusqu'à la porte détruite du couloir. Les combinaisons se serrèrent autour de moi. Ils tiraient presque sans relâche, pulvérisant quelque chose devant eux.

On traversa différents compartiments. Des explosions retentirent, arrachant des portes, endommageant des machines. J'observais tout cela d'un air ahuri, le corps inerte. Un fardeau pathétique pour mes amis qui me portaient.

J'entendis des cris. Beaucoup de cris. Des cybots noirs tirèrent sur nous au bazooka. Puis on fit une halte. Je distinguai tout juste les chiffres qui clignotaient au centre de l'icone de la bombe. Finalement, je sortis de ma torpeur. Je tremblais de fureur.

— Ouvre un canal vers le réseau, ordonnai-je.

— Hazel, je ne crois pas que ce soit…

— Ouvre-le ou je te mets en pièces !

Le redoutable icone blanc s'afficha.

— Je veux que vous sachiez une chose, déclarai-je aux yis. Je veux que vous sachiez que je suis la capitaine du *Daedalus*, la descendante d'Ashleigh Kruger, l'arrière-petite-fille d'Alisha et l'amie de Rell. Et que c'est nous, les humains, qui vous avons fait ça.

La bombe irradiante explosa.

Chapitre 15

C'était dévastateur. Je n'imaginais même pas. Enfin, Josephine, Schuster et John n'avaient cessé de m'avertir de la puissance de l'explosion. L'équivalent de sept mille tonnes d'explosif chimique, m'avaient-ils expliqué, pensant que je comprendrais mieux son ampleur. Mais, en fait, ce chiffre était trop grand pour être interprété. Une abstraction que mon cerveau était incapable de transcrire dans la réalité.

La bombe irradiante secoua fortement le *Daedalus*. Recroquevillée dans une pièce où les autres m'avaient précipitée, j'étais tellement bouleversée par la mort d'Alisha et de Rell que j'avais à peine remarqué où nous étions et combien de cybots noirs et de types III nous attaquaient.

Trois ans auparavant, lorsque ce rocher – ou je ne savais quoi – avait percuté le *Daedalus* et perforé l'habitat, nous avions qualifié cet événement de Soubresaut, parce que l'habitat avait légèrement tremblé. Si peu que seules quelques personnes l'avaient remarqué. Cette fois, tout le monde ressentit la secousse. Cela me fit froid dans le dos. J'en avais survolé la surface extérieure, je savais combien l'arche était massive. Je compris enfin à quel point la bombe irradiante était effroyablement violente.

J'eus l'impression que le sol me donna un coup de pied qui me projeta au plafond. Ma combinaison vibra à cause du bruit assourdissant. Un vent aussi violent que le déluge d'eau s'abattit sur moi, me projetant à l'autre bout de la pièce pour m'écraser contre un rangement de machines.

— Capitaine me protège! geignis-je. Qu'est-ce que j'ai fait?

La bombe avait dû fendre en deux le *Daedalus*, comme je l'avais toujours craint. J'aurais dû la prendre à Alisha, j'aurais dû l'emporter moi-même au milieu de l'axe, où elle pouvait exploser en toute sécurité. D'une façon ou d'une autre.

Mon affichage m'enseigna que la bourrasque qui déferlait dans le compartiment était chaude et qu'elle se réchauffait de plus en plus. La lumière qui pénétrait par la porte déchiquetée était si vive qu'elle avait grillé certains récepteurs de la caméra. L'air s'enfonçait dans les ouvertures de mon armure comme des pointes de lance et je sentis réellement la chaleur, assez élevée pour me faire grimacer. Une odeur de cheveux brûlés emplissait mon casque, et j'avais l'impression d'avoir une oreille en feu.

— On a échoué? s'écria Frazer, effrayé, par-dessus le hurlement de l'air. Le *Daedalus* s'est ouvert?

— Je ne crois pas, répondit John. La pesanteur semble stable. Si le vaisseau s'était brisé, sa rotation serait au mieux irrégulière.

Cela se voulait sans doute rassurant, mais je continuai à m'inquiéter. Au bout de quelques secondes, la lumière s'éteignit. Les seules secousses provinrent alors de l'air étouffant qui circulait dans la pièce et des nombreux spasmes nerveux qui faisaient trembler mes muscles surmenés.

— J'ai l'impression qu'on a réussi, déclara finalement papa.

J'étais étendue au sol, sous le rangement que j'avais heurté. J'attendais toujours que des fissures apparaissent dans les murs et que des étoiles rouges et bleues se mettent à briller.

— Allez, Hazel, m'encouragea Alice avec gentillesse. C'est fini.

Elle m'attrapa par le bras et m'aida à me redresser.

—Ils sont morts, lui dis-je, abasourdie.

—Je sais. Je suis désolée. En fait, je pensais que nous serions tous morts à l'heure qu'il est.

—Vraiment ?

—Eh bien… oui. Allez, personne ne serait jamais revenu du portique de l'axe, hein ?

—Tu serais allée sur l'axe ?

—Oui. C'est pour ça qu'on est venus ici, tu te rappelles ?

—Mais je comptais le faire.

—Comme nous tous, intervint papa avec douceur. Et tu étais la dernière sur la liste… capitaine. Le *Daedalus* a plus besoin de toi que de n'importe lequel d'entre nous.

—Non, il n'a pas besoin de moi, croassai-je.

Je ne m'attendais pas à ce que la victoire soit si terrible ; c'était tellement injuste. J'avais sans doute occulté l'inévitable, le fait qu'un pari si risqué, si désespéré, aurait forcément les pires conséquences possibles.

—Ce qui aurait pu se passer n'a plus la moindre importance à présent, fit remarquer Frazer.

—Il a raison, approuva Alice. Nous savions tous à quel point les enjeux étaient fous. Oh, bon sang ! Shao…

—Il est avec Atov, lui rappela Frazer. Ils s'en sortiront.

—Tu n'en sais rien, répliqua-t-elle d'un ton accusateur.

—Si les yis s'en étaient pris à eux, tu crois vraiment qu'ils se seraient gênés pour s'en vanter auprès de nous ?

—Eh, tu as raison !

—Je sais.

Oh, toute cette modestie…

—Il faut qu'on y aille, nous rappela Zawn.

—Alors… tout est rentré dans l'ordre à présent ? s'enquit Itzy.

—Oui, répondit Frazer. Nous les avons vaincus. Nous avons éliminé les yis. Le *Daedalus* est de nouveau libre. Il va nous emmener sur le nouveau monde, comme les bâtisseurs l'ont toujours voulu.

Il avait l'air si heureux… J'aurais voulu être heureuse avec lui, partager son sentiment de réussite. Mais je n'éprouvais aucune joie. Alisha et Rell étaient morts. Je m'étais préparée à ma propre fin, je m'y étais attendue, mais jamais à la leur. Sans doute était-ce lâche de ma part de ne pas me soucier de l'« après ». Je ne sais pas. Mais, à ce moment, je ne voulais surtout pas y penser. Je ne voulais penser à rien. Encore moins à Rell.

* * *

On s'engagea prudemment dans le couloir désormais plongé dans l'obscurité totale. L'éclairage de nos casques révéla l'ensemble des dégâts provoqués par les grenades et les tirs de bazooka : les murs calcinés et détruits, les conduits pulvérisés. En braquant les faisceaux lumineux au sol, on vit des cadavres de yis, dont les corps déchiquetés par les explosions étaient à la fois repoussants et pitoyables. Plus loin, on tomba sur des cybots noirs qui avaient survécu au combat et à la bombe. Les capteurs de ma combinaison m'indiquèrent qu'ils étaient sous tension, comme cela avait été le cas lorsque nous nous étions rendus à la galerie d'observation. Aucun d'eux ne remua.

— Ils n'ont aucune instruction d'agir, m'expliqua John quand je lui posai la question. Et il n'y a plus aucun signal réseau disponible ici désormais.

Frazer nous fit descendre quelques niveaux et emprunter des couloirs encore intacts. Il nous indiqua qu'il souhaitait tenter un autre puits que celui que nous avions pris.

— Ils n'ont pas pu tous les remplir d'eau…

Il avait raison, mais je ne m'attendais pas à autre chose de sa part. Dans certains couloirs, l'éclairage secondaire était allumé. Dans d'autres, c'était l'obscurité complète. Nous avancions depuis une dizaine de minutes lorsque nous sommes tombés sur un type II. Il se rua sur nous, et Oroko l'abattit.

— Ils ne sont donc pas tous morts, constata Zawn d'un air sinistre.

— La bombe irradiante a éliminé toute vie de la mer centrale, expliqua John. Les yis qui ne s'y trouvaient pas ont donc survécu, comme tous les humains de l'habitat. Ils n'ont cependant plus de reines-cerveaux pour les guider. Ils fonctionnent uniquement à l'instinct.

— Il faudra donc les chasser, déclara froidement papa.

— Oui.

Une idée que je trouvai profondément démoralisante.

— Ça ne finira donc jamais…, gémis-je.

— Si, rétorqua Alice d'un ton féroce. (Elle me prit par les épaules, probablement pour me serrer contre elle, comme chaque fois lorsque nous nous réconfortions l'une l'autre, mais ma combinaison m'empêcha de sentir quoi que ce soit.) Tu as rempli ta mission, Hazel. Tu peux te reposer, maintenant, car la Capitaine sait que tu le mérites. À présent, c'est au tour des villages de prendre le relais. Nous allons leur fournir des fusils à pompe et les laisser débusquer les survivants.

— Oh que oui, approuva Zawn.

— Il se peut que nous ne soyons pas obligés d'en arriver là, fit remarquer John. Une fois les IA rétablies, elles pourront chercher les yis de type II et III restants et envoyer des cybots leur régler leur compte.

— « Une fois les IA rétablies », marmonnai-je.

J'avais l'impression de rêver tout éveillée. Je m'aperçus que je n'avais pas beaucoup réfléchi à ce que deviendrait le *Daedalus* après l'explosion de la bombe. Quelque part, Elijah devait probablement se moquer de moi.

Nous nous trouvions à peu près au milieu du puits quand l'éclairage secondaire s'alluma. Les petits cercles bleus apparurent au-dessus des marches, formant une fine ligne qui s'enfonçait en colimaçon dans les profondeurs de l'abîme sous nos pieds.

— Qu'est-ce qui s'est passé ? demanda papa, inquiet.

— Le réseau du *Daedalus* est en train de redémarrer à partir de sa configuration par défaut, expliqua John.

Je n'eus pas l'énergie de le rappeler à l'ordre.

— Tu veux dire qu'il redémarre ? demanda Frazer. Correctement cette fois ?

— Oui.

On fit une halte un moment, mais rien d'autre de notable ne se produisit, alors papa se remit en route. Quand nous nous trouvions à mi-hauteur environ du puits, des icones de communication s'affichèrent dans mon casque.

— Josephine ?

— Oui, Hazel. Ravie de constater que tu es en vie.

— Merci, répondis-je sans enthousiasme.

— J'imagine que c'est votre bombe irradiante qui a explosé ?

— Oui. Mais ce n'est pas moi qui l'ai fait sauter. C'était Rell.

— Je vois. Sa combinaison n'apparaît pas sur le réseau.

— Il est mort. Et Alisha aussi.

Voilà, le fait de le répéter libéra toutes les émotions que j'avais anesthésiées et chassées de mon esprit. Je me mis finalement à pleurer, à libérer de gros sanglots qui me firent trembler de tout mon être alors que je m'écroulais sur les marches. Alice prit place à mes côtés et ouvrit son casque pour que je puisse voir son visage quand elle se pencha vers moi. La douleur était extrêmement forte, bien pire que tous les coups physiques, les chocs et les terreurs que j'avais subis ces derniers jours. Je n'étais pas sûre d'y survivre. Je n'étais pas certaine de le vouloir.

* * *

Plus tard – au bout d'une heure, peut-être deux –, je me tenais au bord de la corniche de la paroi terminale arrière, contemplant le lac annulaire. Je me demandai comment j'avais fini par l'atteindre.

J'avais quelques souvenirs, un rêve lointain : descendre dans le puits, parcourir le labyrinthe de couloirs obscurs et de compartiments sinistres qu'était devenu le *Daedalus* que je connaissais. Mes amis étaient avec moi, et nous avions tous ouvert notre visière. Je pouvais enfin voir le visage de chacun d'eux.

Ce que je vis depuis la corniche me poussa à me demander si je n'étais pas dans un rêve.

Comme si je savais que ce n'était pas réel, mais que je ne parvienne pas à me réveiller.

— Ce n'est pas bon signe, marmonna Frazer, en plein désarroi.

Je l'entendais à peine au-dessus du grondement incessant.

Juste devant moi, les bandes lumineuses de l'habitat étaient éteintes. Mais il devait y en avoir quelque part qui fonctionnaient. La lumière suivait la courbe rocheuse qui constituait le ciel, créant une sorte d'illumination lugubre au-dessus du lac annulaire. De temps à autre, il y avait un clignotement rapide, comme si l'une des bandes lumineuses tentait de s'allumer, échouant chaque fois. Malgré tout, il faisait suffisamment clair pour qu'on distingue clairement l'eau.

À trois ou quatre kilomètres de nous, une immense cascade d'écume se déversait du ciel, décrivant une courbe douce avant de s'écraser au bord du lac. J'avais toujours admiré les chutes d'eau qui dévalaient avec une puissance gracieuse le long de la paroi terminale avant jusqu'aux canaux. La quantité d'eau, leur bruit assourdissant, la force qui les animait… tout cela était très impressionnant pour une fille originaire d'un village perdu au milieu de l'habitat.

Aujourd'hui, elles me paraissaient insignifiantes par rapport à l'impossible déluge qui s'abattait sous mes yeux.

— Capitaine nous vienne en aide ! gémit Zawn. La bombe a éventré le ciel.

J'aurais rêvé de pouvoir le contredire, lui garantir que nous étions tous deux plongés dans le même songe. Mais je distinguais parfaitement les rochers qui jonchaient le rivage, à l'endroit où l'eau tombait. Un amoncellement de blocs de pierre aux bords irréguliers, chacun plus grand que n'importe quelle hutte et que n'importe quelle grange. J'aperçus même parmi eux des poutrelles tordues, ainsi que des sections entières de bandes lumineuses brisées. Tout avait dégringolé du ciel à la suite de l'explosion de la bombe irradiante, ouvrant une large entaille dans la roche, par laquelle l'eau se déversait en un flot ininterrompu.

— De l'eau, murmurai-je, effarée. Encore de l'eau…

— C'est la mer centrale, hein ? demanda Alice.

— Oui, acquiesça Frazer.

— Alors… ça fait quelle quantité d'eau ? Assez pour remplir l'habitat ?

— Non, répondit-il aussitôt. Il n'y en a pas tant que ça. Mais ça va recouvrir une grande partie des terres.

— Malheureusement, c'est vrai, confirma John. Et il s'agit d'eau salée. Ça aura un effet sévère sur l'environnement.

— À quel point ? demandai-je.

— Très sévère.

— Mais nous avons gagné ! m'écriai-je. Comment tout ça peut-il arriver alors que nous avons gagné ?

— Nous sommes libres et nous allons rejoindre le nouveau monde, répondit simplement Frazer. Il n'y a que ça qui compte.

— Rell compte ! lui criai-je. Alisha compte…

Il recula d'un pas en baissant la tête.

— Désolé. Ce n'est pas ce que je voulais dire. C'était aussi ma grand-mère.

Secouant la tête, je contemplai d'un air malheureux le torrent qui ne finissait pas de s'abattre.

Frazer avait raison, je compris que nous étions sauvés. Mais notre monde, tout ce que nous connaissions, était anéanti, disparu à jamais. Nous devions à présent nous tourner vers l'avenir. Il n'y aurait aucun retour à l'ancienne normalité. C'était sans doute une victoire. Pour certains.

D'autres personnes longeaient la corniche. Elles marchaient lentement, comme si elles hésitaient, et s'arrêtaient fréquemment pour regarder, incrédules et inquiètes, la mer qui tombait du ciel fissuré.

Un groupe se précipita vers nous sans prendre la peine de jeter un coup d'œil au spectacle désastreux. Je reconnus maman, devant les autres, les traits tendus par l'inquiétude. Lorsqu'elle nous eut rejoints, elle nous serra dans ses bras, Frazer et moi, sans dire un mot. Même papa eut droit à une étreinte rapide. Puis Tanari surgit, se cramponnant à lui avec soulagement.

Quant à moi, je me laissai tomber à genoux et fondis en sanglots.

* * *

Je me réveillai dans une chambre aux murs opalescents constitués d'une sorte de tissu rigide. Le lit était agréable, avec ce matelas moelleux que les bâtisseurs avaient manifestement passé des vies entières à concevoir pour qu'il soit parfait. Je restai allongée un moment, comme suspendue entre ciel et terre, distante et peu concernée. Rien ne me dérangeait, car je n'avais aucun intérêt pour ce qui se passait dehors ; je ne pensais qu'à ce visage qui refusait de quitter mes pensées, un visage que je n'avais aucun mal à visualiser.

J'entendais les autres gens, bien sûr. Ma chambre se trouvait dans une sorte d'imitation de hutte du village d'Ixia. En notre absence, Menlo avait considérablement modifié la section des générateurs 3. Dans mon esprit, cela faisait des mois qu'on nous poursuivait et qu'on nous terrorisait dans la partie arrière du vaisseau. Il ne s'était pourtant écoulé que quelques heures, moins d'une journée entre le chargement de l'antimatière dans les bombes irradiantes et la détonation.

Rell avait serré contre lui l'une de ces précieuses sphères mortelles tandis qu'il chutait telle une étoile incroyablement brillante.

La mort de mon amour avait permis la libération de tout le monde à bord.

Laissant échapper un gémissement, je serrai le drap un peu plus fort. J'eus l'impression que cela me permit de prendre conscience des bruits qui m'entouraient. Les gens marchaient, parlaient, criaient, riaient, même. De nombreux réfugiés avaient quitté la section des générateurs 3 pour d'autres sections sécurisées moins encombrées, mais beaucoup de villageois d'Ixia étaient restés.

À notre retour, nous avions attiré une foule immense. Tous ces gens nous avaient acclamés et applaudis, criant nos noms, comme au village lorsque nous avions repoussé la première attaque de yis. Cette fois, dévorée par le chagrin, j'avais évité le contact, préférant aller me réfugier dans les nouveaux quartiers de maman. Des amis m'avaient aidée à ôter ma combinaison. Marana était venue soigner mes ecchymoses et mes brûlures douloureuses, appliquant les nouveaux gels et les bandes de peau artificielle que les processeurs pharmacologiques avaient produits à sa demande. Puis elle m'avait proposé un sédatif :

— Pour atténuer la douleur.

J'avais secoué la tête, refusant d'être libérée de cette *douleur-là*. Impossible de chasser Rell de mon esprit. Jamais.

Nous étions rentrés depuis tout juste un quart d'heure lorsqu'un Shao affolé était entré précipitamment. Je l'avais vu prendre Alice dans ses bras, l'un étreignant l'autre de toute la force de leurs combinaisons. Je n'étais même pas envieuse, mais je n'étais pas pour autant contente pour eux. Ils faisaient simplement partie de la nouvelle vie à bord du *Daedalus*. Grâce à Rell. Désormais, tout était grâce à lui.

Je poussai un soupir.

Peu après, maman passa la tête au bout du pan de tissu qui faisait office de porte.

— Tu es réveillée ? Parfait.

Je hochai la tête, faisant la moue comme si j'avais six ans et qu'elle eût oublié mon anniversaire.

— Je t'ai préparé un petit déjeuner. Habille-toi et viens.

— Je ne veux pas.

— Ce n'était pas une suggestion, Hazel. Il faut que tu manges, au moins.

— Non.

— Debout, m'ordonna-t-elle.

Ce n'était pas le genre de ton auquel je m'étais habituée chez ma mère. Ce fut sans doute la surprise qui me fit réagir. Je me levai, me retenant de tressaillir et de maudire mes hématomes et mes brûlures, qui manifestaient leur présence. À un moment, pendant que les yis étaient occupés à me ballotter d'un côté et de l'autre avec leurs courants d'eau, j'avais dû me froisser des muscles de la jambe gauche. Elle pouvait tout juste supporter mon poids.

Ma combinaison était par terre, au pied du lit. Elle paraissait beaucoup moins imposante désormais avec tous ces trous et ces traces de brûlure dus aux balles en thermoplam. Malgré son état, je la trouvais rassurante. Je pourrais toujours m'y réfugier en cas de besoin, une véritable carapace pour me protéger du monde.

Je passai en boitant dans la pièce adjacente. Maman et Georgi avaient pris place autour de la table. Il n'y avait pas d'autres meubles.

Ma mère me sourit d'un air compatissant.

— Tu préfères manger d'abord, ou prendre une douche ?

— On a une douche ?

— Oui, répondit Georgi. J'ai fait valoir mon rang. Enfin, ton rang, en réalité. Menlo a équipé nos quartiers d'une douche.

Je jetai un coup d'œil à ma tunique grise, tentant de déterminer depuis combien de temps je la portais.

— Prendre une douche, admis-je.

Maman replia l'un des pans d'une porte, révélant la salle de bains. La cabine de douche n'était pas aussi grande que celle de la Pouponnière, mais l'eau était agréablement chaude. Il y avait du savon liquide et de grandes serviettes moelleuses. J'aperçus aussi une pile de vêtements : le même pantalon, le même haut et la même veste que ceux que j'avais imprimés lors de notre premier passage à la Pouponnière. Il me fallut un moment pour me rappeler que je les avais mis dans un sac à dos. Maman avait dû les rapporter d'Ixia. Sur le dessus de la pile, je vis des tubes du gel médical que Marana m'avait appliqué la veille au soir. J'en mis un peu sur mes bleus, perturbée par leur couleur foncée et leur sensibilité.

Je retournai en boitant dans la pièce principale, mes chaussures à la main.

— Je n'arrive pas à me baisser pour les enfiler, avouai-je d'un ton si faible que j'en fus gênée. Ma jambe me fait trop mal.

Je pris donc place à table tandis que maman et Georgi s'agenouillaient pour me mettre mes chaussures et m'en nouer les lacets. Je parvins tout juste à retenir mes larmes. Je n'avais aucune envie de leur compassion, mais les chaussures étaient parfaitement adaptées à ma pointure et très confortables pour marcher. Je me persuadai que je faisais preuve de pragmatisme en les laissant m'aider.

Je décollai le film argenté des assiettes, révélant un petit déjeuner composé d'œufs sur le plat, de saucisses, de bacon et de haricots dans une sauce tomate si épaisse qu'elle ne dégoulinait même pas de la fourchette. Il y avait aussi des toasts tartinés de confiture sirupeuse.

La grande tasse était pleine de chocolat chaud recouvert d'une mousse crémeuse.

— C'est Frazer qui nous l'a dit, expliqua maman d'un ton débordant d'espoir. Tu aimes le chocolat chaud, hein ?

Je hochai la tête d'un air absent, me sentant un peu coupable de ne pas avoir pris le temps de discuter avec maman et de lui raconter tout ce qui m'était arrivé. En fait, je n'avais probablement pas passé plus d'une heure avec elle depuis que je m'étais enfuie d'Ixia avec Frazer.

— C'est délicieux, répondis-je. Je te remercie.

Elle esquissa un sourire inquiet.

— Tu veux que je te coiffe ?

— Oui, répondis-je, car c'était plus facile que de refuser.

Et puis elle l'avait fait si souvent quand j'étais petite que c'était un réconfort familier. Elle prit donc place derrière moi avec un peigne et se mit à démêler mes cheveux humides.

Georgi s'installa en face de moi.

— Rien ne t'oblige à parler de ce que tu ne veux pas, dit-il doucement.

— Georgi, l'interpella sèchement maman.

— Non, tout va bien, leur assurai-je. Je te remercie, Georgi, je n'ai vraiment pas envie de parler de lui.

— Alors, n'en parle pas.

— Ou peut-être qu'il vaudrait mieux que j'en parle…

— Comme tu veux.

— Si vous souhaitez en parler, si ça peut vous aider, je serais heureux de vous écouter, intervint John.

— Je te remercie.

Maman se pencha pour déposer un léger baiser mon front.

— Détends-toi un peu, maintenant. Promis ?

— Promis.

Je finis de manger en silence, m'efforçant de ne pas penser à Rell. Ce qui signifiait que je pensai à lui en permanence. Il me fallait seulement me débarrasser de cette dernière image de lui, ce point brillant en chute libre… J'en étais incapable. Car ce serait trahir le souvenir de nous ensemble.

— L'eau de la mer centrale continue à se vider, fit remarquer Georgi.

Sa voix révélait à la fois de l'intérêt et une légère confusion, un ton ordinaire comme on pouvait en avoir lors de nos conversations d'avant. Le genre de ton que M. Bennet aurait adopté pour aborder un sujet banal avec ses filles alors qu'elles étaient réunies pour le repas dans leur salle à manger.

— Et ça risque de durer un certain temps, lui répondis-je. Toute la mer va tomber dans l'habitat. Une grande partie des terres vont se retrouver immergées. (Je fronçai les sourcils.) Peut-on encore franchir la cloison antivague pour rejoindre Viride ?

— Non. La passerelle est encore bien au-dessus du niveau de l'eau, mais le lac annulaire a déjà inondé Viride, ainsi que les autres villages de pêcheurs, d'ailleurs.

— Par la Capitaine ! Comment allons-nous faire venir la population dans les sections sécurisées ? En fait, comment allons-nous pouvoir atteindre la partie avant ?

Georgi et maman échangèrent un regard.

— Hazel, ce n'est pas ce que j'appelle « se détendre », ça. Tu n'es pas responsable de tous nos problèmes.

— Un peu quand même, maman.

— Peut-être, mais personne n'attend de toi que tu trouves une solution à tout. Beaucoup de monde travaille sur ce qu'il faudra que nous fassions ensuite.

— Il nous faut allumer les moteurs à antimatière et reprendre la direction du nouveau monde, déclarai-je. C'est tout ce qui compte. Le reste peut attendre.

— Alors, je suis sûre que c'est ce qui va se passer. Mais il n'est pas nécessaire que ce soit toi qui t'en occupes.

— D'accord. Alors, comment vont les autres ? (Je fronçai de nouveau les sourcils.) Où sont-ils, en fait ?

Non pas que je veuille à tout prix être au centre de l'attention, mais j'aurais trouvé sympa que quelqu'un passe me demander comment j'allais.

— J'ai demandé à tout le monde de te laisser un peu d'espace, aujourd'hui.

Georgi m'adressa un clin d'œil.

— Elle ne leur a pas donné le choix, dit-il.

— Tu te sens prête à recevoir des visiteurs ? me demanda maman.

— Oui, je crois bien que oui. J'aimerais voir Alice. Papa aussi. Où est Frazer ?

— Il est sorti avec des amis tout à l'heure. Il me semble qu'il souhaitait aussi s'entretenir avec Josephine. (Elle porta la main à son visage.) Menlo, peux-tu prévenir Savin et Alice que Hazel est réveillée ?

Clignant des yeux, je la regardai avec étonnement. Elle portait une bague que je voyais pour la première fois, un fin anneau noir surmonté d'un simple cercle blanc.

— Maman, tu te sers d'une interface d'IA ?

— Je n'ai aucune idée de ce dont il s'agit, ma chérie. On m'a dit que cette bague s'appelait un « nœud de réseau personnel ». Menlo en a fabriqué pour tout le monde afin que nous puissions tous rester en contact. C'est plutôt malin, tu ne trouves pas ?

Tous ces termes inconnus sortant de sa bouche… Je retins un sourire.

Alice arriva en moins d'une minute. Elle m'étreignit longuement pendant que nous nous efforcions toutes les deux de ne pas fondre en larmes.

— Ça va ? me demanda-t-elle, son front appuyé contre le mien.

— Oui, lui mentis-je.

Papa entra et me prit aussitôt par les épaules. Je grimaçai.

— Désolé. (Il recula avec un sourire débordant de fierté.) Comment ça va ?

Je haussai les épaules.

— Bien.

— Il va y avoir une cérémonie en l'honneur de Rell et Alisha, et de tous ceux qui ont trouvé la mort en affrontant les yis, m'annonça-t-il. C'est Josephine qui en a eu l'idée.

— Une cérémonie ?

— Oui. J'ignore à quoi ça va ressembler. Elle a dit que ce serait… « cathartique ». Apparemment, c'était assez courant après les tragédies, sur Terre. (Me prenant la main, il me regarda droit dans les yeux.) Ils seront honorés et célébrés.

— Je trouve que ça ressemble à un Jour du Cyclage, dis-je d'un air maussade.

— C'est une excellente idée, intervint John. Ça vous permettra de faire vos adieux et de tourner la page. C'est ce que Rell aurait voulu.

Je m'apprêtai à lui crier après, mais aucun mot ne sortit de ma bouche. Je ne m'étais pas du tout attendue à ce que John dise ce genre de choses.

— Ça ne fera pas de mal, dit Alice. Et il faut qu'on se dise au revoir correctement.

— Ça m'est égal, grommelai-je.

Je n'avais aucune envie d'y aller, parce que je savais que je passerais mon temps à sangloter. Et tout le monde serait là, on me verrait.

— C'est une idée à laquelle il faut réfléchir, quoi qu'il en soit, dit maman.

— Il y a une réunion du conseil dans une heure, m'annonça papa. Ça te dit ?

— Savin, protesta maman d'un air contrarié.

Il écarta les bras.

— Je demande seulement.

— Tu n'es pas obligée d'y aller, insista maman.

— Non, c'est bon, il vaudrait mieux que je sois présente. Je suis la capitaine. (Je saisis Alice par le bras.) Tu vas m'y accompagner, hein ?

Elle sourit.

— Qu'on essaie de m'en empêcher !

Chapitre 16

Lorsque je quittai les quartiers de maman, je compris mieux de quoi il s'agissait.

— On appelle ça des « pavillons », m'expliqua John.

Ce qui n'était manifestement qu'un terme pompeux pour désigner des huttes en tissu résistant. Les bâtibots en avaient édifié tout un village dans le hall d'entrée principal de la section des générateurs 3.

Menlo nous avait envoyé deux gros cybots. Je bondis à l'arrière de l'un d'eux et me contentai de regarder le sol pendant que nous nous éloignions. Heureusement, les rangées de pavillons bloquaient la vue, et, pour une fois, nous n'avons pas attiré les foules. Je ne serais tout simplement pas parvenue à saluer qui que ce soit.

Mes parents me soutinrent à tour de rôle dans les couloirs jusqu'à la salle de réunion. Alice s'excusa, mais ses propres blessures l'empêchaient de m'aider.

— Où est Shao ? demandai-je.

— Il est parti chasser des yis avec Zawn, Oroko et Luda, répondit papa.

— Déjà ?

— Oui. Ils sont à la tête d'une équipe de régulateurs armés de fusils à pompe.

— Les IA se servent de ce qu'il reste du réseau pour localiser les yis dans les sections arrière, expliqua John. Elles guident les équipes de chasseurs jusqu'à eux. Le danger est minime.

Je n'aurais pas employé ces termes. Mais j'étais secrètement heureuse de ne pas être là-bas avec eux. Et cela ne me faisait pas du tout culpabiliser.

À notre arrivée, Frazer était déjà dans la salle de réunion. Josephine et lui étaient assis côte à côte autour de la grande table, tête baissée, en pleine conversation. Deux tablettes étaient posées devant eux, leurs symboles clignotant au fur et à mesure que Frazer les parcourait avec ses doigts. Il portait son tee-shirt noir. Cela me permit de voir les bandes de peau artificielle le long de ses deux bras. Sur son front, un large pansement lui contournait l'œil jusqu'à la joue. Je me souvins de l'aspect de la brûlure lorsqu'il avait ôté son casque. Il avait été touché par beaucoup de thermoplam, car il se tenait près de la baie vitrée de la galerie d'observation quand les cybots noirs avaient ouvert le feu.

En nous voyant, il leva les yeux et nous adressa un sourire, même si ce dernier était plus destiné à Alice qu'à moi.

— Comment allez-vous ?

Je haussai les épaules.

— Pas trop mal.

— Je suis ravie que vous soyez reposée, Hazel, déclara Josephine. Les résultats du scan corporel indiquent que vos blessures, bien que douloureuses, ne mettent pas en jeu votre pronostic vital.

— Marana m'a dit quelque chose du même genre, reconnus-je en prenant place à côté de Frazer. Mais c'est vrai qu'elles sont très douloureuses.

Itzy approcha avec un plateau de jus de fruits qu'elle déposa sur la table, ainsi qu'une assiette de…

— Biscuits au chocolat, annonça-t-elle avec un sourire enjoué alors que je fronçais les sourcils devant les disques brunâtres.

Je ne pus m'empêcher de sourire à mon tour. Itzy avait cet effet sur les gens. Elle était si gentille…

— Comment tu vas ? lui demandai-je.

Elle porta la main à sa tête. Marana avait dû lui couper beaucoup de cheveux pour soigner les brûlures de son cuir chevelu. Les bandes de peau étaient très visibles.

— Mes blessures me donnent mal à la tête, avoua-t-elle. Mais j'ai pris les comprimés que Marana m'a préparés, alors ça va mieux, maintenant.

Je serrai sa main.

— Tu t'es bien débrouillée hier, la félicitai-je. Beaucoup n'auraient pas pu continuer.

Son sourire se fit hésitant.

— J'ai eu tellement peur.

— Bienvenue dans mon monde !

Cela la fit éclater de rire.

Les maires et les régulateurs en chef commencèrent d'arriver. Ils nous saluèrent chaleureusement, moi et les autres, et nous remercièrent une fois de plus. Même Ulei se montra courtois. Mais il n'aurait rien eu à gagner à se montrer hostile envers moi.

Je me félicitai mentalement de l'avoir compris. Je pourrais peut-être devenir politicienne, un jour.

Une grille d'images différentes s'afficha sur l'écran géant qui occupait l'un des murs. La plupart des drones que Menlo avait envoyés dans les villages avaient survécu, et ils transmettaient à présent les images des maires et des régulateurs en chef participant de loin à la réunion du conseil.

— Ne devrions-nous pas appeler cela un « conclave » plutôt qu'un « conseil » ? demandai-je à voix basse à Fininen.

— Ravi de constater que tu te souviens de tes leçons d'éducation civique, rétorqua-t-il avec amusement.

De nouvelles images s'affichèrent dans les cases de la grille. Je reconnus Gabriella et Schuster, ainsi que d'autres IA de sections sécurisées auxquelles j'avais rendu visite. Elles avaient des apparences très variées. En d'autres circonstances, j'aurais eu envie de leur parler à toutes. Je remarquai qu'aucune d'entre elles n'avait la peau verte, contrairement à Josephine.

— Je vous remercie de votre présence, déclara Josephine. Ce premier conclave a pour objectif de mettre au point notre plan d'action. Nous avons déjà commencé à chasser les yis encore présents dans la partie arrière. Ce dispositif sera étendu à l'ensemble du vaisseau au fur et à mesure que de nouvelles armes seront fabriquées. Malheureusement, le réseau du *Daedalus* s'est fortement dégradé, ce qui signifie que la couverture n'est plus totale. Par conséquent, certaines zones du vaisseau devront être explorées à distance. Pour faciliter ce travail, nous allons lancer un programme de production de capsules de détection.

— Excusez-moi, l'interrompit Yamary en levant timidement la main. Mais le premier problème n'est-il pas la mer ? Elle continue à se déverser dans l'habitat. Nous avons déjà perdu Viride et les autres villages de pêcheurs autour du lac. Hazel a colmaté la brèche d'air dans l'habitat. Vous n'avez pas, demanda-t-elle en désignant les IA, des machines en mesure de combler cette fuite ?

— En théorie, il devrait être possible de réparer l'ouverture que l'explosion a ouverte dans la roche, répondit Menlo. Mais il faudrait d'abord évacuer l'eau de la mer centrale. Puis scanner en profondeur le ciel entier afin de détecter la présence d'autres failles causées par l'explosion. Le processus prendrait des années, et, franchement, il nécessiterait des ressources que nous ne pouvons pas nous permettre de détourner de notre tâche principale, qui consiste à voler jusqu'au nouveau monde et transférer tous les humains à sa surface.

— Alors, quelle sera la proportion de la surface immergée de l'habitat ? demanda Yamary d'un ton inquiet.

— L'étendue exacte de l'inondation est difficile à déterminer, répondit Josephine. Le sol absorbera une grande quantité d'eau.

Cependant, nous estimons que la mer aura fini de se déverser dans l'habitat dans six jours et qu'elle couvrira alors au moins soixante-quinze pour cent de la surface du sol.

Je fus de nouveau déconcertée par les ordres de grandeur. Il était difficile d'imaginer que cette chute d'eau épique puisse durer encore six jours. Les maires semblaient tout aussi décontenancés. Le silence régna un moment avant qu'ils se mettent à poser une série de questions. L'une d'entre elles, posée à plusieurs reprises par les maires qui participaient à distance, était de savoir comment, par la Capitaine, ils allaient pouvoir nourrir tout le monde si les champs se retrouvaient sous l'eau.

— Tout le monde aura de quoi manger grâce au travail des imprimantes, les rassura Josephine. Ce qu'il vous faut faire, c'est préparer vos villages à évacuer totalement l'habitat.

Il n'était pas seulement question de perdre les terres, expliqua-t-elle. La mer était salée, elle allait tuer la végétation, et les poissons déjà présents dans le lac annulaire. Même les terres qui seraient épargnées ne pourraient plus rien donner : elles deviendraient des marais détrempés. Il y avait aussi la question de la lumière : un trop grand nombre de bandes lumineuses du ciel avaient été endommagées, ainsi que le réseau électrique primaire. En d'autres termes, la biosphère de l'habitat allait périr.

— Alors, la bombe que vous avez fait exploser n'a pas seulement tué les yis ! s'emporta Ulei. Elle a également tué notre lieu de vie. Il devait y avoir un autre moyen…

Je remerciai le ciel de ne pas porter mon armure, car, si cela avait été le cas, j'aurais dégainé l'arme de mon avant-bras pour le viser. À en juger d'après l'expression d'Alice, cela aurait été à qui de nous deux aurait pressé la détente en premier.

— Nous avons risqué nos vies…, commença Alice d'un ton véhément.

Josephine leva la main, lançant un regard glacial à Ulei.

— Je suis consciente que vous ne compreniez pas la technologie dont vous dépendez entièrement, mais je peux vous garantir que la bombe irradiante était le seul moyen d'éliminer les yis. À présent, nos ressources sont limitées. Les bâtisseurs ont doté le *Daedalus* de nombreuses redondances et d'une grande capacité de production, mais personne ne s'attendait à une telle catastrophe. Il nous faut être très prudents quant à l'utilisation des réserves restantes. Si nous prenons de mauvaises décisions aujourd'hui, nous n'aurons pas de seconde chance.

Elle expliqua aux villageois qu'ils devraient s'installer dans les sections situées derrière la paroi terminale avant. Elles étaient suffisamment vastes pour accueillir la population actuelle de l'habitat. Cela prendrait plusieurs semaines, mais les cybots organiseraient des camps de pavillons comme celui de la section des générateurs 3 et les équiperaient de l'essentiel, à commencer par des imprimantes alimentaires.

— Et des douches, intervint Alice de manière appuyée.

— Bien sûr, répondit Gabriella. L'hygiène et l'assistance médicale sont des priorités pour toutes les IA.

— D'accord, vous pouvez donc nous garder en vie, estima papa. Mais qu'en est-il du retour du *Daedalus* vers le nouveau monde ?

— Il est possible, annonça Schuster, suscitant des sourires hésitants. Nous, les sections de la propulsion, avons rassemblé nos données et effectué des simulations. Nous avons suffisamment d'antimatière pour proposer plusieurs options de retour.

— Plusieurs options ? demanda Ulei d'un ton agressif. On peut y arriver ou pas ?

Je résistai à l'envie de le fusiller du regard.

— Oui, répondit Schuster avec assurance. Mais il y a des difficultés. Nous voyageons à dix pour cent de la vitesse de la lumière, et le nouveau monde est à présent à trois ans derrière nous. Dans l'idéal, nous décélérerions, ferions demi-tour et accélérerions de nouveau jusqu'à dix pour cent de la vitesse de la lumière, ce qui prendrait environ quinze mois. Puis, après un trajet de trois ans, nous décélérerions encore une fois pour gagner le nouveau monde.

— Parfait.

— Malheureusement, nous n'avons pas assez d'antimatière pour une telle manœuvre, dit-il d'un ton impassible. Nous ne pourrons effectuer que deux poussées.

— Mais vous pouvez utiliser l'énergie de la fusion nucléaire pour les moteurs, non ? demandai-je.

— C'est une possibilité, reconnut Schuster. Il est possible de se servir de l'énergie générée par la fusion pour vaporiser une masse de réaction. Bien sûr, nous devrions utiliser une masse de réaction différente, car, comme pour l'antimatière, nous n'avons pas de réserves suffisantes d'osmium.

— Utilisons donc de l'eau comme masse de réaction, suggéra papa. La Capitaine sait que nous en avons de grandes réserves désormais.

— C'est la première possibilité, admit Schuster. Elle présente quelques risques.

— Quels risques ?

— L'utilisation de la fusion implique une poussée réduite. Compte tenu de notre vitesse actuelle, les moteurs devront tourner plus de deux ans pour nous faire décélérer.

— Ça n'a pas l'air si mal.

— La conversion du système de propulsion principal en un procédé alimenté par la fusion n'est pas une mince affaire. La masse du *Daedalus* est phénoménale, et ses moteurs ont été conçus en conséquence. Pour assembler le *Daedalus*, les bâtisseurs avaient à leur disposition les capacités industrielles d'un système solaire entier. Nous n'avons rien de comparable, surtout aujourd'hui. La simple modification des moteurs nécessitera un énorme effort d'ingénierie. Premièrement, en cas de problème, le *Daedalus* ne décélérera pas. Deuxièmement, si nous n'achevons pas la conversion à temps, nous dépasserons de nouveau le nouveau monde, ce qui allongera d'autant la durée du trajet.

— Mais vous, les IA, pouvez reconstruire des machines, non ? Comme les bâtibots de Josephine assemblaient des machines pour fabriquer des armes.

— Oui, mais, là encore, nous sommes obligés de tenir compte de l'échelle de temps. Le fait de maintenir en vie toute une population humaine dans un habitat qui a perdu sa biosphère va exiger une quantité considérable de ressources.

— Quelle est donc la seconde option ? demanda Yamary.

— Nous décélérons, puis nous accélérons vers le nouveau monde grâce à de l'antimatière, mais seulement à cinq pour cent de la vitesse de la lumière. Il nous en reste donc suffisamment pour décélérer et nous mettre en orbite autour du nouveau monde. Cette possibilité signifie que le trajet sera plus long, bien entendu.

— Combien de temps prendra-t-il ?

— Dans le meilleur des cas, sept ans et demi.

Yamary se tourna vers les autres maires autour de la table. Je compris qu'elle pensait la même chose que moi. À qui était-il déjà arrivé de se trouver dans le meilleur des cas ? Si la chance était une ressource, le *Daedalus* l'avait épuisée depuis longtemps.

— Eh bien, dit-elle d'un ton enjoué, si c'est la façon la plus sûre de procéder, j'imagine que nous pourrons nous accommoder de rester encore sept années à bord.

— Veuillez excuser mes collègues IA, intervint Josephine. Elles ne savent pas comment réagir à ce genre de situation. Elles sont également réticentes à l'idée de vous inquiéter avec de mauvaises nouvelles.

— Dites-nous simplement quel est le problème, demanda papa d'une voix tendue.

— Les dégâts que la mer va infliger à l'habitat constituent un désastre que je n'avais pas envisagé, déclara Josephine. La mort de la biosphère exige que vous abandonniez l'habitat et le laissiez geler. Mais cela signifie qu'il faudra vous fournir un système de support-vie – c'est-à-dire filtrer l'air – dans les sections avant, ainsi que de la nourriture. Cela risque de pousser nos ressources en ingénierie à leur limite. Pour le dire crûment, nous ne pouvons pas nous permettre d'attendre sept ans et demi. Au moindre problème, les marges de sécurité seraient très étroites.

Je commençais à saisir la rigueur des choix politiques que les IA nous imposaient. Nous avions tellement endommagé le *Daedalus* que nous n'étions pas certains de pouvoir gagner le nouveau monde.

— Que fait-on, alors ? demanda Fininen.

— On va aussi vite que possible vers le nouveau monde, répondit Frazer, en adressant au conclave un sourire carnassier. Pour ça, nous devons revenir aux fondamentaux du vol spatial.

— Et qu'est-ce que c'est ? demandai-je avec lassitude.

— L'étagement.

Le *Daedalus* était énorme. Nous aurions dû en être reconnaissants, sa taille signifiant qu'une société peu sophistiquée comme la nôtre – une société qu'Elizabeth Bennet aurait comprise – pouvait y survivre durant cinq cents années en pratiquant l'agriculture après que les yis nous eussent confisqué nos machines. Mais cette taille constituait désormais un problème majeur.

Il fallait des quantités d'énergie phénoménales pour faire accélérer le *Daedalus* jusqu'aux vitesses dont nous avions besoin. Une énergie dont nous ne disposions plus.

Un problème auquel les humains avaient déjà été confrontés, d'après Frazer, lorsqu'ils avaient commencé à voyager dans l'espace. À l'époque, ils ne disposaient que de fusées brûlant des combustibles chimiques. Cela ne produisait pas suffisamment d'énergie pour leur permettre d'échapper à la gravitation terrestre. Pas dans un seul vaisseau spatial.

La solution était l'étagement. Une grosse fusée en faisait sortir une plus petite de l'atmosphère, puis retombait lorsque son carburant était épuisé. Le deuxième étage allumait alors son moteur pour achever le vol en orbite.

— Utilisons le *Daedalus* comme premier étage, expliqua Frazer. Allumons les moteurs à antimatière pour faire demi-tour et retourner vers le nouveau monde à dix pour cent de la vitesse de la lumière. Ensuite, plutôt que de tenter de faire décélérer le *Daedalus*, transférons tout le monde à bord de vaisseaux plus petits. Ils n'auront besoin que d'une quantité relativement minime d'antimatière pour décélérer à partir d'une vitesse de dix pour cent et atteindre le nouveau monde.

— Les IA viennent de nous dire que nous ne pouvions pas entreprendre de grands projets d'ingénierie, lui rappela Ulei d'un ton acerbe. Et maintenant, vous voulez fabriquer toute une flotte de nouveaux vaisseaux spatiaux ?

Je vis l'expression de Frazer, et, pour une fois, je compris.

— Non, répondis-je. Inutile de produire de nouveaux vaisseaux, mais seulement reconstruire leurs moteurs. On se servira des Braun, c'est ça ?

Frazer m'adressa un sourire approbateur.

— Absolument !

— D'accord, vous deux, dit Yamary d'un ton las. Qu'est-ce que c'est, un Braun ?

Frazer tapota sur sa tablette. La grille des IA s'effaça de l'écran, remplacée par des clichés des gigantesques appareils de débarquement de la partie avant. Il se lança dans une description enthousiaste – et franchement condescendante – de ce que tout le monde voyait à cet instant. Enfin, je commençai à croire que nous avions peut-être une chance réelle de gagner le nouveau monde.

Chapitre 17

Josephine avait raison, il fallut encore six jours pour que la mer centrale finisse de s'évacuer dans l'habitat. Le septième jour, on organisa la cérémonie d'adieu à Rell, Alisha et tous les autres.

Il n'y avait pas de corps. Rell et Alisha avaient été vaporisés par la bombe irradiante tandis que les dépouilles de ceux qui étaient morts en défendant Ixia avaient été abandonnées lors de notre fuite vers le lac annulaire. Je me souvenais vaguement que certains avaient empilé des pierres sur eux alors que j'emmenais les réfugiés. De toute façon, ils étaient sous l'eau désormais.

La population d'Ixia ainsi que de nombreux habitants d'Akebia se rassemblèrent dans la caverne d'entrée de la section des générateurs 3. Maman et Alice avaient insisté pour que je porte autre chose que la chemise et le pantalon de la Pouponnière. Je n'avais rien dit quand elles avaient choisi une robe noire avec un ourlet en plumes. En l'enfilant, je reconnus qu'elle avait l'air bien sombre et était donc appropriée à l'événement.

De nombreux représentants d'autres villages et les parents de Rell, venus d'Akebia, nous rejoignirent. Ces derniers m'étreignirent tous les deux tandis que je sanglotais de façon incontrôlable, ne cessant de répéter :

— Je suis vraiment désolée.

— Il n'a jamais été si heureux, me confia sa mère. Il m'a avoué que le fait de te rencontrer au bal avait été la meilleure chose qui pouvait lui arriver.

Mes larmes n'en furent que plus fortes. Je dus rester à l'arrière du groupe d'officiels, Alice et maman m'aidant à tenir debout. Tout le monde allait m'observer, je le savais.

Fininen fit un beau discours, expliquant que ceux qui étaient morts avaient donné leur vie pour nous permettre de reprendre notre destin en main. Que nous ne les oublierions jamais.

Il jeta un coup d'œil dans ma direction. Je m'étais promis de ne rien dire et de partir dès qu'il aurait fini de s'exprimer. Je n'avais même pas envie de prendre part au repas prévu ensuite. Pourtant, j'avançai d'un pas traînant.

— Je ne connaissais pas Rell depuis longtemps, marmonnai-je faiblement, mais Schuster amplifia ma voix pour qu'elle sorte forte et claire des haut-parleurs situés quelque part au-dessus. Mais le souvenir de lui que je garderai toujours, c'est sa gentillesse. Il voulait être médecin pour aider les gens. Il m'a aidée un nombre incalculable de fois. Et la dernière chose qu'il a dite avant… avant de prendre la bombe, c'était qu'il voulait faire en sorte que tout le monde puisse avoir la chance de vivre. Si nous sommes là, c'est grâce à lui. Et nous atteindrons le nouveau monde grâce à lui. Je ne t'oublierai jamais, Rell. Jamais.

Je voulus en dire davantage, le remercier, lui promettre que j'utiliserais toute ma ridicule autorité de capitaine pour m'assurer que le *Daedalus* nous conduise vers le nouveau monde. Je voulais dire quelques mots à propos d'Alisha, aussi, d'Elijah, de Mortos, et de… mais j'avais déjà la gorge serrée, alors je suis restée là, tête baissée, mes larmes tombant sur mes pieds, jusqu'à ce que maman et Alice m'aident à m'éloigner.

* * *

Assise au bord de la corniche de la paroi terminale arrière, les jambes pendant dans le vide, les bras appuyés sur la rambarde de sécurité, je contemplais l'étendue de l'inondation. Ce n'était pas beau à voir. Je m'étais habituée à la lumière grisâtre de l'habitat qui provenait du ciel. Malgré tout, l'eau en contrebas était en grande partie dans l'ombre, presque aussi noire que ma jupe. Je ne m'en plaignis pas : des bancs de poissons morts étaient remontés à la surface, leur ventre boursouflé se couvrant d'une écume blanche à mesure qu'ils se décomposaient. Je les distinguais à peine, mais je les sentais.

Au bout d'un moment, Alice vint prendre place à mes côtés. Elle me prit par la taille et garda le silence quelques minutes.

— J'ai toujours l'impression qu'il va entrer dans la section des générateurs 3, marmonnai-je. Voilà combien je suis faible.

— Tu n'es pas faible, contesta-t-elle. Nous pouvons tous être nous-mêmes à présent. Nous pouvons penser et ressentir des choses pour de vrai, poser des questions, dire ce que nous voulons. Il n'y a plus de Cyclage, plus de règles dictées par la Capitaine Électrique. Nous sommes libres. Grâce à lui.

— Oui. Mais il n'est pas là pour en profiter.

— Si, parce qu'il le savait. À la fin. Il avait foi en nous, foi dans le fait que nous continuerions et que nous atteindrions le nouveau monde quoi qu'il arrive. Foi en toi.

Je soupirai.

— Je ne crois pas avoir beaucoup foi en moi, en ce moment.

— On va y arriver. (Elle me secoua un peu.) Les IA savent ce qu'elles font. Et nous pouvons aussi compter sur Frazer.

Je poussai un petit éclat de rire amer.

— Capitaine nous protège, nous sommes foutus !

— Non, insista-t-elle. Dès demain, ils vont tester les moteurs à antimatière. Ensuite… Nous reprendrons la route. Dans le bon sens, cette fois.

— Oui.

— Juste après la mise à feu d'essai, mes parents vont s'installer dans la partie avant. Un camp se monte dans l'entrepôt de maintenance 7 pour les villages d'Ixia et Hameri. Je me suis dit que ce serait bien que je reste un peu avec eux.

Je lui jetai un coup d'œil.

— Et Shao ?

— Il sera là-bas. De toute façon, le village d'Akebia est en train de s'installer dans la section du soutien au transport interne 2. Ses amis et sa famille sont donc presque à côté.

— Génial.

— On va tous vivre les uns près des autres, surtout après la fermeture de l'habitat.

J'étais partagée à ce sujet, mais je savais que c'était nécessaire. Il suffisait de voir l'étendue d'eau sans vie, avec ses poissons pourris et ses cygnes abandonnés, pour s'en rendre compte. Tout le monde à bord du *Daedalus* était à présent un réfugié. Beaucoup avaient devancé la marée qui progressait inexorablement, pour finir dans la mince bande de terre restante autour de la paroi terminale avant. Ils avaient rencontré les Tricheurs, qui avaient quitté leurs tours-montagnes lorsque l'eau était venue clapoter au niveau du rez-de-chaussée. Ils étaient beaucoup plus nombreux qu'on l'avait imaginé. Cela avait donné lieu à des retrouvailles familiales assez émouvantes.

Les IA nous avaient préparé des logements au sein de différentes sections, dans des pavillons comme ceux qu'on habitait à présent, mais plus solides et disposant de leurs propres salles de bains. La perte de l'habitat atténua l'attrait du confort matériel rendu possible par les bâtisseurs, mais, heureusement, l'absence de yis l'emporta sur tout le reste.

Ne restaient plus que les humains qui s'étaient réfugiés dans la partie arrière. Les IA étaient pourtant unanimes : nous serions bien mieux dans les sections avant, beaucoup plus grandes. Même si le plan qui consistait à utiliser les Braun fonctionnait, nous resterions coincés dans un espace confiné durant près de quatre ans. Comme le répétait John, le bien-être des humains faisait partie du programme principal des IA.

Une équipe de cinq personnes en armure longea la corniche derrière nous d'un pas lourd, se dirigeant vers la section des générateurs 3. Le casque ouvert, elles m'adressèrent toutes un grand sourire. Je les saluai timidement de la main. Je reconnus parmi elles trois régulateurs d'autres villages.

Depuis l'explosion de la bombe, l'armurerie se consacrait entièrement à la production de combinaisons. Nous ne manquions pas de volontaires pour les équipes de chasseurs de yis. Presque tous les adultes à bord voulaient en faire partie. Atov et Oroko avaient pris les choses en main, limitant d'abord leurs recrues aux régulateurs, leur apprenant à manier les combinaisons et travaillant avec les IA pour traquer les types II et III restants. La couverture réseau était inégale, mais les yis encore en vie l'ignoraient. Sans ordres particuliers, les types II étaient assez inefficaces : ils attaquaient toujours les humains à vue, mais, pour le reste, ils se contentaient d'errer à la recherche de types III et de reines-cerveaux auprès de qui trouver une raison d'être.

J'avais craint qu'ils retournent tous dans l'eau, ce qui nous aurait empêchés de les retrouver. Mais les IA étaient en train de réduire la température de l'habitat. Dès que nous serions tous installés dans la partie avant, elles réduiraient les émissions infrarouges des bandes lumineuses encore en état et laisseraient l'eau geler, éliminant ainsi tous les yis présents dans l'habitat.

En regardant s'éloigner les membres de l'équipe, je fronçai les sourcils.

— Zawn était à la cérémonie ? Je ne me rappelle pas l'avoir vu dans la foule.

Alice me lança un regard compatissant.

— Sérieusement ?

— Quoi ?

— J'étais là, tu sais.

— Où ?

— Sur la passerelle, juste avant qu'on saute. J'ai vu ce baiser.

— Ah. Oui. (Je sentis mes joues se mettre à rougir.) Ça.

— Oui, ça.

— J'ai cru qu'on allait mourir.

— Et avant ça, dans la mer centrale, quand tu étais coincée sous les débris, il t'a dit qu'il t'aimait.

— Je sais !

C'était aussi un moment où j'avais cru mourir. Certains trouveraient sans doute cet ultime moment de vérité très significatif.

— Qu'est-ce que tu crois qu'il faisait pendant la cérémonie ? demanda-t-elle.

— Il dirigeait une équipe de chasseurs de yis ?

— En effet. En fait, il a insisté.

— Pourquoi ?

— Oh, Hazel, pour quelqu'un de très intelligent sur certains points, tu peux être désespérément peu maligne sur d'autres. Parce que la chasse aux yis lui a donné un prétexte idéal, bien sûr.

— Je ne comprends pas.

— Zawn a trop peur d'être avec toi à cause de ce que tu ressentais pour Rell. Et il a trop peur de s'éloigner à cause de ce que tu pourrais penser du fait qu'il t'évite alors que tu es en plein deuil et que tu as besoin d'amis pour te soutenir. C'est pour ça qu'il passe ses journées à chasser.

— Oh.

Je baissai la tête, consternée.

— Tu sais ce qu'il te reste à faire, hein ?

— Oui. J'imagine.

* * *

Lorsque je descendis les marches jusqu'au bateau qui m'attendait, l'eau s'était de nouveau aplanie. La voir s'élever à un angle inhabituel avait été un spectacle et une sensation des plus étranges.

Quand les IA de la propulsion avaient effectué leur test des moteurs à antimatière, le sol s'était déplacé… sans se déplacer. On avait installé un grand écran sur l'un des côtés des pavillons de la section des générateurs 3. Il diffusait une image du haut des panneaux de refroidissement géants qui ceignaient l'extrémité arrière de la coque. Je m'étais installée sur une pile de coussins avec Alice, Shao et mes parents. Frazer se trouvait non loin, Newton sur ses genoux, son écran affichant des graphiques complexes qui lui indiquaient les performances des moteurs. Itzy avait pris place à ses côtés avec un grand groupe de leurs amis, tous l'écoutant expliquer ce qui se passait. Je devais admettre qu'il avait presque appris à leur donner un cours sans se montrer condescendant. Presque.

Au départ, le test ne s'était pas révélé très intéressant. À l'écran, la seule chose qui avait retenu mon attention était l'amas d'étoiles décalées vers le rouge, avec cette étincelle brillante au milieu, le soleil du nouveau monde. Cela m'avait rappelé nos trajets à bord de l'Armstrong. À l'époque, je ne m'étais pas rendu compte à quel point c'était dangereux. Aucun de nous, d'ailleurs.

Mais nous n'avions pas le choix, à l'époque. Aujourd'hui, nous l'avions.

John parlait sans arrêt, me donnant des informations sur la nature des systèmes que l'on mettait en marche ou qui pompaient du gaz, et sur l'intensité des champs magnétiques de la tuyère du moteur. Frazer racontait plus ou moins la même chose, mais son auditoire admiratif avait l'air captivé. Je n'avais pas pu m'empêcher de sourire : ces jeunes comprenaient moins que moi, c'est-à-dire quasiment rien.

Enfin, les moteurs à antimatière s'étaient éveillés. Au début, j'avais eu l'impression que quelqu'un avait allumé l'une des bandes lumineuses de l'habitat, à l'abri des regards, derrière l'arche. Sa lueur soulignait le bord de la coque.

« Stable à deux pour cent de poussée, avait annoncé John.

— C'est tout ? »

Je ne voulais pas donner l'impression de critiquer, mais ce n'était vraiment pas très impressionnant.

« Après cinq cents années d'inactivité, si, avait-il répondu. Les IA de la propulsion effectuent des tests de fonctionnement du système de base.

— Bon, d'accord. »

Lentement, la lumière s'était faite de plus en plus brillante. Trois fines lances d'incandescence solide s'étendirent au-delà du bord, s'éloignant de plus en plus de l'arche, comme si elles allaient se prolonger jusqu'aux étoiles décalées vers le rouge.

Au fur et à mesure qu'elles s'étiraient, je remuais sur les coussins. J'avais la curieuse sensation d'avoir glissé sur le côté. Mais ce n'était pas le cas. Quand j'avais regardé autour de moi, beaucoup fronçaient les sourcils, jetant des coups d'œil au sol pour voir ce qui n'allait pas.

« Que se passe-t-il ? avais-je demandé.

— La force d'accélération des moteurs devient apparente, m'avait expliqué John. Elle agit à angle droit par rapport à la direction que vous percevez comme étant « le bas ». Vous allez avoir l'impression d'être sur une pente. »

En levant les yeux, j'avais vu Frazer conduire son groupe d'amis sur la corniche. Après avoir échangé un regard, maman et moi les avions suivis. Peu après, tout le village s'était retrouvé le long de la corniche, contemplant l'eau en contrebas.

Enfin, j'avais compris le rôle des cloisons antivague.

On avait activé les vingt cloisons, qui s'étaient élevées jusqu'à ce qu'elles atteignent la surface du nouveau niveau de l'eau. De petites rides s'étaient formées sur la zone inondée, en direction de la paroi terminale arrière. Au cours de l'heure suivante, tandis que l'on augmentait de façon régulière la puissance des moteurs, nous avons vu la surface de l'eau s'incliner, s'élevant de plusieurs mètres le long de la paroi terminale. Des ondulations plus importantes se produisaient d'avant en arrière, créant des lignes d'écume contre les cloisons antivague qui amortissaient le mouvement. Pendant ce temps, la corniche donnait l'impression de basculer vers l'eau. Je devais constamment cligner des yeux pour m'assurer que ce n'était pas le cas, et que c'étaient bien mes sens qui étaient perturbés.

Au bout de deux heures, les IA avaient décidé que le test était un succès, même si elles n'avaient poussé les moteurs qu'à trente pour cent. Au cours des trois heures suivantes, les propulseurs s'étaient progressivement éteints. Il fallait absolument que l'extinction se fasse aussi lentement. Si les moteurs s'étaient arrêtés brusquement, toute l'eau qui s'était accumulée contre la paroi terminale se serait précipitée vers l'avant en formant une vague qui aurait probablement touché l'autre extrémité de l'arche.

J'étais très consciente de ces faits lorsque j'atteignis la dernière marche. Kirill m'adressa un signe de tête amical avant de me prendre la main pour m'aider à enjamber le plat-bord de l'embarcation. Schuster en avait fabriqué vingt, assez rudimentaires, mais plus grandes que les vieilles péniches que Kirill et les autres maîtres utilisaient pour naviguer le long des canaux de l'habitat. Chacune d'entre elles pouvait accueillir une cinquantaine de personnes.

— Ça fait plaisir de vous avoir à bord, capitaine, m'accueillit-il, avant d'ajouter : Il est à la proue.

Derrière moi, Alice entama une conversation avec Kirill tandis que Shao patientait gentiment sur les marches. Je me dirigeai vers l'avant et rangeai mon sac sous un siège avant d'y prendre place. Je me retournai pour adresser un sourire à Zawn, installé juste à côté de moi, juste à temps pour voir son air coupable se dissiper. Grâce à l'autorité dont je jouissais en raison de mon titre de capitaine, ça avait été un jeu d'enfant de faire modifier la liste des passagers.

— Je ne t'ai pas beaucoup vu ces derniers temps, lui fis-je remarquer.

Des paroles difficiles à prononcer, surtout quand on s'efforçait de les rendre détendues, accueillantes, comme si tout était normal entre nous.

— J'ai participé aux battues, se défendit-il. Il y a encore beaucoup de types II, tu sais ?

— Zawn, nous avons fait notre part du boulot. Il est temps que d'autres s'engagent et nous aident.

— Je le sais, mais il faut que quelqu'un leur explique comment faire. Enfin, tu devrais les voir lorsqu'ils enfilent une armure pour la première fois ! Atov refuse de les laisser tirer à balles réelles les deux premiers jours.

— J'imagine. C'est donc une bonne chose que Frazer ne soit pas l'un de leurs instructeurs, hein ?

— Absolument.

Quelque part derrière nous, Alice finit par s'asseoir. Kirill annonça que nous étions en train de larguer les amarres.

— Tu sais qu'il y aura de nouveau l'école une fois que nous serons installés dans la partie avant, lui appris-je. John prétend que, sur Terre, la plupart des gens allaient à l'école jusqu'à leurs vingt-cinq ans au moins. Certains passaient toute leur vie dans des « universités », des espèces d'écoles pour adultes. Les IA ont tellement de connaissances à nous enseigner, et…

Levant la main, il me dévisagea d'un air perplexe.

— J'ai compris. J'ai vu l'étendue de tout ce que nous ignorons, tu te rappelles ? J'irai suivre des cours quand le dernier yi sera mort.

Le bateau s'éloigna de la paroi arrière. Lorsqu'on commença à traverser de vastes bancs de poissons pourris, je grimaçai. L'odeur était épouvantable.

— Il n'est plus vraiment nécessaire de les chasser, déclarai-je. Lorsque l'eau gèlera, tous ceux qui se cachent dans l'habitat mourront. Et s'il en reste dans les compartiments et les couloirs derrière les parois terminales, ils crèveront de faim parce qu'ils n'auront plus rien à manger. Et les voies souterraines sont toutes remplies d'eau désormais, alors…

— Oui ! Je sais tout ça.

Je soupirai.

— Zawn… Je ne veux plus que tu ailles chasser. D'accord ? Je t'en prie. J'ai perdu assez de monde comme ça, je ne supporterais pas de te perdre aussi.

Il me regarda fixement, perdu et confus, comme le jour où je lui avais annoncé que je rompais avec lui. Ce souvenir n'était pas du tout le bienvenu.

Il finit par hocher brièvement la tête.

— Je vais arrêter.

— Je te remercie.

— Mais je vais quand même former les régulateurs à l'utilisation des combinaisons.

— Parfait. Mais… plus de risques.

— Plus de risques, consentit-il.

Il ne savait sans doute pas non plus quoi dire. On garda donc le silence pendant que le bateau glissait sur l'onde, repoussant les nappes de déchets détrempés qui flottaient à la surface. Comme toujours, la quantité des dégâts que nous avions infligés au *Daedalus* était déprimante. C'était sans doute l'une des raisons pour lesquelles j'étais heureuse que l'habitat soit fermé : je n'aurais pas à m'en souvenir tous les jours. On finit par dépasser l'ancien rivage. Quelques toits de huttes de Viride étaient tout juste visibles, leurs roseaux gonflés déjà en train de se désagréger. Au-delà, des arbres jaillissaient de l'eau. Leurs feuilles, meurtries par la brève période de froid, jaunissaient et commençaient à tomber. Kirill réduisit la vitesse de l'embarcation et manœuvra habilement pour contourner ces tristes vestiges.

— Tu crois qu'ils seraient contents de nous ? demandai-je alors qu'un poulet mort se heurtait à la coque du bateau.

— Qui ?

— Les bâtisseurs. Ils avaient anticipé tellement de choses qui pouvaient mal tourner, prévu tellement de machines de secours et une tonne de redondances pour tout… Et puis nous faisons sauter une bombe à antimatière dans la mer centrale…

Se penchant en arrière, il contempla l'immense rocher du ciel. Les bandes lumineuses situées juste au-dessus de nous étaient éteintes, ce qui donnait l'impression que le rocher était beaucoup plus proche, sombre et oppressant. La bombe en avait déjà fait tomber une partie ; qui savait combien de temps le reste tiendrait ? Et il y avait des fantômes là-haut, tant de fantômes… Non pas que je croie à ces choses-là, mais…

— Je parie qu'ils nous encourageaient depuis le début, déclara-t-il. Nous sommes la preuve que les humains sont capables de surmonter à peu près tout ce que l'univers peut mettre en travers de leur chemin.

— Peut-être.

— Tu as déjà réfléchi à l'endroit où nous allons ?

— Au nouveau monde ? Tu sais que je n'ai jamais pensé à autre chose, même avant tout ça.

— Non, pas seulement à son existence, mais à ce qu'il représente, à notre avenir ?

Je n'avais pas l'habitude de voir Zawn dans ce genre d'état d'esprit, si contemplatif et sérieux.

— Eh bien, écoute-toi, le philosophe. Continue, qu'est-ce que ça veut dire ?

— J'ai beaucoup réfléchi au fait que les bâtisseurs ne s'étaient pas contentés de construire une seule arche. La Terre a envoyé des vaisseaux semeurs dans l'espace pour préparer des planètes entières afin que des gens puissent y vivre. Peux-tu imaginer le genre de civilisation qu'il faudrait pour être en mesure d'organiser une chose pareille ? Combien il faudrait être riche et puissant pour vouloir se disséminer dans les étoiles ?

— En fait, oui. Plus j'ai découvert le *Daedalus*, plus je l'ai trouvé intimidant. J'y ai vraiment réfléchi, Zawn. Maintenant, je suis simplement submergée.

— Oui, mais… transformer des planètes entières. Toi et moi, nous ne comprenons pas à quel point les planètes sont grandes, pas vraiment. (Il désigna du bras l'habitat qui dépérissait.) Pour nous, ceci est grand.

Je lui adressai un léger sourire, probablement le premier que je parvenais à afficher depuis l'explosion de la bombe.

— L'habitat n'est pas petit.

— Il l'est par rapport à leurs ambitions. Nous ne représentons qu'une infime partie de leur plan. Ils voyagent entre les étoiles et transforment des planètes, Hazel. C'est… énorme.

— Je sais.

— Vraiment ? Tu comprends ce qu'ils font ? Il n'y a qu'une seule raison de faire ça : répandre les humains dans toute la galaxie. Ils veulent que notre espèce devienne immortelle.

— Incroyable.

Il esquissa un sourire, le même genre de sourire que lorsque Frazer expliquait une évidence.

— Alors, tu sais ce que ça signifie : après les vaisseaux semeurs pour transformer les planètes en lieux habitables, ils envoient des humains y vivre.

Je fus tellement choquée que je me levai d'un coup malgré les protestations de mes contusions.

— Pardon ?

— Réfléchis un peu. La Terre ne déploierait jamais tant d'efforts pour rendre une planète habitable si elle ne souhaitait rien en faire.

— Tu penses qu'un autre vaisseau est en route ? Ici ? En direction du nouveau monde ?

Il haussa les épaules.

— En construction. En route. Déjà arrivé… Forcément une de ces possibilités.

— Oh, par la Capitaine. (Il avait raison. C'était évident.) John !

— Oui, Hazel ?

— Existe-t-il des preuves de l'envoi d'une autre arche vers le nouveau monde ?

— Aucune preuve directe. Cependant, le projet Explorateur des étoiles a été lancé avec l'objectif de coloniser toutes les planètes terraformées.

— Ils vont donc venir ?

— Possiblement. Le plan original pour chaque cible de vaisseau semeur était d'attendre que la biosphère de la planète terraformée soit stabilisée avant d'y envoyer une arche. La prudence est compréhensible. La création d'un environnement terrestre durable à partir d'un milieu primordial est une entreprise colossale et, qui plus est, à long terme. L'étape initiale, qui consiste à créer une atmosphère d'oxygène et d'azote, est estimée à trois ou quatre cents ans. Dès que la phase finale – l'apparition de plantes et d'animaux complexes – a démontré sa viabilité durant deux cents années supplémentaires, il est jugé acceptable d'y envoyer une arche.

— Quand le vaisseau semeur du nouveau monde a-t-il entamé sa terraformation ? voulut savoir Zawn.

— D'après nos archives, les vaisseaux semeurs ont atteint le nouveau monde près de deux cents ans avant que le *Daedalus* quitte Kianira.

Je fis mentalement quelques rapides calculs.

— S'ils s'en sont tenus à ce plan, la Terre a envoyé une arche il y a une centaine d'années.

— Ça se discute, déclara John. Tout d'abord, le nouveau monde se trouve à soixante-dix années-lumière de la Terre. Donc, si – et c'est un gros « si » – l'estimation de la période de terraformation est correcte, les données envoyées par les vaisseaux semeurs pour confirmer la viabilité ont atteint la Terre il y a trente ou quarante ans seulement. En supposant qu'une arche soit prête et qu'elle se déplace à la même vitesse que le *Daedalus*, elle n'arrivera pas avant environ six siècles et demi.

J'éprouvai un petit soulagement coupable à l'idée que le nouveau monde puisse être entièrement à nous. Ce seraient mes lointains descendants qui accueilleraient les nouveaux arrivants, séparés de moi par le même laps de temps que celui qui me séparait d'Ashleigh Kruger.

— Il n'y avait aucun moyen de savoir si la terraformation fonctionnerait lorsque le *Daedalus* a quitté Kianira, constatai-je. La capitaine a pris un gros risque en espérant que le nouveau monde serait habitable à notre arrivée.

— Oui. En effet.

— Prendre des risques, ça doit être de famille ! s'exclama Zawn.

— Eh !

Il sourit d'un air penaud.

— D'accord, peut-être un peu, admis-je.

Kirill fit suivre au bateau une large courbe autour d'un autre village. Dans celui-ci, la plupart des toits des huttes se trouvaient hors de l'eau. Des canards et des cygnes les contournaient, imperturbables malgré leur nouvelle situation.

— La vie va vraiment être différente, déclara-t-il avec nostalgie.

— Oui, je suis d'accord. Mais ça va s'améliorer.

— Sans doute. Mais je n'aimerais pas être à ta place quand tu vas devoir faire entendre raison à tous ces maires.

— Oh, non, lui rétorquai-je vigoureusement. J'en ai fini avec ça. Les IA sont chargées de nous emmener sur le nouveau monde, et les maires ont pour mission de maintenir l'ordre jusqu'à notre arrivée. À partir de maintenant, tout ce que je vais faire, c'est donner mon autorisation aux sections de la propulsion d'allumer les moteurs à antimatière. Point final. J'ai vu ce que c'est que d'exercer des responsabilités, et tout ce que ça exige. Ça ne m'intéresse pas. En outre, John m'a rappelé que je n'ai que dix-sept ans. Si je commence à donner des ordres à tout le monde, ça risque de créer du ressentiment. Dans vingt ans peut-être me présenterai-je aux élections pour devenir couturière en chef d'un village, mais seulement si la précédente a vraiment tout fait foirer.

— Mais ce sont des machines qui fabriquent nos vêtements désormais.

— Je le sais.

Il éclata de rire.

— Ça se tient. Alors qu'est-ce que tu comptes faire ?

— Vraiment ?

— Oui, vraiment. Moi, je vais rester régulateur. J'ai vu de quelle manière les gens peuvent se comporter : sur le nouveau monde, nous aurons toujours besoin de régulateurs pour faire respecter les lois que nous promulguerons.

Je contemplai l'eau grisâtre couverte de débris rances, consciente du regard interrogateur qu'il me lançait. L'idée me trottait dans la tête depuis un moment déjà, mais je n'osais pas la divulguer, inquiète de ce que les autres pourraient en penser. C'était idiot, je le savais, mais trop de personnes semblaient vouloir que je sois ce que je n'étais pas, ou du moins ce que je n'assumais pas d'être.

— Médecin, déclarai-je avec réticence. Je sais qu'il me faudra beaucoup étudier, être très intelligente, et qu'il y aura des décisions difficiles à prendre, mais... de cette façon, je pourrai aider les autres. C'est ce que je veux faire de ma vie. Et, sans le Cyclage, nous vivrons tous aussi longtemps que Narline. Alors, même si je ne parviens pas à devenir médecin à part entière, on aura toujours besoin de personnes pourvues d'une formation médicale.

Je le regardai fixement, attendant son avis avec une certaine angoisse. Non pas que son opinion ait une quelconque importance. Mais tout de même.

— Je trouve que c'est une belle façon d'honorer Rell, déclara-t-il en me serrant doucement l'avant-bras. Et tu feras aussi un excellent médecin. Parce que tu te soucies des autres. C'est une des choses qui te rendent si particulière.

Je faillis lui rétorquer qu'il avait tort, que cela n'avait rien à voir avec Rell. Mais quelque chose m'en empêcha. Peut-être me connaissait-il mieux que je l'imaginais, un peu trop bien, même.

— Quoi qu'il en soit, lorsque nous atteindrons les sections avant, je demanderai à Marana ce qu'elle en pense, ajoutai-je. Oh, et je vais jouer de la guitare, aussi. Je vais m'entraîner comme il faut.

— Ah. D'accord.

— Il y a tellement de musiques de la Terre que j'aimerais écouter et jouer… Je n'ai rien écouté depuis…

Je m'interrompis.

— Il me semble que ça fait un moment que personne n'est vraiment d'humeur à écouter de la musique, dit-il.

— Tu sais, je crois qu'on devrait organiser des fêtes pour marquer les différentes étapes du trajet.

— Quelqu'un a parlé de « fêtes » ? s'exclama Alice.

Zawn se tourna vers elle en ricanant.

— Ouais. Ça nous fera du bien. Des fêtes pour tout le monde, pas seulement des bals sur invitation. On pourrait commencer par en faire une pour célébrer le moment où les propulseurs s'allumeront.

— Quand ils atteindront leur pleine poussée, corrigeai-je.

— Et une quand nous aurons achevé la décélération, proposa Alice.

D'autres passagers commencèrent à s'intéresser à la question. Il était très agréable de voir revenir un peu de gaieté.

— Et une pour le retour vers le nouveau monde, ajouta Zawn.

— J'aime bien ta façon de penser ! pouffa Alice. Et Hazel pourra faire valoir son autorité pour les déclarer officielles.

— Ce n'est pas à ça que sert l'autorité d'un capitaine, protestai-je.

Mais pas trop. Après tout, ce n'était pas la pire des idées.

Chapitre 18

Trois mois et demi après la poussée des moteurs à pleine puissance, Elyaine mit au monde son enfant. Même dans une infirmerie du *Daedalus*, un accouchement n'était jamais facile, mais les machines et les médicaments dont nous disposions permirent incontestablement de le rendre beaucoup plus confortable que dans un hôpital de village, et plus sûr, aussi. Malgré toutes mes réserves, j'assistai Marana et le médecin de Viride. C'était mon troisième accouchement à la maternité.

Ils l'appelèrent « Kalina ». C'était une gentille petite fille avec des mèches de cheveux bruns et un cri que l'on entendait de loin quand elle avait faim. Elle avait également les beaux yeux en amande de sa mère… une chance.

Je regardai ensuite Scott la tenir tendrement. J'étais sincèrement heureuse pour lui et Elyaine. La génération de Kalina serait la dernière à naître à bord du *Daedalus*. C'était probablement la règle la plus stricte que le Conseil de vol avait votée : plus aucune grossesse. Nous ne pouvions pas courir ce risque. Pour atteindre le nouveau monde, les IA parlaient d'une décélération des Braun à 1,5 *g* durant quinze jours. Ce serait difficile pour les enfants de trois ans, et pourrait causer des dégâts chez les plus jeunes.

Le Conseil de vol était une idée de Josephine. C'était tout à fait logique, car devoir rassembler un conclave de maires chaque fois qu'il fallait prendre une décision n'était pas du tout pratique. Ils étaient une centaine. Chaque fois qu'ils se réunissaient, il fallait une heure rien que pour décider du type de collation à mettre sur la table. Les maires avaient donc élu dix d'entre eux au Conseil, qui détiendrait ce que John qualifiait de « pouvoir exécutif » ; Josephine représentait les IA et je tenais le rôle purement honorifique de présidente du Conseil. Après chaque séance, je demandais officiellement aux IA de mettre en œuvre les décisions prises.

Pour être honnête, j'étais sur le point de déléguer mon autorité de capitaine à Fininen, mais Ulei s'étant fait élire conseiller, j'avais décidé de montrer l'exemple et de faire mon devoir. Enfin, qui avait pu voter pour lui ? Sérieusement ?

Par chance, le Conseil de vol n'avait pas grand-chose à faire. L'habitat s'était refroidi, les moteurs à antimatière fonctionnaient, et tout le monde avait un pavillon décent. La nourriture et les vêtements nous étaient fournis par les machines, et il nous était inutile de travailler. Il s'avérait donc que l'ennui était notre principal problème.

Cela n'avait jamais dérangé nos ancêtres, bien entendu, puisqu'ils n'avaient plus fait de véritable travail physique depuis des générations avant que le *Daedalus* quitte la Terre. L'arche ressemblait à une ville d'universitaires, s'était remémoré Josephine avec ironie. Nous allions donc à l'école…

Pour moi et ceux de ma génération, cela revenait à assimiler une énorme quantité de faits. Nous avions commencé par des cours de sciences fondamentales. J'ignorais qui les avait qualifiées de « fondamentales », mais j'aurais aimé leur poser deux ou trois questions sur leur classification.

L'histoire était une matière qui fascinait tout le monde. Les IA avaient installé de grands cinémas d'hologrammes et s'étaient mises à diffuser des enregistrements de la médiathèque. Nous avions visionné des vidéos plates et monochromes qui avaient près de mille cinq cents ans, qui montraient la vie au début de l'ère industrielle. Puis des vidéos en couleur commençaient à paraître, et les gens créaient des fictions. Pendant ce temps, les machines devenaient de plus en plus sophistiquées et les bâtiments urbains de plus en plus hauts. Les Terriens n'avaient pas enregistré que des drames, ils avaient aussi imaginé des comédies musicales que je trouvais merveilleuses. Leurs récits d'horreur étaient si effrayants qu'il m'était impossible de les regarder. Les polars et les thrillers étaient parfois fascinants, et leurs aventures fantastiques jubilatoires, surtout lorsqu'elles étaient diffusées en hologrammes. Certaines comédies étaient bizarres ; John m'expliqua que l'humour variait selon les époques et les cultures. Les drames de guerre étaient épouvantables ; je quittai le premier en larmes à cause de tout ce sang versé, et je n'en regardai plus jamais d'autres. J'avais du mal à comprendre comment cela pouvait être considéré comme un divertissement.

Une chose m'apparut très clairement : plus on remontait dans le temps, plus nos ancêtres étaient violents. Je compris enfin pourquoi les autorités avaient fini par fabriquer des armures AGD-FR.

Mais, surtout, on avait fait une vidéo d'*Orgueil et préjugés*. En fait, j'en comptai quatre-vingt-sept versions différentes dans la médiathèque du *Daedalus*. J'avais donc enfin pu voir Elizabeth Bennet dans toute sa gloire. Et il n'y avait pas que les histoires de guerre qui me faisaient pleurer.

On ne pouvait pourtant pas dire que je passais beaucoup de temps à regarder les vieux spectacles de la médiathèque. Comme le reste de ma génération, je voulais désespérément absorber tout le savoir qu'on nous avait caché. Alors, je suivais des cours, même si j'avais inévitablement pris du retard sur Frazer dès la première semaine. D'accord, dès le premier jour. Je tirais surtout ma satisfaction du fait d'être devenue l'assistante de Marana à la clinique. Nous aidions beaucoup d'individus qui avaient échappé au Cyclage. Je refusais de continuer à les appeler des « Tricheurs ». C'étaient des personnes âgées désormais, pas des parias, ni des criminels. Je m'efforçais de leur trouver des traitements que les processeurs pharmacologiques pouvaient synthétiser pour soulager leurs raideurs articulaires, leurs douleurs musculaires et leurs problèmes de digestion afin de leur rendre la vie plus facile. Honnêtement, cela se résumait surtout à transmettre leurs symptômes aux IA et à les installer sur un scanner de diagnostic, mais cela me donnait une véritable raison d'être. J'apprenais à connaître le corps humain et son incroyable biochimie, ce qui, de manière troublante, m'avait fait prendre conscience de tout ce qui pouvait aller de travers. Mon engagement s'était véritablement accru lorsque Marana m'avait permis de l'aider dans la salle d'accouchement, ce qui, avouons-le, était beaucoup plus concret. Il y avait quelque chose chez les nouveau-nés qui suscitait – chez moi, en tout cas – une confiance infinie dans l'avenir.

Il ne restait plus qu'à trouver une raison de vivre aux autres. Par « autres », j'entendais les personnes plus âgées que mes parents et plus jeunes que les aînés. Il existait un clivage démographique intéressant dans notre population : plus les gens étaient âgés, plus ils s'intéressaient à l'histoire, à la culture, aux émissions sur la nature, la Terre et l'exploration spatiale… à ce genre de documents. Ils étaient également très sociables, aimaient goûter à tous les plats proposés dans les menus des imprimantes, jouer à des jeux et spéculer sur ce que serait la vie sur le nouveau monde. Mais, pour une bonne partie des villageois, il n'y avait plus rien à faire : plus d'agriculture, plus de péniches, plus de menuiserie, plus de tissage, plus de cuisine… Même s'il s'agissait d'une activité répétitive, ils avaient eu une existence très active auparavant. La promesse d'un nouveau monde où ils auraient de quoi s'occuper pour le restant de leurs jours était bien belle, mais il leur faudrait attendre encore au moins trois ans… un vide à combler d'urgence. Ils ne pouvaient pas passer leurs journées à regarder des séries policières d'une époque et d'une culture qui leur étaient aussi étrangères que les yis. Les maires avaient signalé au Conseil de vol que la consommation d'alcool avait considérablement augmenté, ainsi que le nombre de rixes.

En réponse, le Conseil de vol avait mis en place des missions de récupération. Des équipes s'aventuraient à travers les eaux gelées jusqu'aux tours-montagnes et en exploraient les niveaux supérieurs. Elles passaient le plus clair de leur temps à chercher des vêtements. À cette époque, nous avions également limité le nombre d'articles par personne qu'on pouvait imprimer afin qu'il reste des matières premières jusqu'à la fin du trajet. Les gens revenaient donc avec des garde-robes entières. Certaines tenues étaient curieuses, voire peu pratiques, mais ces expéditions permettaient aux gens de sortir des sections sécurisées relativement exiguës.

* * *

Sept mois après la bombe, lorsque l'arche eut perdu sa vitesse colossale et fait demi-tour, je fis valoir mon autorité de capitaine pour emmener Alice, Shao, Zawn et Frazer à la coupole d'astronomie. En principe, tout le monde était libre d'aller où bon lui semblait, à l'exception des zones où on risquait de gêner les équipes de réparation des cybots ou les opérations d'ingénierie en cours. En fait, nous ne voulions pas que quiconque se blesse par naïveté ou, plus probablement, par simple bêtise. Il existait donc un certain nombre de lieux qui demeuraient interdits. Notamment tout ce qui se trouvait au-dessus du niveau soumis à un tiers de la pesanteur normale. Au cours des premières semaines, un trop grand nombre d'entre nous s'étaient dit qu'il serait amusant de faire de la chute libre. Résultat, les cliniques débordaient de blessés qui n'avaient pas compris qu'il y avait une différence entre l'apesanteur où l'on pouvait voler comme un oiseau et la réalité où son corps avait toujours une masse.

Mais la coupole se trouvait dans la direction opposée ; il s'agissait d'une petite pièce circulaire qui dépassait de la coque. Au centre se trouvait un escalier en colimaçon qu'on descendit avec précaution. Si bas sous le niveau du sol de l'habitat, la pesanteur était d'environ 1,2 *g*. Il fallait faire attention, surtout dans l'escalier, car une chute pouvait facilement se solder par une jambe cassée.

Il n'y avait pas beaucoup de poussière dans la coupole, car elle était fermée depuis que les yis avaient pris les commandes de l'arche. Mais il y régnait une certaine puanteur, et seules trois des cinq aérations fonctionnaient.

— Les IA ne vont jamais réparer le *Daedalus*, n'est-ce pas ? demanda Alice d'un air attristé.

— Elles y parviendront tôt ou tard, lui répondis-je. Les IA ont déjà leur plan : l'élaboration d'un programme de réparation complet ne sollicite guère leurs processeurs. Quand il est question de travail physique, en revanche, c'est là que le temps devient un facteur important. Et elles ne peuvent pas entamer un projet de réparation à grande échelle tant que nous ne sommes pas en sécurité sur le nouveau monde. Le simple fait de nous maintenir en vie en ce moment met à rude épreuve les bâtibots restants.

— Je croyais que le principal problème était la fabrication des étages de décélération des Braun…

— Ce n'est pas un problème, le concept est viable, mais ça consomme énormément de ressources. Le pauvre *Daedalus* n'est pas en grande forme, en ce moment. (Je lançai à mes amis un regard pénétrant.) Et n'en parlez à personne, d'accord ?

Même les membres du Conseil de vol ignoraient comme nous étions près du bord du gouffre. Les IA se livraient à un exercice d'équilibrisme très délicat, devant décider lesquels des systèmes à bord il fallait reconstruire et entretenir afin de nous maintenir en vie, et quelles ressources consacrer à la fabrication des étages de décélération des Braun. Les deux étaient essentiels. Et les IA s'étaient montrées franchement honnêtes avec moi : si quelque chose se passait mal, tout le monde ne rejoindrait pas le nouveau monde.

— Bien sûr que non, répliqua Zawn d'un air légèrement indigné. (Il jeta un coup d'œil autour de la pièce.) Il me semblait que tu avais dit qu'on pouvait regarder dehors ?

J'esquissai un sourire.

— John, ouvre les volets de la coupole.

Les parois en flexsteel s'ouvrirent en ondulant, révélant huit larges fenêtres. L'orientation était d'abord dépaysante, car la coque s'alignait avec le plafond, puis déconcertante quand on s'apercevait que le sol, d'une épaisseur d'un mètre environ, était la seule chose entre nos pieds et l'espace interstellaire. Ce qui donnait véritablement le vertige.

— Je me suis dit que nous méritions de voir ça les premiers, leur avouai-je.

Regardant vers l'avant, le long de la coque, je vis que le tampon de plasma formait un vaste halo autour de la proue. À l'arrière, le panache d'échappement des moteurs à antimatière s'étendait jusqu'à l'infini dans un furieux flamboiement blanc-violet. Partout ailleurs, l'espace était normal et, pour la première fois, il était peuplé d'étoiles. Des étoiles blanches en multitude presque inconcevable pour nous.

— Par la Capitaine, murmura Alice.

Elle pressa son visage contre la fenêtre, posant ses mains sur la surface vitrée de part et d'autre de sa tête.

— Voilà ce que j'appelle une vue ! s'exclama Zawn.

Shao hocha doucement la tête.

— Entièrement d'accord.

— Les étoiles vont bientôt recommencer à se décaler, annonça Frazer. (En voyant ma tête, il haussa les épaules.) Quoi ? Elles sont magnifiques, à bien des égards. Les astronomes terriens ont calculé qu'il y avait entre cent et quatre cents milliards d'étoiles, rien que dans cette galaxie. Et la plupart d'entre elles sont entourées de planètes. Il y a donc forcément de la vie partout où nous regardons. C'est cool, non ?

Je m'appuyai contre Zawn, posant ma tête sur son épaule.

— Plutôt cool, ouais, admis-je.

* * *

Six mois plus tard, lorsque les fusées à antimatière s'éteignirent finalement, nous propulsant vers le nouveau monde à un peu moins de dix pour cent de la vitesse de la lumière, on organisa une fête. On l'appela « fête de l'Équilibre ». Ce fut un sentiment étrange que de voir le sol redevenir progressivement horizontal, alors que pendant tout ce temps nous nous étions habitués à marcher sur un terrain penché. Mais l'eau gelée restait inclinée vers la paroi arrière, ce que je trouvais relativement déstabilisant.

Ensuite, on attendit trois ans et sept mois avant d'atteindre le point d'étagement. Six mois avant cette date survint l'événement que j'attendais autant que je le redoutais : le réveil des enfants de Josephine.

« Ils savent que leurs parents sont morts, nous avait expliqué Josephine lors de notre première réunion de planification du réveil. Ils l'ont appris six semaines avant d'être suspendus. C'est le temps qu'il a fallu aux bâtibots de la Pouponnière pour fabriquer les caissons d'hibernation.

— Ça a dû être terrible pour eux, avait estimé Marana. (La moitié de nos médecins s'étaient rassemblés dans la salle de réunion de la Pouponnière. Il nous avait fallu aller chercher des sièges supplémentaires pour tous les accueillir.) Il leur faudra non seulement un suivi médical, mais aussi un grand soutien psychologique. »

Notre première décision avait donc été de leur fournir des familles d'accueil ; neuf cent trente-sept. Le nombre de volontaires avait été incroyable, presque tout le monde souhaitant apporter son aide, y compris maman et Georgi. Je trouvais cela très bien, mais j'avais été soumise à une énorme pression pour faire en sorte qu'ils figurent bien sur la liste des personnes acceptées.

Puis papa et Tanari avaient eux aussi décidé d'accueillir un des enfants. Il était peu probable qu'Ashleigh Kruger ait passé ses journées à éviter les gens afin d'échapper à leurs demandes de faveurs, mais c'était pourtant mon cas.

Marybelle avait été la première ranimée. Le processus avait duré une quinzaine d'heures. La température de son corps avait été augmentée lentement, son sang débarrassé des médicaments qui avaient maintenu ses cellules en vie durant cinq cents années. Pendant tout ce temps, nous avait expliqué Josephine, son métabolisme ne s'était pas totalement arrêté : elle avait continué de grandir, vieillissant d'environ dix-huit mois en tout.

Dès qu'elle avait recouvré une température normale, que son rythme cardiaque avait commencé de remonter et que ses poumons s'étaient remis à fonctionner sans assistance, nous l'avions transférée dans un des boxes de la salle de réveil récemment construits dans un recoin du jardin de la Pouponnière d'où les enfants pouvaient contempler la pelouse, les fontaines et les parterres de fleurs colorés. J'espérais qu'ils pourraient y trouver un peu de réconfort.

J'avais passé une série interminable d'examens préparés par Josephine et les IA afin d'obtenir le titre de technicienne en réanimation. Un grand nombre de mes contemporains étaient aussi qualifiés que moi, mais je n'avais eu aucune réticence à me joindre à l'équipe qui s'occupait de Marybelle.

Cela avait dû lui sembler extrêmement étrange et effrayant de se réveiller en un lieu inconnu. C'était une petite fille courageuse qui s'était retrouvée à lever les yeux vers des personnes qu'elle ne connaissait pas, qui la regardaient avec anxiété tout en lui souriant pour la rassurer. J'avais songé à la déconnexion : elle savait que le *Daedalus* avait été pris d'assaut par des aliens sanguinaires, que ses parents étaient morts, que Josephine avait décidé de tenter un pari audacieux en les plaçant, elle et les autres, en hibernation, et, pire encore, qu'elle risquait de se réveiller au milieu de yis.

À sa place, je savais que j'aurais complètement pété les plombs.

« Tout va bien, ma chérie, lui avait doucement promis Josephine. Tu n'as rien à craindre. »

Jetant un coup d'œil à Josephine, Marybelle avait poussé un hurlement.

Malgré trois années de préparation au cours desquelles nous avions cherché la meilleure façon de les accueillir à leur réveil, nous n'avions pas envisagé cette possibilité. Lorsqu'on les avait plongés en hibernation, Josephine n'était qu'une jeune femme ordinaire qui s'occupait d'eux. Aujourd'hui, une créature humanoïde verte d'une taille invraisemblable, au-dessus du lit de Marybelle, lui avait volé son visage.

Nous avions dû lui administrer un sédatif. Trouvant cette situation surréelle, j'étais furieuse. Cinq cents années de sommeil, et la première chose que nous avions trouvée à faire, c'était de l'endormir de nouveau.

Josephine était désemparée. À tel point que je commençais à m'inquiéter pour ce qui restait de son corps biologique. Trois ans et demi de cours intensifs de médecine m'avaient permis d'être suffisamment qualifiée pour poser un diagnostic. Ce corps flétri dans sa bulle de verre était en mauvaise posture. Le choc et la consternation de Marybelle pouvaient être la goutte d'eau susceptible de faire déborder le vase. Nous avions donc soudain deux patients.

J'avais usé de mon autorité de capitaine pour qu'on donne également un sédatif à Josephine. L'IA de la Pouponnière avait dû obtempérer. Elle avait dirigé son grand corps vert dans un recoin et s'était laissée tomber au sol.

« Je comprends », m'avait-elle dit en baissant la tête tandis que les mécanismes qui soutenaient son corps humain injectaient dans sa frêle carcasse un remède soigneusement dosé.

Je m'étais alors aperçue que la seule chose qu'elle n'avait pas intégrée à son corps d'androïde était la faculté de pleurer.

Une heure plus tard, Marybelle s'était réveillée une seconde fois. Seules Marana et moi étions présentes à ses côtés.

« Je m'appelle Hazel, et je suis la capitaine du *Daedalus*, m'étais-je présentée d'un ton distinct. Je te promets que tu n'as rien à craindre, Marybelle. »

Elle s'était recroquevillée sur le matelas en regardant autour d'elle d'un air inquiet.

« La dame verte ? avait-elle demandé d'une petite voix.

— Elle n'est pas là. Il s'agit en fait d'un androïde… d'une sorte de cybot, tu comprends ?

— Je sais ce qu'est un androïde !

— Forcément. À présent, Josephine se sert de son androïde comme d'une télécommande. Elle est très âgée désormais, et il lui est difficile de se déplacer. Désolée que ça t'ait fait un tel choc. Nous ne commettrons plus cette erreur.

— Que s'est-il passé ? Où sont les yis ? Où sommes-nous ? »

Elle avait tendu le cou pour regarder derrière la paroi transparente.

« Les yis sont morts, nous les avons tués. Tu es toujours à bord du *Daedalus*, et la bonne nouvelle, c'est que nous sommes proches du nouveau monde. »

Plissant les yeux, elle m'avait lancé un regard soupçonneux.

« Vous êtes la capitaine ?

— Oui, vraiment.

— Vous êtes très jeune pour être capitaine.

— Je le sais. Mais je fais de mon mieux. Je suis bien aidée.

— Qu'est-il arrivé à la capitaine Kruger ?

— Marybelle, il faut que je te dise quelque chose d'important. Ça risque de te contrarier, d'accord ? »

Elle avait hoché la tête d'un air sinistre.

« Tu as passé beaucoup de temps en hibernation… (J'avais pris une grande inspiration.) Cinq cents ans. »

Marybelle avait éclaté en sanglots. M'asseyant au bord du lit, je l'avais serrée fort dans mes bras.

Elle avait encore fondu en larmes, quelques jours plus tard, lorsque, après lui avoir fait enfiler un gros manteau, nous l'avions emmenée voir l'habitat. C'était à ce moment-là qu'elle avait véritablement accepté la réalité.

Cela m'avait rappelé cette nuit où j'avais mis Frazer sur un cheval avant de partir pour Tressaco, marchant à travers les champs sous la pluie, ayant alors l'impression d'être seule dans l'univers. Mais, en voyant cette douce enfant s'effondrer à la vue de ce qu'était devenu son monde, j'avais compris que je n'avais jamais été aussi seule qu'elle en ce terrible moment.

— Tu vas rester avec moi et ma famille, lui avais-je annoncé quand ses sanglots s'étaient apaisés. Nous prendrons soin de toi.

Bien sûr, maman et Georgi se trouvaient bien plus loin sur la liste des familles d'accueil, mais je voulais tellement être sûre que Marybelle soit traitée avec une totale gentillesse que je ne faisais confiance à personne d'autre. Je la voyais sans doute déjà comme une petite sœur.

— Tu as un très bon instinct, m'avait dit Marana d'un ton ironique lorsque j'avais fait mon annonce, faisant valoir mon statut de capitaine. Tu vas devenir un excellent médecin.

— Merci, avais-je marmonné.

— Et présidente aussi, probablement.

— Ce n'est pas dans mes intentions.

— Vraiment ? Si une civilisation n'accorde pas la priorité aux soins et à la protection de ses enfants, elle n'a pas le droit de s'appeler civilisation. Tu sembles le savoir de manière intuitive.

Il fut un temps où je me serais contentée de hausser les épaules et de rougir en l'entendant prononcer de pareilles paroles. Ce jour-là, la regardant droit dans les yeux, je lui avais rétorqué :

— Ce n'est pas de l'intuition, c'est une évidence, voilà tout.

Marana m'avait adressé un clin d'œil.

— Je voterai pour toi.

— Argh !

Marybelle s'était donc installée dans notre pavillon. Elle était calme et timide, comme tous les autres enfants à leur réveil. Nous avions fait ce que nous pouvions en leur offrant tout le confort que nous possédions. Une fois surmonté le choc initial causé par ce qu'était devenue Josephine, ils s'étaient de nouveau tournés vers elle pour qu'elle les guide. Lentement, ils avaient commencé à guérir. Voir apparaître leurs premiers sourires avait été l'un des moments dont j'étais le plus fière. Non seulement parce que cela signifiait que nous avions fait ce qu'il fallait pour eux, mais aussi parce que c'était notre petite société, si différente de celle dans laquelle ils étaient nés, qui était parvenue à ce résultat.

Chapitre 19

Quand le jour est arrivé, je me suis retrouvée au bord des larmes. Je n'avais pas pleuré depuis des années. Ce qui me rendit furieuse. Capitaine me vienne en aide, j'avais fêté mon vingt-deuxième anniversaire quinze jours auparavant, j'étais donc censée être une adulte. Mais j'étais là, au milieu du hangar, face à Josephine, et le moment était si important qu'il déclencha en moi une overdose d'émotions.

Le Braun derrière moi était d'une solidité rassurante, aussi impressionnant que la première fois que j'en avais vu un, même s'ils m'étaient parfaitement familiers désormais. Un triangle de métal élancé de trois cents mètres de long, telle la sculpture d'un oiseau géant qu'un artiste aurait commencée sans jamais avoir eu le temps d'y ajouter des détails. Sa coque gris foncé était totalement lisse, à tel point que je savais qu'en passant ma main dessus je n'y sentirais aucune aspérité. Bien qu'il ait attendu ce moment neuf cents années, il semblait tout droit sorti d'une chaîne d'assemblage de bâtibots, sans la moindre imperfection. Enfin… à part le nouvel étage de décélération fixé à sa queue. Les IA du *Daedalus* l'avaient affublé d'une sphère de cent mètres de diamètre qui lui permettait tout juste de se faufiler entre le sol et le plafond du hangar. Les deux tuyères à antimatière cylindriques montées à l'arrière touchaient presque le mur du fond. On avait reculé les portiques d'assemblage, qui occupaient désormais tout l'espace restant.

Nous n'avions achevé la fabrication du dernier étage de décélération que onze jours auparavant, ce qui avait rendu le calendrier de lancement extrêmement serré. Mais les tests avaient été effectués et le carburant chargé. Ne restait plus qu'à lancer l'engin.

— Capitaine, m'interpella Josephine. Ce fut un honneur de servir à vos côtés.

Lui tendant la main, je vis, hébétée, ses longs doigts verts se mêler aux miens.

— Prenez soin du *Daedalus* pour moi. J'espère que vous reviendrez.

— Quand nous reviendrons, l'arche sera à neuf et prête pour un autre vol interstellaire.

— Nom d'un crapaud, je donnerais cher pour voir ça !

— J'ai coupé le lien neuronal avec mon corps de naissance. Je suis purement numérique désormais.

— Comment vous sentez-vous ?

— À vrai dire, ça ne change pas grand-chose. Les neurones de son corps étaient à un stade avancé de délabrement. Dans ce mode, mon identité reste totalement fonctionnelle.

— Parfait. Je vous remercie, ainsi que tous vos homologues du réseau, de tout ce que vous avez fait pour nous.

— Avec plaisir. Au nom des IA, nous aimerions vous assurer que le *Daedalus* n'aurait pu trouver meilleur commandant. Mais il est temps pour vous de partir. Capitaine, je prends la relève.

Je me redressai, fournissant un gros effort pour retenir mes larmes.

— Veuillez indiquer dans le journal de bord que je vous transmets le commandement de l'arche.

Je m'éloignai après l'avoir saluée. Maman et Zawn m'attendaient en haut de l'escalier menant à la partie centrale du Braun.

Maman m'adressa un sourire affectueux en me prenant par les épaules.

— Ça va ? me demanda-t-elle doucement.

— Oui, répondis-je aussitôt.

Voilà, tout le monde était à bord des Braun. Comme toujours, le capitaine était le dernier à quitter son navire. C'était une tradition un peu idiote, peut-être, mais elle me semblait parfaitement justifiée.

Zawn effleura le panneau de commande, et la porte du fuselage en forme de dalle s'abaissa et s'immobilisa en produisant un bruit sourd. Les portes du sas en flexsteel ondulèrent avant de se solidifier. On avança dans l'appareil. Les Braun n'étaient pas censés transporter tant de monde, et leurs trajets depuis l'orbite haute jusqu'à la surface ne devaient pas durer plus de cinq heures. Nous les avions énormément surchargés, et notre vol allait durer quinze jours durant lesquels – mis à part les dix dernières heures – ils décéléreraient à 1,5 *g*. Ils n'avaient pas non plus été conçus pour voyager dans l'espace à près de dix pour cent de la vitesse de la lumière.

Dans toutes les simulations que nous avions effectuées, les problèmes que nous avions imaginés avaient suscité chaque fois la même réponse : les Braun s'en sortiraient.

« Ce n'est pas tout à fait exact, m'avait fait remarquer Frazer, quelques mois auparavant. La véritable probabilité de réussite est de quatre-vingt-neuf pour cent.

— C'est un bon chiffre, un chiffre rassurant, avais-je répondu de ma voix la plus autoritaire. Et nous ne le dirons à personne. »

L'espace d'un instant, il m'avait semblé vouloir protester, ou du moins se moquer de mes grands airs. Mais il s'était contenté de hocher la tête en haussant les épaules.

« Bien sûr. »

Mon petit frère était en train de grandir…

Le chemin jusqu'au poste de pilotage du Braun était un labyrinthe de couloirs étroits. J'étais heureuse de ne pas avoir à consulter

John ni à lui demander un plan dans mes lunettes-V. On passa devant une série interminable de cabines, dont la plupart avaient les portes ouvertes. Les passagers me firent signe depuis leurs gros fauteuils d'accélération, et on m'adressa de nombreux pouces levés, à peu près autant que de regards hésitants.

À l'origine, pour l'atterrissage, les bâtisseurs avaient prévu que les équipages débarquant sur la planète à bord d'un Braun disposeraient de leur propre petite cabine à bord pour y vivre le temps que les colonies s'établissent, et que ce seraient les navettes Tereshkova qui transporteraient le reste des passagers de l'arche sur la planète depuis l'orbite. Coup de chance pour nous, car, une fois ces cabines débarrassées de leur contenu, cela nous donna juste assez de place pour loger tout le monde. Désormais, elles avaient pour seul mobilier un fauteuil d'accélération et une unité de support-vie atmosphérique supplémentaire. D'accord, prétendre qu'il y avait de la place pour tout le monde était un peu exagéré. C'était du moins ce que j'avais compris en captant l'appréhension générale.

Cinq ans auparavant, nous avions encore tout l'habitat à notre disposition. Après la bombe, nous avions dû nous contenter des salles sécurisées de la partie avant, dont le volume était nettement plus restreint, mais qui étaient encore grandes. Et il était toujours possible de visiter l'habitat hivernal quand on avait envie d'un peu d'air frais. À présent… nous étions entassés dans de minuscules boxes bondés, avec l'ordre de ne pas en sortir. Tout le monde était conscient qu'il s'agissait d'un moment décisif : soit nous réussissions à nous poser, soit nous périssions.

Le poste de pilotage était de forme ovale, avec un large pare-brise incurvé qui donnait sur le nez du Braun une fois les boucliers extérieurs escamotés. Juste derrière se trouvaient deux fauteuils d'accélération, fixés au centre de leurs bras circulaires articulés comme s'ils étaient suspendus dans une cage complexe. L'un était destiné au pilote, l'autre à l'ingénieur de vol, même s'il faut préciser que c'était l'IA de pilotage qui fournissait la plus grande partie – quatre-vingt-dix-neuf pour cent – du travail. Mais comme l'avait dit John :

« Les humains sont toujours plus stables d'un point de vue psychologique lorsqu'un des leurs fait partie de la chaîne de commandement. »

Il était intéressant de constater que, même à l'époque des bâtisseurs, personne ne faisait véritablement confiance à ses propres machines.

Une rangée de six sièges se trouvait à l'arrière du pont, et un autre, seul, devant eux : la place du commandant d'escadron.

En temps normal, les six fauteuils situés derrière lui étaient réservés aux spécialistes de cargo et aux ingénieurs système, mais ce vol n'aurait rien de normal.

Tout le monde voyageait avec sa famille, et je ne faisais pas exception à la règle.

Maman prit place dans un siège à côté de Marybelle, Georgi de l'autre côté. Papa s'installa à côté de lui, à côté de Tanari et de leur fille adoptive, Ilsa, qui avait deux ans de moins que Marybelle, et me semblait aussi intelligente que Frazer à son âge.

Je m'assis dans le fauteuil du commandant d'escadron et laissai mes jambes et mon torse s'enfoncer dans le rembourrage, me maintenant en sécurité. Oui, c'était mon rôle, maintenant que je n'étais plus capitaine du *Daedalus* ; le Conseil de vol l'avait voté à l'unanimité. C'était un titre vraiment honorifique pour dénommer une fonction de simple officier de communication. Si l'un des Braun était victime d'un problème avant l'amerrissage, les autres ne pourraient absolument rien pour lui.

Quand Zawn passa devant moi, je lui adressai un sourire débordant de fierté. C'était notre pilote.

Un poste qu'il avait conquis tout seul ; il s'avérait que peu de monde à bord du *Daedalus* avait d'aussi bons réflexes que lui. Frazer, bien sûr, occupait le siège de l'ingénieur de vol.

— Marybelle, nous sommes prêts ? demandai-je.

La semaine précédente, je l'avais nommée coordinatrice de services dans notre Braun. Après tout, elle avait cinq cents ans de plus que moi, et donc une certaine ancienneté. Cette promotion l'avait rendue extrêmement heureuse.

— Tout le monde est à son poste, commandant, déclara-t-elle avec le plus grand sérieux.

Lorsque Zawn prit place, sa console s'activa, se déployant d'un accoudoir à l'autre. Je connaissais parfaitement les hologrammes infographiques qui flottaient juste au-dessus : nous nous étions tous suffisamment entraînés pour pouvoir changer de rôle en cas d'urgence.

— Tous les systèmes de vol sont opérationnels, commandant, annonça Amelia, l'IA de pilotage.

— Confirmé, déclara Zawn.

— Merci. (J'ouvris un canal de communication avec les autres Braun.) Ici le commandant d'escadron Hazel. Dernier rapport avant le départ, s'il vous plaît.

Je vis apparaître sur ma console les symboles verts de chacun des atterrisseurs, mais la confirmation verbale faisait partie du processus. Ce n'était pas maintenant que nous allions aller à l'encontre des procédures des bâtisseurs.

Les autres Braun répondirent successivement, confirmant verbalement les données que leur télémétrie transmettait à ma console.

— Je vous remercie, escadron. Tous les vaisseaux de débarquement s'annoncent préparés et sont entièrement passés à une alimentation interne. Les sas des hangars sont fermés et vérifiés. Tenez-vous prêts, séquence de lancement dans trois, deux, un, zéro.

Je vis sur les écrans de ma console les lampes rouges qui clignotaient le long du plafond du hangar géant. Le mur de flexsteel devant le nez du Braun se mit à onduler. Une ouverture circulaire se forma au centre et commença à s'élargir. Des jets de vapeur éphémères la franchirent.

— Intégrité du fuselage dans le vide confirmée, annonça Frazer. Parés pour le vol.

Le berceau dans lequel se trouvait notre Braun s'avança. Devant nous, le flexsteel s'était écarté, révélant un passage qui descendait en devenant de plus en plus pentu. Je ne cessais de partager mon attention entre la surveillance de notre progression et celle des autres Braun. Ils quittaient tous leurs hangars.

Le poste de pilotage se mit à pivoter vers le bas. Pour compenser, mon fauteuil bascula vers l'arrière, ce qui me permit de rester assise la tête haute. Le fait que le poste de pilotage pivote autour de moi ne m'aidait point à garder mes repères visuels, car il transformait le mur arrière en plafond.

— Marybelle, préviens tout le monde que nous avons atteint la première étape, je te prie, lui demandai-je.

— À tout l'équipage, annonça-t-elle. Préparez-vous au largage suivi d'une chute libre.

Le Braun commença à prendre de la vitesse. Il continua également à pivoter jusqu'à ce qu'il soit à la verticale, les six autres fauteuils se retrouvant directement au-dessus de moi. La sensation de chute me donna envie de crier. Le souvenir de notre saut depuis le ciel de l'habitat revint me hanter avec une clarté aussi soudaine qu'effroyable. Comme ce jour-là, mon corps savait d'instinct qu'une telle chute ne pouvait se solder que par un choc violent. Malgré moi, je m'y préparai. Notre descente au long du passage s'interrompit, mais nous avions toujours la sensation de tomber.

— Extraction du *Daedalus* confirmée, déclara joyeusement Marybelle. Nous sommes dehors et en chute libre dans l'espace, les amis.

Je m'autorisai à reprendre mon souffle. Mon fauteuil d'accélération bascula vers l'avant, plaçant de nouveau Zawn et Frazer devant moi.

— Tenez-vous prêts, prévint Zawn. Début de la manœuvre d'orientation alpha.

Sur les écrans s'afficha la coque rocheuse de l'arche qui rétrocédait derrière nous. Une rapide vérification télémétrique me confirma que les quatorze autres Braun avaient bien quitté leurs silos de lancement. Nous étions tous en train de nous éloigner radialement de la gigantesque masse cylindrique du *Daedalus*. J'observais avec fascination et mélancolie la progression de son image: les petits tubes métalliques noirs des écopes d'amarrage tristement familiers; les rangées de fidèles radiateurs thermiques autour de la poupe; l'épaisse couche de carbone noir aux bords fondus à la proue, nous protégeant de presque tout ce que l'espace interstellaire pouvait mettre sur notre chemin. Enfin, j'aperçus la lueur émeraude du tampon de plasma qui s'étendait au-delà, telle une aile d'ange gardien, scintillant à cause des étincelles provoquées par les molécules en désintégration. Devant nous, l'amas comprimé d'étoiles bleu-blanc, dont l'une, au centre, brillait autant que toutes les autres réunies. Je ne pus m'empêcher d'esquisser un sourire.

Puis le Braun se mit à virer lentement sous la direction attentive de Zawn. Les propulseurs de contrôle par réaction tiraient de courtes rafales précises qui donnaient l'impression qu'une arme puissante frappait le fuselage. J'ignorais que le bruit serait si fort. J'imaginais très bien les passagers recroquevillés dans leurs cabines, s'attendant à ce que le vaisseau se brise en deux.

Les propulseurs firent retentir un dernier roulement de tambour, alignant la queue du Braun sur les étoiles décalées vers le bleu.

— Trente secondes avant notre dégagement de la zone tampon, annonça Zawn.

— Bien reçu, répondit Frazer. Confirmation de la séquence d'allumage des propulseurs à antimatière. Tous les voyants sont au vert.

Le Braun ne disposait pas de son propre tampon de plasma. Dès que nous aurions quitté la brume spectrale, nous deviendrions vulnérables à n'importe quelle molécule errante à la dérive dans l'espace interstellaire. Il nous fallait donc allumer les fusées à antimatière de l'étage de décélération. Leurs panaches d'échappement incandescents seraient plus brûlants que la couronne d'une étoile et, pendant notre décélération, ils passeraient au peigne fin l'espace devant nous, anéantissant tout atome égaré sur notre trajectoire.

Après le vacarme des propulseurs de contrôle par réaction, je m'attendis à un rugissement comparable à celui de la bombe irradiante de la part des fusées à antimatière. Heureusement, ce ne fut qu'un grondement de fond, à peine plus puissant que les ventilateurs et les pompes des systèmes de support-vie.

Mon fauteuil se remit à basculer. Cette fois, tandis que le Braun se dressait sur sa queue, je me retrouvai dos à la paroi arrière du poste de pilotage. Le sol était donc devenu un plan vertical. La décélération était alors d'environ un dixième de *g*.

— Systèmes de propulsion stables et constants, déclara Frazer.

Les caméras du fuselage filmèrent le *Daedalus* en train de rétrécir dans le lointain, derrière nous. Durant l'heure qui suivit, on poursuivit notre progression à un dixième de *g* tandis que Frazer et l'IA de pilotage analysaient les fusées à antimatière et leur myriade de systèmes auxiliaires.

D'après la télémétrie des autres Braun, ces derniers ne connaissaient aucun problème. Sur les écrans, ils apparaissaient sous la forme de longues traînées brillantes disposées en cercle, la formation s'élargissant progressivement jusqu'à atteindre une centaine de kilomètres de diamètre.

Je procédai à un dernier examen télémétrique.

— Escadron, notre vecteur et notre vitesse sont corrects, vous êtes autorisés à déclencher la mise à feu de décélération complète.

Les panaches d'échappement commencèrent à s'allonger et à se faire plus vifs.

— Préparez-vous à une pesanteur forte, prévint Marybelle.

Je ne pus m'empêcher de rire.

— Qu'est-ce qu'il y a ? demanda papa.

— Rien.

Comment aurais-je pu le lui expliquer ? Cinq ans auparavant, je considérais comme un exploit le fait de nettoyer le poulailler et faire la lessive à temps afin de retrouver Alice et nos amis avant le déjeuner. Aujourd'hui, j'étais aux commandes d'un avion spatial à antimatière en route vers une planète, employant des termes que je n'aurais même pas été capable de prononcer à l'époque.

Le poids de mon corps augmentant, je m'enfonçai dans les coussins de mon fauteuil. Durant un bref instant, alors que nous atteignions 1 *g*, je me sentis parfaitement à l'aise : tout fonctionnait, nous étions sur la bonne voie. Puis l'accélération se poursuivit jusqu'à 1,5 *g*. Ce n'était pas douloureux, mais pas très agréable non plus. Si je pouvais l'éviter, je n'avais aucune envie de me lever et de me déplacer.

— Marybelle, Ilsa, comment allez-vous ?

— Ça va, répondit Ilsa d'un ton peu sincère.

— Ouais, acquiesça Marybelle.

Je résistai à la tentation de tourner la tête pour jeter un coup d'œil par-dessus le bord de mon fauteuil. Je craignais d'être attirée vers le sol, désormais trop bas. Ou alors, de me tordre tous les muscles du cou.

— Dans quinze jours, ce sera de l'histoire ancienne, leur promis-je.

J'appelai les chefs de service pour leur demander si tout allait bien. Il n'y avait pas grand-chose à faire dans le cas contraire. Nous ne pouvions plus réduire la poussée, à présent ; notre vecteur était un calcul précis. D'ici à quinze jours, les fusées à antimatière s'éteindraient et nous larguerions l'étage de décélération à cinquante mille kilomètres du nouveau monde, mais notre vitesse serait toujours trop élevée. Ce seraient les moteurs à fusion du Braun qui nous permettraient d'effectuer la dernière manœuvre, de nous amener jusqu'à l'atmosphère en réduisant notre allure pour nous épargner l'embrasement au contact de l'air.

Nous avions organisé de nombreuses réunions pour déterminer comment réagir si quelqu'un tombait malade ou si l'un de nos anciens faisait une crise cardiaque pendant le vol. La réponse avait été simple et brutale : rien. Il nous était impossible d'interrompre la décélération, la mécanique spatiale n'étant pas destinée à se plier à nos desiderata. Notre arrivée à destination serait le résultat d'une équation à solution unique.

Les chefs de service firent leur rapport d'un ton égal. Tout allait bien, il n'y avait aucun problème à bord.

Je me servis des caméras intérieures pour vérifier, naturellement. Je vis de jeunes enfants pleurer, des personnes âgées grimacer en raison de leurs angoisses prolongées. Certains criaient leur colère, d'autres se soutenaient en chuchotant. Des parents enfreignirent les consignes et se levèrent pour rejoindre leurs enfants en détresse. Inévitablement, certains chutèrent.

Il y eut des jambes et des bras cassés. Marana fit appel à ses appareils médicaux à distance pour les aider. Une quinzaine de jours avec un membre brisé et une pression à 1,5 *g* était une torture, et les blocs nerveux étaient un moyen risqué de soulager la douleur. Pour s'assurer qu'on ne commettrait pas d'autres erreurs, on avait besoin de sensations corporelles en pesanteur forte.

Il était difficile de dormir ; mon corps était fatigué en permanence. L'utilisation des toilettes du fauteuil d'accélération était une expérience peu glorieuse. Tout le monde regardait des émissions de la médiathèque, écoutait de la musique, lisait, jouait à des jeux interactifs… C'était une période déprimante d'ennui, de souffrance physique, de maux d'estomac, d'irritabilité croissante… et ce pour les plus résistants d'entre nous.

Mon seul soulagement était de pouvoir observer la planète. Le vecteur que nous suivions nous faisait approcher du nouveau monde avec un léger angle, ce qui permettait aux caméras du fuselage de le suivre d'un côté de l'échappement radieux du Braun. Les premiers jours, ce ne fut qu'une tache qu'il me fallut encadrer de parenthèses violettes pour mieux la repérer au milieu des autres. Mais elle grossit régulièrement. Le plus impressionnant fut de voir les trois lunes se détacher de la petite tache floue. Elles faisaient moins de la moitié de la taille de la Lune terrestre, et deux d'entre elles avaient une orbite beaucoup plus éloignée. La plus proche, en orbite à quatre-vingt-dix mille kilomètres, avait une teinte rouge particulière. Frazer la surnomma « mini-Mars ».

Quand le nouveau monde commença à prendre de la définition, il s'agissait d'un croissant lumineux. Je ne m'attendais pas à tant de nuages. Bien que cela m'ait fascinée, je ne comprenais toujours pas ce phénomène : des amas de gouttes d'eau flottant dans les airs comme de la pluie à 0 *g* ? Non, cela n'avait aucun sens. Une grande partie de la surface de la planète était bleue. On pouvait le voir entre les nuages. D'après les textes scientifiques, l'eau planétaire était toujours bleue, et la voilà, pour de vrai. Les continents étaient un mélange de brun et de vert. L'analyse des capteurs confirma que l'atmosphère était respirable et que les étendues vertes étaient composées de végétation photosynthétique.

Les vaisseaux semeurs du projet Explorateur des étoiles étaient parvenus à terraformer les lieux.

L'ensemble des passagers du Braun applaudit quand je leur annonçai officiellement la nouvelle.

Nous avions un foyer.

* * *

Après nous avoir propulsés quinze jours et trois heures à 1,5 *g*, les fusées à antimatière s'éteignirent. Les caméras du fuselage nous montrèrent l'étage de décélération se détachant et s'éloignant de nous. Je n'y prêtai guère attention. Après une si longue période de haute pesanteur, la libération procurée par la chute libre fut pour moi un plaisir salutaire.

Cela ne dura pas longtemps. Frazer alluma les trois moteurs à fusion du Braun. Heureusement, cette fois, la pesanteur n'atteignit que 0,05 *g*. Nous étions toujours en décélération, mais sur un vecteur tangent au sommet de l'atmosphère.

— Comment se présente notre trajectoire ? demandai-je.

— Dans le mille, répondit Zawn avec un sourire.

Comme moi, il s'étira, tentant de se débarrasser des raideurs et des douleurs musculaires qui s'étaient installées au cours des deux dernières semaines.

Marybelle et Ilsa avaient déjà quitté leurs fauteuils et déambulaient dans le poste de pilotage. Au bord de mon siège, les jambes pendantes, je leur adressai un signe du pouce.

— John, des nouvelles du vol de reconnaissance ?

Quatre heures auparavant, chacun des Braun avait largué deux satellites bourrés de capteurs. Ils n'avaient pas décéléré, mais leurs petits moteurs ioniques les poussaient sur un cap qui les amènerait à moins de vingt mille kilomètres du nouveau monde. Les clichés et les données que nous renvoyaient leurs capteurs confirmèrent nos premières images. Les mers et les océans couvraient un peu plus de la moitié de la surface de la planète, autour de cinq grands continents et de très nombreuses îles. Les IA de pilotage sélectionnèrent des points d'atterrissage possibles. Il nous fallait une large plage sur laquelle nous pourrions ancrer les Braun, mais le littoral devait être bordé d'une longue étendue de mer calme pour l'amerrissage.

Huit lieux possibles furent identifiés. Il ne nous restait plus qu'à effectuer des scans à haute résolution pour procéder au choix final.

Les satellites scannèrent également les trois lunes. Elles me paraissaient plutôt mornes, des cailloux sans atmosphère parsemés de cratères.

— Nom d'un crapaud ! s'exclama Frazer.

— Qu'y a-t-il ? demandai-je.

Jusqu'à présent, le vol s'était déroulé exactement comme prévu. Mon inconscient avait manifestement du mal à y croire.

— Il y a des objets en orbite.

— Des objets ?

— J'en compte cinq d'un diamètre d'environ sept kilomètres, espacés de manière équidistante sur une orbite équatoriale à deux mille kilomètres d'altitude. Ce n'est pas naturel. (Levant les yeux vers moi, il m'adressa un grand sourire.) J'ai l'impression qu'il s'agit des vaisseaux semeurs.

— Vraiment ?

— Oui. C'est cool, non ?

— J'imagine, oui.

— On peut s'en servir ? demanda maman.

— Pour quoi faire ?

— Je ne sais pas trop. Il doit y avoir des IA et des bâtibots…

— C'est le cas, dit Frazer. Ou du moins, il y en a eu. Une partie du processus de terraformation a consisté à fabriquer des bioréacteurs à la surface pour produire des bactéries capables de modifier l'atmosphère. Mais c'était il y a des siècles.

— Ça pourrait nous être utile, réfléchit papa. Les systèmes du *Daedalus* ont résisté au moins aussi longtemps.

— Peux-tu vérifier l'alimentation en masse de réaction de nos moteurs ? demanda Zawn. Les débits sont en baisse.

Frazer se pencha, effleurant sa console à l'aide de deux doigts.

— Les bioréacteurs seront probablement des ruines géantes, comme les pyramides, déclara Marybelle. Ce serait passionnant.

— Quelles pyramides ? demanda Georgi.

Elle lui lança son regard de spécialiste, celui qui signifiait : *« Tu ne connais vraiment rien à rien, hein ? »*

— C'étaient d'anciens tombeaux célèbres, sur Terre. Elles étaient énormes, et on les a construites à la main, parce que c'était il y a très longtemps, avant qu'on ait des machines.

— Des tombeaux pour quoi ? demanda Ilsa, fascinée.

— Des dragons, je crois.

J'étais en train de me demander si je devais interroger John à ce sujet quand Frazer déclara :

— C'est curieux…

— Quoi donc ? demandai-je.

— Zawn a raison, la sortie du réservoir 2 est faible. Mais, pour le capteur interne, le débit est normal.

— Et, donc… ?

— Donc, il y a une anomalie, et je ne vois pas d'où elle vient.

Je fronçai les sourcils.

— Comment sais-tu qu'il y a un écart ?

— Écoute, les cinq réservoirs alimentent simultanément les tuyères de la fusée en eau grâce à un système de collecteurs. Actuellement, les quatre autres réservoirs doivent augmenter leur débit pour compenser le volume réduit provenant du réservoir 2. Mais l'instrumentation interne du réservoir 2 indique que son débit est régulier. C'est là qu'est l'anomalie.

— Ça ressemble à une fuite, suggérai-je d'un ton gêné.

— C'est ce que je croyais. Mais le collecteur n'en signale aucune, et les capteurs de la section d'ingénierie auraient détecté tout fluide s'échappant des tuyaux.

— Alors les capteurs du réservoir 2 se trompent. Le Braun a neuf cents ans, après tout.

— Oui, probablement, répondit Frazer d'un air dubitatif. (Il échangea un regard avec Zawn.) Mais ce n'est pas le problème.

— Alors, quel est-il ?

Je vis Zawn grimacer. Cela ne me plut guère. Pas maintenant. Pas à huit heures de l'atterrissage, au bout d'un voyage qui avait duré neuf cents années. Une partie angoissée de mon esprit me disait que ce n'était pas une coïncidence.

— Nous avons besoin de l'eau du réservoir 2, déclara calmement Zawn. De toute l'eau, et à plein débit.

— Mais elle sort quand même, dis-je.

— Oui, mais les quatre autres réservoirs seront à sec avant que nous atteignions notre point d'insertion atmosphérique. S'il ne nous reste plus que le lent débit du réservoir 2, nous aurons une poussée réduite. Et notre vecteur ne nous le permet pas. Nous manquerons la planète.

— Guano ! Quelle en est la cause ?

Frazer prit un air inquiet.

— Je dirais qu'une valve fonctionne mal, et son capteur avec. Mais les bâtisseurs ont toujours prévu des redondances. Il y a trois sorties sur chaque réservoir, il faudrait donc que les trois valves soient bloquées de la même manière.

— Que fait-on ?

— Nous devons augmenter la pression de l'air dans le réservoir, ça forcera l'eau à en sortir plus vite.

— D'accord, allons-y.

— Mais il faut que nous soyons sûrs que c'est bien là le problème. Dans le cas contraire, la Capitaine seule sait quels autres dégâts nous pourrions occasionner. Et, Hazel, nous n'avons pas beaucoup de temps pour les réparations.

— Amelia, peux-tu procéder à une vérification complète des réservoirs et des valves ?

— C'est déjà fait, annonça l'IA de pilotage. Aucun ne présente la moindre anomalie. Il est statistiquement improbable que trois valves et trois séries de capteurs soient victimes de la même panne au même moment. Ce qui laisse supposer que le problème est ailleurs.

Je tentai de garder les idées claires. Ce n'était pas en s'affolant que l'on allait résoudre le problème.

— Comment savoir avec certitude ce qui se passe ?

— En allant y jeter un coup d'œil, répondit Frazer.

— Pardon ?

— En procédant à une inspection manuelle.

— Les réservoirs sont-ils accessibles, au moins ?

J'imaginai aussitôt un individu en combinaison crapahutant sur le fuselage du Braun, accroché à un simple câble de sécurité.

Frazer étudiait une série de schémas qui défilaient sur les écrans de sa console, trop rapidement pour que je puisse comprendre de quoi il s'agissait.

— Oui, il y a une écoutille d'accès au compartiment des réservoirs. Elle n'a pas été ouverte depuis que le Braun a été chargé à bord du *Daedalus*, il y a neuf cents ans.

Je fis basculer mes pieds sur le côté de mon fauteuil et saisis l'une des rampes qui formaient une échelle jusqu'à la paroi arrière du poste de pilotage.

— Eh bien, il est temps de l'ouvrir, alors.

Chapitre 20

Il n'y avait que deux cents mètres à la verticale du poste de pilotage au compartiment des réservoirs, mais l'itinéraire était loin d'être en ligne droite. Entre deux puits, il nous fallut longer une dizaine de couloirs en faisant des bonds planeurs. Je m'étais attendue à ce que la faible décélération nous facilite les choses, mais je m'étais trompée. Je devais parfois attraper une prise, brisant mon élan, et parfois me forcer à redescendre au sol parce que cette pesanteur presque inutile de 0,05 *g* ne me permettait pas d'aller assez vite. Et tout cela quelques heures seulement après avoir subi 1,5 *g* pendant quinze jours.

Lorsqu'on atteignit le couloir de service au-dessus du compartiment des réservoirs j'avais extrêmement mal aux bras, comme si les tendons de mes poignets étaient en feu. Frazer ouvrit la porte d'un casier au ras du mur du couloir. Il en tira une petite trousse d'outils de maintenance qu'il fixa à sa ceinture.

— Vérification de communications, déclara-t-il.

— Je t'entends, lui dis-je. Zawn ?

— Cinq sur cinq.

— Le débit du réservoir est-il toujours réduit ?

— Oui, aucun changement. Amelia a lancé d'autres diagnostics, mais nous ne voyons toujours pas où est le problème.

J'échangeai un regard avec Frazer. Je voyais très bien à quel point cela le dérangeait.

— D'accord. Nous allons entrer maintenant. Nous trouverons ce qui cloche.

L'écoutille était un hexagone encastré dans le sol, avec une unique poignée bleue chromée au milieu. Frazer la tira vers le haut et la fit pivoter à quatre-vingt-dix degrés. L'écoutille s'ouvrit en douceur, révélant le compartiment des réservoirs, éclairé par de petites ampoules bleu-vert. C'était un vaste espace qui s'étendait sur toute la largeur du fuselage. Les cinq réservoirs étaient des cylindres de quarante mètres de long sur dix de diamètre, maintenus en place par un treillage d'étais parcouru de dizaines de tuyaux et de câbles. Cela ressemblait plus à un nid organique qu'à un ouvrage d'ingénierie. Je le scrutai avec lassitude, car, malgré le volume du compartiment, je ne voyais pas beaucoup d'espace pour se déplacer.

Frazer commença par descendre en crabe le long de la structure jusqu'au sommet des réservoirs. Je le suivis prudemment. On rampa le long d'une canalisation jusqu'au second réservoir, puis on se faufila jusqu'au bord sur les poutres de soutènement. Frazer se pencha, braquant sa torche sur le flanc de la cuve. Le faisceau lumineux était puissant, mais j'avais du mal à distinguer le fond. La natte complexe de tuyaux du collecteur brillait doucement, loin en contrebas.

— Je ne vois aucune fuite, déplora Frazer.

— D'ici, tu n'en verras pas, lui fis-je remarquer.

— Je le sais. Les valves d'évacuation sont en bas. Il faut qu'on descende jeter un coup d'œil.

— Le temps joue contre nous.

Je vérifiai les chiffres de l'horloge qui clignotaient doucement en haut de mes lunettes-V. Dans l'idéal, il nous fallait corriger le problème de débit dans les trente minutes.

— Oui, je serai rapide.

Il entama sa descente le long de la structure.

Je procédai à une vérification de tous les tuyaux et installations autour de la partie supérieure du réservoir. Il y en avait beaucoup ; des conduits de régulation thermique reliés à leurs connecteurs de pression afin de maintenir l'eau de la masse de réaction à une température constante. Les tuyaux de pressurisation étaient aussi gros que ma cuisse, mais on aurait dit qu'ils avaient été installés la veille. Je cherchai les câbles de données et d'alimentation. Ils étaient tous intacts.

— Frazer, tout a l'air d'aller bien ici. S'il y a un problème à l'intérieur du réservoir, comment le découvrir ?

— Si je ne trouve rien d'anormal au fond, nous devrons jeter un coup d'œil là-dedans.

— D'accord, je vais vérifier tout de suite, ça nous fera gagner du temps. Comment faire pour y entrer ?

— Il y a une trappe d'accès, en haut de la cuve. Prudence.

— C'est mon deuxième prénom.

— Non. Écoute-moi, de l'eau s'écoule du réservoir. Ça peut créer un tourbillon, surtout dans l'air de repressurisation qui est aspiré pour combler l'espace. Il faut d'abord couper le débit avant que tu puisses entrer.

— C'est possible ?

— Oui, mais attends que j'aie vérifié le collecteur.

Je fis le tour avec ma torche. La trappe d'accès fut assez facile à trouver. Le sommet du réservoir était un petit dôme coiffé de la trappe circulaire. Je me hissai jusqu'à elle.

— John, peux-tu fermer les valves au fond du réservoir, si nécessaire ?

— Oui. J'ai déjà prévenu Amelia que nous pourrions avoir à le faire. Mais Frazer a raison, il faudrait utiliser cette possibilité en dernier recours.

— D'accord.

J'attendis donc que Frazer achève sa descente le long du réservoir.

— Bon sang ! finit-il par s'exclamer. Je ne vois rien d'anormal ici. Il n'y a pas de fuite et les valves de contrôle du débit sont ouvertes au bon niveau.

— D'accord, j'y vais. (Je me tournai vers la trappe d'accès.) John, ferme les valves d'écoulement et égalise les pressions.

— Fermeture des valves en cours.

— Tu crois que quelque chose bloque les sorties ?

— Ça commence à devenir très probable.

— Mais quoi ?

— L'explication la plus vraisemblable est qu'une partie de la structure interne du réservoir s'est brisée durant notre phase de décélération à *g* élevé.

— Sa structure interne ?

— Oui. La coque du réservoir est renforcée par des longerons internes. La cuve est également équipée de cloisons antivague.

— Forcément, marmonnai-je.

— Et de cloisons antitourbillon.

— D'accord, mais comment savoir si un morceau s'est détaché ? Ce ne sera pas sous l'eau ?

Je n'avais vraiment aucune envie de nager dans l'eau du réservoir.

— Si ce n'est pas immédiatement visible, vous devrez chercher où se trouve la défaillance de l'instrumentation interne. Les capteurs auraient dû repérer une telle défaillance. Le processeur de gestion du réservoir est situé sous la trappe.

— Pour faciliter l'accès.

— Oui.

— Et si c'est un blocage, comment l'éliminer ?

— Il y a deux cybots dans l'aire d'ingénierie capables de travailler à l'intérieur d'un réservoir plein.

Impressionnée, je serrai les lèvres. Les bâtisseurs avaient vraiment pensé à tout.

— Ils sont prêts ?

— Oui.

La trappe d'accès émit un puissant carillon, et une rangée d'ampoules vertes s'alluma sur le pourtour du réservoir. Elle se dressa.

— Alors, voyons quel est le problème.

Lorsque je braquai ma torche à l'intérieur, tout ce que je pus discerner, c'étaient des grilles métalliques tordues à environ un mètre en dessous de la trappe, tels de grands pétales dont les pointes plongeaient vers le bas. Elles étaient recouvertes de perles d'eau noires qui scintillaient à la lueur de la torche.

— Qu'est-ce que c'est ?

— La cloison antitourbillon, pour empêcher le gaz de pressurisation de tourbillonner lorsqu'il est aspiré. Elle devrait supporter votre poids à cette pesanteur.

— D'accord. (Je passai la tête dans l'ouverture. L'air qui montait du réservoir était frais et avait un parfum salé.) Cet air est respirable ?

— C'est un mélange standard d'oxygène et d'azote, oui.

Il y avait une série d'échelons sur la paroi de la cuve, à côté d'un rail de transport de cybot. Si je rampais sur la cloison, je pourrais les atteindre.

— Frazer, j'y vais.

— Je suis presque de retour au sommet du réservoir.

Je passai mes jambes dans l'ouverture et me glissai sur la cloison. Je gardai mes mains appuyées contre le bord, prête à me hisser aussitôt à l'extérieur si elle cédait. Mais elle semblait tenir bon. À quatre pattes, je me mis à ramper vers les échelons. Au-dessus de ma tête, les entrées de pressurisation ressemblaient à des champignons à l'envers. Les câbles de données sinuaient à travers la structure. Les conduits thermiques bifurquaient, puis se divisaient encore, faisant descendre une multitude de tuyaux argentés le long de la paroi du réservoir.

— J'aperçois le processeur de gestion…

Je me figeai de stupeur. Un mince fil blanc sortait de la petite unité électronique et s'enfonçait dans l'obscurité.

— Frazer, chuchotai-je. Il y a une reine-cerveau ici. (La trappe d'accès commença à se refermer. Poussant un glapissement, je tentai de me tortiller pour reculer vers elle.) Non, non, non.

— Les conduits thermiques, la cryo…, cria Frazer.

Son canal de transmission fut coupé. La trappe d'accès se referma et se verrouilla avec un claquement sec. Je tendis la main vers la racine nerveuse blanche.

Un icone de communication blanc s'afficha sur mes lunettes-V.

— Je ne ferais pas ça si j'étais toi, Hazel, déclara la voix.

C'était la voix que je croyais avoir entendue pour la dernière fois quatre ans auparavant, dans une explosion d'énergie qui avait détruit la mer centrale. Mes doigts s'immobilisèrent à quelques centimètres de la racine nerveuse.

— C'est fini, déclarai-je. Vous n'atteindrez pas le nouveau monde.

— Dans ce cas, toi non plus. J'ai la maîtrise totale des mécanismes du réservoir. Si je détecte le moindre acte hostile de ta part, je le dépressurise et te tue.

— John, elle dit vrai ?

— Dans l'absolu, oui. Un système de dépressurisation d'urgence est régulé par le processeur de gestion. Mais votre mort ne sera pas instantanée. Si vous tranchez la racine nerveuse, je pourrai peut-être redémarrer le processeur avant que l'air soit totalement évacué.

Je regardai fixement la mince racine nerveuse blanche, mes pensées se bousculant dans mon esprit. Pourrais-je la sectionner avant que la reine-cerveau ait eu le temps de réagir ? Je pourrais peut-être bloquer la bouche d'aération, si je savais où elle se trouvait et si je parvenais l'atteindre à temps. Il y avait trop d'inconnues.

Je me tortillai le long de la cloison antitourbillon. Je jetai ensuite un coup d'œil par-dessus le bord, braquant ma torche partout autour de moi. La surface de l'eau était à cinq mètres en contrebas. Elle était verte comme une soupe de pois. Il y avait des poissons dedans ; je les vis s'éloigner de la lumière.

De la nourriture, compris-je. Le réservoir était l'un des rares endroits où un yi pouvait vivre sans être remarqué ni dérangé. L'eau était couverte d'une sorte d'algue et les poissons devaient s'en nourrir. Je supposai que c'étaient quatre années de poissons morts et de guano qui bloquaient les valves de sortie. Sans cela, nous n'aurions jamais découvert qu'il y avait un yi à bord.

Je continuai à parcourir la paroi du réservoir avec le faisceau de ma torche. La première rangée de cloisons antivague se trouvait trois mètres plus bas, formant une espèce de passerelle grillagée qui faisait tout le tour de la cuve. Une reine-cerveau y était arrimée à l'aide de son enchevêtrement de racines nerveuses. À son pied, une demi-douzaine de miniyis se mirent à détaler, comme s'ils avaient été surpris par l'éclairage soudain. Après tout, ils n'avaient probablement jamais connu la lumière, leur sonar suffisant largement dans le noir absolu du réservoir.

Je me dirigeai vers les échelons qui descendaient la paroi de la cuve.

—La planète est un monde humain, ai-je dit. Bâti par nous, pour nous. Pas par vous. Je ne vous laisserai plus jamais nous voler quoi que ce soit, ni par la force, ni par la ruse.

—Alors, nous voilà de retour à notre impasse initiale, constata la reine-cerveau. Soit nous y allons toutes les deux, soit aucune de nous n'y va.

—Les humains y vont, rétorquai-je. Je suis la seule à qui vous pouvez faire du mal. Et, maintenant que Frazer est au courant de votre présence, il va alerter les autres Braun. Ils examineront leurs réservoirs ; si l'un d'entre vous s'y est caché, il sera éliminé.

Mais comment ? me demandai-je. Comment tuer une reine-cerveau sans endommager le réservoir ?

C'était un problème que j'avais vraiment intérêt à résoudre rapidement. Je n'étais pas armée.

— John, est-il possible de l'électrocuter à l'aide de câbles d'alimentation ?

— Non. Les câbles de données sont alimentés, mais ce n'est que du vingt volts.

— Et les mécanismes de la trappe d'accès ? Quelle est leur tension ?

— Cent volts, mais les câbles sont protégés dans un conduit pour éviter tout dégât causé par l'eau. Vous ne pourrez pas les atteindre sans une lame-D.

— Bon sang !

Je bondis de la cloison antitourbillon.

— Aucune de nous n'est obligée de mourir, Hazel. Le nouveau monde est immense, plus vaste qu'on l'imagine. Il y a de la place pour les humains et les yis. Notre offre était sincère : toi et moi pouvons y devenir reines.

— Jamais.

Je commençai à descendre les échelons. Il n'y avait aucun moyen de vaincre la reine-cerveau à distance.

— Sois réaliste, Hazel. Tu n'as pas plus envie de mourir que moi.

Atteignant la cloison antivague, je me mis à la longer en direction de la reine-cerveau. Elle était bien plus petite que celles que j'avais vues dans la mer centrale. Plus petite que moi. Et elle ne pouvait guère se battre. Mais j'ignorais si je pouvais lui causer de réels dégâts avec mes poings ; cette peau épaisse et fripée me paraissait résistante.

— Vous cherchez à nier ce que vous savez parfaitement, lui dis-je d'une voix tremblante. Je suis tout à fait prête à me sacrifier s'il le faut pour me débarrasser de vous. Je suis déjà responsable de la mort de l'amour de ma vie. Et je suis contente qu'il soit mort, parce que ça vous a tous tués aussi.

Je cherchais désespérément quelque chose à utiliser, j'essayais de réfléchir : *Que ferait Frazer à ma place ?* Cela dit, pourquoi me poser tant de questions ? Il m'avait crié quelque chose à propos de conduits thermiques et de la cryogénie… Et Frazer n'était pas seulement intelligent, il avait l'esprit vif. Ce n'était pas un avertissement !

Je braquai ma torche sur le flanc de la cuve pour mieux voir l'un des tuyaux argentés. Il devait y en avoir quinze ou vingt en tout, répartis de manière équidistante autour de la paroi qu'ils parcouraient jusqu'au fond. Ils servaient à maintenir l'eau à une température homogène en veillant à ce qu'elle ne soit ni assez froide pour geler, ni assez chaude pour bouillir. Je me souvenais suffisamment de mes cours d'initiation à la physique pour savoir qu'ils fonctionnaient en faisant circuler une sorte de gaz dans une boucle et en passant par un échangeur thermique à l'extérieur. À l'extérieur !

Le yi n'avait aucune maîtrise sur l'échangeur thermique.

— Tu n'en feras rien, dit le yi. Parce que tu n'y es pas obligée. La mort est trop définitive, surtout quand la planète peut devenir un foyer pour nous deux. Et, Hazel, nous sommes toutes les deux des survivantes-nées.

J'étudiai attentivement le tuyau plat. Des cristaux de glace y apparaissaient et se multipliaient.

Je braquai aussitôt ma torche sur la reine-cerveau, poussant la luminosité à fond pour l'éblouir afin qu'elle ne puisse rien voir. D'autres miniyis se rassemblèrent autour de son pied, ne tenant visiblement pas en place.

— John, quelle température un tuyau de régulateur thermique doit-il atteindre pour être fragilisé ?

— Il faudrait qu'il atteigne une température cryogénique.

— Vous avez raison, répondis-je à la reine-cerveau. Nous sommes des survivantes. Nous sommes prêtes à tout pour nous protéger et protéger les nôtres, n'est-ce pas ?

— Oui. Tu as sauvé les humains, ils accepteront ta décision, quelle qu'elle soit. Ils te doivent la vie, Hazel. Tu es bien plus que leur capitaine, tu es leur reine.

Je continuai à m'approcher. Le froid commençait à devenir mordant, maintenant que l'air se refroidissait, chassant la chaleur de ma peau. Je vis mon souffle apparaître comme un filet de brume à la lueur de ma torche. Les miniyis ralentissaient leurs mouvements.

À moins de deux mètres de la reine-cerveau, je m'arrêtai. À côté de moi, un tuyau du régulateur thermique courait le long du réservoir. À cause d'une épaisse croûte de givre, il était d'un blanc éclatant. En contrebas, la surface de l'eau était couverte d'une fine couche de glace qui s'épaississait rapidement.

— Non, rétorquai-je. Je suis leur capitaine. (Je commençai à claquer des dents.) Et vous devriez savoir ce que ça signifie. Vous connaissez la différence ?

— Oui. C'est obéir… ordre donné. Le vôtre.

— Vraiment ? Expliquez-moi ça.

— Il y a. Je. Je ? Ordre donné. Obéis.

J'adressai au monstre un sourire sinistre alors que le froid commençait à faire son œuvre.

— John ? Il fait assez froid ?

— Frappez-le de toutes vos forces.

J'attrapai d'une main l'une des poutres internes du réservoir. *Ça brûle !* Mais je tins bon malgré mes yeux qui commençaient à pleurer, m'en servant comme d'un point d'appui afin de pouvoir frapper de toutes mes forces sur le tuyau avec ma torche. Il se brisa, et un jet de gaz glacial en jaillit, se dirigeant droit sur la reine-cerveau immobile.

J'arrachai ma main de la poutre. De longues bandes de chair se détachèrent de la paume de ma main et de mes doigts. Je brandis ensuite ma torche comme une petite matraque et l'abattis sur la couronne de la reine-cerveau. Sa peau caoutchouteuse se fendit comme une coquille d'œuf, et de l'ichor bleu-gris s'écoula lentement de la plaie. Je frappai encore et encore. De la pulpe sirupeuse jaillit, se solidifiant au fur et à mesure qu'elle s'écoulait le long de son corps.

— J'ai accès au processeur de gestion du réservoir, annonça John. Redémarrage en cours.

Je ne pouvais plus lever les bras. Le froid était incroyable, anéantissant ma capacité à bouger. Je sentais mes jambes se dérober, ce qui m'effrayait plus que tout. Si je tombais dans l'eau, je mourrais. Un dernier effort me permit de me laisser choir contre le mur. Je ressentis une brève douleur à l'épaule, puis plus rien du tout.

— Ouverture de la trappe d'accès.

— Hazel ? s'écria Frazer. Hazel, tu es là ?

— Mettez les régulateurs thermiques en mode chauffage, demanda John. Vite.

Tremblant de tous mes membres, je ne pouvais plus parler. Le faisceau d'une torche m'éblouit.

— Nom d'un crapaud ! s'écria Frazer. J'arrive, Hazel, accroche-toi !

— Que se passe-t-il ? demanda Zawn. Elle va bien ?

Puis une dizaine d'autres voix se mirent à brailler dans mes oreillettes. Tous mes amis et mes proches étaient inquiets.

Je voulais leur répondre, vraiment, mais ce froid horrible m'avait changée en pierre. Une pierre qui tremblait encore. Puis, soudain, il se mit à pleuvoir à l'intérieur du réservoir. Chaque gouttelette heurtant ma peau me fit l'effet d'un éclair de feu.

Surgissant brusquement devant moi, Frazer me serra fort dans ses bras.

— Je suis là. Je suis là, capitaine. Nous allons te sortir de là. Les secours arrivent.

Je me forçai à articuler malgré la douleur.

— Elle est morte ?

— Ah, oui, confirma Frazer avec un rire forcé. Elle est morte. Il n'y a plus de yis. Tu as mis le paquet !

— Tu savais quoi faire. Tu sais toujours quoi faire. Tu es drôlement intelligent.

— Tu as tout compris, toi aussi. J'imagine que c'est de famille.

Puis Atov se précipita le long de la cloison antivague. D'autres se penchèrent par la trappe d'accès. Ils me tirèrent de ce lieu horrible. Marana enroula une membrane autour de mes mains abîmées, avant de m'appliquer des compresses sur le visage. Maman était là, folle d'inquiétude. Papa et Frazer donnaient des instructions à Amelia. Je vis la trappe du réservoir se fermer.

— Ça va aller, me garantit Frazer en m'adressant un sourire nerveux. Je vais mettre le réservoir en surpression, ce qui permettra d'évacuer le guano et de rétablir le débit.

— Tant mieux, croassai-je.

J'avais vraiment mal à la gorge.

— Évite de parler, me recommanda Marana d'un ton sévère.

Puis elle m'injecta une substance, et mon environnement se fit extrêmement douillet avant de se dissiper totalement.

* * *

Je me réveillai dans mon fauteuil d'accélération. Je n'avais mal nulle part, mais mon corps me semblait cotonneux, comme si j'étais enveloppée d'une couverture de plumes incroyablement douces.

Maman et Alice étaient assises auprès de moi, cramponnées aux bras du fauteuil. J'avais l'impression que le Braun était encore en phase de décélération. C'était difficile à dire avec les nerfs engourdis.

— Euh…, parvins-je à grogner.

Alice m'adressa un grand sourire, avant de froncer les sourcils.

— Qu'est-ce qui t'a pris ? C'était vraiment stupide d'entrer là-dedans toute seule !

— Désolée.

Elle me prit dans ses bras et me serra très fort.

— Je ne te laisserai plus jamais aller seule où que ce soit.

— C'est bon à savoir.

Je parcourus du regard le poste de pilotage. Zawn était dans son siège, mais il se retourna pour me dévisager d'un air que je connaissais bien, le même que le jour où je m'étais retrouvée coincée sous des débris auprès de la mer centrale.

— Ça va ? articula-t-il en silence.

Hochant la tête, je lui adressai mon plus beau sourire.

— Je t'aime.

— Je t'aime aussi, me répondit-il. Mais ne refais plus jamais une chose pareille.

— Promis.

Je dus alors m'interrompre un moment, car je crus que j'allais de nouveau fondre en larmes.

Alice pointa son doigt vers mon visage.

— Couche-toi, ou je t'attache de force.

— D'accord.

— D'après Marana, tes brûlures à cause du froid sont superficielles, à part sur ta main. Mais, dès que nous nous serons posés, elle déballera un processeur pharmacologique et te soignera correctement.

— Quand va-t-on se poser ? Où sommes-nous ?

— Huit minutes avant la fin de la manœuvre d'injection atmosphérique, répondit la voix de Frazer d'un ton enjoué.

Je dirigeai un gros sourire vers le dossier du fauteuil de mon frère.

— Alors, on a eu assez de masse de réaction ?

— Ouais, le coup de pression a fonctionné, nous avons pu expulser le guano par les valves, puis nous avons envoyé les cybots de maintenance pour en être sûrs. Nous avons obtenu notre masse de réaction.

Je poussai un long soupir de soulagement.

—Joli travail.

—Merci, capitaine.

Je souris en mon for intérieur: il l'avait dit sans la moindre moquerie.

—Je ferais mieux de regagner mon siège, reconnut Alice. On se voit après l'amerrissage.

Les moteurs à fusion s'éteignirent peu après, nous laissant en chute libre. Mon fauteuil revint à sa position originale, et je me retrouvai assise face au dos de Zawn et de Frazer. Lorsque Zawn fit pivoter le Braun, les propulseurs de contrôle par réaction émirent une rafale bruyante.

—Nous sommes alignés pour l'aérofreinage, les amis, annonça Marybelle. Quatre-vingt-dix minutes avant l'amerrissage.

—En parlant de ça…, dit Zawn.

À l'avant du poste de pilotage, les boucliers s'abaissèrent le long du vaste pare-brise incurvé. La lumière du soleil pénétra à l'intérieur. Il avait un aspect doré que les bandes lumineuses de l'habitat n'avaient pas, et je le sentis réchauffer ma peau, même à travers la membrane médicale.

Mais tout cela était insignifiant par rapport au spectacle qui m'attendait à l'extérieur. Le nouveau monde était un magnifique globe bleu parsemé d'énormes rubans de nuages blancs, son aurore presque aussi brillante que le soleil. Même si je n'avais aucun moyen d'estimer son échelle, il me paraissait tout simplement grand.

—Il existe vraiment, lâchai-je, incrédule.

—Altitude: cent quatre-vingts kilomètres, annonça Zawn. Nous nous trouvons dans la thermosphère.

Le Braun se dressa au moment où le terminateur nocturne surgit à l'horizon, de sorte que le nez de l'appareil pointait désormais vers les étoiles. J'avais envie de m'élancer vers la vitre pour tenter de revoir la planète. D'une certaine manière, j'avais toujours du mal à croire que tout cela était réel. Notre descente fut d'abord relativement lente. Nous nous enfoncions dans la thermosphère ténue. La vitesse à laquelle nous nous déplacions créait beaucoup de résistance, le gaz fin se heurtant au ventre du large fuselage triangulaire du Braun, ce qui nous faisait descendre de plus en plus, et faisait augmenter à son tour la friction de l'atmosphère qui s'épaississait peu à peu. La pesanteur commença à revenir progressivement dans le poste de pilotage. Je vis se former une pâle lueur orangée, juste derrière la vitre.

Au bout de quarante-cinq minutes, en franchissant le terminateur de l'aube, on retrouva la lumière du soleil. Zawn fit baisser le nez de l'appareil afin d'aplanir sa trajectoire. La pesanteur ne cessait d'augmenter tandis que nous poursuivions notre chute et perdions de la vitesse.

Puis je pus enfin observer un nuage de près pour la première fois. Un énorme amoncellement apparut devant nous, grossissant rapidement. Ces nuages avaient l'air d'une solidité inquiétante. Nous volions droit sur eux à Mach 8. Le Braun ne trembla même pas. À ce moment-là, je commençai enfin d'appréhender les dimensions d'une planète. Nous avions fait la moitié du tour du monde, soit un peu plus de vingt mille kilomètres. L'habitat du *Daedalus* faisait cinquante kilomètres de long.

— Par la Capitaine ! c'est immense, grommelai-je.

Lorsqu'on émergea des nuages, notre vitesse était descendue à Mach 7. Un océan s'étalait devant nous, une vaste étendue d'un bleu étincelant.

— Le radar a repéré la côte, annonça Zawn. À trois cent soixante-dix kilomètres devant. On arrive un peu « chauds les marrons ».

— « Chauds les marrons » ?

— Un peu trop vite.

Le Braun se redressa encore pour présenter une plus grande surface à l'air, ce qui nous freina davantage. Lorsqu'on eut ralenti à Mach 2, Zawn nous remit à niveau, et je pus apercevoir la terre devant nous. Une large bande de verdure qui se dressait abruptement pour former des montagnes. Elles étaient hautes et irrégulières, leurs sommets d'un blanc éblouissant.

— Est-ce que c'est... ?

— De la neige, confirma John.

— Nous y voilà, annonça Zawn. Accrochez-vous.

Le nez de l'avion était relevé seulement de deux degrés, ce qui nous donnait une bonne vue du paysage, alors que nous approchions bien trop vite pour être à l'aise. Je distinguais juste une large bande de terre jaunâtre entre l'océan et la végétation.

On heurta l'eau de manière étonnamment douce compte tenu du fait que le Braun pesait cent mille tonnes. La vue se dissipa lorsque d'énormes gerbes d'eau jaillirent autour du nez de l'appareil, aspergeant la fenêtre du poste de pilotage. La décélération fut brutale ; les sièges basculèrent vers l'arrière pour compenser. Notre élan dut nous porter sur au moins deux kilomètres avant que le Braun s'immobilise enfin.

À l'intérieur, des applaudissements éclatèrent, assourdissants. Tout le monde se leva de son fauteuil pour s'embrasser. Il y eut beaucoup d'effusions.

Véritable pilote professionnel, Zawn déploya les nacelles des moteurs à hélice, à l'arrière du fuselage.

— Nous avons un bon angle qui nous permettra de pousser directement sur la plage. Le sonar indique que l'eau est assez profonde pour accommoder notre tirant d'eau.

Je l'embrassai, mais je le laissai aussitôt faire son travail.

Les deux hélices se mirent à tourner, nous poussant vers l'avant. Le Braun se déplaçait tranquillement sur l'eau.

Tandis que nous approchions du rivage, je vis amerrir les deux derniers Braun. Ce fut spectaculaire, une explosion d'écume blanche qui s'élevait dans les airs tandis que l'énorme atterrisseur s'élançait vers l'avant.

Je me souvins alors de mon devoir de commandant d'escadron. Je pris place dans mon fauteuil et vérifiai les communications.

Nous étions tous indemnes, même si trois d'entre nous avaient amerri à dix kilomètres au large. Ils avaient déjà déployé leurs nacelles et étaient en train de naviguer vers le littoral.

L'échouage fut probablement la partie la plus difficile. Le nez de l'appareil heurta le sable alors que nous étions encore à cinquante mètres de la plage, et on continua à avancer dans un vacarme de grincements tel que j'eus l'impression que le fuselage était en train de se déchirer. Le pont sous nos pieds trembla aussi violemment. Tout le monde s'empressa de se rattraper à quelque chose.

Puis le silence régna, et il n'y eut plus de mouvement.

* * *

La soute avant se trouvait directement sous le poste de pilotage, ce qui signifiait qu'on y accéda les premiers. Frazer ouvrit l'écoutille, et l'air du nouveau monde pénétra dans l'appareil. Il était humide et chaud, ses rafales chargées de senteurs douces et d'un parfum iodé. Au bord de l'écoutille, on regarda descendre la rampe. Elle n'atteignait pas tout à fait le sable, son extrémité s'enfonçant dans la mer à quelques mètres du rivage. À ce moment-là, plus d'une centaine de personnes avaient réussi à s'introduire dans la soute, cherchant désespérément à sortir. Papa se tourna vers elles en levant les mains.

—Attendez. Capitaine, je crois que c'est à toi de jouer.

—Ah.

Je le regardai, puis la rampe. J'avais encore mal aux mains, sous la membrane, et un peu partout, d'ailleurs.

—Eh bien, vas-y, insista Zawn.

Frazer et Alice firent des gestes impatients.

Je descendis la pente, quittai l'ombre du fuselage et me retrouvai dans la lumière dorée du soleil. La mer clapotait joyeusement contre le bas de la rampe. Je m'engageai dans l'eau et pataugeai jusqu'à la plage. Mes pieds s'enfoncèrent dans le sable. Derrière le petit promontoire, la végétation ressemblait à un solide mur de feuilles parsemé de fleurs colorées. Au-dessus de ma tête, des oiseaux piaillaient. Je pris une profonde inspiration, tentant de humer chaque parfum. Puis je me tournai face au Braun. Je vis des dizaines de visages anxieux et impatients dans l'encadrement de la grande trappe. Je leur tendis les bras.

— Bienvenue sur le nouveau monde !

* * *

Il nous fallut deux heures pour mener à bien le débarquement. La marée était en train de se retirer – un concept très curieux –, et notre Braun se retrouvait entièrement sur la terre ferme, ce qui nous permit d'ouvrir les autres issues pour faciliter le déchargement. La plage était devenue un lieu de fête géant. Nos appareils s'étaient tous échoués avec succès, répartis sur cinq kilomètres de côte. Certains courageux avaient même commencé de s'aventurer dans la jungle, au-dessus du sable.

Je retournai dans le Braun avec Frazer, Zawn, Alice et Shao, Itzy se hâtant de nous rejoindre. Je demandai à Marana de nous accompagner.

Avec l'aide de quelques cybots, on relâcha les verrouillages de transit de la bulle de verre, et on la chargea sur un chariot à pneus larges. Après avoir dévalé la rampe, il se retrouva sur la plage.

Voyant ce que nous faisions, Marybelle se précipita, s'adressant avec empressement à sa bague de communication. Un important groupe d'enfants de la Pouponnière se rassembla.

Marana manipula les commandes du système de support-vie à la base de la bulle.

— J'ai fait ce que j'ai pu, me chuchota-t-elle. Si cette dose de stimulant ne la fait pas revenir à elle, rien d'autre ne pourra la réveiller.

La foule soudain rendue sombre attendit avec impatience. Zawn me prit par les épaules pendant que nous observions la silhouette ratatinée qui avait souffert d'une vie bien trop longue. Durant toute la durée du vol du Braun, elle était restée enfermée dans un exosquelette noir encore plus résistant que la bulle. C'était surtout pour la forme, car il ne restait plus aucun organe d'origine dans son corps. La seule chose encore en vie était son cerveau, et il avait montré très peu d'activité depuis que l'IA avait déconnecté le lien neuronal entre les deux. Je ne m'y attendais pas vraiment, mais Josephine ouvrit lentement les yeux. Voyant les centaines d'enfants qu'elle avait sauvés la regarder avec respect, elle esquissa un sourire. Puis elle leva les yeux vers le ciel. Sur l'unité de support-vie, un haut-parleur retentit :

— Les cieux ouverts…, dit-elle. C'est merveilleux.

Elle ferma les yeux pour la dernière fois.

* * *

… Voilà, c'est l'histoire de ce qui est arrivé au *Daedalus* et à ses occupants. À tous ceux qui, sur Terre, recevront ce message :

Nous avons réussi ! Nous sommes vraiment ici, sur le nouveau monde, et nous vivons en plein air.

Nous avons détecté des signaux radio en provenance du système solaire. Nous savons donc que votre société était toujours florissante il y a soixante-dix ans, et j'imagine que vous êtes encore là. Quand vous recevrez cette dépêche, veuillez nous répondre. Il nous faudra patienter cent quarante ans avant de recevoir votre réponse, mais j'espère que je serai encore là pour l'écouter.

Je m'appelle Hazel, dernière capitaine de l'arche spatiale *Daedalus*, neuf cent vingt-deux ans après son départ de la Terre.

Fin de transmission.

Aubin
IMPRIMEUR

IMPRIM'VERT
Votre imprimeur agit pour l'environnement

Achevé d'imprimer en janvier 2024
par Aubin Imprimeur à Ligugé
N° d'impression 2311.0066
Dépôt légal, février 2024
Imprimé en France
2811970-1